吴 杰 ◎ 著

# 加油岛上逐梦人

石油工业出版社

2004年,吴杰获评《中国石油报》模范记者和模范记者站站长,获奖照片登上《新闻之友》封面。

2000年和2003年，吴杰分别被中国石油新闻工作者协会评为"百优新闻工作者""十佳新闻工作者"。

2005年,吴杰在《中国石油报》年度工作会议上介绍"坚持小中见大,提高报道质量"的体会。

部分获奖证书

2007年，中国石油记协举办新时期典型宣传研讨班，吴杰应邀做大会交流。

部分获奖证书

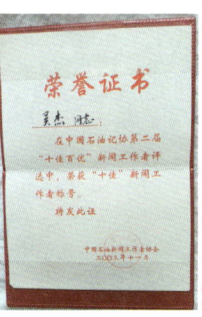

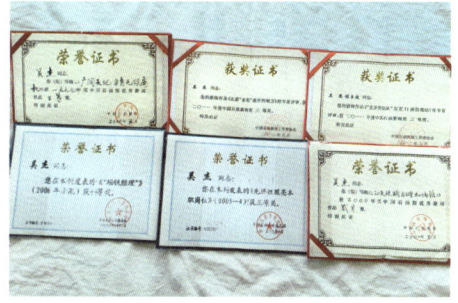

"微小新闻进步,全靠报社培养",时任《中国石油报》总编辑王毅锴深情为本书作序,图为王毅锴与吴杰合影。

销售企业典型选树宣传工作一直受到集团公司有关部门的重视,图为原思政部处长沈中与吴杰亲切交流并给予指导。

知识学中来，能力干中出，学习、写稿是吴杰的一生爱好。

用笔记故事，用脚写新闻。吴杰采访足迹遍布28个省（区市）公司，用完130多个笔记本。图为保存多年舍不得丢掉的部分采访本。

吴杰在辽宁葫芦岛加油站现场采访客户。

吴杰在山东潍坊加油站现场采访非油业务。

吴杰在湖北武汉宏图大道加油站采访弘扬伟大抗疫精神、促进业务高质量发展的事迹。

吴杰培训通讯员,手把手教写稿。

# 序

## 为祖国加油的英雄赞歌

"七一"前夕,《中国石油报》老记者吴杰同志的《加油岛上逐梦人》书稿通过微信传到了我的面前。这是一部以报道基层加油员为主的先进典型人物的新闻通讯作品集。其中的 47 篇作品是他从就任辽宁销售记者站站长后所发表上千篇新闻作品中精选而来。看到这些充满"油味"又有些熟悉的作品,我既为先进典型人物的事迹所感动,也为作者独到的写作笔法所称道。虽然不少事迹时隔久远,却依然让人感到还是那么清新,那么耐读。

通观这部文集,给我印象最深的有以下三点感受:

第一,唱响主旋律,倾注正能量。全方位展示基层加油员"为祖国加油"的典型事迹、奋斗精神和豪迈气概,是这部文集既经得起历史检验又激励新人奋进的价值所在。

本文集展示了优秀加油员弘扬石油精神和大庆精神铁人精神的内涵要义,创新传承路径,赓续精神血脉,展现了从"我为祖国献石油"到"我为祖国加油"一脉相承的家国情怀,让石油精神放射出新的时代光芒。

翻看这部文集,每一位典型人物身上无不闪耀着以"苦干实干""三老四严"为核心的石油精神之光。《"磁铁经理"》的主人公王萍:走上加油员岗位八年来,接待顾客数十万次,没有发生一次争吵;经手现

I

金和油票价值数百万元,没有一笔差账错款,这就是一以贯之的"三老四严"石油精神在工作中的真实体现。《晋商传人创业情》的主人公李霞在"工作手记"中写道:作为晋商传人,要自觉增强忧患意识和责任意识,克勤克俭,挖潜增效,努力把控本降费落到实处。这也正是"苦干实干"石油精神的真实写照。可以说,随手翻阅任何一篇报道,所有的典型身上都深深打上了以"苦干实干""三老四严"为核心的石油精神的宝贵烙印。相信读者朋友在赏读本书的过程中一定能够强烈地体会到。

中国石油集团拥有的1.8万多座加油站,当属这家国际一流综合性能源巨头的层级架构中最小的基层单元,但其聚沙成塔汇集而成的合力却不可低估。它们既是石油产业链上不可或缺的终端节点,也是中国石油对外服务的窗口形象,更是国际石油市场变幻的风向标和石油企业经济效益的晴雨表。一群手握加油枪的普通加油员在这里以甜美的微笑、挥汗的辛劳为顾客服务。在他们身后,是一辆辆汽车满载而过,一条条公路畅通无阻,一座座城市日新月异,一处处乡村振兴在望,整个国家经济社会大动脉在平稳高效健康有序地循环搏动。数以十万计的加油员们,不仅仅是在为南来北往的汽车加油,更重要的是为无数企业的发展壮大加油,为亿万家庭的幸福生活加油,为祖国的繁荣、民族的复兴加油。

第二,讲基层故事,赞石油英雄。在写作手法上不落窠臼,独具一格,写出了先进典型群体为祖国加油的精气神,是这部文集引人入胜、耐人寻味的缘由所在。

本文集所收录的近50篇作品,大多为工作性报道类型,偏重先进典型的精神、事迹和经验的宣传。如果把握不准,容易出现雷同化、肤浅化、枯燥化。但吴杰笔下的这些作品却别具一格,别有风味。

一是抓亮点,激发读者的阅读兴趣。吴杰有着非同常人的新闻敏感性和写作冲动,他以强烈的责任感、独特的慧眼,走进采访对象的精神世界，既为他们崇高的思想品质和职业操守所感动和鼓舞，又能发现常人未曾注意的带有采访对象个人印记的成长基因，掂出好典型、好新闻的价值所在。在他的笔下，"在那金花盛开的地方""我是一颗宝石花的种子""精细管理七字诀""让头回客变成回头客"这些点题金句朗朗上口，读者一看便觉眼前闪亮。万吨加油站，夫妻加油站，大学生加油站，女子加油站，90后加油站，水上加油站……这些带有时代气息的新生事物被独家率先报道出来，让读者有先睹为快的急切，相见恨晚的好感。

二是接地气，增加报道的亲切程度。用群众喜闻乐见的形式，讲群众身边的故事。在吴杰同志的笔下，加油员在三米加油岛上舞出了精彩人生，巡检员在油库小道上演绎着"雷锋式"好工人的传奇，加油站经理走进了人民大会堂，志愿者奉献出石油人的大爱。《"磁铁经理"》的主人公王萍，从一名基层加油员成长为党的十七大、党的十八大代表。《从加油员到全国青联委员》的主人公徐桂芳，也是从一名一线加油员成长为第十三届全国青联委员。《山城有朵美丽的"宝石花"》的主人公陈鸣红，担任加油站经理4年，将2座加油站带成"样板站"，总结的"五项管理创新"中的3项在中国石油所有加油站推广。每一个典型都用不懈的奋斗精神和脚踏实地的行动创造了骄人业绩，在社会上展现出"宝石花"良好形象，成为建设世界一流能源集团的不竭动力。

三是抓特色，形成独有的写作风格。作者以改进工作性报道为突破口，不搞那些简报式写法、总结式报道、汇报式套路，对那些"二人转"式、"注水肉"式、"克隆羊"式、"咸鱼干"式的老套路说"不"，善于从工作中找新闻、抓问题、抓热点、抓选材、抓角度，给石油新闻以更多的社会视角，给专业报道以更多的大众化解读。石油销售战线上的英模各自有其独特的生活印记，作品写出了他们在平凡奉献中所展现的不凡努力，写出了他们前进大道上的坎坷和绚丽，还新闻以本来意义上的新颖、生动、鲜活和精彩。

第三，不忘初心，牢记使命。不断增强"四力"（脚力、眼力、脑力、笔力），持之以恒地提升自身素质，这是作者从事新闻宣传工作屡创佳绩，并能推出这部文集的成功所在。

细细翻阅吴杰同志的这部文集，在践行新闻工作者"四力"要求方面，他确实走在了前列。

吴杰同志年轻时就在部队从事新闻宣传工作，之后转业到辽宁石油销售公司依旧笔耕不辍。1998年国家对石油石化工业实行战略性重组，辽宁销售划转中国石油集团设立记者站后，作为省公司办公室负责人的他兼任记者站站长，组织带领公司通讯报道队伍，每年在石油媒体发稿300多篇。最多时吴杰同志一年就在《中国石油报》发了10个头版头条。他先后被中国石油记协评为"百优新闻工作者""十佳新闻工作者"，他所带领的辽宁销售记者站也连续多年被评为模范记者站和优秀记者站。

新闻宣传工作是一项全面持续的系统工程，它应当是一台由通讯员、记者、编辑、校对等角色合力打造的引人入胜的重头戏，记者无疑是这部重头戏的主角。虽然有的记者常常自嘲为"文字搬运工"，但其实将这三千多个常用汉字有序搬运成一篇精短新闻乃至一部鸿篇巨制，其功力绝非"搬运"二字便能囊括。这里需要有匠心独运的策划构思，需要有踏破铁鞋的深入采访，需要有精益求精的琢磨打造，才能将一些想法、线索、素材、视野和思考等元素糅合成消息、通讯、评论和图片等不同体裁的作品，进而整合成为一台激荡人心、启迪人生的媒体新闻宣传大制作。

吴杰同志自己就曾坦言，他始终坚持"三贴近"原则，为采访先进典型，连续几天蹲在加油站，中午在食堂和员工一起就餐或吃盒饭。在应邀进京到中国石油报社旗下的《汽车生活报》笔耕的10年里，都没去过鸟巢和水立方。他舍不得那个时间。双休日食堂不开伙，他就带上面包、饼干和苹果，在办公室写稿，一忙就是一天。他经常为笔下的人物命运、工作状况、生活境遇、进步受挫而引发共鸣，写到动情处，自己先落泪。

细细阅读这部文集，每一篇典型报道从采写到发表都浸透了吴杰同志的辛勤汗水，都是他用双脚天南海北跑出来的，都是他用双眼细致入微观察出来的，都是他用大脑深思熟虑琢磨出来的，都是他用手中的笔精雕细刻抒写出来的，他的脚力、眼力、脑力、笔力在这无止境的开发中逐渐变得轻松自如，得心应手，他的作品感染力、吸引力、可读性也都不断提升到一个新的高度，新的层次。从《平顶山上攀高峰》《泰山顶上党旗红》《高原荷花别样红》《花开百里秀长白》《石马坡上听"涛声"》等作品的名称中就可以看出，吴杰的足迹真是遍布了祖国的白山黑水、北国南疆，他本身就是一个典型。正如吴杰同志在一次交流发言中所讲的那样："在企业，先进典型则是企业文化的人格化，当然也是宣传报道的重点。结合抓典型搞报道，才能写出有分量、有影响、有轰动效应的稿件。"

近代大学者王国维在《人间词话》中写道："古今之成大事业大学问者，必须经过三种境界。"这三种境界，借用过来，同样也可看作新闻工作者的成长应有的三步曲。第一步，"昨夜西风凋碧树，独上高楼，望断天涯路"，要求我们刻苦学习，深入调查，获取大量第一手资料；第二步，"衣带渐宽终不悔，为伊消得人憔悴"，要求我们开动脑筋，反复推敲，探寻新闻题材的深层意义及解决之道；第三步，"众里寻他千百度，蓦然回首，那人却在灯火阑珊处"，坚持不懈的有意为之，终于收获了信手拈来的无意得之，达到了出神入化的境地。

路漫漫，无穷期。吴杰同志一直走在上下求索的崎岖路上，因为他对新闻事业有着从未动摇过的深深挚爱。

记得在2005年9月举办的《中国石油报》特约记者工作会议上，吴杰同志和大庆油田记者站张云普等同志就如何做好记者工作做了典型发言。我在会议总结时，希望与会同志都来向他们学习。我曾感言："如果我们有十个吴杰式的老记者，十个张云普式的新记者，十个郭影式的女记者，十个廖和明式的摄影记者……那么，我们的报纸工作上水平就会有一个坚实的基础。"

现在距那次会议已有 17 年了，这部文集近 50 篇作品，有 40 多篇都诞生于那次会议之后。这也印证了"办好《中国石油报》要有十个吴杰式的老记者"之感言并未过时。

党的十八大以来，中国特色社会主义进入了新时期。当今世界正经历百年未有之大变局，我国正在开启全面建设社会主义现代化国家新征程，向第二个百年奋斗目标进军。中国石油将在保障国家能源稳定供给和实现"碳达峰""碳中和"目标中迎难而上。处在这样一个承前启后、继往开来的关键时期，希望石油战线有更多的"奋进新征程、建功新时代"的先进典型应运而生，也期盼有更多像吴杰同志这样的优秀记者奉献更多"为祖国加油"的精品佳作！

（时任《中国石油报》总编辑）

2022 年 7 月 6 日

# 目录

## 人 物 篇

创新筑梦写春秋
——记中国石油上海销售分公司嘉定第四加油站经理袁婷婷 ………… 002

"磁铁经理"
——记中国石油辽宁丹东销售分公司振八加油站经理王萍 ………… 012

雷锋式的好工人
——记中国石油辽宁大石桥销售分公司峪子沟油库安全员冯申平 … 022

一心听党话　永远跟党走
——记中国石油辽宁阜新销售分公司离休干部段养伦 ………… 030

山城有朵美丽的"宝石花"
——记中国石油重庆销售公司人和加油站经理陈鸣红 ………… 035

忠诚璀璨"宝石花"
——记中国石油河北保定销售分公司第111加油站经理贾会青 ……… 043

程放的销售真经 ………… 052

## "油品卫士"战"超亏"
——记中国石油河南郑州销售分公司第20加油站计量员陈玉坤 …… 059

## 晋商传人创业情
——记中国石油山西销售公司劳动模范李霞 ……………… 063

## 销售先锋
——记中国石油青海西宁销售分公司古道加油站经理尚丽群 ……… 071

## 油站"智多星"
——记中国石油江苏南京销售分公司城东加油站经理邵从海 ……… 078

## "阳光经理"张丽云 …………………………………………… 086

## 泰山顶上党旗红
——记中国石油山东泰安销售分公司加油站经理刘学霞 …………… 093

## 善学善做 学以致用
——记中国石油河南洛阳销售分公司第11加油站经理岳艳丽 ……… 104

## 感动邕城的活雷锋
——记中国石油广西销售公司的"郭明义"黄忠智 ……………… 115

## "玉龙"腾飞靠龙头
——记中国石油广西南宁销售分公司玉龙加油站经理李东 ………… 122

## 三尺加油岛 激情写人生
——记中国石油重庆销售公司青龙路加油站加油员王亚芬 ………… 127

## 平顶山上攀高峰
——记中国石油河南平顶山销售分公司经理陈峰 …………… 132

## 驰骋市场经理人
——记中国石油辽宁营口销售分公司经理宋立民 …………… 138

## 石马坡上听"涛声"
——记中国石油十大模范油库主任王涛 …………………… 147

## "三精"赋能促发展
——记中国石油重庆永川销售分公司经理张连忠 …………… 152

## 借"翼"腾飞
——记中国石油浙江杭州销售分公司近江加油站经理周爱娣 ……… 157

## 油站"穆桂英"
——记中国石油河南许昌销售分公司禹州片区经理李喜丛 ………… 168

## 高原荷花别样红
——记中国石油云南销售公司张本荷 ………………………… 178

## "虫"变"龙"
——中国石油云南昆明销售分公司双龙信誉加油站经理朱亚扭亏增盈记事 …………………………………………………………… 183

## 红星照我去创业
——记中国石油江西南昌销售分公司新大加油站经理徐章相 ……… 188

## "新沂蒙六姐妹"的故事 ………………………………………… 197

## 把油箱加满忠诚
——记中国石油山东潍坊销售分公司第3加油站经理张玲玲 ……… 206

## 直销市场"拓荒牛"
——记中国石油云南销售公司客户经理秦怀波 …………… 214

## 高台逐梦
——记中国石油江苏南京销售分公司城东加油站经理徐海峰 ……… 220

## 二叔胡福祥的三副老花镜………………………………………… 227

## 水上加油站有个好领班
——记中国石油安徽芜湖销售分公司白马洲水上加油站经理戴继琴
………………………………………………………………… 231

## 我的人生坐标在加油站
——记中国石油浙江温州销售分公司新城加油站经理叶时进 ……… 234

## "营销才女"的智胜之道
——记中国石油山东潍坊销售分公司坊子潍胶加油站经理高才 …… 242

## 高点起飞跨越"双千万"
——记中国石油辽宁大连销售分公司星海湾加油站经理马晓飞 …… 249

## 从加油员到全国青联委员
——记中国石油浙江衢州销售分公司常山常辉加油站综合管理员、桂芳工作室带头人徐桂芳 ………………………………………… 258

## 敬业奉献守初心
——记中国石油吉林长春销售分公司榆树油库主任刘艳彬 ………… 265

## 油 站 篇

踔厉奋进展宏图
——中国石油湖北武汉销售分公司宏图大道加油站弘扬伟大抗疫精神促进高质量发展纪实 …… 272

油非互动舞翩跹
——中国石油河南郑州销售分公司第20加油站效益持续增长探秘 … 281

全员入"细"织锦绣
——中国石油天津销售分公司海珠加油站精细化管理管窥 …… 285

花开百里秀长白
——中国石油吉林销售公司百里花加油站亲情服务纪实 …… 292

在那"金花"盛开的地方
——中国石油云南大理销售分公司金花加油站纪实 …… 299

知识,让他们走向成功
——记中国石油吉林长春销售分公司东岭大学生加油站 …… 306

"旗舰站"是这样打造的
——中国石油贵州贵阳销售分公司观山加油站塑造精品纪实 …… 315

百座"夫妻站"扛起零售半边天
——中国石油吉林白城销售分公司"双低站"治理管窥 …… 324

虹梅绽放傲霜雪
——记中国石油上海销售分公司虹莘梅莘加油站 …… 328

决胜商圈
——记中国石油山东青岛销售分公司第 102 加油站 …………… 333

## 感 悟 篇

真心热爱　真情投入
——在兼职情况下努力搞好宣传报道 …………… 342

坚持"三贴近"小中见大求质量 …………… 348

在典型报道中有所作为
——报道中国石油特等劳动模范王萍的体会 …………… 353

"三个意识"激励我搞好典型报道
——谈谈我怀着责任意识、调研意识、新闻意识,努力搞好王萍、陈鸣红典型报道的体会 …………… 360

## 反 光 篇

爱在心头笔难收 ………………………………………… 368

作者的话 ……………………………………………… 374

# 人物篇

# 创新筑梦写春秋

## ——记中国石油上海销售分公司嘉定第四加油站经理袁婷婷

**人物档案**

袁婷婷，女，1979年3月出生，大学本科学历，2011年12月加入中国共产党，历任中国石油上海销售宝嘉分公司嘉定第一、第二、第四加油站经理，嘉定南区党支部书记。曾荣获中国石油销售十大感动人物，上海市五一劳动奖章，上海市三八红旗手，上海市劳动模范，全国五一劳动奖章，先后当选上海市第十五届人大代表、党的二十大代表。

18年前，随着中国石油在上海嘉定收购一座民营加油站，在该站打工的安徽姑娘袁婷婷迎来人生重要转折，当过班长、核算员、负责人的她被任命为站经理。上任那天她说出梦想：改变命运，干出样来！25岁的她朝气蓬勃，踏实肯干，两年时间加油站年销量从1.2万吨提升到1.5万吨。

企业要发展，能人挑重担。嘉定四站连续多年在2800左右徘徊，成为领导的一块心病。2006年7月，上级调袁婷婷到该站任经理，目标要求是：弱站变强站，旧貌换新颜，没承想一干就是16年。

16个春秋寒暑，16载拼搏奋斗，当许多同行对创新发展迷茫懵懂、束手无策时，袁婷婷沐浴大庆精神铁人精神的阳光，在筑梦道路上锲而不舍，勤奋实干，把创新创业做得风生水起、硕果累累。围绕经营管理的重点难点问题，持续推进经营管理创新、品牌服务创新、队伍建设创新、履职能力创新、党建引领创新,让宝石花的风采频频闪亮大上海。2012年获评上海"市民信任的连锁店",2016年被授予上海市"巾帼文明岗",2018年被评为首届进博会"最美服务窗口",成为全市820座加油站的唯一;同年,上海市经信委"劳模创新工作室"在嘉定第四加油站挂牌,2019年获评上海市"诚信计量示范单位",2020年被上海市经信委树为"党支部建设示范点",2021年分别被上海市委和中国石油集团党组授予"先进基层党组织"荣誉称号。

## 创新经营管理,困境中八载树标杆

市场如战场,智勇双全打胜仗。16年,嘉定四站承受过资源紧缺的压力,也经历过油价波动的冲击;遭遇过油品异常损耗的苦恼,也感受过客户流失的无奈。面对困境,袁婷婷凭着骨子里的进取心和责任感,坚定信心勇毅前行,带领员工调查市场、研究对手、摸排客户、构筑商圈,针对短板弱项,创新经营管理,不断开创扩销增效新局面。

用当地人办当地事儿,探索客户开发新模式。嘉定四站地处上海市郊,比邻江苏,成为"价格高地",周边5千米范围内有28座加油站抢食争地,竞争十分激烈。袁婷婷上任后按内控体系要求停止了赊销,这下像打开了"蓄水闸",月购油超过600吨的120家柴油大客户纷纷离去,加油站销量断崖式下降。袁婷婷心急如焚,带领员工挨家挨户走访,苦口婆心劝说,"十顾茅庐"不见人,撞了南墙不回头,一些"大牌"客户就是不给面,请不动。她绞尽脑汁,"正面攻不动侧面攻",请打工时的民营老板出山,用当地人办当地事儿,靠老关系打破僵局,探索客户开发新模式。经过多方努力,终于请回80多家流失客户,保住了每月400吨柴油销量。

推进智能营销,最大限度"网住"客户。加油站客户盈门靠开发更靠维护,袁婷婷深谙此道,以身作则,组成站经理、核算员、前庭主管、便利店员四个层级、15个客户微信群,圈粉6300多人。客户朋友圈平时传信息,年节送欢乐，生日送祝福，员工准确知道客户在哪里、何时来加油、喜欢哪些货、还有啥要求，十几年稳定运行不间断。非油销售借"网"飞扬，线上接单、下班送货成为常态。

把优惠政策落实落地，让客户真正得到实惠。创新营销首先要创新理念，袁婷婷说："中国石油为国创利，为民尽责，我们要站在客户角度，设身处地为客户着想，真心实意为客户谋利。"她说得好做得更好，把深厚的为民情怀全部倾注到创新销售上。有段时间，上级在嘉定四站实行汽油限时优惠销售，袁婷婷带领员工顶烈日、"吃"尘土，站在马路边发广告，坐运垃圾的三轮车走街串巷放送小广播，晚上9点钟以后到居民小区发优惠卡，三个月发出广告6万多份、优惠卡9500多张，真金白银伴随一箱箱汽油让客户享受发展红利。

袁婷婷为客户谋利益严谨专注，追求极致，在平凡岗位上实现理想与责任的完美统一。销售公司组织开展"10惠"促销活动，嘉定四站精心组织，周密实施，做到政策不走样、优惠不变味、商品不抽条、奖励不缩水，电子券当场领取足额兑现，小件赠品送到手，大件物品搬上车，客户对让利优惠看得见、摸得着、用得上，真正把"10惠"变成了实惠，有效增强了客户凝聚力、市场竞争力、发展促进力。2019年嘉定四站年销量冲上万吨高地，比2006年翻两番，12年平均增长11.6%。便利店面积由7平方米增加到60平方米，非油品种由2个增加到482个，年销售收入由7.6万元增加到600万元。

经营与管理就像泥土和种子相拥相依。2012年袁婷婷光荣入党，工作劲头更足了，在狠抓销售创新的同时，管理创新一刻不停步，奋力走在前。有人说："郊区站山高皇帝远，领导看不见，日常管理差不多就行。"袁婷婷响亮回应："不行！"以大庆"三老四严"为尺子，让精细化管理四脚落地——人员科学排班、场地标准划线、物品定置摆放、设备安全运行，油气稳定回收，各种开关专人负责，细枝末节没有死角，管理水平丝毫不输给市区中心站。

以问题为导向，堵漏洞、补短板、强弱项，是袁婷婷推进管理创新的鲜明特点。2010年有段时间，嘉定四站莫名其妙出现罐存油品异常短量，影响经营业绩。袁婷婷组织业务骨干倒查罐车运输，监控卸油现场，检测液位仪，调试加油枪，各环节都显示正常。她请教专家、查看资料、寻找案例，原来是季节—储量—油温不匹配造成亏油现象。袁婷婷带领员工完善罐存油品管理措施，按照夏天低库存、冬天高库存的原则，适时调控进油节奏，保持地罐平均温度，很快控制了库存油品损耗，经验在上海销售推广。

推进管理创新，袁婷婷注重在基础环节挖掘潜力，释放活力。前庭主管在加油站岗位序列设置多年，每天运转司空见惯，爱琢磨细观察的袁婷婷发现，前庭主管多是干些跑腿、打杂、应急的琐事，作用没有充分发挥。她率先推行"前庭主管赋能机制"，由现场一般化管理转向强化客户维护和非油品促销，把"管理二传手"变为"一线销售人"。在加油站二次分配基础上，给前庭主管三次分配权，以后台数据为依据，油品销量精确到升，非油收入精确到元，公开透明，公平合理，极大调动了员工销售积极性，此举被誉为扩销增效"前加力"。

袁婷婷推进管理创新，思想敏锐，见贤思齐，接受新事物能力强。稻盛和夫独创的阿米巴管理模式传到加油站，她组织骨干认真学习，吸取精华掌握真谛，根据销售业务链条，探索阿米巴管理模式在加油站各环节具体应用，运用量化分权理念，推行单站核算全员参与，人人掌握盈亏平衡点和利润控制点，在增强经营意识、培养管理人才方面收到良好效果。

高楼平地起，关键在根基。袁婷婷16年如一日推进经营管理创新，使嘉定第四加油站不断增强克服困难战胜挑战的底气、勇气、骨气，创先争优后劲足、基础牢，连续8年被上海销售树为标杆站。

## 创新品牌服务，做好有温度的新零售

一座名不见经传的偏远站，一个普普通通的便利店，在超市林立、小店如云的大上海，入选"市民信得过的连锁店"，评为"最美服务窗口"，在上海乃至全国绝无仅有。这是2500万上海人民对中国石油品牌的认可，更是广大客户对嘉定四站的褒奖。同样做非油，嘉定四站缘何成名？袁婷婷平静回答："以客户为中心，为上海人民提供高品质生活，做好有温度的新零售。"

适应群众消费心理，每年新粮上市，袁婷婷都在加油站举办"昆仑粮油节"，崇明大米、福临门面粉、山西小米、贵州杂粮、山东压榨花生油、特色小吃等几十种食品摆上柜台，垛起堆头，年轻人加油买粮一车走，老年人拉着小车购粮忙，连续5年"粮油节"，嘉定四站销售米面5.5吨、食用油2833桶。

为客户提供有温度的服务，袁婷婷精心策划，锁定人群，简而不凡。三八妇女节，男士抢购鲜花送女友，草本花价格高，凋谢快成垃圾，她开动脑筋，巧妙设计，亲手示范，用便利店彩色毛巾叠成一簇簇傲然开放的玫瑰花，做成"抱抱桶"放在收银台，并附上温馨俏皮广告语："油站和您是一家，毛巾智做玫瑰花，送媳妇送老妈，一旦感动掉眼泪，随手拆开就能擦。"顾客购买38元便利店商品即可获赠一束"玫瑰"，带动便利店销售翻三番。如今"玫瑰之约为爱加油"系列活动已坚持3年，品牌服务平添新家族。

以员工名字命名服务法，让品牌服务更加亲民。袁婷婷创新品牌服务，注意培育"自主品牌"，以自身特色拓展服务优势。陈加存的"算账省钱服务法"、苗雪勤的"跟踪关怀服务法"、周永红的"乡音相亲服务法"，成为嘉定四站品牌服务"三件套"，极大增强了服务黏性。比如，为了加快打造人·车·生活驿站，员工们利用休息时间逛商场、进超市、访地摊，准确掌握3家以上便利店同一种商品的销售价格，促销时掰着指头给客户算安全消费政治账、销售让利经济账、折扣赠品实惠账、站外停车风险账，引导客户形成"一站式"消费新时尚。

危急关头、困难时刻，更显品牌服务的创新魅力。2022年3月，上海疫情骤起，部分社区静默管控。袁婷婷心系人民，关注客户，带领员工坚守岗位，勇敢逆行，向社会郑重承诺：油品不停供，商品不涨价，服务不打烊。在做好自身防护的同时，成立7个"志愿服务送货团"，昼夜不停把2.8吨抗疫物资和生活用品送到8个小区，确保3500户居民正常生活。某单位防暑降温急需2000箱盐汽水，袁婷婷费尽周折连夜送货，又不顾疲劳把2000箱汽水卸车入库，汗水湿透衣衫，累得直不起腰，胳膊被划出血，客户非常感动，把每年六万元的盐汽水团购业务全都交给袁婷婷来做。

## 创新党建引领，促进业务高质量发展

2016年嘉定南区党支部成立，袁婷婷被选为兼职党支部书记。她以强烈的政治意识、政治责任做好基层党建工作，"小支部"演绎党建"大手笔"，创出"党支部建设示范点"。宝嘉分公司党委书记闫巍用16个字概括袁婷婷创新基层党建引领的内涵：深度融合、全面覆盖、活动贯穿、作用凸显。事实印证了闫巍的评价。在袁婷婷的带领下，嘉定南区党支部党建工作制度健全，落实到位，围绕主营业务，发挥核心作用，坚守主阵地，当好主心骨，诸多方面展现亮点。

理论学习扎实开展。袁婷婷自告奋勇担任学习组长，制定学习计划，定期讲授党课，过好主题党日，根据形势任务和党员思想实际，选学《习近平谈治国理政》有关篇章，组织讨论消化吸收，真学真信真用，检查抽查党员学习笔记并对号进行讲评。依托网络智能，上好"微党课"，开展"云分享"，党员思想教育搞得生动活泼。

把经营管理难题作为党建引领课题，在推进高质量发展中发挥党支部战斗堡垒作用和党员先锋模范作用。如针对市场竞争加剧、经营人才匮乏问题，袁婷婷着力发挥"劳模创新工作室"的孵化功能，提出奋斗目标：创新创效的先锋，精细管理的样板，优质服务的标杆，人才培养的摇篮，文化展示的窗口，党建引领的模范。她使出浑身解数，一人顶几人用，理论学习她是辅导员、实际操作她是教练员、现场参观她是解说员，通过绩效考核、技能竞赛、专项培训等途径，创新工作室吸纳了10名骨干成员，完成十二项课题研究。以党团员为主体，片区三座加油站实行销售联促、财务联查、安保联防、用工互补，形成竞争合力，取得显著效果。2021年三座站非油销售收入分别比上年增长32.9%、40.9%、42.5%。

针对员工队伍不够稳定问题，袁婷婷大力实施建家工程，关心员工冷暖，解决实际困难。员工生病她买药，家属住院她看望，员工遇事想不开，及时谈心解扣子。嘉定四站有10名员工家在外省，孩子成为留守儿童，从2017年起，每到寒暑假袁婷婷都安排12个孩子来站里看妈妈，举办亲子活动，组织孩子集体写作业，安排大学生员工给孩子辅导功课，带领孩子开展趣味活动，袁婷婷亲自上灶给孩子们做好吃的。有的员工合租房住不下，袁婷婷就安排他们的孩子住在学习室，孩子头一次住空调房，感觉"太好了"，充满幸福感，孩子们亲切叫她"袁妈妈"。员工生活舒心，对家里放心，工作就安心，流失率连续多年保持公司最低。

针对员工上升"天花板"，袁婷婷多途径开辟员工成长通道。有13名经营骨干光荣入党、3名党员成为经营骨干，走出4名站经理、4名副经理、5名核算员、5名便利店主管，还有2名进入机关管理岗位。

2017年袁婷婷当选上海市人大代表。5年来，她以"人民选我当代表，我当代表为人民"的质朴情怀，关注民生，体察民意，围绕成品油市场规范经营、整治加油站乱停车、道路交通规划、城市道路积水、城市绿化、长租公寓规范管理等百姓"急难愁盼"问题提出7项议案，全部收到答复办结文件，履职能力受到赞扬。2022年4月，上海疫情加重，政府为临时封控的江桥镇所属社区紧急发放生活物资，不巧把鹤栖路50多家商铺落下了,生活一时告急,找到袁婷婷反映问题。她详细了解情况,给政府提出建议,及时补发了物资,商户们很满意给袁婷婷送来锦旗。

## 创新源于理想,初心永志不忘

创新律动,梦想启航。

1979年,袁婷婷出生在大别山深处安徽省金寨县一个贫困山村。1999年,因家庭欠下外债,生活陷入困境,正在读高二的袁婷婷被迫辍学,只身来到上海打工,半个月没找到活儿兜里又没钱,挤在同乡姐妹合租房打地铺、蹭饭吃。

苍天不负苦命人。一家食品厂招工,袁婷婷成为流水线工人。不满足温饱的她向往美好,渴望进步,不久便"跳槽"进入民营加油站。自知学识浅薄,她想方设法学知识长本领,刻苦攻读计算机和财务管理,顺利通过会计电算化考试,走上核算员岗位。中国石油收购加油站,她一步跨入世界500强,从心底感到自豪与幸福,"改变命运干出样来",梦想悄然升华。

这些年,为了梦想袁婷婷一心扑在工作上。上班,员工踩着她的脚印来,下班,她踩着员工的脚印去,双休日,加油站有她的身影,连续6年在加油岛上度除夕。她像一个高速旋转的陀螺,每天两脚不拾闲,头疼感冒不在意,疾病来袭扳不倒。有一次颈椎病发作,脑供血不足突然晕倒,缓过来又像没事一样忙工作。

这些年,袁婷婷亏欠最多的是爱人和孩子。爱人从上海回江苏老家创业,有自己的生意,有宽敞的住房,给她找好了工作,收入比在加油站高很多,但是她更喜欢梦想启程的加油站,更喜欢为她筑梦前行的新老客户。15岁的女儿是她的宝,但这些年她没给女儿过一次生日,没有送过一次幼儿园,没有开过一次家长会。提起这些,袁婷婷眼含热泪但她说"不后悔",因为她离不开朝夕相处的员工,放不下和她一起打拼十几年的老姐妹。爱人拗不过她，无可奈何地说："俺老婆有病躺不住，老公恋不住，女儿粘不住，只有加油站能把她拴住。"

袁婷婷心中装着人民、装着工作，人民也关心着她，2022年3月11日袁婷婷因病做肛肠手术，上海市经信委领导到医院深情看望，袁婷婷把感激变成行动，没等痊愈就出院工作。

商家识人才。客户中有位身家过亿的大老板看袁婷婷是块经营管理的料，几次出高价"挖"她，不管条件多诱人，她都毫不动心，始终是那一句话："除了中石油，我哪儿也不去！"

是的，袁婷婷有千般不舍、万般引力"哪也不去"。在中国石油这块沃土上辛勤耕耘18载，她先后获得百名功勋站经理、销售公司十大感动人物、上海市五一劳动奖章、上海市三八红旗手、上海市劳动模范、集团公司优秀共产党员、全国五一劳动奖章等十余项荣誉称号。光荣当选党的二十大代表，她感到自己做得还不够，还有很大差距，耳边萦绕着习近平总书记的教诲："我们都在努力奔跑，我们都是追梦人。""世界上最大的幸福莫过于为人民幸福而奋斗"。

袁婷婷，创新在路上，筑梦不停步！

（原载于2023年2月20日《汽车生活报·销售导刊》，《中国石油报》摘发）

### 名家点评

一段机缘巧合改变了一个人的命运，也成就了一个人的人生。这就是此文开篇典型人物的戏剧化出场。

反差对比是产生戏剧化效果的最好手段。18年前企业的一次收购行为，无意中把一只"丑小鸭"变成了"白天鹅"。这突如其来的幸运伴随着女主人公一路走来，从默默无闻的打工妹到光彩照人的党的二十大代表，屡创佳绩，载誉前行，其背后鲜为人知的故事，一定是读者最想了解的。

故事从两个方面展开，一个是工作业务，一个是生活经历，二者相互交织，相互作用。工作业务上的成就与个人的生活经历如影随形，正是梦想启航的地方带给了她无穷的创新能力。

大篇幅的讲述围绕创新娓娓道来：用当地人办当地事，微信群"圈粉"，把"十惠"变成实惠，探索客户开发新模式；把"管理二传手"变为"一线销售人"，推进管理创新；做有温度的新零售，推出品牌服务"三件套"，引领"一站式"消费新时尚……除了工作业务创新主线之外，典型人物的生活经历与家庭关系等也在文中得以展现，从多个侧面立体呈现了典型人物的风采，使之可亲可敬。

戏剧性是人物通讯的抓手，人物的戏剧性可以直接带来整篇报道的可读性。

### 写作要点

抓住人物特性是典型人物报道成功的关键，否则很容易沦为一篇泛泛的工作通讯。

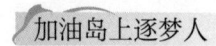

# "磁铁经理"

## ——记中国石油辽宁丹东销售分公司振八加油站经理王萍

**人物档案**

王萍，女，1972年出生，1990年入伍，1993年加入中国共产党，1994年退伍到丹东石油公司，做过加油员、计量员、核算员、加油站副经理、经理、片区副经理、市公司副经理、党委书记，先后获得最美丹东人、中国石油十大加油状元、中国石油十大杰出青年、中央企业十大杰出青年、首批铁人奖章、中国石油集团特等劳动模范、全国劳动模范、全国服务满意明星等荣誉称号，光荣当选党的十七大、党的十八大代表。

她是一位普普通通的女性，1990年入伍，1993年加入中国共产党，1994年退伍到丹东石油公司当了一名加油员。

她又是一名与众不同的女性，走上加油员岗位八年来，接待顾客数十万人次，没有发生一次争吵；经手现金和油票价值数百万元，没有一笔差账错款。八年来，她把顾客当朋友、贴心人，顾客进站加油都愿意找她，她的付油量不断提升，2000年和2001年，连续两年付油超千吨。

她，就是中国石油辽宁丹东销售分公司振八加油站经理王萍。

冬去春来，八个寒暑，王萍以她独有的个人魅力、超人的敬业精神，为她所在的加油站带来了可观的经济效益，为丹东分公司争了光，她由此也得到了公司内外一致赞誉！她总结的"加油服务热情一点儿、耐心一点儿、周到一点儿"，被丹东分公司命名为"王萍式服务法"，并作为辽宁销售公司的服务理念。她先后荣获全国服务满意明星、第二届中国石油十大杰出青年、中国石油股份公司十大加油状元、中国石油集团公司特等劳动模范等荣誉称号,获得首批铁人奖章,还被评为中央企业十大杰出青年,当选全国青联委员。

## 像磁铁一样吸引顾客

在鲜花和掌声面前,王萍严格要求自己,努力做得更好。

2002年8月,公司安排她到人员少、规模小的珍珠加油站任副经理;2003年4月,将她调到新建的八道加油站任经理;8月,又安排她到丹东分公司人员最多、销量最大的振八加油站当经理。她把每一次岗位变化当作建功创业的新起点,努力争当符合时代要求,掌握现代知识,具备先进理念,工作方法科学,经营业绩突出,内部管理规范,有理想、有能力、有作为的加油站经理。

面对新任务、新目标,她保持当加油员时的那么一股劲头,那么一种精神,那么一种激情,做到立足岗位献身中国石油的理想不变,热情、耐心、周到为顾客服务的宗旨不变,勇于创新、追求卓越的激情不变。一方面加强学习,拜师求教,学安全管理,学油品计量,学报表编制,学市场营销,学财务核算,学经营分析,努力掌握市场经济条件下加油站经理应具备的知识和能力;另一方面坚持做到心不离付油姐妹,身不离付油现场,手不离加油枪,与顾客保持零距离接触,心与心沟通,加油站销量不断攀升。珍珠加油站平均月销量从210吨增加到272吨;八道加油站开业初期月销量不足百吨,她离开时达到209吨;振八加油站平均月销量由她接手时987吨上升到1108吨,2003年总销量11845吨,2004年总销量13540吨,创丹东分公司加油站年销量最高纪录,被中国石油股份公司评为"五星级加油站"和"百座红旗加油站",2005年振八加油站销量达到13766吨,再创历史新高。

被集团公司评为十大杰出青年以后，丹东分公司确定王萍为"企业形象大使"，在报纸、广播、电视上进行广泛宣传，许多顾客原来不在长兴站加油，听了宣传特意赶来排队等她加油，被媒体称为丹东商业服务业从未有过的"王萍现象""王萍效应"。她调到珍珠加油站当副经理，20多个出租车客户跟随她到珍珠加油站加油；调到八道加油站任经理，市公司把她持枪加油的照片做成巨幅广告牌竖立在加油站大门口，又有30多个出租车客户跟到了八道加油站；振八加油站原有出租车客户246个，她去当经理不到一个月就增加到310个。在"到处是油站在哪都是加油"的竞争环境下，一个普通加油员能受到众多顾客的青睐，她感到莫大的荣幸。她心里很清楚，这不是她个人的魅力，而是中国石油品牌有着巨大影响力和吸引力，没有中国石油品牌的支撑，个人难以取得这样的成绩。跟她走四个站加油的顾客毕竟是少数，要不断增加市场份额，必须依托品牌优势，像磁铁一样把顾客紧紧吸引在中国石油的周围。所以，每换一个加油站，她都主动拜访客户，加油站辐射半径内的客户每月走访一遍。

随着国家振兴东北老工业基地战略的实施，一大批基建项目落户辽宁，拉动成品油社会需求不断增长。作为加油站经理，她千方百计捕捉信息，了解投资项目在丹东实施情况，项目一落地，她就找上门，把业务抓到手。2004年，丹东蒲石河发电站建设工程被吉林一家电力公司中标，她天天打听项目办公地址。一天上午，一辆挂吉林牌照的小轿车驶进加油站，她主动与司机唠家常、谈安全，得知他们正是蒲石河发电项目办做前期工作的。她请他们留下电话，下午就找上门去，详细介绍中国石油品牌和振八加油站的服务情况，并陪同主管领导到几个加油站实地考察。经过多方比较，该项目最终选择振八加油站，每月用油量五六吨，工程开工后用量更加可观。

由于坚持把弘扬中国石油品牌当作开拓市场的锐利武器，加油站固定客户明显增加——珍珠加油站固定客户由63个增加到86个；八道加油站运营4个月固定客户发展到55个；振八加油站固定客户由她接手时的106个增加到目前160个，仅立卡加油的车辆就达600多台。

实践证明，在经营主体多元化、价格机制市场化的竞争形势下，唯有坚持以品牌吸引客户，以服务留住客户，才能达到凝聚八方客，难舍又难分的最高境界。前几年，振八加油站为了争取客户，对一些信誉好的大单位实行"红字销售"（即先加油后付款，实为赊销），月末统一结算。她当经理后立下军令状：坚决停止赊销，把开拓市场、扩销增效建立在"零风险"基础上。发展新客户，不以赊销当诱饵；稳定老客户，不以赊销做条件。虎跃快客是辽宁全省规模最大的长途客运公司，每天十几台进口豪华大客车往返沈阳至丹东之间。该公司经过严格筛选，确定每天留驻丹东的车辆在振八加油站定点加油，提出的唯一条件是先加油后付款。她耐心地给车队领导讲，中国石油是境外上市公司，按现代企业制度规范运作，"红字加油"为规章制度所不许；一手钱一手货是商家通用的游戏规则，虎跃公司也不允许旅客先坐车月末付款；实行先款后货，实际上是约束石油公司履行供油协议，资源紧张时保证供应，对虎跃公司稳定发展有好处。对方看她说的在理，欣然同意先打款后加油。她郑重承诺：虎跃公司实行建卡加油，加油站协助搞好油品管理，降低车队运营成本，做到"四个不加"，即车号与卡号不符不加，没有加油本不加，驾驶员、加油员不同时在卡上本上签字不加，要求少加油多记账套取现金不加。两年来，虎跃公司驻丹东的车辆一直在振八站加油，每月为振八加油站增加销量17吨多。

2005年2月，国家新的成品油定价方案出台，公司为了规避经营风险，要求大力降低客存。她主动上门一家一家做工作，说明超量客存给石油公司带来的巨大风险，求得客户的理解，变"凭本"加油为"刷卡"加油，变"储油"为"储钱"，实现完全市场机制下的互利双赢。开发区管委会是用油大户，上级财政每月拨一次购油款，为支持加油站减少客存，他们把钱存到加油站，随用随买，计划支出，节约用油。

王萍就是这样，依托品牌开路，发挥磁铁效应，建立持续稳定的客户群体。新客户不再"红字销售"，老客户结清前期欠款，个别想离开的也回心转意。人大、纪委、邮政、网通、大田公司等十几个过去"红字加油"的单位,全变成"蓝字加油",进而由客存油钱变成刷卡加油,客户一个也没走。

## 像挚友一样忠诚顾客

在同等质量、同等价格情况下,谁的服务为顾客创造价值,顾客就认可谁、选择谁,从而使加油站获得更大发展空间。作为加油站经理,王萍经常想,未来时代是顾客选择经销商并日益主宰市场的时代,加油站要与顾客站在一起想到一块儿,为顾客的利益考量,最大限度满足顾客需求。基于这个认识,她带领全站员工以永久的诚信、不变的微笑、多变的服务,满足顾客的不同需求,像挚友一样忠诚顾客,让方方面面的顾客都满意,从而提高加油站核心竞争力。在实践中她注意抓好以下四个环节。

注重长远发展,不以量小而不为。为了方便顾客,加油站推出电话订购送油上门业务,多者五六吨,少者三五十升,只要顾客打个电话,立即派人把油送去。有的顾客只买几元钱的油,还不够送油打车钱,但王萍想,顾客在需要的时候想到我们,是对中国石油的信任,即使没多大利润也要热情服务,一次怠慢顾客,十次难消影响,坚信顾客的口碑一定能够转化为经济效益。事实正是这样,那些接受他们送油服务的"微型客户",逢人就说振八加油站服务好,引来很多新客户。

不让顾客服从她,你有需要她就办。一些长途客车利用加油机会打扫车内卫生,顺手把垃圾杂物倒在加油场地。他们没有简单规定"不许""禁止",而是根据顾客需求,在每台加油机旁增设一个保洁箱,客车边搞卫生边把垃圾投进箱内,既方便了客户,又保护了环境,进站加油的客车比以前更多了。

看似无关却有关,平凡小事见忠诚。一次,中国移动丹东分公司的老总到振八站加油,发现她的手机用的是联通的网,便开玩笑说:"王萍,你是丹东名人,移动公司是振八的老客户,你得用中国移动电话呀!"她没有当笑话听,下班就买一个中国移动手机号,并当场给那位老总打电话,那位老总高兴地说:"就凭你支持中国移动,我们永远在振八加油。"公司领导知道这件事,表扬王萍机灵,调换一个手机号,稳定一个大客户。

近几年,邮局订报与一些报纸自办发行之间竞争很激烈。王萍想,邮局是他们站的稳定客户,应该支持他们完成订阅指标,于是便与自办发行脱钩,改从邮局订阅报刊。一个手机号、一份报纸,对于这两家客户作用并不大,但却让客户感受到中国石油对他们的支持与忠诚,顺理成章愿意到中国石油加油。

每逢节日,站里总会为司机做点什么。去年"十一",王萍从个人奖金中拿出1.5万元,自行设计、委托制作了近万个中国结,一面写"王萍为您加油",另一面写"祝您一路平安",送给前来加油的司机朋友,让他们体味到节日的快乐和石油人的亲情。

弱势群体多关注,细微之处有真情。为了方便残疾人三轮摩托车进站加油,振八加油站开辟了专用加油场地对残疾人实行开票、交款、加油"一条龙"服务,很受欢迎。后来王萍发现,在露天加油,夏天挨晒,雨天挨浇,冬天落雪,油箱容易进水不好发动。于是,便在三轮车加油场地安装防雨篷,免除了残疾人顾客加油日晒雨淋雪打之苦。许多司机说,振八加油站从细微之处关注弱势群体,得人心,暖人心。2003年以来,振八加油站无顾客投诉,无业务纠纷,客户满意率达98%以上。

## 像绣花一样抓好管理

一位著名管理学家说:"企业最大的成本是没有经过培训的员工。"

王萍把在部队学到的好传统、好做法带到加油站,结合落实《加油站管理规范》,从员工一言一行抓起,强化精细管理。付油亭、营业室、办公室、食堂、宿舍等各个场所，物品摆放一条线，各种报表齐刷刷，被子叠成"豆腐块"。每天举行交接班仪式，接班的跑步进入，交班的齐步退出，引得行人驻足观看。

加油站建立了严格的激励约束机制，坚持日检查、周考核、月评比，实行奖优罚劣，并与个人利益挂钩，做到付油多少薪酬不一样，服务好差评价不一样，名次先后奖励不一样，能力高低使用不一样。被评为月份加油状元或优秀员工，不仅发奖金，还颁发荣誉证书，她亲自送到员工家里。

对违纪违规人员，坚持严肃处理，不搞"下不为例"，在强化管理上不搞"习惯性违章"。有一次，一位关系非常"铁"的顾客身上沾了油污，提出用汽油洗一下，一名加油员在现场用塑料瓶装汽油违反了安全禁令。她按照有关规定，对她做罚款处理，并以此为例，深入进行安全教育，杜绝了习惯性违章。

为了全面提高员工素质，加油站开展了"每日一题，每周一考"全员培训活动，围绕油品经营、安全管理、服务规范、油品数质量等经常性工作，编制"员工应知应会一百题"，每周半天集中培训，每天交接班抽签提问，员工个个做到"百问不倒"。还经常进行加油十三步曲、收银六步曲、接卸油十三步曲现场操作演练，培养出一批有知识、守纪律、会服务、懂管理的优秀员工。一年多时间，向市公司输送7名经营管理骨干，其中4名当了加油站经理，3名担任核算员。

一个管理成熟的加油站不仅要做到销量大，还要做到费用低。为了实现这个目标，振八加油站实行模拟核算，根据每天的销量和价格算毛利，根据费用算成本，根据预算指标完成情况算挂回的工资，激励大家多销售，多创利。为了减少水、电费用支出，所有电器开关都有专人负责，消灭长流水、长明灯。胶水用到瓶空，圆珠笔换芯不换杆，拖布省着用。经市公司严格考核，2005年振八加油站吨油现金营销成本仅为30.79元，吨油费为39.77元，连续三年居辽宁销售系统先进水平。

加油站的主要设施和人员在付油现场，客观上要求加油站经理把主要精力放在经营现场。五年来，不论在哪个站当经理，她每天在付油场地工作的时间都不少于 5 小时，并总结了"加油员跑动服务法"和"加油站经理走动管理法"。有一次，"神秘顾客"向公司反映："振八加油站经理在位情况不好，去了好几次办公室都没人。"经领导介绍，他又返回加油站，在付油现场找到了王萍，见她穿一身加油员工作服忙个不停，感慨地说："怎么也看不出你是经理。"2004 年，丹东分公司三次在振八加油站召开现场会，推广规范管理经验。2005 年 7 月，辽宁销售公司在振八站召开全系统加油站标准化管理现场会，同时，"六个十"营销工作法还被集团公司评为青年创新工作法"百优"项目。

## 像亲人一样关爱员工

"要让员工爱岗敬业，自己必须首先以站为家，成为无私奉献的带头人，才能凝聚员工做好工作。"王萍是这样想的，更是这样做的。振八加油站有 19 名员工，平均年龄 22 岁，王萍是员工中的大姐。她家离加油站乘公共汽车要 40 分钟，早班员工 7 点半到岗，她 7 点前肯定到达，白天在现场抓管理、忙加油，下班后整理工作日志，处理遗留事务，准备第二天工作，晚上六七点回家是早的。公司汽车队在振八加油站后院，每天收车时捎带给他们站送油。按照责任分工，加油站经理要亲自卸油，她经常晚上八九点回家，有时太晚了就住在站里。员工有病或家里有事，她主动顶岗替班，付油开票、结算、报表样样干得来。到振八站两年多，每个加油员她都替过班，最长 24 小时，交班后泡一袋方便面，接着干自己的工作。

她把员工当成弟弟妹妹，满腔热情关心他们成长，手把手教业务，心贴心帮思想。员工过生日，送蛋糕，做长寿面；员工生病，陪他们去医院，把药品和水果送到床前。她还亲自定食谱，保证员工每天吃上新鲜蔬菜，周末她上灶做两个好菜，给大家改善伙食。夏天，她给员工买西瓜和冷饮，冬天关照大家防寒保暖。为适应青年活泼好动的特点，站里每年组织一两次旅游，她和大家一起唱歌、跳舞、钓鱼、野餐，感受幸福生活，展示青春风采。每年除夕，她和员工一起度过，给大家带糖果，煮饺子，还把爱人叫来，他们俩一起上岗加油，把员工换下来看春节晚会节目。为了让加油员吃上热乎饭，当经理以来，只要她在站里，就坚持每天中午顶岗加油，让员工先吃饭。加油站青年女工多，上级要求不许烫发，不许抹口红，但爱美之心人皆有之，她设身处地为她们着想，做到既不违规又打扮漂亮。为了减轻油气对皮肤的刺激和损伤，业余时间她和大家交流如何选择化妆品，下班后穿皮鞋、着时装、戴项链，融入时尚潮流。没有搞对象的，她和她们讨论现代择偶标准，调整个人心态，把恋爱变成促进工作的动力。大家有心里话愿意跟她说，处对象先征求她的意见。

这些年王萍欠家人感情账比较多，但只要有机会就努力补上。重阳节，她用奖金在小饭店请公公婆婆吃饭，献花敬酒，倾诉衷肠；公婆过生日，买份小礼品，感谢两位老人多年对她的理解和支持。

王萍，一个工作在中国石油加油站一线的经理，用自己的行动诠释了中国石油"奉献能源、创造和谐"的理念，成为社会认识中国石油的一个窗口。

（原载于 2005 年 1 月 17 日《中国石油报》，《中国石油企业》刊发）

### 名家点评

用"磁铁"冠以人物，凸显鲜明个性，引人关注。独特的"王萍式服务法""王萍现象""王萍效应"，更能引发业内人士的阅读兴趣。通过吸引顾客、忠诚顾客、抓好管理、关爱员工等四个板块条分缕析，完成人物的个性行为描述，有概括，有细节，有故事，把工作经验融入新闻表达。

**写作要点**

用新闻叙述的方式完成典型人物的报道,与一般性的工作经验介绍迥然不同。如果把人物通讯写成了事迹的罗列堆砌,像文件材料,就会索然无味,达不到新闻传播的作用。

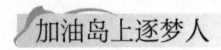

# 雷锋式的好工人

## ——记中国石油辽宁大石桥销售分公司峪子沟油库安全员冯申平

**人物档案**

冯申平,1963年出生,1981年入伍,同年12月加入中国共产党,1993年转业。服役期间曾任文书、班长、收发员、司务长、服务中心主任等职,荣获赤峰守备区学雷锋标兵、内蒙古自治区学雷锋标兵、沈阳军区优秀共产党员等称号,获沈阳军区学雷锋银质奖章,荣立二等功一次、三等功三次。

转业后分配到辽宁营口石油公司工作,曾任机械维修工、付油班长、巡线员、警消员、安全员、住库代表等职,连续多年被省市公司评为先进个人、优秀共产党员,2004年被辽宁销售公司授予"雷锋式好工人"荣誉称号,2005年被中国石油集团公司评为劳动模范。

冯申平1993年转业,现为中国石油辽宁销售大石桥分公司峪子沟油库工人。到石油公司工作11年,冯申平矢志不渝学雷锋,干一行、爱一行、钻一行,在平凡岗位上做出了不平凡的业绩,年年被评为先进个人或优秀共产党员,1997年被辽宁省营口市评为"学雷锋先进个人"。

冯申平在军营是一名"雷锋式的好战士",在企业是一名"雷锋式的好工人"。

## 上篇

　　从军队到地方、从军官到工人，环境、任务、岗位发生了全新的变化，冯申平认准一个理儿：无论在哪里，无论干什么，学雷锋都要从本职岗位做起。他勉励自己要像雷锋那样，做一颗永不生锈的螺丝钉，放在哪里都闪光、不松动。

　　1994年1月18日早8点，冯申平走进石油商店（现大石桥市第一加油站），工作是做机械维修工。冯申平在部队搞后勤保障，对加油机、电动机、发电机一窍不通，连最简单的电路都看不懂。他心里急呀，就找来《电工学》《柴油机发电使用维护手册》，对照实物琢磨，遇到不懂的就拜师求教，还写了一万多字心得笔记。俗话说，"井淘三遍吃甜水，人从三师武艺高"。冯申平很快就能独立顶岗发电，领导称赞冯申平"肯学习、上路快"。

　　上班仅几个月，冯申平就以踏实能干、工作热情的形象给领导留下了深刻印象。1994年6月，辽宁省开展窗口行业规范服务竞赛活动，省石油总公司要求加油站实行把枪付油，为顾客提供便捷服务。石油商店安排8名女职工成立把枪付油班，由冯申平任班长。石油商店的加油机设在室内，在外面把枪加油，夏天烈日晒，冬天刺骨寒，春秋大风灌，是加油站最苦最累的活儿。然而，比艰苦更可怕的是思想观念落后，习惯于在屋里按电钮的女工们认为，把枪加油"低人一等"，"比犯生活错误还丢人"。有的借故推托，有的干脆硬顶，实在躲不过去就戴上口罩，包上纱巾，来个"蒙面加油"。和"娘子军"工作，冯申平理所当然成为主力。他说，当工人干活儿就要肯卖力，每天无数次提油枪、放油枪，简单枯燥，他却干得很上心，他明白一个道理：再简单的活儿也要认真干，认真干才会有出息。不论是盛夏酷暑，还是三九严寒，不论是大雨滂沱，还是雪花纷飞，值班次数最多、把枪加油时间最长的总是冯申平，经常一顶就是半天，脸曝皮了、手冻伤了，把枪付油仍然一丝不苟。付油班实行两班倒，在石油商店两年多，冯申平未倒过一个班，双休日、节假日也坚持上岗把枪付油。冯申平知道，一个人的能力毕竟是有限的，只有聚集起大家的智慧，激活"娘子军"的积极性，加油站才能有活力。他和老大姐们谈家常、谈工作、谈企业、谈人生，鼓励大家克服虚荣心，增强责任感。女工们觉得小冯说的在理，工作劲头上来了。冯申平还把自己总结的"一听、二看、三减速"的加油经验传授给大家。许多司机享受到了"不下车就加油"的亲情服务，宁可绕远也要到石油商店加油。

1996年12月30日，大石桥石油公司开始租赁经营第一座加油站——百寨加油站，公司经理点名要冯申平到百寨加油站当夜班付油班班长。刚下夜班的冯申平没顾上跟家里交代，就随接收组奔赴百寨。同事们不知道，这时候冯申平患肺心病的父亲，病情加重已好几天了。

坐落在市郊的百寨加油站破烂不堪，院内积雪一尺多厚，一排平房有门框没有门，有窗户没玻璃，火炕坍塌，炉子垮架，垃圾满地。同来5个人，清完积雪刚好下班。冯申平留了下来。辽南的三九天，夜间气温零下20多摄氏度，满屋冰冷，无床无凳。就在这一夜，冯申平把坍塌的火炕扒完了，把垮架的炉子拆掉了，把各屋的垃圾清理了。第二天，又到野地里扒雪找土、盘炕、搭炉子，双手被冰碴划破了直流血……

新百寨加油站要重铺输油管线。冯申平晚上值班，白天锹镐不离手，刨冻土、掀盖板、除污垢。直到第七天父亲离世，弟弟到石油商店接他扑了空，晚上8点多才在百寨加油站找到他。弟弟先是严厉责怪后是百般催促，冯申平满眼含泪，但还是等到接替的人来了才往家赶。父亲遗体火化后，冯申平马上回到加油站，他就是这样一门心思扑在工作上。

1997年8月，大石桥峪子沟油库分输管线建成投产。这条管线对企业拓展市场、提高效益意义重大，被员工们喻为"生命线"。公司领导交代油库主任：在全公司挑责任心强、能吃苦的人当巡线员。冯申平第一个被选中。

分输管线长11.09千米，经3个乡镇、9个自然屯、11条沟渠、14条公路、2条铁路、2处果园、2处苗圃，巡视一遍通常要四五个小时。

冯申平拿个大本子，对照设计施工图，反复从起点走到终点，详细标注管道拐弯处、阳极点、弯头数量和角度，编出点号，对应里程，并把地上标桩、地面建筑物、方位物记得清清楚楚，精心绘制出巡线示意图，每天按图行进，没几天管线情况就烂熟于心了。随后，冯申平又走村串户，宣传国家石油管道安全保护条例和省公安厅通告，贴标语发传单，与村民委员会建立联防组织，还公布了报警电话，使石油管线保护工作深入人心。

1998年冬天，大石桥地区连降大雪。一天上午，冯申平照例去巡线，爱人劝他："这么大雪就停一天吧。"冯申平不干："咱干工作要对得住天地良心。"大雪盖路，没过了标桩，他依据方位物艰难行进。巡视到陈家村后山果园，已经分不清哪里是路，一脚踩空连人带车掉进了沟里，雪灌进裤腿和袖口冰凉刺骨。冯申平从雪沟里爬出来，扛起车子继续巡视，汗水浸透了内衣，外衣上挂了一层梆硬的冰甲，27个点位全部走到、看到、查到，确认万无一失才疲惫地回家。有人说他"自己找罪受"，他说"受罪心里才踏实"。

2003年3月，冯申平调回警消班，实行3班倒。安全制度规定，库区重点部位白班要巡检7次，夜班要巡检10次，设置17个信息钮，电脑自动记录，漏点一个信息钮罚款10元。经验丰富的警消班班长介绍，巡视一圈要走1500米，大约30分钟。冯申平把安全巡检做到极致，在警消班工作10个月，夜班巡检点击读数达10200次，及时发现阀门渗油等险情，成为警消人员中唯一没有漏检受罚的人。

## 中篇

和冯申平工作过的人都说，不论小冯在哪个单位，清理厕所、打扫卫生，肯定被他包了。这话一点儿不假。11年来，冯申平从石油商店到百寨加油站，再到峪子沟油库，走到哪儿把打扫厕所的"工作"带到哪儿。

石油商店厕所离居民区近，使用的人多，冬天粪尿结冰，夏天无处下脚。自打冯申平到岗，情况就不一样了，他每天清理两次，夏季撒石灰灭蛆驱蝇，雨天推炉渣垫小道，冬季刨冰清便，附近居民还以为是"雇来的勤杂工"，一些老职工至今还念念不忘"冯申平收拾厕所干净、有样"。

有这样的顺口溜："冯申平三件宝，筲帚、扫帚和铁锹"，说的是冯申平离不开的"贴身工具"。石油商店原来是土路面，一下雨冲得坑坑洼洼，车辆、行人进出不便，冯申平用三轮车运来100多车沙石和山皮土，把地面铺平压实。

春夏秋冬，寒来暑往，家住农村的冯申平，离单位最远，却每天提前半小时到岗，整厕所、扫院子、清场地、擦地板、打开水。有人统计，每天仅以30分钟计算，11年来冯申平奉献工作日206个，冯申平的历任领导则说："远不止这些，星期天、节假日、晚下班还没算进去呢。"

冯申平一天到晚不知疲倦地忙碌着。心细人发现，不论是中午休息，还是工间小憩，冯申平很少坐下喝茶水、唠闲嗑。石油商店花池子浇一次要60桶水，从锅炉房提水一个往返200米，冯申平利用休息时间，一手一桶，一口气拎30个来回。负责分输管线巡视期间，他经常先到库里干活，留出时间巡线。2003年，峪子沟油库平整出一亩多菜地。农村长大的冯申平有了用武之地，工余翻地起垄、栽苗浇水、除草灭虫，还把家里积攒的土肥拉来施用，让大家吃"绿色蔬菜"。食堂管理员估算，那年收获土豆400斤、地瓜200斤、大萝卜300斤、胡萝卜150斤。大家每逢吃上新鲜菜，就夸冯申平。

2002年10月，油库食堂下水道翻修让巡线回来的冯申平赶上了，他二话没说，脱去外衣，操起铁锹就干。挖开的下水道臭味令人窒息，许多人都躲开了，冯申平打基础、铺管道、抹水泥、砌马葫芦、回填土，一直忙到完工。

石油商店院里杂草丛生，他收拾；油库管道沟落进杂物，他钻进去一段一段抠干净；冬天气温骤降，铁路柴油罐车接卸困难，他推热水烫槽车，干到凌晨2点。油库同事说："冯申平做的细小工作和平凡事情我们都做过，但没有冯申平做得经常、做得持久、做得彻底，冯申平不平凡，根本原因是他心中有雷锋，人生有追求。"

11年来，冯申平以奉献为快乐，用行动演绎一个又一个"雷锋故事"。1994年，石油商店职工一下子买了13辆名牌自行车，人人精心爱护，晴天怕落灰、雨天怕沾泥。冯申平利用休息时间为大家擦车子，几乎一天擦一次。时间长了同事们都觉得过意不去，冯申平却很坦然，安慰说："没什么，多为别人做点事，企业有合力，生活有意义。"

## 下篇

由于没有房子，冯申平结婚十多年，媳妇一直住在娘家。冯申平转业后，才在岳父院里盖了两间平房。为这两间平房，冯申平起早贪黑到河套挖沙子，到工地拣砖头，还欠下3600多元外债。为还债，冯申平就在歇班时间去卖工挣钱。一次，装运矿石送往外地，老板不供饭，身上又没带钱，饿极了只好向菜农要两把小葱吃。爱人心疼他，说什么也不让他出去卖工了。冯申平开始养猪养鸡，还租种五亩四分地，每天早上4点半下地干活儿，6点半从地里去上班；下班后直接到地里干活儿，天黑回家吃饭。

为了在人前能"拿出手"，还清外债之后，媳妇花700元给他买了一件皮夹克，冯申平只在春节时穿几天，8年了还跟新的一样。一双50元钱的皮鞋穿了8年还在穿。2004年10月，负责油库QHSE体系建设的冯申平，到沈阳参加省公司业务培训，几个要好的朋友说："你出去代表大石桥公司，应该买套西服，换双皮鞋，打扮精神一点。"冯申平舍不得花钱，把迷彩服洗得整整洁洁，胶鞋刷得干干净净，精神饱满地去参加学习培训。

在峪子沟油库，流传着许多冯申平生活节俭的故事。有一次，冯申平下班回家，半路自行车胎没气了，他硬是扛车走5里路回家自己补。

有人说："道边就是修车部，一元钱补一个眼儿。"冯申平回答："一元钱买一块豆腐够全家吃。"于是"车子骑人"的故事在油库传开。还有一次，油库清罐弄了一身油污，领导安排大家下山洗澡。冯申平洗澡动作快，服务人员第一个给他搓背。当得知搓背要花5元钱时，他先把自己那份退掉，又帮另外3个同志搓背，省下20元钱。结果"5人洗澡，4人退票"在油库传为美谈。

2004年8月，冯申平和油库主任到公司开会，主任有急事提前开车返回。从公司到油库11千米，坐公交车只需2元钱，打车最多10元钱。冯申平舍不得，愣是跑回油库，浑身上下汗水湿透。于是，又有了冯申平"省下两元钱，跑步赶回山"的故事。

一些同事对冯申平的行为不理解，明里暗里说他傻，对此冯申平有自己的见解，他说："我也知道吃好的顺口，穿好的讲究，坐小车舒服，但那得多少钱啊！比花钱讲享受永远没有头，雷锋同志提出的'工作上向高标准看齐，生活上向低标准看齐'永远不过时。"

冯申平克勤克俭，对社会、对他人却很慷慨。公司每次扶贫助学、捐款救助，考虑他家实际情况，"特批"他不参加，但他总是说："有人比我更困难。"结果每次都不落后。

冯申平爱岗敬业，艰苦奋斗，奉献他人，受到同事的一致赞扬。大石桥石油公司的老党员、老工人真情评说冯申平：最大爱好是工作，一年到头不拾闲；最大特长是吃苦耐劳，分内分外拼命干，没有喊过一声累；最大优点是领导让干啥就干啥，干啥就干好啥；最大缺点是不合潮流，只会省钱，不会花钱。常言说"人心是杆秤"，就凭这，公司每次评选先进，冯申平都高票当选。

（原载于2005年3月4日《中国石油报·北方周末》）

### 名家点评

用人物小传的形式简要梳理典型人物的相关履历和成就荣誉,概括性地为人物建档,如同给人物画像,阅之一目了然,正文再详细讲述其中的故事。如此设计一是避免了文中叙述之枯燥,二是使人物更加突出,三是繁简结合便于阅读。

### 写作要点

典型人物报道的形式创新也很重要,形式与内容相得益彰,才能不断提升文章的阅读率。

# 一心听党话　永远跟党走

## ——记中国石油辽宁阜新销售分公司离休干部段养伦

**人物档案**

段养伦,男,1925年出生,1945年参军,1946年加入中国共产党,他牢记入党誓词,坚定理想信念,党让干啥就干啥,党让到哪儿就到哪儿。战争年代,冲锋在前,多次负伤;和平时期,埋头苦干,默默奉献;离休后,继续为党和人民奋斗。被评为优秀党员、优秀离退休干部,2020年病故,享年95岁。

有这样一位老人:66岁荣获"老有所为精英"奖;71岁被评为"优秀共产党员";79岁被评为"优秀离休干部"。

这位老人,就是中国石油辽宁销售阜新分公司80岁的离休干部段养伦。

1925年11月,段养伦出生在安徽省阜阳县段营村一个贫苦家庭,1945年5月参加新四军,1946年5月在火线加入中国共产党。在鲜红的党旗下,他庄严宣誓:"永远听党的话,跟党走,冲锋在前,退却在后,为人民的利益奋斗终生!"

他参加过淮海、渡江、苏北等战役和战斗20多次,被评为战斗模范,出席华东野战军第九纵队、第二纵队模范表彰大会。

1948年2月,在攻打江苏益林的战斗中,段养伦左腿被子弹打穿,他包扎一下伤口仍坚持战斗。在护送重伤员时,遭敌人炮火袭击,身体多处负伤,至今头部还有4块弹片无法取出,从右眼角打进的弹片致右眼失明，被评为二等乙级残废军人。

1954年10月，已是连队副指导员的段养伦转业，先后担任辽宁省阜新市清河门区五金公司储运股副股长、人秘科副科长、工会主席、副经理，阜新市石油公司清河门石油商店党支部书记。1984年6月离休。

离休后，家人和同事都以为他会"好好享几天清福"。然而，段老翻看着一张张已经发黄的老照片，抚摸一枚枚战功纪念章，追忆一场场殊死的战斗。他仿佛看到，19岁的同班战士小曹第一次参加战斗就英勇献身；他仿佛看到，比自己小3岁的战友小车，为掩护到前线视察的首长，光荣牺牲。他耳边响起转业时向首长表达的决心："发扬优良传统，为党和军队争光！"他深情地说："俺在党旗下宣过誓，一天也不放下先锋战士的责任，要终身为人民服务，离休只是转战场，不能凭老资格享清福。"

离休的段老没了"官衔"，却满心的"为人民做事，尽党员义务"。

20年来，他当治安巡逻员，用正气打造平安社区；当民事调解员，让小区住户生活得和和睦睦；做校外辅导员，把革命传统的种子播入孩子们的心田。他说："只要想人民，为人民，就有干不完的事。"

清河门地处城乡接合部，西接锦州，北临朝阳，流动人口和闲散人员多，是治安问题多发区，住宅小区内打架斗殴丢东西时有发生。1984年，段老离休后做的第一件事，就是牵头成立社区治安巡逻组，自任组长。整个社区巡逻一圈要走3个小时。巡逻组常是"天黑出巡深夜归，凌晨上岗天亮回"，越是逢年过节、双休日，巡逻时间越长，只有一只眼睛的段老一巡就是6年。

细心人发现，盛夏酷暑出门巡逻，别人戴凉帽，段老却戴上用两层厚布做成的夹帽。时间长了大家才知道，原来段老头上的弹片一经日晒就会膨胀，引起阵阵头疼。居民们说："段大爷是豁出老命为咱保安全啊！"

有段时间，小区连续丢失自行车，段老他们留意巡查蹲守7天，终于抓住了偷车贼，公安部门也以此为突破口，破获多起自行车盗窃案。

不法之徒仇恨段老，扬言要"打破他的脑壳"。一些好心人劝段老别管"闲事"，他说："维持社会秩序，保护群众利益是正事，向坏人低头是对人民不负责任。"他若无其事，照样天天巡逻。

6年间，段老和他的巡逻组，配合公安部门侦破各种案件近20起。群殴被劝止，丢失的钱物被找回，社区治安不断好转，群众亲切地管段老叫"段提刑"。

段老一心为群众办好事，成了大家的主心骨，社区许多居民家有个大事小情，都要先听听"段大爷"的意见，请他拿主意。段老就这样自然而然地当起了"社区民事调解员"。

一家姓李的夫妇闹别扭互不相让，女方一气回了娘家，30多天"不开晴"。段老和居委会主任冒雨步行12里地，做通女方父母工作，劝说女方打消离婚念头。随后，段老返回男方家中，主持家务会，劝导男方求得女方谅解，使夫妻重归于好。在清河门社区，经过段老的耐心调解，已有6对夫妻破镜重圆。

20年来，段老走东家串西家，调解邻里纠纷，平息家族冲突，化解夫妻矛盾，消除婆媳隔阂，解决了多少难事已无法统计，赢得大家的赞叹和感激，也赢得社区和法院干部的敬重。

段老常说："战场上眼看那么多同志壮烈牺牲，俺是从烈士尸体上爬过来的人，比起他们俺不知幸福多少倍，总觉得对党贡献少，咋干也报答不完党的恩情。"

离休20年，段老从没因为房子、车子、票子、孩子等问题向组织提任何要求。清河门离市区35千米，每次到市公司开会，他不用专车接送，全是坐公共汽车，并总是提前半小时到会。有人问："你够条件，年岁大，腿脚不灵便，为啥不要车？"他说："俺是个闲人，坐公共汽车就行了，小车留给工作用。早点儿赶到别耽误大家时间，还能多看看上级文件。"

熟悉段老的同志都说"段老没有私心"。这话一点儿不假。按政策规定,离休干部百分之百报销医疗费，但家人想借段老的光吃药根本办不到。他说："我的医疗费是党给的，谁也不许沾光享用。"平时，医疗本他自己保管；看病，他一样一样查药名，多开一点也不行。头疼感冒，打针吃药自己承担。每年的医疗费都用不完，2005年到现在只用了1/5。

前些年段老身板硬朗，有时一年也不报医疗费，公司按规定发给800元补助，他说："我没病，要补助干啥。"2004年春节，公司走访慰问老干部，发现他在家里打点滴，便要送他到医院去，他说："到医院也用这个药，在家里省钱。"还说："我省下点儿钱给重病号。"

2005年8月，段老给公司机关党员作报告，中午在食堂就餐，回家后想起没交伙食费，几次打电话要求补交，直到领导告诉他"现在午饭都不收钱"，他才放下这桩心事。

段老有3个子女，前些年，他和老伴工资低，生活有时很拮据。两个儿子相差5个月订婚、结婚，欠下6000多元外债。市公司工会主席得知情况，让段老"写个申请，要点救济"。段老说，"为娶儿媳向组织伸手，说不出口，不能干"。在以后的日子里，他不声不响地捡起破烂来。为了防止不良影响，段老早晨到区政府墙外捡废纸、刊物、塑料；中午到实验小学捡易拉罐、饮料瓶、纸壳子；下午到文化宫捡旧书报。3年下来，硬是靠卖破烂还清了外债。这时，段老和老伴商量："捡破烂是挣钱，可还有比咱更困难的，让给别人捡吧。"

大儿子段胜利在清河门矿失业，二儿子段建利在五金公司下岗，小女儿在石油公司有偿解除劳动关系，三个家庭都有孩子上学，生活紧紧巴巴。段老常对儿女讲：过去打仗要牺牲生命，现在改革要牺牲个人利益，咱们要正确认识，积极忍耐。他明确规定"三条纪律"：不准找政府、找领导，有困难在家里解决；不准参加上访告状，有什么想不通跟他说；不准违法违纪挣昧心钱，有急用钱的地方回家拿。从2000年起，段老每个月给3个子女各家资助100元解决基本生活困难。后来段胜利开食杂店、段建利办复印社，老人一再叮嘱"要办齐手续，照章纳税"。

前些年住平房，赶上下大雨前后两排房中间冲出水沟，群众出行很不方便。段老运渣土把道路垫平。近两年段老搬进楼房，打扫楼道卫生，影响并带动邻居，创造干净舒适的生活环境。

1990年秋天，66岁的段老到站前小街办事，突遇一马受惊，拉车由南向北狂奔，车老板在后边紧紧追赶。街道两旁摆满了做生意的摊床，一旦摊主躲闪不及后果不堪设想。他顾不上年老体弱，一边高喊"快躲开"，一边迎面冲上去。有人呼喊"危险，快松手"。段老却死死攥住缰绳不放，被拖出 20 多米，终于把马车逼进胡同停了下来，在场的人都为他后怕。

还有一次，段老坐公共汽车到市公司办事，行驶到一个铁路道口，车轮被卡住。这时远处传来火车鸣笛声，受到惊吓的乘客纷纷下车，司机和乘务员也要躲开。段老第一个站出来大声喊："汽车是国家财产，火车还没来，怎么能丢下不管？"在他的组织下，大家一起把公共汽车推出铁路道口。客运公司领导十分感谢，段老却平静地说："这是一个共产党员应该做的。"

（原载于 2005 年 10 月 21 日《中国石油报·北方周末》）

### 名家点评

一位离休干部的典型人物素描。以时间为经，以故事为纬，用细节感人，通过一个个具体的事例体现出人物的高尚情操。由文可见记者在采访中的精微细致，下了不少功夫。

### 写作要点

俗话说"七分采，三分写"，扎实的采访是奠定典型人物报道成功的基础，只有在采访中不断发掘人物身上的闪光点，才能使报道的人物熠熠生辉。

# 山城有朵美丽的"宝石花"

## ——记中国石油重庆销售公司人和加油站经理陈鸣红

**人物档案**

陈鸣红,女,1972年出生,1990年参加工作,2003年加入中国共产党,大学本科学历,历任加油员、开票员、核算员、加油站经理、重庆销售江南分公司副经理、安全总监,先后荣获重庆市优秀共产党员、重庆市建功立业女职工标兵、重庆市青年五四奖章、中国石油十大杰出青年、中国石油十大标兵、十大模范加油站经理、中国石油集团公司劳动模范、中央企业劳动模范、全国五一劳动奖章等荣誉。现任重庆销售江南分公司副经理。

重庆市江北区,210国道旁,中国石油人和加油站宽敞明亮,加油机光可鉴人,加油枪摆放整齐,加油岛没有一点油污、碎屑,员工各司其职,宝石花标识熠熠生辉。一位个头在一米六左右的女子穿梭其间,红色的帽子盖不住齐耳的短发,秀美的脸上透着果敢,轻盈的步子中透着干练,忙碌中透着青春的活力。

就是这位女子,在加油站工作了16个春秋,从事过加油站每一个关键岗位的工作;

就是这位女子,担任加油站经理4年,先后把大石坝、人和两座加油站带成样板站;

就是这位女子,总结的"五项管理创新",有3项在中国石油1.8万多座加油站得到推广;摸索出的"九项管理法",被销售企业广泛采用,产生了很好的经济效益和社会效益。

她，就是中国石油十大模范加油站经理之一、重庆销售公司人和加油站经理陈鸣红。

## 专注细节　现场处处显功夫

加油站管理贵在细节，重在执行。从当上加油站经理的那天起，陈鸣红就开始琢磨，如何从细节入手，把管理规范的严肃性和执行过程的人性化结合起来，让员工便于操作、易于执行。几年来，带着对这个问题的思考和实践，她总结出加油站"五项管理创新"。

过去，储油罐量油井盖是陈鸣红的一块"心病"。从参加工作当加油员的第一天起，她就对沉重的储油罐量油井盖发怵。每当要掀开这个混凝土制作的笨家伙时，都要喊来其他3名女工一起帮忙。后来，量油井盖虽然改成钢筋滑槽铁板，重量减轻了一些，但一拉一推还是挺费劲，而且滑道容易生锈，经常不听使唤。2003年，陈鸣红担任大石坝女子加油站经理后，经过反复琢磨，决定采用铝板压模成型的量油井盖。这一小小的变革，让女工高兴了：新井盖面积小、重量轻，即便娇小的女工也可以用一个手指轻轻地把它提起来。新井盖还喷上了宝石花标识，美观大方，而且花不了几个钱。

大石坝加油站办公室的墙上挂着4把钥匙，对应着墙上90号、93号、97号汽油和0号柴油的标记。原来，陈鸣红注意到，储油罐卸油口是用压环盖封闭的，缺乏有效的控制环节，员工容易拿错钥匙卸错油。陈鸣红想到"一把钥匙开一把锁"的办法，在卸油口上增加一道手闸阀，还在卸油口盖上安装锁扣。要卸哪种油，就去拿哪把钥匙，开对应的那把锁。多了这3道关口，卸错油的概率大大降低。在钥匙牌上方，还贴着"锁小责任大，开前先对号""小小一把锁，疏忽惹大祸"等警句，时刻提醒员工关注细节，注重执行。员工说，陈鸣红在现场管理上细致入微，细到"一丁点儿都不放过"。她摸索出"经理走动管理法",每天在现场工作不少于5小时,加强巡回检查,时刻留意加油站发生的每一件事,掌握现场情况,发现问题,就地解决。

给呼吸阀"打雨伞"就是一个例子。一天,有位员工说,储油罐呼吸阀锈上了,好不容易才打开。陈鸣红听到后,又开始琢磨上了。呼吸阀按要求半年检查维修一次,生锈腐蚀不仅带来维修上的不便,还是一个安全隐患。重庆空气潮湿,雨水又多,暴露在室外的呼吸阀怎么能不生锈呢?雨,对了,下雨就要打伞!苦思冥想的陈鸣红茅塞顿开:给呼吸阀做个"雨伞",问题不就解决了吗!于是,大石坝加油站里多了一个亮点,一个个高挑的呼吸阀腰间多了个伞形防雨帽,把法兰盘严严实实地遮盖住了,淋不上雨,既漂亮又实用。这项成果与"储油罐铝板压模量油井盖""卸油口一把钥匙开一把锁"一起,被收入中国石油《加油站细节管理手册》,在1.8万多座加油站推广。

2004年的一天,一位顾客加油时不慎在加油岛滑倒,手部骨折。这件事对陈鸣红触动很大。加油岛地面一般用瓷砖镶嵌,漂亮,但不防滑,一旦破碎就难以维修。经过多方比较、考察,在加油站改造时,她建议加油岛基座用细沙填充,水泥防滑砖铺面,便于安全行走,易于维修保洁。这种方法在重庆销售江北分公司60多座加油站推广后,每年可节省维修费近6万元。但陈鸣红还是自责了好长一段时间:如果早一点把这个隐患整改了,就不会发生顾客受伤的事。

此后,陈鸣红更加专注细节管理,在细微之处用心探索提高加油站管理水平之道。

2005年6月,在加油站管理方面崭露头角的陈鸣红,被调入年销量超万吨的人和加油站任经理。她不仅把"五项管理创新"带到这里,还进一步总结出"九项管理法"。

上任头几天,陈鸣红一有时间就围着加油机转悠。员工看着新来的女经理动不动就提着重重的胶管,谁也不知道她想干啥。原来,陈鸣红发现加油枪胶管满地扯来拉去、人踩车压,既不安全也不美观。

几天后，陈鸣红通过比较，摸索出"胶管蛇形盘放法"：6米长的胶管盘两圈半，9米长的胶管盘三圈半；盘向朝内，右枪左盘，左枪右盘。盘转的胶管如蛇身，油枪高扬如蛇头，整齐美观，规范统一，胶管使用寿命由原来的八九个月延长到目前的两三年。现在，这个操作法已在中国石油销售系统推广开来。

一台加油机两种油、四把枪，车辆多了，一忙起来很容易拿错枪、加错油。陈鸣红就实行柴油用大枪、汽油用小枪，再分别用红、绿两种颜色标注在枪身上，大家把这招叫作"加油枪口径颜色分辨法"，自此再没有发生过加错油的情况。

一块抹布在加油站使用有几个阶段？陈鸣红的答案：7个。一块新抹布首先要给便利店用，因为顾客在那里购买食品，抹布必须保持洁净。当便利店的抹布用到稍许变色陈旧，就会改换到办公室里用，依次用来擦洗手间、设备、加油胶管、清洁桶直至擦垃圾桶，之后才可以扔掉。同时把清洁用具定置分类，将打扫办公室、便利店、加油岛、卫生间、废油污用的拖把和抹布用5种颜色区分开来，在专用卫生区定点放置，专项使用，此为"清洁用具分类管理法"。

加上"经理走动管理法""思想点评激励法""岗前状态调整法""及时培训法""对比纠错法""初期危机化解法"，组成"九项管理法"，它不仅成了陈鸣红提高加油站管理水平的有效措施，还成了人和加油站控本降费的高招。

以前，人和加油站供水管理不严，一些司机不加油，专加水还洗车，加油站每月水费高达3000多元。陈鸣红在现场管理中发现这一盲点，便设立专人管水。2006年夏天，重庆地区遭受百年不遇的严重旱灾，为了节水，加油站果断取消流水洗车服务项目，用桶装水刷车，每月减少水费开支1000多元。为了节约用电，加油站定点开空调，温度不低于26摄氏度，并对加油站罩棚灯实行分组、分时段控制，减少开灯数量，缩短照明时间，每月节约电费800多元。

## 心系用户　真诚换得客盈门

　　管理客户就是为顾客提供满意服务，这是陈鸣红搞好加油站的秘诀。

　　大石坝女子加油站前后 3 千米内有 6 座社会加油站，市场竞争十分激烈。如何在竞争中谋发展？陈鸣红带领员工，跑机关、下工地、进厂矿，用"一个关系活一片，一个朋友串一线"，开发潜在客户。对新客户，她送上名片，亲自加油，了解有关信息，建立业务联系；对老客户，打电话，发短信，节日早问候，生日送祝福；对重点客户，定期上门走访，开展联谊活动，营造亲情氛围；对一般客户，经常沟通情况，增进彼此了解，努力满足需求。她"六顾茅庐"，把晓峰建设总公司请到大石坝定点加油；她宣传品牌，让云阳三建公司"改换门庭"爱上中国石油；她承诺服务，和重庆商检局签订长期供油协议；她以水为"媒"，拿下仁家梁停车场 90% 车辆的加油业务。不到一年时间，女子加油站固定客户突破 200 个，日销量由 5 吨跃升到 18 吨。当年，这个站就被评为三星站，第二年升为四星站，一跃成为重庆销售响当当的样板站。

　　陈鸣红认为："客户管理的最高境界就是用服务感动客户，让他们自然而然地成为忠诚客户。"

　　2004 年 11 月，重庆地区一连数日阴雨绵绵。一天 9 点多钟，刚发展的大客户重钢建筑公司从远在 30 千米外的五里坪施工现场打来电话，要求马上送去一车柴油。想到天冷路滑，只一个女工押车不方便，回来带那么多货款也不安全，陈鸣红就亲自带车上路。离工地大约还有 5 千米，突然，油罐车前轮一滑，陷进了泥坑。车开足了马力，却越陷越深。陈鸣红看了看表，心急了起来。"我去想办法。"她跳下车，深一脚浅一脚走到工地，找到一台可以牵引油罐车的挖掘机。短短 5 千米，用了两个多小时，拉断 3 根钢丝绳，终于把油送到工地。工地负责人感激地说："陈经理，这可真是救命油啊。再等一会儿，我们的施工车辆就全趴窝了。"

　　卸完油，天也快黑了。回来的路上车又陷进了泥坑。偏不凑巧，手机没电，和外界联系不上。在万分焦急的时候，那台挖掘机及时赶到，把油罐车拉出来送上公路。原来，是工地负责人考虑到天黑路滑，担心油罐车抛锚，没人帮忙，就让挖掘机跟在后面。贴心服务换来了真情相待。

情与理有时也会有碰撞。2006年"五一"前夕，社会上传言油价上调，年耗油1300多吨的某建筑公司老板提着20多万元现金到人和加油站购买柴油。可上级有规定，为了保障市场平稳供应，不能开大单。陈鸣红尽力解释，可对方一概不听："拿钱买油你凭啥不卖？"

陈鸣红不急不气，耐心解释，并承诺保证工地及时用油。老板被陈鸣红的诚恳所感动，委婉表达了自己的歉意。此后，这个公司和加油站的感情反倒更深了，加油站建消防沙池，公司派车送来细沙；修补地面，送来石子水泥；加油岛被车辆撞坏，又让泥瓦工前来修补。

一些加油站经理羡慕地说："让顾客站在中国石油的角度想问题，陈鸣红对客户的工作真是做到家了！"

用心换得客满门。2005年，人和加油站完成销量1.63万吨；2006年，在门前道路整修、车辆减少、停止外送的情况下，实现销量1.69万吨，人和加油站也成了一座样板加油站！

## 情暖员工　宝石花香满山城

2006年9月21日，在重庆销售公司举办的"销售风采"演讲比赛上，人和加油站加油员陈新满怀激情地讲道："我有两个家，一个在社区，一个在人和。加油站好比一束花，我是那花中的一朵；'红姐'就是'护花女'，石油之花香万里！"

他说的"红姐"，就是陈鸣红。陈鸣红有一个观点，要想让员工爱站如家，首先加油站就得像个家。"只有让员工满意了，他们才能更好地为顾客提供满意的服务。"进入人和加油站，第一眼就会看到车辆引导员饶建华。他仪表堂堂，态度温和透着自信，可谁知他以前却是站里的"老大难"。那时，他情绪低落，衣着不整，把裤腿扎进袜子里，动不动就冲着人吼。有人建议，"这样的人干脆退回去算了。"陈鸣红经过了解得知，饶建华在家庭、生意上接连遭受挫折，再就业被安排到站里。接连的打击，让这位人高马大的汉子一度自暴自弃。陈鸣红开始接近他，和他谈心。饶建华的工服不合身，陈鸣红就带回家，一针一线改好。饶建华振作起来后，陈鸣红又鼓励他学习更多的技能，发挥他的优势，安排他做"流动服务员"。饶建华说："这里就是我的家。作为中国石油的员工，我感到幸运。"

在员工眼里，"红姐"心细。冬天她给员工买暖手袋；夏天，她自己花钱让夜班员工吃西瓜。员工下夜班，她递上热乎乎的包子、豆浆。也有人说，"红姐"体贴人。她像对自己的亲妹妹那样对待安徽来的员工张惠，让她的父母一百个放心；她像知心大姐一样帮女工丁铃牵线搭桥，让丁铃和现役军官喜结连理；为了员工吃得好，她每月自己拿出100元钱贴补到食堂，还经常亲自下厨做拿手菜……

在大石坝女子加油站，陈鸣红带领6名小姐妹报考中央电大，2007年已有6人拿到大专文凭。在人和加油站，她又带头攻读本科，并组织4名员工报考专科。加油站里的大学毕业生也发挥各自的优势，找到自己的人生定位。人和加油站的两任副经理都在她的极力鼓励下参与经理竞聘，如今一个是30吨级大站的优秀经理，一个领导着四星级加油站。

员工由衷地为"红姐"的真情所感动。她说的话，员工们愿意听，她要求做的事，大家争相去做好。

如今，人和加油站的宝石花更加亮丽，陈鸣红的微笑也如花般美丽，誉满山城。

(原载于2007年1月15日《中国石油报》头版头条，《新安全》2007年第1期全文刊发)

### 名家点评

　　一幅身临其境的画面定格在一座路边加油站，在通透淡雅的画面中走出了文中的女主角。这种以画面作为开篇的形式，增强了文章的代入感。随着女主角的亮相，一连串排比式的"旁白"，对人物进行了简要勾勒。此前序幕般的片段让人意犹未尽，随后展开的核心段落便是供读者观赏的文章重点。用事例故事讲述女主角在岗位上的非凡作为，从抓细节、为客户、爱员工等几个部分推进，结构清晰，内容详尽，画面感人。另外，题文中对"宝石花"的拟人处理，前后呼应，也使文章增色不少。

### 写作要点

　　场景描写是通讯中的一种写作方法，会让受众如身临其境，而以物拟人的手法画龙点睛，使文章中的人物活力四射。

# 忠诚璀璨"宝石花"

——记中国石油河北保定销售分公司第 111 加油站经理贾会青

### 人物档案

贾会青，女，1980 年出生，2001 年参加工作，2004 年加入中国共产党，大学本科学历，进入中国石油 20 年，做过加油员、核算员、站经理、片区经理，现任河北销售保定分公司投资质量安全部副经理兼督查室主任。连续 9 年被省市公司评为先进个人，获河北销售公司模范加油站经理、河北销售公司功勋个人、河北销售公司优秀共产党员、集团公司优秀青年、中国石油十大杰出青年、中国石油·榜样、中国石油集团公司劳动模范、中国石油集团公司优秀共产党员等多项荣誉称号。

为什么，荣誉跟着她走？

为什么，销量随着她升？

为什么，客户把她当朋友？

为什么，员工拿她作亲人？

因为，她忠诚！

她忠诚岗位，数年如一日辛勤工作；

她忠诚客户，默默付出超值服务；

她忠诚员工，真切关爱凝聚亲情；

她忠诚企业，无私奉献青春不悔！

她是谁？她就是"中国石油·榜样"河北销售保定分公司第 111 加

油站经理贾会青。

本杰明·富兰克林说:"如果说,生命力使人们前途光明,团体使人们宽容,脚踏实地使人们现实,那么深厚的忠诚感就会使人生正直而富有意义。"我们的职业到底有没有意义?当今,有很多人都在嘲笑意义,意义在他们眼里成了一个最不值钱的东西。然而,正是忠诚,给我们的工作以意义,也给我们的人生以意义。中国石油河北销售保定分公司第111加油站经理贾会青,用卓越表现谱写了一曲忠诚之歌。这首歌,是她饱蘸青春的热血谱写出来的,是她用奉献和责任铸就的。

## 忠诚岗位　全心全意干工作

选择了这个职业,就要热爱这份工作,就要为心中的理想奋斗,在实现人生价值的舞台上干出成绩来。

——贾会青

2001年7月,经考试合格,贾会青成为河北销售保定望都第8加油站一名普通加油员。

胸中有激情,工作劲头足。花样年华的贾会青样样工作往前冲,短短两个月便崭露头角。第一次参加省公司组织的加油员培训考试,贾会青就拿了个第一。领导认定贾会青是棵好苗子,2001年9月把她调入第21加油站当核算员,成为得力的工作骨干。2002年7月,通过竞聘她当上了第8加油站经理,成为河北销售公司最年轻的加油站女经理。2005年8月,贾会青被调到人员最多、情况最复杂、管理难度最大的租赁站——保定第111加油站当经理。

贾会青知道,肩上的担子重了许多。贾会青到职时,第111加油站门前正在进行道路改造,加油车辆减少,日销量由过去的20吨下降到五六吨。她一面积极改造加油站的陈旧面貌,改善员工的工作环境,一面想方设法引导员工转变经营理念，改变销售方式。

第111加油站原30名员工平均年龄36岁，最大的50岁，而贾会青当时只有25岁。"小的领导老的"，员工中不信任者有之，不服气者有之，工作一时间很难展开。贾会青没有退缩，当众表态："今后大家看我怎么做。做不好，我辞职；做好了，大家跟着做！"

站上油罐区5米多高的油气排出管需要刷防腐涂料，贾会青身先士卒，自己爬上去刷。开始，员工有的观望，有的帮点小忙，没有人愿意去刷，毕竟，危险还是有那么一点点。但等到贾会青连续刷了两根管后，年轻的员工坐不住了，抢着去刷剩余的排出管。营业室夜间装修，贾会青一边监督质量一边当小工，让员工多睡一会儿。众员工看在眼里，服在心上，就连最不服的员工也竖起了大拇指。人心自有公道，以后的事情就好做多了。第111加油站在贾会青的带领下，成了一个充满活力的团队。

在道路改造期间，为了提升销量，贾会青引导员工改变思路，变坐等上门为服务上门，每天用两辆三轮车为顾客送油，使销量逐渐回升。道路改造完毕，加油站成立了5个走访小组，把90%的老客户请回来，日销量增长到27吨，最高突破30吨。

7年来，贾会青怀着对岗位的挚爱，一心扑在工作上，连续6年在加油站度过除夕。2003年2月贾会青结婚，但7天婚假她只休了3天就回站上班，还把娘家陪送的彩电、音响、VCD、冰柜搬到站里使用。怀胎九月，没有耽误一天工作，生孩子当天，自己从加油站走到医院。验收五星级加油站时，竟然一个月没回家……

贾会青爱岗敬业，以站为家，用无私的奉献铸就了对中国石油的忠诚。到2007年年底，第111加油站拥有大型办卡客户338个，未办卡稳定客户68个，跻身于五星站行列。2006年完成销量8488吨，比上年增加1913吨，增长29.1%；2007年完成销量9978吨，比上年增加1490吨，增长17.6%；2008年1—4月完成销量3695吨，同比增加1255吨，增长49%，单站销量连续两年居河北销售保定分公司榜首。

**记者手记**：数字是会说话的，贾会青用满腔的热爱和燃烧的激情，在人生的舞台上描绘出属于自己的斑斓色彩。

**文化故事："忠"的含义之一——忠事**

孔子有一个比较偏激的学生叫子张，比孔子小48岁。有一天他问孔子如何处理繁忙的政务，孔子回答说："居之不倦，行之以惠。"孔子从两个方面回答他，一是外在精神要饱满，不拖沓倦怠；内心要忠诚，不存侥幸，不要滑头。孔子对忠事的认可，尤其表现在对楚国的宰相（令尹）子文的评价。子文是一个忠于职守，政绩斐然，而又淡泊名利的人，三次被楚王任命为宰相，脸上一点感激兴奋的气色都没有，波澜不兴；三次被免官的时候，脸上也无生气的颜色，平和淡然，而且每次总是将自己的各项政务法令交代得清清楚楚，交接手续十分完备，绝不隐瞒，更不给后来接替的人设置任何陷阱。孔子对子文的评价就一个"忠"字。子文的行为，用现在的话说，叫"忠于职守"，是一种高尚的品德修养。

## 忠诚客户　桩桩件件见真心

谁能为顾客提供满意的服务，谁就能拥有稳定的客户群体，扩大销售加快发展就有了坚实基础，而让顾客满意的最高境界是让顾客感动，让顾客感动的最好办法是与顾客站在一起，用彰显特色的亲情服务满足顾客的不同需求，用忠诚顾客换取顾客的忠诚。

——贾会青

为了满足顾客的不同需求，贾会青默默地付出辛苦、金钱乃至鲜血，给顾客创造了一个又一个感动。血液是生命之源，健康之本，一升一毫都宝贵。为了展示真诚，贾会青在需要时毫不犹豫，慷慨献出400毫升鲜血，以忠诚顾客换取顾客的忠诚。

第 111 加油站以前也实行持卡加油，同时又搞"零充值"，实际是变相赊销。贾会青当经理后一直想改变这种状况，可时机不成熟。

2006 年，借河北销售公司统一换发中油 IC 卡的机会，第 111 加油站经过一番努力，大部分客户换了新卡，只有保定市中心血站、天威集团、邮政、网通等 4 个单位没有更换，多次打电话联系，他们都以"新卡使用不方便"为由而推迟。贾会青觉得顾客换卡不积极，是加油站工作不到位。于是，她主动介绍中油 IC 卡的业务功能和使用范围，说明"一卡在手，全市加油"的好处，但是几家客户强调工作忙没时间，贾会青提出上门去办，又被推辞。经过深入分析，贾会青明白了，中心血站有 78 台车，月耗油近 40 吨，如此用油大户对哪个加油站都不可缺少，自然身价就会提高，不肯轻易换卡。其他几个客户都看中心血站的态度，拖着不换。贾会青打定主意：决不能让中心血站在观望动摇中离去，打电话不成就主动上门请。

2006 年 3 月 10 日上午，贾会青和一名怀孕女工到中心血站商量换卡事宜，工作人员告诉她，管油的王主任在街里的采血车上。贾会青便追到采血车。还没等贾会青开口，王主任就用激将的口气说："欢迎你来献血！"贾会青说："献血是公民的义务，本来早就想献，医生说刚生完小孩儿不能献。现在我的孩子一岁多了，可以献。"经过检测，贾会青是 O 型血，当即献了 400 毫升。这是贾会青有生以来第一次献血，心里不免有些紧张。看着脸色苍白、额头冒汗的贾会青，王主任感动了，采血工作人员感动了。他们说："我们花公家钱买油，你献出的是个人的鲜血。你真诚支持我们的工作，我们也坚决支持加油站的经营。你回去好好休息，我们今天肯定换卡。"果然，下午 3 点多，王主任亲自把 8 万元支票、80 张旧卡和司机身份证送到加油站。贾会青和办卡员按照中心血站提供的车号和分款意见，建账做表，充值立卡，并把旧卡里的余款置换到新卡，一直干到凌晨 2 点。

贾会青趁热打铁，以中心血站为例，很快取得天威、邮政、网通等几家客户的支持，换卡工作全部完成。2006 年 6 月 6 日，在贾会青人格魅力的影响和感染下，第111加油站8名员工集体到中心血站献血。之后，贾会青自掏腰包为献血员工购买营养品。

贾会青常对员工说，我们服务好了，顾客可能不说啥，但肯定会继续来；服务不好，他出去肯定会说，他不来，别人也不会来。在贾会青的影响下，"服务引领顾客"的理念在员工心中扎下根，大家设身处地为顾客着想，千方百计满足顾客需求，努力用服务创造感动。东关村运输队有28辆大货车，日加油3吨左右，司机们时常为备品无处放，加水不方便，摩托车没人管而为难。贾会青带领员工搬东西，清垃圾，为车队腾出一间库房，从加油站自用井接出水管，免费供司机加水洗车。司机们赞扬："贾会青是车队编外队长，加油站是我们的家。"

**记者手记**：贾会青用实际行动实现了让顾客满意的最高境界——用服务创造感动，用忠诚顾客换取顾客的忠诚。

### 文化故事："忠"的含义之二——忠人

孔子弟子中比较笨的一个学生叫樊迟，小孔子46岁。有一天他向孔子请教什么叫"仁爱"，孔子回答说："居事恭，执事敬，与人忠，虽之夷狄，不可弃也。"意思是平素居住相处的时候，对人谦恭，给人办事的时候兢兢业业，与人交往要忠诚，即使是到了偏僻落后的地方，也不会遭受遗弃。"与人忠"，若从企业的角度讲，在市场经济的今天，可以获得许多经营上的朋友，可以获得朋友信任，可以获得众人的尊敬；不说做经营，单从做人的角度讲，"与人忠"也是必需的品德。

## 忠诚员工　点点滴滴总关情

要让员工不把自己当外人，自己首先要把员工当亲人。要营造亲情氛围，把忠诚企业与忠诚员工一致起来，做员工利益的忠实代表。

——贾会青

贾会青从亲情理念出发，换位思考，设身处地为员工着想，增强了加油站的凝聚力和向心力。

在第111加油站，有几个老员工和贾会青的父母年纪相仿，贾会青对他们以长辈相待；有的员工和她年龄差不多，她就以兄弟姐妹相称。时间长了，大家在工作时叫她经理，私下都直呼她的名字，和睦相处、亲如一家。加油站女员工多，为防春天手裂、嘴唇裂，贾会青拿出自己的奖金给每个女员工买了一套唇膏和护手霜；青年女工田红霞眼皮上长个粉瘤，贾会青带她去医院咨询检查，自己花钱为她做了粉瘤切除手术。加油员赵双双不小心磕掉半颗门牙，贾会青托人请牙科医生，花300多元为她镶上烤瓷牙。几年来，贾会青的奖金大部分用在加油站、用在员工身上。让大家记忆最深的是，2006年她领到一笔奖金后，给每位员工买了一件衬衣，女员工配领结，男员工戴领带，然后带着全站人高高兴兴去照了张"全家福"。

加油员张占峰腰椎间盘突出，家中经济困难，孩子又小。贾会青隔一段时间，就把自己孩子的衣服和玩具收拾一包，再买一些小食品，让张占峰拿回家送给孩子。她向上级提出申请，为张占峰争取到特困员工名额，得到了5000元救助。张占峰的妻子逢人便夸："真是遇到了好领导！"

**记者手记**：如今的第111加油站，全体员工心往一处想，劲往一处使。经理心中装着员工，员工心里装着企业，是一个地地道道的温暖"大家庭"！

**文化故事："忠"的含义之三——忠君**

鲁国国君鲁定公问："君使臣，臣事君，如之何？"意思是：君王如何使用臣下，臣下如何侍奉君王？孔子回答说："君使臣以礼，臣事君以忠。"这是孔子第一次，也是唯一的一次提出"忠君"思想。"忠君"在这里有一个重要的前置条件，"君使臣以礼"。孔子的"忠君"思想核心就是"君礼臣忠""上仁下忠"。君臣和谐，上下齐心，没有双边互动关系，大到国家不可能昌盛，小到企业不可能发展。

## 忠诚企业　　胸怀大局尽责任

加油站处在市场最前沿,是企业政治责任、经济责任、社会责任的汇合点,一头担着企业,一头担着客户。因此,必须把忠于企业与惠于客户统一起来、一致起来。

——贾会青

贾会青对企业忠心耿耿,一个心眼儿干工作。她带过的加油站,资源紧缺,没有大单销售;季节转换,没有处理过一升溢余油;岗位接替,没有少交一分销售款;灵活促销,没有发生一分外欠款。

资源相对充足,市场销售不畅时,为了培育稳定的客户群体,扩大销售,提高效益,她把父母陪送的5.4万元嫁妆钱借给望都县公安局、交通局、技术监督局等7家财政拨款单位滚动买油使用,时间长达3年之久,为企业创造利润近14万元。

资源紧张阶段,贾会青把执行销售纪律、均衡供应油品、保持市场稳定作为忠于企业、忠于客户的实际行动。2007年11月以来,保定地区柴油持续短缺,根据上级指示,第111加油站实行限时限量供应。贾会青每天"钉"在加油现场,引导车辆、规范秩序、宣传政策、解释规定,保证进站车辆都能加上油,维护社会生产、人民生活正常运行。

贾会青以高度的责任感,精心调控紧俏油品,讲政治、顾大局、守纪律、保重点,均衡供应、稳定市场、不走大单、不卖大份。经过各级公司多次检查、稽查和明察暗访,第111加油站没有一次违规销售,没有一次生、冷、硬、顶,没有一次客户投诉,没有一次新闻危机,赢得了公司和客户的双重赞誉,被称为"信得过"的加油站。

**记者手记**:社会发展到今天,忠诚不仅仅是一种品质精神,它更是一种能力,一种忠于职守,一种承诺,一种敬业,是服务和荣誉的象征。忠诚这种能力,是其他能力的统帅和核心,因为,一个人一旦失去忠诚,那么其他能力也就没有了用武之地。

**文化故事:"忠"的含义之四——忠道**

"忠"的最高原则,叫"忠道不忠君""从义不从父"。"道"可以理解为事物发展科学的规律,是事物发展本质性的规律。忠道是对真理的追求。人的立身之本是忠,能做到忠才能保证社会和谐。怎样才是忠呢?必须在心(思想)上做到"中",不偏不倚,不左不右,横就是横,竖就是竖。

贾会青热爱岗位,忠于企业,非一般员工能比;脚踏实地,激情创业,非一般干部所及;理想坚定,无私奉献,非一般党员之举。她用自己的所作所为,阐释了忠诚的含义,在中国石油河北保定销售分公司第111加油站这片土壤上,绽放出熠熠生辉的"宝石"之花!

(原载于《中国石油企业》2008年第5期,《中国石油报》改编刊发)

### 名家点评

文章在结构的编排设计上注重节奏的起伏变化,有效避免了读者在阅读时的疲惫感。把报道的典型人物语录放在每个段落之首,把"记者手记"和"文化故事"放在段落之末,既增加了文章的变化,又起到了延伸阅读的作用,可谓一举两得。

### 写作要点

丰富通讯的内容和表现形式,应该成为每个报道采写者努力的方向。

# 程放的销售真经

**人物档案**

程放,男,1967年出生,1986年参加工作,2000年加入中国共产党,专科学历,做过加油员、库管员、核算员、值班长,当过4座加油站经理,2013年任分公司副经理,先后荣获中国石油集团员工培训优秀培训师、中国石油十大模范加油站经理、中国石油劳动模范、优秀党务工作者、中央企业先进职工等称号。现任重庆中油两江发展有限公司副经理、安全总监。

10年间,他任4座加油站经理,一座比一座"火":大石坝站日销量从10吨增加到16吨;红旗河沟站日销量从19吨增加到32吨;大兴村站日销量从18吨增加到28吨;五里店站日销量从40吨跃升到59吨。

连续带"火"4座加油站的"能人",是重庆销售公司优秀加油站经理程放。他把埋头苦干精神与科学求实态度结合起来,在油站与客户、油与非油、效益与成本、经营与安全、言传与身教等诸多方面,展示了卓有成效的销售真经。

## 服务客户做真功

大石坝加油站位置不错,但固定客户不多,一天只卖10吨油,上级把程放派去任经理。上任第一天,他找出加油站客户档案仔细研究,了解到长安运输公司有 39 辆车，原来曾在大石坝加油站加油，后来被竞争对手"挖"走了。程放多次上门拜访，虚心征求意见，宣传中国石油品牌，介绍资源优势，承诺服务事项，终于把这个大客户请了回来，每月增加销量 50 吨。

一次，长安运输公司一辆货车在距市区 200 千米的一个小镇发生交通事故，派出的救援车辆又在途中断油"趴窝"。按照运输公司规定，除定点加油站，在别处购油不予报销。程放立即向公司申请，派车送去 200 升柴油。"大石坝加油站服务好"的消息很快在客户中传开，他们纷纷到大石坝站定点加油，几个月工夫日销量就达到 16 吨。

大兴村加油站硬件条件比较好，但日销量却只有 18 吨，2005 年 10 月，公司调程放任大兴村加油站经理。

程放深知，客户是加油站持续稳定发展的基础，针对客户需求，提供多元服务，永远是加油站的主题。他运用在大石坝加油站的工作经验，细分客户市场，强化服务意识，增加服务项目，把服务做到需要处，陆续将路灯管理处、李尔长安公司等一大批客户请进加油站，仅定点加油的大货车就增加 45 辆，加油站日销量突破 30 吨。

五里店加油站有一群特殊的客户——驾驶三轮摩托车的残疾人。一些人因为身体有残疾，稍不满意就向加油员工挥拐杖、舞棍棒，令加油站员工十分头痛，成为"小客户大难题"。程放组织大家对此进行客观分析，换位思考，明确残疾人是弱势群体，接待服务要比一般顾客更细心、更耐心、更热心。大家明白了道理，坚持把残疾人当亲人，实行一条龙服务，进站引导、停车到位、加油交款全部代劳。善待残疾人，感动全社会，加油站固定客户猛增，日销售量最高达到 80 吨，而其中汽油占 80% 以上。截至 2008 年 9 月底，五里店加油站实现销量 1.8 万吨，提前 3 个月完成全年任务指标。

## 非油淘金要用心

近两年,重庆销售大力发展非油业务。程放率先提出并实施了"后备箱"计划。引导客户消费,增加非油业务收入。以班组为考核单元,下达任务,分解指标,兑现奖励,推动非油业务快速发展。

红旗河沟加油站在重庆销售最早建成便利店,不在付油现场,但与洗车场相连。程放实行"连坐"推销,加油时推介洗车和非油商品,洗车时安排顾客到便利店"休息",参观、选购商品,非油业务很快"火"起来,2007年,红旗河沟便利店非油销售收入超百万元。

受场地限制,五里店加油站无法设立便利店柜台,非油业务难度较大,程放组织员工开展"我为非油业务出点子"活动。没有便利店,他们就把加油岛变成露天柜台,摆满各种饮品,方便顾客购买。员工们手把加油枪,眼盯后备箱,巧妙说商品,让人心痒痒。程放经过细心观察,推出了充满人情味儿的"贴心推销术":热天重点销售矿泉水——降温,多卖王老吉——去火;冷天重点推销咖啡——增热;多卖可乐——提神。"贴心推销术"大获成功,最高日销量突破5000元。

延伸销售触角,把目光投向社会。带领员工到周边社区发放便利店商品目录,大伯、大娘腿脚不便或家里走不开,只需打个电话,加油站员工就把商品送到家。国土资源局、广播电视局、长安运输公司等都是五里店的"铁杆"客户,程放发挥优势,了解信息,把握需求,以最佳的质量、合理的价格,把各种商品送上门。2008年1月至9月,五里店加油站实现非油销售收入70万元,开"没有便利店,非油照样'火'"之先河。

## 既要多卖油还要省费用

在重庆销售，程放以"能解决问题，能打开局面"而受到上级重视和员工信赖。坚持抓好加油站控本降费就是生动例证。

由于多种原因，加油站地面裂缝和破损是常有的事，如果请工程队维修，刨大坑、打地面、铺水泥，不仅影响经营而且增加费用。程放到建筑工地咨询，在互联网上查询，得知有一种专门对破损地面进行修补的冷补沥青材料，便买回试用，效果极佳，被江北分公司推广采用，每年节省费用上百万元。

为了安全环保，五里店加油站使用的油气回收加油枪每把价值4800元，出了故障要寄到上海维修，周期一个半月。为了提高效率，降低费用，程放四处打听，全城搜索，终于在当地找到这种加油枪的代理商，进而与上海生产厂家建立联系，由江北分公司从厂家直接进货，每把加油枪只需2400元，代理商负责就地维修，方便快捷，仅加油枪一项，每年就节省费用3万多元。

进口加油机计量室的精度对油品质量要求很高，加油机过滤器须每月更换一次，全年要4000多元。程放几经周折，通过自己当加油员时认识的经营加油设备的朋友，结识了一个生产过滤器的厂家，为加油站量身定做可清洗耐用型过滤器，每年又能节约3000多元。

以前为了促销，加油站实行免费加水并特意在外边安装了水龙头。有的客户先加油后加水，有的不加油也加水，还冲车洗车。眼看每天几十吨自来水白白流走，程放既心疼又内疚。在全站员工大会上程放说："水是国家和社会的宝贵资源，我们决不能以资源为代价招徕顾客，换取加油站的一时发展。"他果断取消了沿用多年的"免费加水"服务项目，每月节水上千吨，减少水费3000多元。作为替代，增加了擦车服务项目，得到顾客的理解和好评。

## 构建和谐油站从关爱员工开始

程放有个非常好听的名字：放哥。这是员工们送的"爱称"。程放说，叫我经理我会感到不舒服，喊我"放哥"觉得很亲切。

熟悉程放的人都说："在程放的心理天平上，砝码永远在员工一边，他是真心尊重员工，深情关爱员工。"

在大石坝加油站，每天下午4点至6点，程放带领管理人员到现场加油，让忙碌一天的加油员工喘口气、歇歇脚。在大兴村加油站，有一天加油员李玉突然晕倒，程放经过了解得知，李玉的父亲患癌症，为了攒钱给父亲治病，她经常不吃晚饭，导致体质下降。程放组织员工为李玉捐款2000多元并特别交代：不论谁值班做饭，每顿都要给李玉煮一个鸡蛋，午饭多备出一份饭菜，作为李玉的晚餐。

近几年，加油站陆续进来一些学历较高的员工，程放把他们当作骨干，精心安排，发挥专长，展示才干。学营销的，负责市场开发和客户管理；学计算机的，负责网络管理和账册编制；学机械的，负责设备维修。在程放的培养帮助下，加油站员工有6人当上了站经理，6人当上了核算员，8人当上计量员，18人成为前庭主管。

## 打铁先要自身硬

10年带"火"4座站，留下一路赞扬声，得益于程放严格要求自己，处处以身作则。程放有句口头禅："要想带好队伍，先得自身过硬。"事实正是这样，任加油站经理10年，靠非凡的人格魅力赢得了员工的支持和信赖。

2007年10月的一天晚上，程放在站里值夜班，一个十分要好的朋友驾车来看他，为了向别人炫耀"朋友好使"，加200元93号汽油没有付钱。送走朋友,程放立即掏200元付了油款。为了"不沾边""不湿鞋",经济条件较好的程放至今没有买车。

2008年5月12日14时28分,四川汶川发生特大地震,当时程放正在加油站现场。他不顾个人安危,首先想到国家财产和员工的生命安全,在通信全面瘫痪,无法与上级取得联系的情况下,果断停止付油,关闭各种闸阀,组织人员迅速撤离,而他仍坚守在现场,维持站内外秩序。几分钟后,得知震中不在当地,便立即组织恢复营业,安排专人守护重点区域,随时做好应急准备。此后他连续4天没有回家。

抗震救灾期间,大批运送物资的车辆涌进加油站,程放带领员工,开辟"绿色通道",24小时不间断付油,确保救灾车辆加满油、早上路、快到达,并免费为救灾车辆提供热水和方便食品。

此时的程放还是一个病人。2008年年初,抗击雨雪冰冻灾害,保供任务重,工作压力大,程放连续加班顶岗,患重感冒引发面瘫。医生郑重告诉他,必须绝对保证休息并配合治疗,否则,面瘫难以痊愈。可是,谁知病情刚有好转地震就来了。在抗震保供关键时期,程放中断了必须每天一次的康复治疗,通宵达旦在站里奔忙,经常一天24小时不合眼。

2008年5月19日晚,重庆市政府发布余震预警,一时间数百辆车蜂拥而至排队加油,加油站两侧空场聚集了数千离家避难的群众。程放顾不上安排家人避震,给妻子丢下一句"把孩子照顾好",便在第一时间赶回加油站,全力做好安全保卫和油品供应工作。由于抗灾保供表现出色,五里店加油站被上级部门评为抗震救灾先进集体,程放被评为抗震救灾先进个人。

(原载于2009年1月8日《汽车生活报·油商周刊》)

**名家点评**

10年间带火4座加油站,让数字作引领,推出典型人物,详述其销售真经。叙述注重具体做法,注重细节运用,注重各站差异,其间穿插亲情关爱,力争全景式扫描。

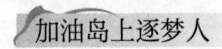

加油岛上逐梦人

**写作要点**

典型人物的分量靠实实在在的数字体现,而其数字背后的故事则是读者所关注的,写好生动的人物故事是人物通讯的最根本要求。

# "油品卫士"战"超亏"

## ——记中国石油河南郑州销售分公司第 20 加油站计量员陈玉坤

**人物档案**

陈玉坤,男,1974 年出生,2005 年进入中国石油河南销售郑州分公司,做过加油员、计量员、带班长、前庭主管、加油站副经理、经理。荣获郑州分公司质量管理先进个人、河南销售岗位操作技术能手、中国石油销售系统技术比武一等奖等。

阳春三月,中原大地杨柳抽枝、麦田泛绿。在河南销售公司成立十周年之际,总结工作经验、选树先进典型,从机关到基层,从领导到工人,盛赞郑州分公司第 20 加油站计量员陈玉坤认真履行职责、维护企业利益的先进事迹,记者慕名专程采访。

## 从"超亏受罚"到"溢余受奖"

说起计量员陈玉坤,第 20 加油站经理柳庆安最有发言权,是他千挑百选,把陈玉坤推举到计量岗位。由此,加油站才有了从亏到盈,从罚到奖的变化。

郑州分公司第 20 加油站是一座纯汽油站,平均日销量高达 45 吨,居河南销售公司城区加油站之首。然而,站经理柳庆安却高兴不起来:莫名其妙的油品超量亏损深深困扰着他。有时,一个月超亏 1580 升,作为"库存管理第一责任人"的柳庆安一个月被罚款达到 2000 多元,百十元的月超亏罚款简直就是"家常便饭"。

为了摆脱加油站油品超量亏损的被动局面,两年多时间,第 20 加油站先后调换了 3 个计量员,却始终没有走出"超亏"的阴影。

在第 20 加油站当过加油员、收银员、付油班长的陈玉坤,被柳庆安选中并报上级批准聘用为计量员。"我看中的是陈玉坤憨厚淳朴、正直认真的劲儿。"柳庆安如是说。

柳庆安没有看错人,陈玉坤改写了第 20 加油站油品超亏的历史。按相关规定,油品损耗率不超过 3.8‰即为正常。陈玉坤接手后,经过上级多次盘点和突击检测,第 20 加油站实际损耗率始终控制在 2.5‰以内,比规定标准低 1.3‰,相当于每年溢余数十吨油品,为企业堵住"出血点",扩大效益源。2008 年,鉴于第 20 加油站油品管理取得突出成绩,上级奖励 4.9 万元,是郑州分公司获该奖金最多的加油站,陈玉坤被誉为"油站管家""油品卫士"。

## "20 站计量员不好对付"

2007 年 8 月 22 日,一辆牌号为豫 A81×××的油罐车为第 20 加油站送来 15 吨乙醇汽油。陈玉坤一丝不苟地按操作规程认真进行检测计量,经复核认定,确凿无疑超耗 80 升。他在提油单上注明超耗数量,并和司机交换意见,以无可商量的口气摊牌:要么停靠不卸,要么自行补油,由司机任选其一。僵持了好一会儿,司机无奈自掏 400 多元钱,在加油站买 80 升汽油抵补了超耗。

2007 年 10 月 15 日,刚下过大雨,豫 A81×××号油罐车给第 20 加油站送来 16 吨乙醇汽油。陈玉坤带上仪器,爬上车顶,测试油高体积,基本符合要求。"雨后卸油留心眼儿",陈玉坤牢记这句话。他在量油尺上涂了"试水膏",重新进行计量,这一次异常情况出现了:量油尺下端

"试水膏"变成红色，证明油罐底部有水。

陈玉坤立即将情况报告郑州分公司主管部门，随后按规范流程做了正确处理。找来专用工具，打开底部阀门，足足放出两桶水，直到流出汽油为止；重新进行投尺计量，结果，扣除合理损耗，仍超亏45升。他详细填写油品运输超耗报告单，司机很不情愿地在上面签了字。郑州分公司按合同约定，向承运方索回3倍赔偿。

随着超耗索赔工作的强力开展，"郑州20站计量员不好对付"的消息在承运方司机中迅速传开。一些想作弊的司机在陈玉坤面前都很发怵，不敢在运送油品时做手脚。

然而，仍有心存侥幸、浑水摸鱼者。

2008年9月7日，豫A99×××号油罐车给第20加油站送乙醇汽油。该车标准罐容15吨，却只装了14吨。但投尺测量显示，油品数量非但不少还多出5升。这引起了陈玉坤的警觉。思量间，他想起其他计量员曾说过，豫A99×××号油罐车的罐容表不准，差一毫米就虚增10升油。按这个标准计算，该车装14吨汽油，罐容表应高出10毫米才够量，可实测只高出0.5毫米。陈玉坤断定，这车油至少亏量80升至100升。果不其然，陈玉坤严肃质疑，没费什么周折，心中有鬼的司机就承认作弊兑水了，乖乖掏钱买油补上短量。

## "决不做吃里扒外的事"

陈玉坤给记者算了一笔账：按现行价格，乙醇汽油每吨4000多元，1升油将近5元钱，第20加油站每天进油3—4车，共计40多吨，不用过多损耗，一车差1毫米就是10升油，50元钱就打水漂了。而实际超耗远不止1毫米，5毫米、8毫米、10毫米乃至更多都是常有的事，三五百元就这样亏掉了。一车是这样，两车、三车呢？"管油就是管钱，丢油就是丢钱。公司把我放在计量岗位上，决不能辜负领导和群众的信任，螺丝钉虽小,拧在哪里都要起到作用。"陈玉坤说。

为了"摆平"陈玉坤,一些油罐车司机不时对他进行"开导启发",劝他"灵活一点,现实一点",有的司机干脆跟他"明砍":"又不是你家的油,放过一马,给你200元挺好。"陈玉坤感觉受到极大侮辱,每次都义正词严回击:"我是中国石油的员工,企业财产有我一份,吃里扒外的事坚决不干。"

第20加油站的员工都知道,陈玉坤家在农村,上有年迈多病的父母,下有两个年幼的孩子,妻子患心脏病常年静养,全家就指望他在外面打工挣钱维持生活。然而,陈玉坤面对不义之财却毫不动心,他说:"君子爱财取之有道,以岗谋私、掏空企业,天地良心不容。"

2008年,陈玉坤荣获郑州分公司"数质量管理优秀个人"并在会上介绍经验。年终,又被评为先进,领导为他颁发奖状、证书和奖金。加油站获得4.9万元油品管理兑现奖,按考核实施细则,陈玉坤获奖金1万多元。他高兴得合不拢嘴,对同事说:"这是阳光下的钱,拿着心里踏实。"

采访结束,给河南销售公司领导反馈情况,大家颇有感慨:"公司选树陈玉坤这样的典型,不只是看他堵住多少跑冒滴漏,索回多少赔偿,更重要的是引导员工提高对中国石油的忠诚度,增强责任心,激发执行力。"

(原载于2009年3月19日《汽车生活报·油商周刊》,《中国石油报》摘发)

### 名家点评

文章以画面开篇,点明时间地点,使之与记者采写典型人物的缘由相衔接,增强了新闻的时效性。对人物的报道,由几个典型事例做支撑,以事态发展的强烈反差做对比,故事的描写穿插其中,有血有肉,使工作性极强的报道变得生动起来。

### 写作要点

工作性强的通讯报道更要注重写作的技巧和素材的架构,否则很容易枯燥乏味。

# 晋商传人创业情

## ——记中国石油山西销售公司劳动模范李霞

**人物档案**

李霞,女,1972年出生,本科学历,1997年参加工作,2002年进入中国石油,2006年加入中国共产党。先后担任3座加油站经理,走一站"火"一站,被提拔为山西销售太原分公司经理助理兼片区经理,阳泉分公司党总支书记、副经理、经理,现任中国供销石油(山西)有限公司执行董事兼总经理。荣获中国石油山西销售公司模范加油站经理、中国石油山西销售公司劳动模范、中国石油山西销售公司优秀共产党员、中国石油山西销售公司优秀党务工作者、山西省五一巾帼标兵、山西省劳动模范、山西省优秀共产党员、中国石油销售公司明星加油站经理、中国石油十大模范加油站经理、中国石油集团优秀共产党员、中央企业劳动模范等称号。

明清之际,晋商曾创造了灿烂辉煌的历史,一部《走西口》成为演绎晋商精神的千古绝唱。

如今,植根于三晋大地的晋商传人,骨子里流淌着晋商血液,他们集晋商精神与现代理念于一身,在新世纪续写新的辉煌。中国石油山西销售公司劳动模范、太原分公司第35加油站经理李霞就是其中的一个。

历史上许多山西商人自强不息成就大业,今天我在中国石油二次就业不能靠别人可怜，要靠自己打拼，闯出一片新天地。

——摘自李霞工作手记

李霞的老家在山西省山阴县一个偏远山村，1993年，李霞成为全乡第一个女大学生。1997年，25岁的李霞从太原理工大学化工系毕业，分配到太原市晋安化工厂研究室工作。

2002年，命运跟李霞开了个天大玩笑。晋安化工厂因经营不善宣告破产，已经结婚生子的李霞一夜之间由城市白领变为失业人员，找了几个单位都没有录用，她沉浸在失落、苦闷和迷茫之中。自幼刚毅倔强的李霞不肯向命运低头，擦干眼泪，整理行装，抱着刚满一岁的儿子回到了农村老家。

为了不让父母知道自己失业而着急上火，李霞有生以来第一次对父母说了谎——单位放假，带孩子回家休息。其实，她哪有心思休息，她在抓紧时间"充电"。近三个月时间，她阅读了《晋商兴衰史》《晋商经营之道》《市场经济学》《营销心理学》等有关晋商文化和现代经济管理论著，对晋商的进取意识、经营理念、团队精神、人脉战略有了基本了解，逐渐明白"商路遥远，汇通天下"的真正含义，决心做一个"善于经商，善于理财"的晋商传人。

机遇偏爱有准备的人。2002年3月16日，"做梦都想工作"的李霞在太原市人才市场上看到中国石油的招工启事，顿时眼前一亮，毫不犹豫地填报了加油员岗位。

经过半个月岗前培训，2002年4月14日，李霞正式到太原第6加油站上班。

浑身憋足了劲的李霞像一只辛勤的蜜蜂，认真学习，勤于思考，扎实苦干，迅速成长，加油、计量、核算、洗车等岗位全干遍了。白皙的皮肤晒得黝黑，细嫩的双手磨出了茧子，在一同上岗的员工中，李霞最先熟悉加油站业务流程、管理模式、经营机制、操作规范。上岗一个多月就被提拔为第6加油站副经理。

李霞把晋商传统与现代理念融会贯通,经营出手不凡,管理智高一筹,接连带"火"三座加油站。

太原第 6 加油站经理兼任片区职务,站内日常工作全交给李霞负责。她发挥才智,用尽全力,带头实干,加油站日销量从 10 吨增加到 16 吨,成为山西销售第一座三星级加油站。

太原第 9 加油站管理松弛,客户流失,一天卖不上 1 吨油。2003 年 8 月,上级派李霞到第 9 加油站任经理。她吸纳晋商组织管理经验,发挥品牌优势,赢得客户信任;健全岗位责任,强化制度执行,加强教育培训,狠抓奖惩落实,很快改变了加油站落后面貌,平均日销量提高到 8 吨。

太原第 35 加油站设在中国石油山西销售公司办公楼下,素有"省公司门面站"之称。2005 年 9 月,经领导反复研究,调李霞任第 35 加油站经理。她弘扬晋商传统,"以义致利",诚信经营;亲情服务,稳定客户;关爱员工,凝聚队伍;积极进取,持之以恒。第 35 加油站三年完成"三级跳"——2006 年被评为三星级、2007 年荣膺五星级、2008 年跨入万吨行列,被授予山西省青年文明号和明星加油站称号。李霞荣获先进工作者、十大标兵、优秀站经理、劳动模范等荣誉称号,2006 年 7 月加入中国共产党。

"上帝关上一扇门,同时会为你打开一扇窗。"加油站要实现持续稳定发展,就必须善于把"头回客"变成"回头客",进而变成固定客,唱好"客户开发三部曲"。

——摘自李霞工作手记

李霞 7 年带"火"3 座加油站,"头回客"理念发挥了重要作用。这是迄今为止销售企业首次提出"头回客"的概念,也是李霞在众多优秀加油站经理中脱颖而出的"闪光点"和"关键词"。"上帝是指顾客,关门、开门是指顾客的需求变化。经营者走出门,把顾客请进门,服务好、留下来,关上门成一家人。'头回客'就这样变成了回头客、固定客。"李霞用自己的语言,把"客商理论"说得直白明确、浅显易懂。

为了唱好"客户开发三部曲",李霞开动脑筋,围绕"头回客"设"连环计",想"周全法",打"组合拳"。宣传品牌吸引"头回客",积极促销引导"头回客",诚信经营征服"头回客",亲情服务温暖"头回客",真情帮助感动"头回客",非油业务方便"头回客",政策解析稳定"头回客",客户口碑感染"头回客"。

品牌宣传到现场,面对面,见着人。李霞带领员工到车辆出发地、附近途经地、货物集散地、本市目的地,宣传中国石油的企业性质、经济实力、国际地位、品牌价值、企业文化,介绍加油站的具体位置、油品结构、定价机制、销售方式、管理模式、服务优势,把顾客想知、应知而未知的政策信息送到顾客的心坎上,发挥品牌吸引力。

晋商传统使李霞懂得"客走旺家"的道理,加油站要不断提高销量稳定发展,就必须形成浓厚的卖场氛围,而吸引"头回客"至关重要。因此,憨厚朴实的李霞对"头回客"也分"三六九等",抓关键,选重点,做示范,扩影响,产生"以一带百"的裂变效应。

拿"邻居"说事。太原畅捷汽修厂有12辆车,加上畅捷汽车俱乐部20多辆车,日耗油近3吨。然而,这个"一脚油门就能进站"的邻居,以前却在别处加油。李霞跟员工讲,"傻子过年看隔壁儿",畅捷汽修厂不来加油,在外边做多少宣传都没有说服力。李霞六次上门请客都被婉言拒绝,她不灰心,不放弃,运用"迂回攻关""曲线开发"策略,终于把"畅捷"请进了加油站。"好货卖千里,邻居最知情",周边十几家客户随后也跟着到第35加油站加油。

用权威作证。李霞坚持诚信经营一丝一毫不马虎,她管理的加油站没有勾兑过一升油,也没有克扣顾客一两油,经过无数次定期检测、突击检测、跟踪检测、抽查检测,第35加油站质量计量合格率总是100%。

一次,太原市质量技术监督局对第35加油站所有加油机和全部库存油品进行全面检查测试,近十个样品、上百项指标,全部在规定标准之内,检测人员禁不住大加赞扬。李霞趁机造势，做熟"蛋糕"，把技术监督局请到站里加油。

"质量技术监督局都去加油，肯定没错！"果不其然，政府机关、直属单位、公安、消防、社科院、计生委、安监局、物价局等20多个行政部门，纷纷"改换门庭"，到第35加油站定点加油，汽油日销量猛增到30吨。

让挑刺儿的人叫好。出租车司机是成品油市场最敏感的消费群体，为了加强服务监督，太原分公司聘请若干出租车司机作为"神秘监督员"。一个颇有心计的监督员经过跟踪暗访、检测对比和亲身体验，明显感觉"加35站的油车有劲、多跑路"，挑刺儿的人都说好，市内出租车一窝蜂似的涌向第35加油站，平均每天达270辆之多，日增销量达6吨。

让"头回客"感受到"上帝"的尊严。李霞给自己做出一条"特殊"规定：凡是第一次进站加油的顾客，只要她在站里，必须亲自接待，现场交谈，掌握需求，了解信息，建立档案，跟踪联络，直至对方成为回头客。现在，第35加油站拥有固定客户1200多个，购油量占全部销量的80%以上。2008年第35加油站实现销量11218.7吨，人均销量415.5吨，其中完成汽油销量8713.7吨，均居山西销售公司首位，成为综合业绩最好的加油站。

晋商忧思深远，一粥一饭思来之不易，半丝半缕念物力维艰。作为晋商传人，要自觉增强忧患意识和责任意识，克勤克俭，挖潜增效，努力把控本降费落到实处。

——摘自李霞工作手记

节俭是晋商昌盛五代的传家宝，李霞以史为鉴，大力弘扬艰苦创业、勤俭节约的美德。

为了节省水电费，加油站制定了既严格又具有可操作性的管理制度。所有用电设施设备，根据季节和任务不同，逐台测算耗电指标，指定专人负责，电费节超与班组收入挂钩。2008年以来，月均电费比上年下降50%。

李霞运用铁手腕狠抓节约用水，控制水费支出。变冲水洗车为盆水擦车；实行污水循环利用；每个水龙头都有专人控制，杜绝跑、冒、滴、漏。2009年前5个月，加油站水费比上年同期节省90%。吨油费用和吨油现金营销成本均为山西销售最优。

控本降费，油品管理是重头戏。李霞说："油就是钱，加油站亏油就是丢钱。"为了遏制油品亏损的局面，李霞接连使出四把"杀手锏"：一是实行跟车押车，防止运油车辆途中"掉包"；二是实行透明接卸，计量员现场接卸，前庭主管现场监督；三是实行油品管理责任制，亏库短量由经理和计量员按比例赔偿；四是实行交班交量，逐班对账，日清日结，堵塞漏洞。

俗话说"锯响就有末"，堵漏见收获。2009年1至5月，第35加油站库存管理实现"大变脸"，荣获太原分公司"节能降费流动红旗第一名"。

要适应越来越激烈的商业竞争，做强做大加油站必须团结一心，和谐共生，把事业"注册"到员工心中。

——摘自李霞工作手记

加油站员工来自四面八方，习惯爱好不同，脾气秉性各异，李霞是一个好大姐，像关心弟弟妹妹一样深情关爱每一个员工。员工有事请假，她主动顶岗付油；员工生病，她领着上医院，治病买药她花钱；员工家庭变故生活陷入困境，她反映情况，申请补助，解囊相帮；员工工作失误，她耐心分析原因总结教训，一起承担责任。

加油员贾利香的丈夫在外地工作，自己又带孩子又上班，双方老人年迈体弱帮不上忙，为了方便小贾接送孩子，李霞特事特办，三次调整小贾的工作岗位，安排她一直上白班。

2008年4月28日，加油员龚学姗家仓房因电线短路失火，造成物品损失，李霞第一时间带上东西慰问老人看望孩子，并留下500元钱，鼓励家人振奋精神渡过难关。

加油员高海燕和丈夫都在城里打工，已经开学了孩子的学校还没有着落，高海燕急得满嘴起泡整夜失眠，李霞想方设法为她解决了孩子上学难题。

李霞牢记晋商"旧识新知，休戚与共，痛痒相关，和气生财"的古训，为了员工利益，她花钱出力毫不吝惜。

2005年加油站评上三星级，李霞拿出个人的一半奖金，给员工买衬衣、围巾、套袖、布鞋、领带、领花和两用手套。

2006年，加油站评上五星级，李霞又把一半奖金拿出来组织大家旅游、聚餐、照相；三八妇女节，她给每人买了一份营养品和化妆品。

李霞说："我愿意帮助每一位员工，从他们身上能看到我原来的影子，只要我有的，就想让员工们也有。"第35加油站大多是女员工，基本都来自农村，许多人对保暖内衣"听说过，没穿过"。李霞赶在服装反季下架的机会，拿出2000多元，跑了几个商场给每人买了一套保暖内衣。

2009年5月13日，记者在第35加油站采访，22名员工访谈了20名，其中9名员工一说起李霞就动情落泪，而李霞对自己给员工做的好事却只字未提。在一份材料上，李霞写道："其实我做的都是些微不足道的小事，听说有的员工流泪了，我的眼里也含满了泪花，员工的眼泪很珍贵，我知足了。"

2009年端午节，李霞让母亲多包些粽子带给站里员工，由于早上忙着给客户送油，没顾上回家里取。到了站里，她发现桌子上放着各式各样的粽子，有牛肉的，有豆沙的，有红枣的……没等问这是谁拿来的，却发现好几张纸条："经理，尝尝我家的粽子，这是我亲手包的。""经理，尝尝我家的粽子，这是我妈包的，让送给你。"享受着员工纯真的情感和深沉的关爱，李霞的泪水夺眶而出，打湿了纸条，滴在粽子上。

（原载于2009年6月19日《汽车生活报·油商周刊》，《中国石油报》摘发）

### 名家点评

让历史对接现实，把当年晋商的精神融入今天后代的创业情怀，这是本文的一大特色。文章由晋商说起，蜻蜓点水，重点推出晋商传人中的一位业内佼佼者，也就是报道中的典型人物。纵观全篇，记者牢牢抓住人物的背景特点，把晋商的血脉变成报道的文脉，更加从容洒脱地挥笔写就晋商后人在今天创造的新辉煌。用人物的工作手记串连起创业路上的跋涉脚印，用感人的亲情作为结尾，在意犹未尽时戛然而止，内容丰富，骨肉相连。

### 写作要点

从古至今的传承有了丰富的想象空间，今天的故事伴着昨天的身影，在古今的关联上做文章，也是吸引读者阅读的手法之一。

# 销售先锋

## ——记中国石油青海西宁销售分公司古道加油站经理尚丽群

**人物档案**

尚丽群，女，1967年出生，1984年参加工作，2008年加入中国共产党，做过加油员、计量员、加油站经理、经营部经理、西宁分公司副经理。因经营业绩显著，被青海销售公司授予销售先锋荣誉称号，多次被评为优秀加油站经理，获青海省十大优秀青年、优秀基层工作者、青海省劳动模范、全国劳动模范、中国石油·榜样、感动石油·十大年度人物等称号。

在雄伟的青藏高原，有一条与丝绸之路齐名的唐番古道，史书记载，文成公主曾沿着这条古道传播民族优秀文化，成为经久不衰的千古绝唱。

如今，在这条充满传奇的古道上，一个被誉为"销售先锋"的高原杰出女性，沐浴着宝石花的光芒，踏着时代的节拍向我们健步走来。她就是青海省十大优秀青年、省三八红旗手、青海销售公司优秀加油站经理——尚丽群。

## 古道有知数字说话　销售先锋名副其实

2004年国庆节前夕，位于青海省西宁市西郊14千米处109国道旁的古道加油站收归中国石油旗下，上级挑了又挑，选了又选，派工作认真、作风泼辣的尚丽群带领 12 名员工去古道开辟创业历程。

千年古道仿佛等贵人盼知音。个体老板经营时，古道加油站最高年销量不超过 500 吨，尚丽群接手 3 个月就销售 365 吨；2005 年销售 1499 吨，人均销量 125 吨，人均创利 12242 元；2006 年销售 2852 吨，人均销量 238 吨，人均创利 23291 元；2007 年销售 5651 吨，人均销量 471 吨，人均创利 44737 元；截至 2008 年 6 月 28 日停业改造，销售突破 8000 吨，人均销量 667 吨，人均创利 63333 元，创造了"全年任务半年完"的最佳业绩。人均销量、人均创利连续 4 年居青海销售前列。2008 年 12 月，尚丽群被青海销售公司授予"销售先锋"荣誉称号。

激情创业摘金夺银，销售先锋誉满枝头。青海省"顾客满意企业"、青海省"红旗加油站"、青海省"三八红旗集体"的牌匾，在古道加油站相映生辉。上级评选表彰先进，尚丽群年年榜上有名。

## 服务好差客先知　不满意传染满意感染

古道加油站上下 10 千米沿线分布着 10 座加油站，经营性质不同，促销手段多样，市场竞争十分激烈。为了搞好经营，尚丽群带领员工清理场地，粉刷宿舍，置办食堂，加油机擦得闪光锃亮，各种物品摆放适当，经过培训的员工衣着整洁面带微笑，恭候在加油机旁。然而，占地面积 6900 平方米，包装一新，设施先进，油品齐全的古道加油站，却很少有车光顾，日销量在 2 吨左右徘徊。上级强调提高"车辆进站率""顾客回头率""油箱加满率"，尚丽群时时为卖不动油而忧虑。

"坐等顾客上门，只有死路一条"。尚丽群制定了"品质领先、服务领跑、双轮驱动"的销售策略，组织员工挂横幅、插彩旗、发传单，指着红黄两色的工作服和高高悬挂的宝石花，向顾客说明古道加油站已经归中国石油经营，一些客户投来怀疑的目光，冷冷地说："中油服装到处都是，企业标识花钱就挂，谁知哪个是真哪个是假！"

尚丽群经过仔细了解得知，原来个体老板经营时，油品价格虽低，但质低量差，加油站信誉丧失殆尽。这使她恍然大悟，她"掰开包子说馅儿"，仔细向客户介绍中国石油的企业性质、社会责任、品牌优势，介绍古道加油站的经营机制、管理规范、服务项目和便民措施，郑重承诺：所售油品质优量足，缺一补十，质量有问题包退包换。还公开投诉电话，随时接受社会监督。

尚丽群以高原人特有的率真和质朴赢得了客户的信赖，每天进站加油的车辆由七八台增加到十多台。

"服务好差客先知，不满意传染满意感染。"尚丽群经常用这句话提醒员工，并从自身做起，努力为顾客提供满意的服务。一天，车牌号为陕字头的4辆大货车进站加柴油，祖籍陕北的尚丽群亲自把枪加油与客户攀上老乡关系，询问有啥困难需要帮助，有啥需求尽管提出。还特别提醒司机不要疲劳驾驶，保证行车安全。陕北司机很精明，古道加油站同样品号、同等数量的柴油，与别处相比，明显感到车有劲，跑路多，逢人便说古道加油站油好、人更好。就这样一传十，十传百，古道加油站在高原上逐渐有了名气。甘肃的车来了，宁夏的车来了，河南、河北、内蒙古的车也来了。随着客户不断增加，加油站日销量由开业初期2吨多增到2005年4.1吨，2006年7.8吨，2007年15.5吨，一年蹦上一个新台阶。

初战小胜给尚丽群带来喜悦，她对员工们说："扩大销售，顾客为本，要想摘得金杯银杯，必须首先赢得客户口碑。"有一段时间，柴油异常紧缺，古道加油站排起长龙，轮到玉树藏族自治州囊谦县两台大车加油，按规定持卡客户一次加500元，现金客户一次加300元。为了照顾没有办理IC卡的藏族客户，尚丽群破例交代员工按500元加油，藏族司机还是不满意，非要加满，任凭尚丽群怎样解释就是不听，并要抢夺加油枪。尚丽群赶忙上前将加油枪抱住，藏族司机一把把尚丽群推倒在地，脑袋碰在加油机上，她不顾疼痛，站起身来，握住加油枪，请藏族兄弟理解，并为后面客户着想。藏族司机恼羞成怒，上车破口大骂，狠狠地将唾沫吐在尚丽群的脸上。员工们不干了，其他顾客也纷纷谴责藏族司机的野蛮行为，尚丽群眼里含着泪花，摆摆手，平静地说："500元柴油从古道跑不到玉树，藏族兄弟发火可以理解。"

没过几天，对尚丽群失礼的那位藏族司机又带着两台车前来加油，像什么事也没发生一样，一见面就高喊："尚站，我们又来加油了！"尚丽群面带微笑，亲自把枪，给每台车加500元柴油，然后，坐进第一辆车驾驶室，把3台大货车带到下一座加油站，又各加了500元柴油，目送藏族同胞驶上返乡之路，自己坐公交车回到加油站。

从那以后，古道加油站经常出现那位藏族同胞的身影和洪钟般的声音，所不同的是，他带来的车辆由3辆变成了8辆。

## 知道顾客想什么　服务做到需要处

摘掉了低效站的帽子，尚丽群的眉头仍然紧锁着，每次上下班路过一个加油站，看到院子里满是加油的车辆，她既羡慕又忌妒。

正当她冥思苦想无处下手时，一次与内蒙古司机交谈使她如梦方醒，原来这个加油站专设了"司机之家"，为客户提供吃饭住宿方便，众多车辆正是冲着"司机之家"才聚到这个加油站的。尚丽群听了一下子来了精神，上级收购古道加油站时带进一个面积1900多平方米，集办公、住宿、餐饮于一体的"司机之家"，可是由于思路受限，眼睁睁闲置好几年。

"要招凤凰来，先栽梧桐树。"尚丽群组织员工打扫卫生，布置房间，维修床铺，购置被褥，腾出餐厅，准备厨具……一切准备妥当，尚丽群四访加油站打探消息。第一次她穿着耀眼的工装，刚进门就被撵了出来。

第二次，尚丽群乔装打扮，以推销商品为由，探访加油站"司机之家"的设施和服务底细，发现住宿的房子比古道多5间，但玻璃灰蒙蒙，被褥脏兮兮；厨房黑乎乎，灶台厨具满是油污，地面脏水横流；餐厅桌椅破损，边角缝隙藏满污垢，苍蝇四处飞舞；紧挨厨房的卫生间臭气熏天，令人作呕。尚丽群边看边想，更加打定主意，"要战胜竞争对手，就必须比对手做得更好！"

第三次，尚丽群以聘请厨师为名，了解到支撑这个加油站生意的主要是几个外省大型货运车队，而福建、江西等南方人与这个加油站的老板以同乡结缘，外乡人难以撬动。于是，她把"请客"的目标选定在拥有60多台大货车的内蒙古辛达物流公司。

第四次，尚丽群乘进站找人之际直奔辛老板的房间，自报家门，介绍优势，公开条件，明确表示愿与辛达车队合作。走南闯北，在生意场上打拼多年的辛老板深知中国石油的实力，对尚丽群提出的合作意向，既没当场接受也没委婉回绝，而是表示看看再说。尚丽群将计就计，当场邀请辛老板到古道加油站走走看看。

接上了关系，尚丽群趁热打铁，每天打几遍电话请辛老板过来实地考察。2006年"十一"长假期间，辛老板两次亲临古道加油站，丈量停车场地、考察付油器具、查看"司机之家"。看到宿舍用品齐全，被褥干净整洁；厨房瓷砖贴面，厨具高档配套，淘米、洗菜、洗碗全部使用自来水；餐厅宽敞明亮，桌椅统一配置，鲜花点缀其间；独辟一处的卫生间定时打扫，无污垢、无异味。尽管比之前的加油站少5个住宿房间，但辛老板还是动心了。

10月8日，古道加油站员工烧好开水，沏好奶茶，像迎接远方的客人一样，欢迎内蒙古辛达物流公司来古道站定点加油，日销量一下子由7吨增加到15吨。

如果说，辛达物流车队移师古道加油站靠的是品牌优势和超值服务，那么，随着公司规模扩大，实力增强，200多台加盟车辆共同扎根古道加油站，则显示了尚丽群和员工亲情服务的无穷魅力。

尚丽群有一句口头禅："客户需要的，竞争对手没有的，就是我们要做好的。"她用行动把这句话演绎得淋漓尽致。

2008年5月，西宁地区柴油紧缺，拥有40多辆车、靠"打游击"加油的天津文臣车队，跑了几个站却加不上油，车队安老板没了主意，困难关头来到古道加油站。尚丽群经过认真了解,掌握真实情况,及时向公司汇报并申请资源,解了文臣车队燃眉之急,并从此建立业务关系,每月增加销量50多吨。安老板逢人就说:"古道销售油品,展示人品,认识尚经理是人生一大幸事。"

服务越贴心,关系越牢靠。2008年6月底,古道加油站进行改扩建,工程改造期间,原来实行送油上门的鹏程工贸公司、兴海物资公司、德禄沙石厂等三家客户,继续由古道加油站定期送油,没有一家离开。12月10日,古道加油站工程改造完毕重新开业,29个大型固定客户全部如约返回,当天销售油品12吨。

## 扩销借助互动力　　不遗余力做非油

古道加油站处于西宁至青海湖的必经之地,周围没有商店,没有超市,没有饭馆。开业之初,许多司机和乘客想买食品、饮料、手纸等日常用品,因加油站没有便利店,眼看着顾客失望地离去。尚丽群决定建个小卖部。

油非互动两相得利。2006年,小卖部营业收入16900元;2007年,小卖部收入24080元;2008年上半年,小卖部收入44000元,成为青海销售同类加油站非油收入中的佼佼者。

尚丽群把扩销增效当作自己的根本职责,一心扑在工作上。古道加油站的员工们说:"每天起得最早的是尚经理,睡得最晚的也是尚经理。上班,我们踏着她的足迹,下班,她踩着我们的脚印。"员工的话一点不夸张,按规定尚丽群可以天天回家,她却坚持每周只回家一次。

2008年6月14日晚上九9点多,排队加柴油的车辆不听员工指挥,一个劲儿往前抢,导致外边的车进不来,里边的车出不去。尚丽群忙碌一天,两腿发软,双脚肿胀,连鞋都穿不上,她全然不顾,亲自到出站口疏导车辆,由于天黑,不慎一脚踩空,跌落到2米多深的沟里,腰部扭伤，不能动弹被送进医院。

为了减轻站上人手压力，她让刚结束高考的女儿护理自己，第四天身子能活动，就拄着拐杖回到加油站，指导员工搞好经营服务。公司领导得知情况到医院看望却扑了空。同在一个单位的丈夫幽默地说："俺媳妇有病躺不住，在家待不住，老公留不住，只有加油站能把她拴住。"

（原载于 2009 年 7 月 2 日《中国石油报》，《中国石油企业》《汽车生活报·油商周刊》分别刊发）

### 名家点评

从古至今，寻找历史与今天的交汇点，用历史的宏大视角作为叙事的开端，让今天的风云人物在历史的传奇古道上展现风采。通讯在历史纵深感的背景下，聚焦典型人物和古道加油站展开叙述，使其更显丰富、厚重而高远。用数字说话，用荣誉彰显，用事例佐证，用案例分析，用亲情感人，用语言表达，用描写刻画，塑造出一个古道创业的高原女杰形象。

### 写作要点

在历史的天空上演今天的故事，无疑可以增强通讯的厚重感，人物也更易吸引受众的目光。

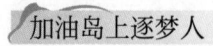 加油岛上逐梦人

# 油站"智多星"

## ——记中国石油江苏南京销售分公司城东加油站经理邵从海

**人物档案**

邵从海,男,1981年出生,大学本科学历,2001年进入中国石油,2007年加入中国共产党,先后在徐州、无锡、南京等分公司担任6座加油站经理,表现出卓越经营管理才能,他创立的团队管理模式在江苏销售全面普及,中国石油召开现场会推广经验,并被任命为省公司加管处副处长、分公司副经理、省公司培训中心总教练、加管处处长。先后获得江苏销售公司优秀共产党员、华东销售十大杰出青年、江苏青年五四奖章、中国石油模范加油站经理、中国石油十大杰出青年、中国石油劳动模范、中国石油优秀共产党员、中国石油·榜样等称号,获全国五一劳动奖章。

现在,国内成品油市场发育日趋成熟,竞争更加激烈。作为中国石油成品油销售系统的一名共产党员,我要坚定信念,忠于职守,紧盯市场,围绕客户,关注细节,精细管理,将营销理念化为一个个具体的销售技巧,把加油站销售工作做得更好。

——邵从海

受地理位置、客户类型和道路交通影响,江苏销售南京分公司城东加油站每天上下午各有一个加油高峰。高峰时,车多人手少,以致一些客户等不及而到别处加油。

站经理邵从海动起脑筋，将19名员工中的16人分成四个班，其余3人成立机动班。倒班方式由四班三倒，变为四班两倒，机动班在早晚加油高峰两两上岗。同时，从下个班抽一人参加平抑高峰，使高峰期加油员成"2+2+1"组合。每个班依次倒完一个白班和一个夜班，便可连续休息48小时。新的排班方式有效解决了高峰矛盾，平均日销量提高13吨，员工休息也更充分。

就是这个邵从海，进入中国石油10年，先后在6座加油站担任经理，使其中2座站甩掉"低效站"帽子，4座站成为万吨站，进入五星级。

2010年9月1日，中国石油销售企业成品油零售座谈会在江苏南京召开，近百名代表参观考察城东加油站，学习邵从海的许多"金点子"。大家竖起大拇指，称赞他"善于动脑，勇于创新，不愧是油站销售管理'智多星'"。

作为江苏销售公司四星级以上加油站经理培训基地，城东站不仅完成了18期126人次培训，还为12个分公司培训"示范站培训师"6期42人，接待山东、湖北和陕西等销售企业20余个学习参观团共计230多人。邵从海还先后到四川、广东、河北和贵州等销售公司介绍经验。日前，江苏销售公司下发文件，聘任邵从海为"加油站高级管理师"。

### 用智慧破解难题，努力扩销上量

江苏销售江阴黄田港加油站环境复杂，4个路口有3个被小商贩挤占，有的拉脚倒客，有的带路收费，有的"碰瓷"诈钱，有的推车挎篮进站叫卖，还有个别客户加油不给钱、站内吸烟和接打手机等。由于环境恶劣，秩序混乱，老客户不愿来，到门口的客户进不来，加油站销量徘徊不前。

面对这种状况，邵从海没有害怕困难。他认识到加油站自身势单力薄，必须依靠当地政府排除无序现象，营造良好的经营环境。

安排好站里工作后，邵从海跑到市里，找有关部门反映情况；给公安局局长写信，提出意见和建议；主动与派出所、城管办和交警中队一起商量，讨论解决办法。加油站成立综合管理小分队，负责疏导3个路口。他还请片区民警定点到加油站巡逻，随时解决治安隐患。上级考虑到加油站的实际情况，为站里配备了一名治安协管员。邵从海又多方联系，奔走呼吁，促成在当地食品批发市场为小商贩辟出专区专位。一套组合办法下来，加油站流动卖货的现象消失了。

经过全面治理，黄田港加油站经营秩序明显好转，日进站车辆超过1600辆次，平均日销量达到34吨，被评为"全国青年文明号"。

邵从海就是这样一个爱琢磨的人。他说，油是一枪一枪卖出去的，客户是一个一个争取来的。搞销售就是要不停琢磨，只有动脑筋、想办法，才能有效扩销上量。

城东加油站处在南京至上海、浙江和安徽的快速干道上，车流量大，进站率高，"快加快走"是改善服务和扩销上量的关键因素。邵从海便在"快"字上绞尽脑汁，把文章做足。

城东加油站以加汽油为主，配备4台加油机14把枪。以前，因为场地标定问题，常常是一台加油机两边各停一辆车就把地方占满了，后面车上不来、停不下，造成"有枪使不上，想加必排队"的怪现象。

邵从海打起了科学合理标定场地的主意。他捧着《加油站细节管理手册》入神凝思，运用三维平面结构原理，在现场一次次测量、一遍遍计算、一张张画图，用不同型号车辆反复试停，想要达到既与加油岛保持安全距离又为进出车辆留出宽敞通道，既保证两侧车辆停得下又保证加油枪胶管够得着的目的。经过几十次试验，最终对加油场地重新规划标定，每台加油机两侧各设置两个停车位，前不挡路、后不堵车，里不受阻、外不越线，付油效率成倍提高，单车加油只要三五分钟。

邵从海善于用知识破解难题，努力拓展扩销上量的空间，他所带过的6座加油站日销量分别提高5.3吨、6吨、6.7吨、10吨、10.5吨、16吨。

## 用点子开拓局面，持续创效降费

说起邵从海，大家都知道他开了江苏销售非油业务的先河：第一个在加油站开设便利店，第一个创建非油收入百万元店和两百万元店，第一个建起市公司级非油业务运作系统。

受社会环境影响和市场经济的熏陶，年轻的邵从海表现出极强的商品经济意识。2002年，22岁的邵从海任徐州分公司腾飞加油站经理，在全省最早开办汽车美容中心，当年非油日销售收入就达到930元。

2004年，黄田港加油站启动便利店经营，周边有多家大型超市、连锁店、小卖部。邵从海针对客户群连施"三计"，油"非"互动，以"便"求"利"，搞活经营，争创效益。

第一计，进店消暑。江阴的夏天湿热难耐，邵从海把每条一角钱的小毛巾浸水冰镇，装入塑料袋，别在赠阅的《现代司机报》（现《汽车生活报》）上。顾客在便利店边小憩边看报，消暑纳凉。

第二计，开心看货。在特色商品展位插上画着不同脸谱的小彩旗，用三言两语写上小幽默、小寓言、小笑话，让人看了开心一笑，特色商品映入眼帘。

第三计，巧备商品。加油站便利店一大客户群是货车司机，有些货车司机买洗漱用品不喜欢一个个单买，邵从海就组织员工把毛巾、香皂、牙具、搓澡巾等用品装成"洗漱包"，摆上柜台，非常"抢手"。长途旅客需要方便食品，邵从海多方考察，改进配方，加工奶香味茶叶蛋，一天卖出400多个。当年,黄田港加油站便利店实现非油销售收入113万元。

公司看中邵从海的非油销售能力，把他从黄田港加油站调到南京分公司，为这里刚起步的非油业务出力献策。来到南京，邵从海每天开车跑手续、办执照、领证件，与众多知名供货商洽谈合作，举办非油业务培训班，给加油站经理和便利店骨干讲授进货原则、商品陈列、推销技巧、盘点细节、报表要求等业务知识，并做成多媒体课件，一个站一个站演示、一个区一个区推进、一件事一件事落实。经过一年多打拼,这个没有职务、没有级别、没有权力、没有编制的"机关干部",硬是靠责任和智慧在南京搞起22个加油站便利店,为企业创效做出巨大贡献。

一名共产党员一旦意识到岗位责任的重大、肩负使命的崇高,就会倾尽全部智慧和力量为之奋斗。

邵从海调入城东加油站时,便利店日销售收入仅有850元。他到大型超市调查,到星级酒店取经,到居民小区拜访。经过反复比较,潜心研究,提出"人无我有、人有我精、人精我变、人变我先"的经营理念,总结出便利店商品推销"六法",即发现需求、创造感动、服务引导、连带"捆绑"、地缘亲近、赠品刺激,推动便利店业务快速发展。

一瓶小小燃油精创造大效益的故事,展现了邵从海的大智慧。为了促进燃油精销售,邵从海先是在加油机上开起"小超市",把成打成捆的燃油精摆放在加油机的透空区。可没承想,摆放越多,司机越不愿买。

邵从海随即改变促销策略,根据客户心理,找准消费需求点,增强商品吸引力,把卖完的燃油精空瓶收集起来,装入一个大纸箱,摆在加油机旁边,新瓶放在上面。空瓶越多证明燃油精越畅销,越刺激驾车人购买,结果最多一天卖出去92瓶。截至2010年10月底,城东加油站已实现非油销售收入243万元,日均8045元,成为江苏销售公司非油收入最高的样板店。

创效,邵从海彰显智慧;降费,更是技高一筹。他带过的6座加油站,水电费、维修费、办公费全面下降,令许多站经理赞叹不已。

恒友加油站水电费超支,影响了员工收入,邵从海把水电设备使用管理责任全部落实到人头,每天交接班时抄电表、水表,纳入当班成本核算,每月水电费比原来减少1500多元。大明路加油站由流水洗车改为"定时盆供",由场地泼水改为喷壶淋洒,夜间"定位加油、对应供电",饮料瓶、塑料桶、包装箱、旧报纸、酸奶盒等统统回收,用卖废品的钱交电话费、买办公用品,每月水电费比核定指标节省1000多元,比原来减少2500元。

城东加油站建设标准高，降费压力大，邵从海开动脑筋，挖掘潜力，成立设备维修组，加油机换滤网、加油枪换配件等简单维修项目全部自己干。以前，加油站化粪池由环卫所负责，每次 800 元，邵从海很心疼，带头当起掏粪工。为了节电，加油站空调遥控器由专人保管；零管系统不关主机，显示屏现用现开。打印机不换硒鼓充墨粉，不换墨盒换墨水，每月减少办公费 1300 多元。

## 满怀真情带队伍，培养更多"智多星"

邵从海常说："一个加油站经理浑身都是铁也打不了几颗钉。共产党员要善于团结和带领群众同心干。"实践中，邵从海善于带动全体员工，调动大家的工作热情。

工作上，邵从海处处冲锋在前做表率。在腾飞加油站，有一段时间他连续数日走访开发客户。一天晚上，公司经理到站上检查，邵从海却不在站上，经理便悄悄地在站外等候。直到晚上十点多，经理看到邵从海骑着一辆三轮车，上面装着 4 个空油桶，满脸灰、一身土回到站里，顾不上洗脸吃饭，先给核算员清点油款。第二天，公司经理在机关大会上讲了自己的亲眼所见，号召全体干部员工向邵从海学习。

生活上，邵从海关爱每一名员工。新员工到岗，邵从海开上车，拉着他们看长江，逛夫子庙，游玄武湖，品小吃，留彩照；员工过生日，他早晨发短信祝福，中午送小礼物开心，晚上切蛋糕庆贺；员工亲属住院，他买鲜花水果前去探望，医疗费发生困难，他带头捐款。每年春节，邵从海为回家过年的员工送上一份南京特产"盐水鸭"；除夕夜，他主厨上灶，做拿手好菜；午夜时分，员工挨个用他的手机给父母报平安，祝家人过年好。

"加油站的成绩是员工干出来的，不能有了任务把员工摆在前边，有了好处把员工放在后边。"邵从海经常用这句话提醒自己。在腾飞加油站，他用洗车房赚的钱为员工建淋浴间，买洗衣机、电冰箱；在黄田港加油站，他用个人奖金为员工做西服、买衬衣、配领带；在恒友加油站，他不按文件规定多拿奖金，坚持和员工一个标准，用应得奖金组织大家旅游；在城东加油站，他从个人奖金中拿出50%，设立"促销奖励基金"。

邵从海就像一个强力磁场，不断释放着能量。城东加油站在全省招聘员工，报名者数百。有的放着别处的站经理不当，心甘情愿到城东做前庭主管，为的是跟邵从海学知识长才干。几年来，在邵从海的带动和帮助下，先后有31名员工递交入党申请书，19人当上便利店店长，20人做了前庭主管，30人走上加油站经理岗位。

邵从海是个"工作狂"，忙起来顾不上吃饭、睡觉，1.7米的个头，体重还不到45公斤。江苏销售公司各级领导对邵从海倍加关心和爱护。从徐州调往江阴，公司经理把他叫到办公室，传授工作经验，副经理开车送他到黄田港加油站；邵从海结婚，公司领导到场祝贺；身体不适，公司领导到家看望；30岁生日，公司领导送来蛋糕；每当省市公司新领导上任，最先去的总是邵从海所在加油站。

在加油站打拼时间越长，邵从海越深刻体会到干事创业的沃土就在中国石油，工作更加专心致志，金点子也越来越多。由于业绩突出，邵从海先后荣获华东销售先进个人、江苏销售优秀共产党员、中国石油十大模范加油站经理、中国石油十大杰出青年、中国石油集团公司劳动模范等荣誉称号20多项。

（原载于2010年11月26日《中国石油报》，《汽车生活报》《石油企业管理》等多家媒体转发报道）

### 名家点评

既然被称为"智多星"，也就给报道的人物定了位，其人注定是在岗位上呈现的智慧非同一般。围绕着人物的这一特性渐次展开报道，其中经营管理上的"金点子"层出不穷，如做足"快"字、巧用"三计"、推销"六法"等。文中个性化的人物描写使其针对性更强，辨识度更高。

### 写作要点

抓住人物特征加上细节描写，这是人物通讯写作的基本要求。

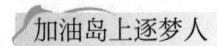 加油岛上逐梦人

# "阳光经理"张丽云

**人物档案**

张丽云，女，1989年出生，2007年进入中国石油福建销售莆田分公司，2010年加入中国共产党，做过加油员、计量员、核算员、便利店员、前庭主管，热爱石油珍惜岗位，连结婚照都是穿工作服拍的，始终有一股不服输的劲头，担任3座加油站经理，一站比一站出彩。先后获得莆田分公司优秀站经理、福建销售公司明星站经理、中国石油模范站经理、福建省三八红旗手等荣誉称号。

灯光、摄像、合影，聚焦靓丽女孩儿；

鲜花、掌声、赞誉，献给靓丽女孩儿。

2011年1月19日，福建销售公司工作会议在福州贵安召开。一个稚气未脱、身体单薄的女孩儿的发言博得满堂喝彩，领导为她高兴，员工为她自豪，同行为她骄傲。她就是被誉为"阳光经理"的莆田分公司商贸加油站经理张丽云。

就是这个"小经理"，2010年前9个月使商贸加油站日销量从不足3吨增加到8吨以上，被福建销售授予"模范加油站经理人"称号。

家庭不幸过早辍学，为了供弟弟妹妹念书，她卖过猪肉，做过制鞋工；过完18岁生日，她进入中国石油加油站，找到了适合自己的那片土壤。

1989年12月，张丽云出生在福建省莆田市城厢区华亭镇山牌村。

她自幼懂事要强，上初中一年级就知道打工赚钱，给人家刷碗、洗衣、带妹妹，到家具厂剥树皮。

2003年，小丽云初中毕业，想进镇上的鞋厂当工人，因年龄小未能如愿。正巧，叔叔有个朋友在镇上宰猪，每天以优惠价批发给小丽云一块肉。于是，她推着自行车走村串户卖猪肉，每天收入二三十元钱。一些调皮的孩子拿小丽云取笑，跟在后边模仿叫卖，小丽云毫不在乎，她知道"谋生不是享清福"，每天照样吆喝不停。

小丽云留心哪家有孕妇，哪家生小孩，哪家有病人，把鲜肉、排骨送上门。为了多卖几斤肉，多赚几元钱，她找食堂、盯大户，把肉送上后山采石场。家里没有冷藏设施，剩下的肉不好存放，她就炸肉串、炸里脊、串成串、散着卖。乡亲邻里夸小丽云："做事动脑子，对人心肠热，长大错不了。"

小丽云一心想进工厂学技术。2005年3月，在亲戚帮助下，她终于进了制鞋厂做工。小手握大剪，手腕累肿了，手指磨破了，吃饭拿不住筷子，穿鞋系不上鞋带，她毫不退缩顽强坚持，别人下班她加班，别人休息她苦练。为了讨阿姨、姐姐们欢心传技，她帮助打热水、洗衣服。工厂食堂吃菜要钱，米饭、清汤免费。为了省钱养家，小丽云舍不得买菜，上顿下顿就着清汤吃米饭。经过刻苦学习，小丽云很快掌握了技术，一小时能针车10双鞋，还当了班长。

逐渐长大的小丽云向往进步，渴望改变。一天，在回家的路上，小丽云遇上正在读大学本科的初中同学高丽丽。有知识、见识广的高丽丽让小丽云羡慕极了，立志从头学起，成为一名有理想、有知识、有技术、受尊重的当代青年。

有一次，小丽云和一名工友到厂外提货，路过中国石油山牌加油站，看见"站长哥哥"正在组织员工学习业务知识，开展岗前培训。她站在一边"旁听"，知道加油工还能评等级、当技师，能参加专业培训、念大学自考。"到加油站工作多好啊！"她怀着急切的心情找到"站长哥哥"，问："我能当加油员吗？"望着这个天真伶俐的女孩儿，"站长哥哥"告诉她，够 18 周岁再来。从那天起，小丽云天天盼着自己快点长大，每当路过加油站都深情地向站里张望，看着金灿灿的宝石花，憧憬美好的未来。

2007 年 12 月 9 日，是小丽云 18 岁生日，第二天一早她就跑到山牌加油站找"站长哥哥"，得到肯定回答，当天她以放弃一个月工资为代价，从鞋厂办理了辞职手续。

在加油站，经过 10 天现场见习，又经过 7 天封闭式岗前培训，小丽云正式成为一名加油员。头戴"小红帽"，满脸挂微笑，在加油现场跑来跑去忙个不停，上班第一个月就被评为"微笑服务之星"。她在日记中写道："我是一颗宝石花的种子，在加油站找到了适合自己的那块土地。"

领导发现小丽云是棵好苗子，2008 年 3 月把她调到南少林加油站，她边加油边学计量，3 个月就拿到了计量员资格证书。7 月，闽中区域举办岗位技能比武，小丽云和另外两名员工组成的参赛小组，夺得计量工团体冠军。9 月，参加便利店员上岗培训，年底便担任便利店主管并被聘为兼职培训师。2009 年 6 月担任前庭主管，成为后备站经理。小丽云在工作感言中有这样一段话："自从进入中国石油，我真正有了幸福感，她像母亲一样牵着我的手，引领我成长，中国石油是我一生的大学！"

**顾客不能强迫但可以改变，变观望为上门，变头回为回头，变零散为集群，变投机为忠诚，只要给我一次为您服务的机会。**

2010 年 4 月，崭露头角的小丽云被调到莆田商贸加油站任经理。商贸站位于 324 国道莆田城厢区华林工业区，周围 3 千米内有 5 座社会加油站，竞争十分激烈，商贸加油站日销量只有 3 吨左右。"领导安排我到商贸站是对我的信任，要全力拓展市场，不负公司期望。"小丽云久久凝视宝石花，一幅全新的商贸加油站发展蓝图在心中绘就。

商贸加油站有 8 名员工，平均年龄 30 岁，面对"小经理"，员工不禁心生疑问：能行吗？小丽云心里早有主意：要改变商贸加油站面貌，取得经营管理主动权,必须把销量搞上去。在第一次站务会上,她掷地有声:"从我做起全员行动,开发客户扩销上量!"

多年卖猪肉的摔打磨砺,小丽云开发客户胆子壮、底气足。她进工厂、下工地、跑车队、访社区,一个月下来,小丽云跑遍了附近6个乡镇,两个工业园区,对年用油3吨以上的客户全部进行登记造册,建立档案,制定计划上门开发。第一家便是某混凝土有限公司,小丽云安排好站里工作,骑上心爱的"小宝马",哼着《我为祖国献石油》的小曲,向混凝土公司奔去。经过一番调研,把该公司车辆、设备、用油情况、在哪买油、由谁主管等一系列问题了解得一清二楚。

第二天,小丽云直接找到管油的李总,介绍中国石油的品牌优势,承诺加油站帮助管理油品,控制成本,降低费用,恳请"给我一次为您服务的机会"。说得李总动了心。

小丽云把客户开发中遇到的问题及时向公司作了汇报,第三天,加管部主任便带着小丽云一起到混凝土公司进一步商谈,达成供油协议,加油站每月增加销量70吨。

某物流公司与商贸加油站签订供油合同3个多月,但没有一辆车前来加油。小丽云登门拜访,对方要求一升油返利一毛钱。小丽云微笑着说:"如果答应这个不符合原则的条件,你会担心我在油品数质量上做手脚,这个要求真的无法满足。"然而,没过几天,车队长亲自到加油站联系定点加油,原来是小丽云坚持原则、诚实守信、不搞猫儿腻的态度,让车队长吃了"定心丸"。

某运输公司也是商贸加油站的定点客户,但一直不温不火,每天只有一两台车过来加油。一天下午,正赶上加油高峰,小丽云在现场忙个不停,一名顾客凑到她身边,指着停靠的中巴车低声说:"我是××运输公司的司机,一会儿加完油多记20升。"说完把50元现金塞到小丽云兜里。小丽云明白了,原来是司机想"套现","黑"老板的钱。她一边把钱还给司机,一边认真地说:"帮助客户管油是我们的义务,维护客户利益就是维护中国石油的信誉,坑害客户的事不能做!"司机一听翻了脸:

"你这小姑娘，少来正经，没有谁跟钱过不去，别装蒜！"任凭司机怎么无理，小丽云始终笑脸相待，耐心解释。

加完油，那位司机走进便利店，顺手拿起两瓶王老吉饮料，在小丽云面前晃了晃，说："这个没几个钱，可以进账吧？"小丽云回答："大哥要喝饮料我请客，进账不行。"司机碰了一鼻子灰，无可奈何走了。然而，令人没想到，从那以后该公司30多辆大货车都集中到商贸加油站加油。有人告诉小丽云，那个想"套现"，又想白喝饮料的司机，是该公司老板的小舅子，前面发生的那一幕，是精心设计考验商贸加油站的。老板亲自登门，握着小丽云的手说："有你们帮助管油，我一百个放心！"

小丽云为客户想得仔细，做得周到。客户子女考上大学，她按当地习俗，特制八个大红鸭蛋，送到家里表示祝贺；客户家老人生病住院，她带上鲜花水果，慰问到床前。为了给客户提供方便，小丽云宁愿自己麻烦，不让客户为难。深夜，外地货车在路上断油，她和计量员骑车5千米把油送到现场。

一些客户为了表示对小丽云的支持，主动为加油站介绍客户，2010年商贸加油站大型固定客户增加31户，日销量达到8吨以上，年销量翻一番还多。

**小妹妹管理大哥哥、大姐姐自然有几分羞涩，然而，商贸加油站的员工却对"小经理"心服口服，大家互相关心互相体谅，团结得像一家人。**

小丽云常说："商贸加油站的哥哥姐姐工作时间比我长，经验比我多，要让大家心齐气顺，积极工作，我必须处处以身作则，要求别人做的自己先做好。"

以前，"神秘客户"访问扣分最多的总是卫生间，便池有污垢，室内有异味，地面有污水，墙上脏兮兮。小丽云立下"军令状"：从今天开始，让卫生间变样！她买来火碱、白醋、苏打、洗衣粉、硬毛刷、钢丝球，换上工作服，穿上水靴，带领员工从最脏的男厕所开始清理，用火碱烧，用白醋泡，用钢丝球擦，一间一间刷，一点一点洗，终于把积存几年的污垢彻底清除。

看到"小经理"身手麻利，泼辣能干，员工投来佩服的目光。"要让员工爱站如家，加油站必须像个家。"小丽云常年住在加油站，一日三餐为员工精心打理，晚上11点还要给当班员工做一顿夜宵。夏天熬绿豆汤，冬天买电暖宝；中午上岗付油，让员工吃热乎饭；员工家里有事她顶岗倒班，员工生病她看望。

以前商贸加油站外围光秃秃，她带领员工挖碎石、清垃圾、运渣土，造出一块小菜园，班余饭后，员工们松土起垄、浇水栽苗、除草施肥，其乐融融。

小菜园不仅改善了加油站生活，也调节了员工情绪。一天，加油员徐丽萍因客户加油卡功能原因，受到客户无理指责，气得哇哇哭。小丽云约老大姐到小菜园边劳动边谈心，很快，老大姐破涕为笑。

小丽云就是这样，通过潜移默化的思想工作，努力调动好、保护好、发挥好员工的积极性，齐心协力建设"五型"班组，使商贸加油站成为员工的心灵驿站、温馨小家。

由于工作业绩突出，小丽云被评为中国石油微笑服务之星，中国石油促发展、上规模、创效益劳动竞赛先进个人。

（原载于2011年1月27日《汽车生活报·油商周刊》）

### 名家点评

一组镜头聚焦女主人公，用新近召开的一次会议作为载体，让"阳光经理"靓丽的身影进入读者的视线。由场景描述转入人物叙事，自然且令人向往。与高光时刻形成强烈反差的是人物早期的命运多舛，于是从低谷走向高峰的"逆袭"过程，就成为吸引读者的看点，读来真切感人。

加油岛上逐梦人

> **写作要点**

人物通讯中要善于运用对比反差的表现手法，用其产生的强烈效果烘托人物，增强文章的力度。

# 泰山顶上党旗红

## ——记中国石油山东泰安销售分公司加油站经理刘学霞

**人物档案**

刘学霞，女，1976年出生，1995年参加工作，1996加入中国共产党，2004年进入中国石油，做过加油员、核算员、站经理、片区经理兼党支部书记，先后获得山东省优秀青年岗位能手、山东省女职工建功立业标兵、中国石油集团劳动模范、中国石油十大杰出青年、中国石油集团优秀共产党员等荣誉称号。现任中国石油山东销售泰安分公司非油专业线负责人。

故事说来有些传奇。

1976年秋，一个大眼睛女婴降生在泰山脚下化马湾乡想家峪村。父母为了祈求美好生活、企盼平安幸福，希望女儿长大后像传说中的泰山女神碧霞元君那样成就大业，抚慰民众，便给女儿取名"学霞"。

孩提时期的学霞，经常听大人讲泰山圣母的故事，对泰山萌生出许多神奇的遐想，咿呀学语时就遥指泰山，向往泰山。

上学后，阅读《雨中登泰山》、背诵《望岳》等千古名篇，学霞渴望登上泰山。直到小学四年级，她在父母带领下第一次爬上泰山。"泰山好高，泰山好绿，泰山好美！"少年学霞对泰山留下深刻记忆。

山在心里，人在长大。参加工作后，刘学霞多次攀登泰山，领略风景名胜，感悟文化灵光，渐渐地在她面前出现了两座泰山：一座是有形的，屹立在家乡的土地上；一座是无形的，矗立在自己的心间。

20年来，她以泰山女儿的质朴情怀，弘扬泰山精神，展现时代风采，以勇于向上、勤于登攀、敢于超越的坚定信念，不断攀登"心中的泰山"。20岁加入中国共产党，在本职岗位上创造一项又一项佳绩，到达一个又一个顶点。进入中国石油7年，先后担任6座加油站的经理，每座站的日销量平均增长都超过200%，其中4座摘掉了低效"帽子"，两座进入三星级行列，4座跨入四星级；2009年6月她担任泰东片区经理，到2011年3月底，所属的10座加油站日销量平均增长超过30%，被誉为"创造增量神话的女强人"。领导和同事们称赞她"走一站火一站，到一处红一片""干啥啥变样，到哪儿哪儿上量"。这个带有传奇色彩的人物，就是沐浴泰山精神成长的集团公司劳动模范、山东省优秀青年岗位能手、泰安分公司泰东片区经理兼党支部书记刘学霞。

## 勇于担当　　毛遂自荐当经理

刘学霞自找苦吃，带头送油，甘愿"喝油"，宝石花风采扮靓泰山。

2004年4月，在山东财政学院上完三年函授课程获得大专文凭，在工厂当过出纳员、会计的刘学霞，经历两次企业倒闭、两次失业的沉重打击后，挺起不屈的脊梁，带着毕业证、会计证，应聘到中国石油山东销售泰安分公司第14加油站当了一名核算员。她怀着一颗感恩的心，努力钻研，扎实工作，当年就被评为优秀核算员。她业务能力强，每天用一个多小时做完账目，其余时间主动到现场帮助加油，学习计量，接待客户，熟悉管理。站经理外出学习或开会，就把站里的工作交给她负责。

然而，让刘学霞感到汗颜的是，加油站每天只有一吨销量。遇到修桥封路交通阻断，销量更少，第14加油站几乎成为"死站"。刘学霞心急如焚，"扩销增效是责任，油站亏损是耻辱。"她胸中有团火，渴望被燃烧！

机遇偏爱有准备的人。2005年2月，第14加油站经理工作调动，刘学霞给泰安分公司领导写了一封关于第14加油站提高销量的建议信，用自己的所见所感，深入分析影响加油站销量增长的理念僵化、服务单一、环境限制、队伍不稳等因素，并针对薄弱环节，提出便于操作的改进措施。

分公司对刘学霞的建议非常重视，经理带领有关人员，当面与刘学霞讨论和规划，并把日销量目标定为4吨，刘学霞欣然应允。

早就看出扩销门道的刘学霞坚持以"变"求"活"，促销量增长。变坐等客来为上门请客，变一人忙活为全员促销，变站内加油为内加外送，变平均分配为含量工资，极大地提高了员工积极性。当地水利局、交通驾校、天平湖公园等30多家客户纷纷落户第14加油站。同时，刘学霞还积极跟踪建设工程，延伸服务触角，"一辆三轮车，配上四个桶，一趟两公里，日增三吨油"。加油站平均日销售量保持4.5吨，最高达6.6吨。刘学霞成为泰安分公司"大桶送油第一人"。"登山不畏险，创业不怕难"，扩销增效道路上的种种困难，挡不住刘学霞奋进的脚步。2005年10月，泰安市岱岳区北集坡镇与梁庄镇道路交叉口，建起一座加油站，刘学霞建议分公司租赁经营。当时有人认为"农村站没发展"，不同意租，但刘学霞看到了它的潜力，认为只需要半年的培育，该站的日销量就可达5吨，并自告奋勇担任站经理，得到分公司的支持，将该站编号第59站。

刘学霞把客户群锁定在蔬菜批发市场和采砂场，经过多方开发，运砂车、运菜车、小客车共30多家客户在第59加油站定点加油，没多久，日销量就突破了5吨。"采砂场还有几十台挖掘机、装载机、铲车等大型设备，每天用油都在两吨以上，这个潜力要挖出来。"刘学霞心里头合计：这些"大家伙"不能上路，得用三轮车把油送到现场，意味着要付出更大辛苦。为了多卖油、多创效，刘学霞把艰苦抛到脑后，她和采砂场老板签订协议，随时来电话随时送油上门。

送油，说着容易做起来难，一时容易坚持难。从第59加油站到采砂场单程7.4千米，往返一趟近3小时。盛夏，高温如火，采砂场热浪翻滚，气温高达40摄氏度。天上晒，地上烤，站着不动都一身汗。刘学霞带领两名员工,推着 300 多千克的柴油桶,在坑洼不平的砂场里艰难前行,汗水顺着脸颊往下淌,全身湿透,汗浸得工作服能拧出水来,皮肤晒得黝黑。这一送就是 8 个月,直到分公司配备小型油罐车。

刘学霞说,送油最苦的不是走路,不是日晒,而是"喝油"。每次把油送到采砂场,为形成"顺压"使桶里的油流进油箱,装载机用大铲把人和桶一起举起,员工在上边给油桶插上油管,刘学霞就得在下边用嘴把油吸出来。"刚开始用不好那股劲,经常把油喝进肚里,刺激反胃,恶心呕吐,几天不想吃饭。"有人开玩笑,说:"59 站的销量是刘学霞'喝'出来的。"

经过 1 年零 9 个月打拼,到刘学霞调离时,第 59 加油站平均日销量达到 9.4 吨,最高时 15.6 吨,上了一个大台阶。

## 坚韧不拔　忍辱负重敢担当

刘学霞顾全大局,一身正气,直面挑战,宝石花品格永驻泰山。

刘学霞有一股闯劲儿、韧劲儿,矛盾复杂理得清,千般困难吓不倒。2008 年 5 月,泰安地区柴油资源紧张。一天下午,泰安兴广运输有限公司 20 台大货车满载着汶川抗震救灾急需的各种高压开关驶进第 11 加油站。"兴广"是流动客户,在别处加不到油才找上门来,按说每车按照当时油源紧张时期的措施加 500 元的油也未尝不可,但刘学霞没有那样做,而是按照救灾保供的要求,表示给"兴广"的车加满。这下,那些"平时打游击,缺油找上门"的客户不干了,纷纷要求也必须加满。任凭刘学霞怎样解释都无济于事,有的厉声质问,有的出言不逊,有的把饮料、食品投向刘学霞。

非常时刻,刘学霞头脑清醒,坚持"受辱不动气,挨打不还手,解释不停口"。一边通过内部调控,把"兴广"的车引到别的站加油,一边对本站排队车辆保持均衡供应。

兴广公司的滕老板听说刘学霞为履职尽责受到欺辱,既钦佩又痛心,特意到加油站表示感谢。作为回报,他把公司全部车辆都放在第11加油站定点加油,每月用油量至少50吨。润滑油、轮胎等大宗非油商品也在第11加油站购买,使便利店当年就实现销售收入50万元。

当成品油价格开始走高时,一些不法分子眼红手痒,其中不乏手段极端的。刘学霞坚持诱惑不动心,威胁不惧怕,把岗位责任尽到极致。

一天晚上,附近村子3名社会青年开着一辆小货车,拉着4个大桶驶进加油站,后边跟着的一辆面包车上走下五六个人,有的拎着木棍,有的拿着弹簧刀,气势汹汹要买柴油。刘学霞见状,把员工叫进营业室,自己迎上去和几个人周旋,说明资源紧张油箱可以加满,不能为大桶加油的规定。"不卖油就把你这加油站砸了!"两个青年把刘学霞夹在中间,连推带搡,头紧顶在刘学霞的脸上,高声叫喊:"加不加?加不加?"唾沫星子溅了刘学霞一脸。此时此刻,只要刘学霞稍作反抗,就可能遭到毒打。员工们为她捏了一把汗,心提到嗓子眼儿。

刘学霞知道,从加油站提出柴油,到外边每升加1.5元也抢手。"不加大桶"的规定一旦打破,加油站将后患无穷。她打定主意,决不能让不法分子拿紧俏油品谋私利,坑害人!满足恶人的不当要求,就是对好人利益的背叛!经过冷静思考,她以"等公司送油"为名停止了营业。几个青年还是赖在站里不走,刘学霞递上矿泉水缓和气氛,同时通过熟人,找来村里有威望的长辈,把几个强行买油的青年狠狠地教训一顿,从此他们再也不敢到加油站闹事了。

后来,刘学霞调到泰安第45加油站。她注意到附近有几个回民村,为了营造良好的经营环境,她处处为回族群众着想。为方便客户加油购物,她带领员工在空地上架起遮阳伞,供客户避雨纳凉,出租车在这里交接班,货运老板在这里等车结账,等候时还能甩几把扑克;加油站便利店开设了清真食品专柜,回族居民在家门口就能买到称心如意的商品;为了尊重回民的宗教信仰和生活习惯,刘学霞率先戒荤,6年来,第45加油站没做过一顿"大肉",没有一人把相关食品带进站内。加油员金芝是站里唯一的回族员工,因为站内各处无异味儿,工作生活很开心。她的家人、亲戚和朋友们都感到"特受尊重""特有面子",积极帮助和支持加油站的工作,金芝的表哥主动提出给加油站当保安,像照看自己家一样尽心协助安全管理,尽力维持站内秩序。

## 攀登不止　对手碗里"抢肉吃"

刘学霞锚定目标,理性竞争,百折不挠,宝石花魅力托起心中泰山。

"登山有顶峰,创业无止境,志在顶峰的人决不在半山腰止步。"这既是刘学霞攀登有形泰山的意志独白,也是攀登"心中泰山"的真实写照。

在泰安分公司,传诵着刘学霞带领 10 名站经理,坚守 72 小时,从竞争对手处"挖"来三家客户,日增 10 吨油的故事。

2009 年,受国际金融危机影响,泰安地区成品油市场低迷。已经担任片区经理的刘学霞组织员工发传单、挂横幅、送名片、搞促销,但都收效甚微。几座毗邻的竞争对手加油站却仿佛不受影响般依然红火。

见此,刘学霞潜下心,根据掌握的资料对片区 10 座加油站逐个解剖,按照销量、效益、成本三项关键指标,与竞争对手深入对标,最终得出结论:单站销量低主要是大型稳定客户少。"在一定时间、空间内,顾客选择哪个站加油是可以改变的,要想增加客户,必须具备'狼性',善于从对手碗里抢肉吃。"寥寥数语,点燃了员工的激情。2009 年 8 月 4 日,刘学霞带领 10 名站经理在竞争对手加油站附近蹲守 72 小时,详细记录进站加油的车型、牌号、单位标识等,不误一分钟,不漏一辆车,光记录纸就写了 70 多张。通过车型计算加油量,通过分析汇总发现用油大户,通过电信查询找到联系电话。

统计显示,泰安某物流公司、某零担运输公司、某建筑搅拌公司 3

家用户，72小时内加油车辆均超过30次。刘学霞斩钉截铁：就选这3家，重点开发。她和站经理们详细研究开发策略，强力攻关。

某物流公司长期在一家大型加油站定点加油且签订了供油协议。为了把这家公司"挖"到手，刘学霞周密计划，同时进行"两条线作业"——缜密侦察，摸准竞争对手的服务软肋；各方打听，了解到物流公司老板在油品管理上心有疑云。

电话沟通、短信联络、隔窗指认、熟人引见，经过3个多月的周折，刘学霞终于和负责用油的科长搭上线。然而，对方是今天开会，明天外出，后天有事，送纪念品不要，请吃饭拒绝，总有千般理由避而不见，但刘学霞仍不言放弃。有一天，在被告知"有事不在"的情况下，刘学霞来了个"突然袭击"，把那位科长堵在办公室。对方被刘学霞的执着所感动，指引她去找分管的副经理。"接待升级"让刘学霞看到了新的希望。她详细介绍中国石油的品牌优势、经营理念、管理模式、服务特色、油站位置等，物流公司领导非常感兴趣，表示一定考虑。

等待—沟通—等待，接下来，经物流公司主管领导认可，到最后同意试用，这个过程整整花费了1年零4个月。这期间，刘学霞十几次单独登门拜访，和员工一起上门联系30多次，遭受过白眼，经历过辛苦，遇到过回绝，品尝过苦涩，就是没想过退却。2010年10月27日，物流公司同意拿出一半车辆（14辆）到中国石油试加一个月。

按照服务承诺，加油站帮物流公司管理油品，实行"卡簿联控"，坚持没有油卡不加，车牌号与登记簿不符不加，要求少付多记套取现金不加。严密措施堵死了司机的来钱道儿。

不到一个月，司机的意见就出来了："中国石油质量不好，不经烧，糊油管……"刘学霞对此早有准备。

11月28日，刘学霞带着泰安6站的经理，拿着14辆车一个月的加油明细，去给物流公司领导汇报情况，并当场与留在竞争对手加油站的14台车进行消耗对照，两边车数相同、车型相同、任务相同、运距相同，加油量和购油款却相差甚远，仅一个月，泰安第6加油站就比对手站节省 1.5 万元。物流公司老板如梦方醒，当即决定全部车辆都改到中国石油定点加油，永不改换。就这样，仅物流公司一家每年就为泰安第 6 加油站带来 1200 吨销量。

刘学霞趁热打铁，一鼓作气使泰安零担运输公司、混凝土搅拌公司重新审视选择，调头成为中国石油的固定客户，竞争对手加油站眼睁睁看着一天减少十多吨销量。

在创业的征途上，刘学霞一刻也不放缓攀登的脚步。她坚持创效、降费两手抓，创造"一图一表一分析"管理法，在市场调查、客户普查的基础上，制定加油站增量路线图、费用指标对照表，瞄准先进对标分析，逐日公布销量，每周监控费用，按月考核兑现，人人都是控本降费责任人。她带过的 6 座加油站，水电费支出比预算指标平均降低 21.43%，片区 10 座加油站，水电费支出比预算平均降低 6.35%，经验被山东销售推广。

## 包容厚重　情系员工筑和谐

为了凝聚队伍，同心创业，刘学霞怀着慈母心、姐妹情，引导员工刻苦学习，岗位成才，宝石花开遍泰山。

在刘学霞带过的加油站，在整个泰东片区，不论是老骨干还是新员工，大家都亲切地叫她"霞姐"。在泰安采访，记者时时被"霞姐"的故事包围着，感动着。

"要让员工和企业一条心，就必须真心实意维护员工利益。"这是刘学霞关爱员工的真情流露。她善于做思想工作，引导员工认清自身利益，并为之实现而努力奋斗。

个别员工认为"拿油枪，不出站，开发客户与己无关"。刘学霞耐心讲解客户就是市场，销量连着效益，效益连着自己，引导员工用优质的服务把"头回客"变成"回头客"，把流动客变成固定客。有的员工认为"安全制度管得太死"。刘学霞深情讲述严抓安全是对生命的尊重、对自身的保重、对他人的敬重、对财产的持重,引导员工从"要我安全"变为"我要安全""我会安全""我能安全"。有的加油员对身上携带的销售款实行定额管理想不通,觉得"一会儿一存放,多跑路,太麻烦"。刘学霞举案例,讲实情,说利弊,使大家懂得"多带钱招风险,少带钱保安全"。由于刘学霞始终站在员工的角度想问题、做工作,从本质上发现和保护员工的利益,员工们无一不说:"霞姐是员工利益的忠实代表,她说话俺信服,做事俺佩服。"

第49加油站核算员任海静3岁时父母离异,由爸爸抚养大。刘学霞深知缺少母爱的海静需要阳光和温暖,海静到加油站第一天,刘学霞把她叫到跟前,真诚地对她说:"今后我就是你姐姐。"6年来,刘学霞像慈母一样无微不至地关心海静,教育海静,爱护海静。从第59加油站开始,刘学霞走了5座加油站,一直把海静带在身边,思想上引导,工作上帮助,生活上体贴。海静的第一身棉衣,是刘学霞和母亲在灯下做的;海静有生以来第一次腊八节,是在霞姐家过的;海静参加工作后第一份生日礼物,是霞姐送的;每到节假日,刘学霞总会邀海静到自己家,一起享受家庭的温暖和幸福。

在刘学霞的指导下,海静进步很快:当加油员是"服务明星",当计量员是"油品卫士",当前庭主管是"放心管家",先后被评为泰安分公司优秀员工、山东销售优秀员工、集团公司劳动竞赛先进个人。2009年9月6日刘学霞33岁生日那天,海静夺得泰安分公司岗位技能比武前庭主管项目第一名。海静在第一时间发短信报喜:"霞姐,我用'第一'祝福你的生日,你是姐姐,更像母亲。"轻易不掉眼泪的刘学霞在这一刻泪水涟涟——海静真的长大了!

刘学霞对家境困难的加油员程仲贤照顾有加。小程家在农村,母亲患糖尿病常年打针吃药,父亲要照顾母亲不能外出打工,弟弟年幼还在读书,一家人生活拮据。刘学霞把小程的困难放在心上,总是带着营养品去她家中看望,连续4年帮她申请困难救济金,农忙时节,还组织员工到小程家整理地块，收拾庄稼。

刘学霞的雪中送炭让程仲贤感恩不已，在工作上更加努力，从加油员干到前庭主管，又被选为核算员。为小程想得长远的刘学霞，又从熟悉的客户中挑了又挑，选了又选，把一个老实厚道、肯学习、有技术、有责任心的小伙子介绍给她。现在两人已喜结连理，幸福美满。

在关注"重点员工"的同时，刘学霞不忘搞好"普遍培养"。发现有特长又愿意扎根中国石油积极肯干的员工，她都会帮助他们设计职业生涯。热情心细的，往核算员上培养；大胆泼辣的，向计量业务引导，向前庭主管发展；头脑灵活、敢抓敢管的，向站经理岗位推荐。选准了苗子，送到上级培训，回到站里实习，她和业务骨干分工负责，一对一帮带，手把手教业务，面对面传经验，心贴心帮思想。7年来，刘学霞带过的6座加油站，一共培养出16名站经理、5名核算员、5名前庭主管（计量员），成为泰安分公司的"人才孵化器"。26名业务骨干，犹如26朵璀璨的宝石花，在泰山脚下绽放。刘学霞任站经理期间，6座加油站无一名员工流失。员工们发自内心地说："霞姐是一片阳光，时时给我们温暖；霞姐是一块磁石，紧紧地把我们吸引在身旁；霞姐是前进向导，引领我们攀登向上；霞姐是人生坐标，让我们的生命之舟永不偏航。"

（原载于2011年4月28日《中国石油报》，《汽车生活报·油商周刊》全文刊发）

### 名家点评

自一则传奇故事讲起，从典型人物的降生到名字，从遐想到攀登，从有形到无形，泰山已然变成女主人公心中的图腾。从出生地到宏图大展，泰山情怀成为贯穿全文的灵魂所在。由泰山情怀切入泰山精神，落脚在典型人物的岗位传奇上——从毛遂自荐到坚韧不拔，从攀登不止到包容厚重，无一不体现着泰山精神和泰山风范，如此串起了一个个有分量有价值的故事。

### 写作要点

用一种与人物较亲近的物象体现精神上的共情,成为贯穿人物通讯的文脉,较之一般直接写人的通讯更富灵性和气质。

## 善学善做　学以致用

——记中国石油河南洛阳销售分公司第 11 加油站经理岳艳丽

**人物档案**

岳艳丽，女，1971 年出生，2007 年进入中国石油，一直担任河南销售洛阳分公司第 11 加油站经理，以出色的组织力、影响力成功打造了洛阳分公司第一座万吨站、河南销售规范管理样板站、中国石油集团基层建设示范单位，先后获得中国石油十大模范加油站经理、中国石油集团公司劳动模范、中国石油集团公司优秀共产党员、中央企业劳动模范等荣誉称号。

2004 年 2 月 16 日，21 岁的农村姑娘王爱娟经招聘来到河南销售洛阳分公司第 11 加油站，这是她上班第一天。

穿好工装，准备接班，前庭主管没有带领大家走向加油现场，而是整齐列队，集体学习日本"经营之神"松下幸之助的《经营管理全集》中的一篇文章。

十多分钟的学习让王爱娟很不耐烦。"加油员还学经营管理？我来工作挣钱，又不是学这东西。"王爱娟小声嘟囔，硬着头皮参加学习。

渐渐地，她知道了松下只受过四年小学教育，他的经营智慧和管理理念是学习实践的结晶，明白了一个人只有善于学习、善于思考，才能干好工作，成就事业。从此，王爱娟对学习产生了兴趣，对厚厚的五册全集爱不释手，在讨论会上积极发言。

知识在积累，能力在提高。王爱娟对松下的"经营秘诀"已不仅能阐释基本含义，还能对其内在联系娓娓道来。这一年，她升任加油站前庭主管。2008年，王爱娟被评为河南销售优秀加油员；2009年被评为中国石油销售企业劳动竞赛先进个人；2011年年初被确定为后备站经理，4月，进入洛阳分公司加油站管理部、安全环保部轮岗见习。

引导王爱娟思想发生革命性变化，一步步走上成才之路的，是一位普通的加油站经理——岳艳丽。

在洛阳分公司第11加油站，像王爱娟这样伴随学习松下幸之助《经营管理全集》成长起来的骨干有24人，其中12人当上了加油站经理，10人进入省、市公司机关管理岗位，还有的当上了片区督导。

他们背后站着同一个人：岳艳丽。

2011年7月7日，记者慕名到第11加油站采访，已经"飞出去"的员工闻讯纷纷返回站里，讲述岳艳丽七年如一日，带领员工认真研读松下《经营管理全集》和有关书籍，争当学习型经理、培育学习型员工、建设学习型油站，推进"三基"，强化管理，"孵化"人才的生动事迹。

## 厚书读薄出"精编"

七年如一日每天学一段雷打不动，鸿篇巨著浓缩成204个基本观点。

岳艳丽1992年参加工作，当过加油员、开票员、出纳员。2002年，颇有经营眼光的洛阳市原丰公司老板为所属加油站配发松下幸之助《经营管理全集》，要求员工认真阅读。

时任原丰公司第1加油站（11站前身）经理的岳艳丽，被书中"国家观念""诚信经营""奋斗向上"等精辟论述所感染，不仅个人学，还组织员工学。

2007年，原丰公司被中国石油整体租赁，沐浴石油文化的温暖阳光，《经营管理全集》在第11加油站更受推崇。加油站建立严格的学习制度，每天7点50分，接班员工召开班前会，由值班长朗读一个章节，并介绍体会，然后进行短暂讨论，每次学习不超过15分钟。七年来，不论是节假日，还是严冬酷暑、雨雪阴晴，只要交接班不停，集体学习就不断。

持之以恒、雷打不动的"天天读"制度，使第11加油站的学习扎实规范。由值班长摘录的《经营管理全集》重点内容和章节达20多本，续写学习体会9本，岳艳丽写读书心得119篇、2.2万余字。

岳艳丽介绍，《经营管理全集》共5集、145章、1603节、6072页、343万字，加油站每天学一段，七年时间，从头至尾学了两遍。放在记者面前的松下幸之助的《经营管理全集》，书脊用透明胶带粘了好几层，内页已经泛黄，纸张起了毛边，许多内页因为常年翻看而缺角破损，装订线裂开了，用纸糊着。看得出，这套书不知经过多少人、翻了多少遍。

坚持七年，把巨著读薄。2011年，第11加油站选择与经营管理更贴近、更适用、更精练的内容，对《经营管理全集》进行重点精读。岳艳丽一边介绍，一边把她亲手整理摘编的重要观点集锦摆到记者面前。

记者仔细翻阅，"观点集锦"围绕经营、产品、客户、员工、管理、动力、市场竞争、企业文化、企业价值、克服困难、怎样做人、正确做事、勤奋工作、学会生活等十几个方面，精炼成204个重要基本观点。洛阳分公司经理臧李广高兴地说："'观点集锦'对指导经营管理很有帮助，要印发给全体员工学习分享。"

## 理论融入石油魂

把《经营管理全集》与制度规范结合起来学习，理论元素融入石油文化。

岳艳丽用理论视角感悟中国石油的规章制度、管理规范、操作流程、行为准则，发现凝聚着大庆精神铁人精神的石油文化打着鲜明的时代烙印。然而，随着大量"80后""90后"进入企业，弘扬石油系统的优良传统遇到挑战，在一些加油站，精细化管理出现"低位截瘫"。

理论是启发自觉的良药，岳艳丽深谙此理。她规划专题，调整内容，把学习《经营管理全集》与学习中国石油的规章制度、管理规范等有机结合起来，理论元素融入石油文化，使忠诚度、责任心、执行力建立在理论自觉的基础上。

有的员工认为"制度严、管得死"，岳艳丽引导大家学习"遵守自然秩序""人的尊严优于一切""让你的生命成为永恒"等论述，认清执行"安全禁令"、落实《加油站管理规范》是对生命的尊重，对自身的珍重，对他人的敬重，对财产的持重，努力实现由"要我安全"到"我要安全""我能安全"的转变。

有的员工对携带销售款实行定额管理想不通，觉得"一会儿一存放，多跑路、太麻烦"。岳艳丽组织大家学习"忙碌是工作的推动剂""训练员工的细心，足以影响大局"等观点，举案例，摆实情，说利弊，使大家懂得销售款定额管理体现精细理念，多带钱招风险，少带钱保安全。

岳艳丽就这样把执行力的"故障点"，作为学习《经营管理全集》的结合点，拨动思想火花的兴奋点，为细化经营、强化管理打下坚实的思想基础。

2009年，中国石油开展千万图书送基层，"学习在中油，每日悦读十分钟"全员读书活动，岳艳丽选择《学会感恩，担当责任》《细节决定成败》《铁人传》《忠诚比黄金更重要》《责任比能力更重要》《西点，最神奇的24堂课》《年轻人应懂得的101个道理》等书籍，与《经营管理全集》配套学习，以基本原理为指导，增强现代意识，启迪员工心灵，坚定理想信念，在本职岗位奋斗向上，成长成才。

学习过程中，岳艳丽发现一个共同现象：很多世界著名企业都有家训，松下电器有，三菱汽车有，住友银行也有，其中，松下把家训当作"生意兴隆的秘诀"，主张"靠名训扩展"，坚信"只有5位员工的商店，也可以靠精神信条赶上没有店训的大商店"。

受此启发,岳艳丽提议,根据《经营管理全集》的基本观点,制定有第 11 加油站特点的"站训",得到员工们一致赞同。

经过集思广益,反复修改,30 字"站训"悄然问世:对待工作勤奋、对待公司忠诚、对待自己自信、对待人生智慧、对待目标执着。

每天早晨,员工们学完《经营管理全集》的内容,面对鲜艳的宝石花,高举右拳齐声背诵"站训",深感责任在心头,目标在前方,道路在脚下,努力在今天。

## 学以致用促嬗变

先进理念指导经营,加油站销量持续稳定增长,获得集体荣誉十余项。

"学习松下幸之助《经营管理全集》,让我们学会了怎样待客、怎样服务,懂得做事先做人,先交朋友后做生意。"说起学习带来的变化,岳艳丽体会深刻,而员工们说起应用的故事,就像满架的葡萄一串接一串。

没有赠品,我们送您微笑。有一段时间,洛阳分公司开展赠品促销活动。一天,顾客不知活动结束,加完油索要赠品,场面有些尴尬。加油员汪磊灵机一动,想起松下那句名言,走到顾客跟前,面带微笑,真诚地说:"师傅,您赶得不巧,活动结束了,没有赠品,我们送您微笑吧,下次有赠品我给您留着。"一句话把顾客说乐了,连说:"好,好,那就送微笑吧。"

在第 11 加油站,微笑服务成为久送不竭的"赠品"。员工不论遇到什么问题,心中有多么不高兴,只要一上岗,就会自然露出微笑。几年来,微笑化解了多少尴尬,安慰过多少顾客,消除了多少误会,员工们看得见,数不清。

让顾客带来新的顾客。洛阳市委车队是第 11 加油站的老客户,委托加油站帮助管理油品。2011 年 4 月,一位年轻司机开着轿车前来加油,加油员尚晓莉核对车牌号，发现加油本上没有该车的"户口"，便说明情况，没给加油。

过了几天，还是那个年轻人，加完油要在便利店买个油桶，出差备用，并要求折算成油品记入账本。加油员张方方按照服务承诺，没有同意。小伙子不高兴了，找到岳艳丽。岳艳丽提出三种解决办法：一是打电话给车队长征得同意；二是司机自己付账；三是岳艳丽买一个送给他。小伙子只好给车队长打电话，获得批准。然而，司机加的50升汽油已经入账，再将油桶费用计入加油费显然不妥。岳艳丽让司机把桶带走，事后做了妥善处理。

不久，这名司机调到市直某单位，把车队13辆车都放到第11加油站定点加油，并委托加油站管理油品。

"委托11站管油放心。"满意的评价像长了翅膀传得飞快，洛阳新区管委会、《洛阳日报》报业集团、洛阳市政协、市委组织部等十多家机关单位及房地产公司、客运公司、货运公司等大型客户纷纷与第11加油站签订协议，办卡加油，委托管油，日均销量达32吨。

顾客永远是对的。2010年7月的一天晚上9点多，某混凝土搅拌站一辆大型装载车进站加油。驾驶室内坐着一老一少两个人，长者探出身子，拧开油箱盖，"加柴油，1000元！"加油员重复着问："是柴油吗？""是！"长者回答。由于车身太高，加油员把油枪递上去，长者接枪加油。加到20多升，驾驶室里的年轻人突然惊呼："快停机！加错了，这边是液压油箱！"

是车主开的油箱，又经过加油员当场确认，毫无疑问，混油事故是顾客造成的，车主也完全认账。然而，岳艳丽没有顺势把责任推给对方。她记着松下的话："让社会了解我们的诚实，事业才能成功。"她说："造成混油我们也有责任。第一，混凝土搅拌站是我们的老客户，司机常来，加油员应该认识，而加油员却忽略打开油箱盖和接受询问的不是司机；第二，加油员没有上车打开油箱盖及确认油品，这是失职；第三，加油员对车型不熟，缺乏准确判断油箱位置的能力。"

依据对责任的公正认定，双方同意：把混油放出，由加油站作废油处理；新加液压油，双方各承担50%的油款。混凝土搅拌站的老板闻讯赶到第11加油站，对岳艳丽的诚实公正赞叹不已。

打那以后，第11加油站的岗位技能训练多了一项内容，即快速识别不同车辆的油箱位置，员工们绘制了只有拇指大小的油品品号贴纸，贴到客户油箱盖内侧，杜绝了加错油现象。

提醒顾客不要错过。"必须基于这种商品对顾客有好处的坚定信念，诚恳地向顾客强调，通过试用而感到满意，从而对你产生信赖。"第11加油站员工对松下先生的这个理念心领神会。前庭主管闫红有一本"服务客户要事记录本"，密密麻麻记满了客户信息，经她销售的润滑油，都在上面做了详细登记。根据上次换油时间，她计算着哪家客户又该换油了，主动打电话，提醒顾客不要错过时机，按时更换机油。如今过了五六年，有的顾客生意做大，当了老板，仍找闫红买润滑油和成品油。

挽救差点儿泡汤的生意。"平时要真诚地为客户利益打算，才能在危机时刻及时想出对策并得到客户的认可。"松下幸之助的真知灼见，经常在岳艳丽的耳边回响，变成渡过难关、稳定销量的智慧和力量。

2011年6月20日，洛阳龙门大道拓宽改造，主干道封闭。依路而建的第11加油站日销量一下子由32吨降到24吨。

站里提出口号："交通不便服务补！"他们精心做好6件事：通过外网建立手机充值平台，岳艳丽每月存入2000元供客户滚动使用；与毗邻的汽车修理部合作，加油超过200元送一张洗车卡，实现互动双赢；为加油车辆免费充气；岳艳丽个人掏钱，为财政拨款单位临时垫付油款；为委托管油的客户送发票、取支票、对账本；在附近道路设立橇装加油装置，方便客户就近加油。这些措施对客户产生极大吸引力，日销量很快恢复到27吨以上。

## 人格魅力带队伍

加油站像家庭、像学校、像舞台、像熔炉、像赛场。

在岳艳丽的读书笔记中,有许多这样的话:榜样的力量无穷;以身作则,使员工备受感召而一无保留地工作……这是岳艳丽当好加油站经理的"座右铭"。

生活中的岳艳丽,比说的更真实,比写的更精彩,比名字更艳丽。

脏活儿累活儿抢着干。第11加油站的卫生间就在道旁,司机、乘客、附近群众都来用。时间一长,污垢沉积,气味难闻,员工多次清理总也打扫不彻底。岳艳丽说:"厕所卫生难搞,看我咋干。"

她穿上工作服,换上雨鞋,用草酸烧,用钢丝球蹭,用刷子刷,用拖布擦,缝隙和凹凸处用铁片刮、用钉子抠、用铲子挖,终于让地面、台阶、便器露出洁白本色。厕所整洁了,转入日常维持状态,岳艳丽每周做一天"厕所保洁员"。

让员工一起分享利益。进入中国石油以来,岳艳丽先后荣获集团公司劳动模范、优秀共产党员等各种荣誉奖励15项,获得奖金数万元,可她从没有自己留下。她说:"工作是大家干的,决不能有了任务把员工推到前边,有了好处把员工放在后边,要让员工一起分享利益。"

岳艳丽给自己定了一条原则:加油站集体奖金,她不参与分配;发给自己的奖金,必须让员工都"有份儿"。她用个人奖金设立促销上量奖励基金,半年兑现一次;组织员工旅游参观,陶冶情操;到西餐厅聚餐,体验优质服务;组织员工看电影,节假日改善生活。

2009年,岳艳丽被评为中国石油十大模范加油站经理,获得奖金1万元。她拿出3300元用来奖励11名年度优秀员工,花3000多元买了一台电子揉腿仪,放在"员工之家",供大家保健按摩,剩余部分全部奖励给了副经理。

岳艳丽真心实意帮助员工解决实际问题。员工找对象，先让她审查把关；员工结婚，请她当证婚人；员工头疼感冒，她花钱买药；员工有事请假，她顶岗加油；员工情绪异常，她耐心疏导；员工生活困难，她解囊相助……

岳艳丽说："松下先生告诫经营者不要成为'管家婆'，可面对站里这些'80后''90后'，还非得当好这个'管家婆'不可，否则就是我的失职。"

凭着勤勉的敬业精神、求实的工作态度和高尚的人格魅力，岳艳丽把加油站打理得像家庭、像学校、像舞台、像熔炉、像赛场，将员工心中的那团火引燃、释放。

不做最短那块板。"争先恐后"在洛阳第11加油站不是一句普通的成语，而是一种工作氛围。在岳艳丽的影响带动下，大家思想求进步，工作争最佳，生怕成为拖集体后腿的那块"短板"。

加油员赵耀非争强好胜，上班没几天就与客户发生争执，受到"待岗"处理，这让他萌生了辞职的念头。岳艳丽主动找到他，跟他谈心，和他一起探讨"顾客是上帝"的深刻寓意，启发他在根本宗旨、根本态度上找差距、补短板。认清了道理的赵耀非回到岗位上，工作时像换了一个人，处处为客户利益着想，把服务做到客户心里，屡屡受到顾客好评，成为"服务标兵"，当上了前庭主管。2010年5月，赵耀非被提拔为新安第1加油站经理。

控本降费我有责。第11加油站员工以珍惜万物之心，努力节约每一张纸、每一滴水、每一度电。2008年以来，第11加油站费用指标连续3年以平均9.56%的幅度下降，秘诀就是自己动手，旧的能用不买新的。

第11加油站成立了设备维修组，加油机齿轮、油管、皮带、溢油阀等零部件出了小毛病自己修。第11加油站销量大，加油枪磨损快，如果坏了就换新的，一年至少要换20把，费用大约3000元。他们从旧加油枪上拆零件，重新组合继续用，几年来累计节省超万元。

2011年上半年，第11加油站被洛阳市评为节水先进单位。

员工自己开罚单。得到松下"真传"的岳艳丽，在经营管理上有慈母般的柔情,也有严父般的刚毅,而严格的对象首先是自己。

采访中,记者看到第 11 加油站设有员工奖励单和员工过失单。据不完全统计,仅 2009 年以来,岳艳丽就给自己开罚单 22 张。有行政警告,有经济罚款,不是做门面,而是动真格。行政警告,她在交接班时作检讨;罚款,她把钱一分不少交到考核小组,做员工奖励用。

有了领导做榜样,员工肯定跟着学。在第 11 加油站,员工违纪或工作失误,没有埋怨指责,不搞下不为例,开罚单没商量。2009 年以来,第 11 加油站填写过失罚单 365 张,其中员工自己开的占三分之一还多。

岳艳丽持之以恒抓好加油站学习,在洛阳分公司产生了辐射效应。从第 11 加油站走出去的员工,把学习的好习惯带到新的工作岗位:进入机关的,坚持自学,系统研读;调到其他站当经理的,参照第 11 加油站的做法,纷纷建立起严格的学习制度……

**记者手记:学习提升竞争力**

七年如一日带领员工学习日本"经营之神"松下幸之助的鸿篇巨著,并将科学理念核心精髓运用到加油站经营管理实践中,使之转化为拓市场促发展的竞争力,洛阳分公司第 11 加油站不愧为优秀的"学习型"班组。结合实际坚持学习带来的不仅是个人知识、业务能力的提升,加油站的综合实力也得到增强。这绝不是偶然,在知识老化速度与世界变化速度一样快的当今,最终决定企业成败的,就是学习力。

学习力,指一个人或一个企业、一个组织学习的动力、毅力和能力,是把知识资源转化为知识资本的能力。十年前,加油站员工只要保证不加错油、不算错账、不收假钱、不出现跑单就算是一名合格的加油员。而现在,不会操作新型卡机联动系统、不会应用加油站管理系统,甚至不会向顾客推销便利店商品,都不能称其为合格。在这个飞速发展的时代,想要在瞬息万变的市场竞争中牢牢站稳脚跟,只有不断加强学习,更新知识,提高能力。洛阳分公司第 11 加油站的实践和探索让我们悟出这个道理。

(原载于 2011 年 7 月 28 日《汽车生活报·油商周刊》,《中国石油报》摘发)

加油岛上逐梦人

> **名家点评**

　　标题开宗明义，通过学习松下幸之助的经营秘诀提升自己服务企业的能力。文章通过以虚衬实的手法，首先讲述了一个从厌学到爱学到成才的青年员工的故事，此为虚；而由此推出的引导她及众多员工学习制胜的加油站经理的故事，此为实。以虚衬实使典型人物更受关注，出场更有力度，表现力更为强烈。文中围绕岗位学习、学以致用、人性管理等几条线索，穿插记者的所见所闻，点面结合，详略相间，动静有致，描述了一个学习型加油站经理的成功作为。

> **写作要点**

　　相比于一般自始至终直接写人的人物通讯来说，文中增加反衬等间接写人的手法，对于更好地显现人物效果更佳。

# 感动邕城的活雷锋

## ——记中国石油广西销售公司的"郭明义"黄忠智

**人物档案**

黄忠智,男,1976年出生,1996年进入中国石油西南销售公司,2008年加入中国共产党,历任行政秘书、加油站副经理、经理,现任广西销售公司工程建设处项目经理。他自幼学雷锋,弘扬社会公德,热心公益事业,20多年不改初心,担任少先队广西工作委员会委员、广西青年联合会委员、广西爱心助学志愿者联合会会长。荣获南宁市优秀志愿者、感动邕城活雷锋、南宁市道德模范、全国青年志愿者优秀个人、全国最美家庭等称号。入围中央文明网2017年中国好人榜。

2011年3月,10名"感动邕城的活雷锋"评选揭晓,中国石油广西销售公司油库建设项目经理部主管黄忠智荣登榜首。这是黄忠智继获得西乡塘区十佳志愿之星、南宁市优秀志愿者荣誉称号之后,百万南宁市民给予传承雷锋精神、热心公益事业的黄忠智的最高奖赏。称号之外,黄忠智还有一个响亮的头衔——广西南宁爱心公益团团长。

## 一

1976年12月,黄忠智出生在广西百色一个贫困山村。上小学时,学校离家有13千米,黄忠智每天背着米袋,翻越三座山,蹚小溪,过沙河,单程要3个多小时。村民牵马到镇上赶集,遇上黄忠智背着米上学,就会把米袋拿过来放到马背上,有时连小忠智一起放到马背上。6岁那年,有一天黄忠智和几个小伙伴在古榕江边玩水,他不小心滑入深水区,瞬间被冲出10多米远。一个青年人路过,奋不顾身把他救上来,捡回一条命。黄忠智立志:"长大后一定要好好帮助别人。"

学校放农忙假,已是班级中队长的黄忠智带领小伙伴,唱着《学习雷锋好榜样》帮农户收割稻谷。他双手磨出血泡,吃饭攥不住筷子,但缓过劲来仍接着干。"尽己所能帮人做事,有意义。"说起童年往事,黄忠智仍难掩激动。

## 二

1994年,黄忠智跨入高校大门。一次学雷锋活动日,黄忠智和几名同学打着团旗到社区做好事,却有人议论:"雷锋同志没户口,三月回来四月走。助人也刮一阵风,活动一过没踪影。"黄忠智听了心里很不是滋味。他与同学倾心交流:"我们是雷锋精神哺育的青年,有责任做雷锋精神的传人,让雷锋落户扎根,使人生更有价值。"

课余时间,他组织同学们在校园里除杂草、清碎石、运垃圾,营造优美学习环境。广西民族学院志愿者为救助白血病患儿,到黄忠智所在的经济管理干部学院募捐。每顿饭钱最高不超过1.5元的黄忠智,从伙食费里挤出5元钱捐了。他觉得还不能表达心意,干脆加入志愿者队伍,拿过捐款箱,挎在脖子上"串场募捐"。他还多次参加义演、义卖。

1996年9月,黄忠智走上工作岗位。领了第一个月工资后,他就给福利院的老人买了一大堆东西,给贫困学生送去书包和学习用品。

在黄忠智眼里,需要帮助的人太多了,他单枪匹马力不从心。他首先想到要争取妻子成为自己的"同盟军"。一次,黄忠智要去看望他资助的两个孤儿,妻子担心他"乱给钱",便提出跟他一起去。黄忠智求之不得。

两个孤儿的家在百色大山深处,姐姐7岁,妹妹5岁,父亲病故,母亲改嫁,由70多岁的奶奶带着。家里的情景让黄忠智妻子震惊:泥巴堆的老房子,屋顶漏雨,四面透风。屋里除了一台织布机、一张旧床、两床破被、一个米柜外,再无其他。时值冬日,姐妹俩仍穿着单衣,胳膊和腿都露在外面。黄忠智妻子的眼睛湿润了:"真是太苦了,太需要帮助了!"从此,他们每月给两个孤儿50~100元生活费,季节变化送衣物,节日送食品,并承担其全部学习费用。在他们的影响下,女儿也把压岁钱、攒下的零花钱送给两个没见过面的小姐妹。不久,黄忠智妻子又资助了4个贫困孩子,至今已6年。

据不完全统计,收入不高、家庭不富裕的黄忠智,用于扶贫帮困的钱已超过6.5万元。

黄忠智深知,一个人、一个家庭的力量终归有限,奉献爱心需要更多人参与。于是,他在网上建了爱心QQ群,发起成立广西南宁爱心公益团,妻子、女儿也注册加入。如今,黄忠智已是4个爱心QQ群的群主,在线管理团友1300多人。同时,黄忠智还是广西13个爱心QQ群的管理员,在线联络近4000人。

爱心公益团以"传递爱心,服务社会"为宗旨,感召各行各业爱心人士倾情加入,齐心协力做善举。爱心公益团还建立了规范的管理制度和运行机制,款项、物资专人保管,专款专用,随时接受大家监督。

一本《南宁爱心公益团活动大事记》,记录了近3年来爱心公益团的活动:2009年开展大型爱心活动6次,2010年10次,2011年22次,内容包括情系革命老区、关爱留守儿童、捐建希望小学、支援玉树抗震救灾、支援广西抗旱救灾、关注特困户等诸多方面,累计捐款、捐物达300多万元,受助者几十万人。

## 三

  在爱心公益团活动总结里，黄忠智深情写道："关爱，是春天带来的希望，是太阳释放的温暖，是白杨彰显的坚强。传递爱心，奉献社会，让关爱成为一种习惯。我们能做的有限，可我们的情意无限。"

  2008年汶川地震，黄忠智第一时间组织爱心公益团成员献血、捐款。他卷起衣袖站在最前面，怎奈身体太瘦被淘汰。"献血不合格，捐款表爱心！"黄忠智先后4次捐款共计7000多元。在他的带动下，爱心公益团共捐款9万多元，献血10400毫升。

  2010年玉树地震，爱心公益团把捐献和募集的10500元转给国家救援队，购买外伤急救药品送给灾区人民。

  玉树地震时，广西正遭受严重旱灾。黄忠智又率领爱心公益团成员，带着43台抽水机、5万千克大米、2万千克蔬菜、38400瓶矿泉水，赶赴旱情最严重的百色田东县……

  西乡塘区有个70岁的阙阿婆，老伴儿早年病逝，她和两个智力障碍的儿子靠捡破烂艰难度日。2008年，爱心公益团把她家列为帮扶对象，冬送暖被，夏送单衣，节日送粮油，酷暑送电扇。黄忠智还经常买些青菜、鱼肉送给阙阿婆。2011年9月，南宁市举办民歌节，黄忠智想尽办法陪阙阿婆观看开幕演出。阙阿婆高兴极了，说："黄仔，阿婆一生没得看大戏，今天开眼了，活得值哩！"

  2005年6月，黄忠智登门看望南宁市"老寿星"玉阿婆。玉阿婆时年107岁，终生未嫁，独自一人住在低矮破旧的平房里，靠政府救济生活。爱心公益团就把玉阿婆作为重点救助对象，日常生活全包。房子年久失修，黄忠智带人换瓦、修窗、拉电、刷墙，老屋子变得亮堂堂。玉阿婆的生日，黄忠智写在本上、记在心里。每到这一天，他就约上团友，买上蛋糕、水果、肉菜给玉阿婆过生日。玉阿婆逢人就说："我一辈子没儿没女，黄仔和爱心公益团的人都是我的好儿女，越老越得福啊！"

2009年12月，玉阿婆走完了人生之路。黄忠智和爱心公益团的60多人为老人守灵送终，深深感动了南宁市民。

10多年来，黄忠智和爱心公益团关怀照料孤寡老人300多人，帮扶贫困家庭2000多户。

## 四

"如果世界是一间小屋，关爱就是小屋的一扇窗；如果世界是一艘大船，关爱就是茫茫大海的一盏灯。被人关爱是一种亲情的享受，关爱别人是一种美好的品德。"黄忠智对关爱有着温馨浪漫的理解。

50多年前，广西宁明麻风病流行，当地政府把病人集中到芭兰村治疗，麻风病得到根治，芭兰村因此得名"麻风康复村"。然而，现在仍有许多人谈"麻"色变，躲得老远。

黄忠智得知麻风康复村的情况后，心中又多了几分挂念。中秋节，他和团友驱车180多千米，再步行一个多小时，进村入户看望康复老人，把大米、猪肉、月饼、水果送到床前。89岁的吴阿婆和87岁的覃阿婆老泪纵横，拉着黄忠智的手不肯松开，嘴里喃喃地念叨："弟仔好，妹仔好，这把老骨头你们还来看。"黄忠智把老人搀到屋外，摆椅、倒茶、端糖，给老人晾被子，给老人洗脚。

打那以后，一到年节，黄忠智就和团友带上东西，看望与外界隔绝多年的阿公、阿婆。"现在，麻风康复村还有7位老人在世，我们要尽全力照顾好、赡养好，不让一个老人带着遗憾离去。"黄忠智说。

南宁市青秀区一对年轻夫妇不幸染上艾滋病，亲朋远离，邻居白眼相看，生活陷入困境。黄忠智从媒体上得到信息后，第二天就到病人家中了解情况。夫妻俩没有工作，每月药费就需要600多元，仅靠医保、低保维持，家里值钱的东西都变卖了，睡觉没有床，挂衣没有柜，所有物品都放在地上。黄忠智在QQ群里发起"献上一份爱心,关怀艾滋病人"

的"春风行动"，为艾滋病夫妇送去米、面、油、衣被、家具等，并筹集部分药费。

2010年4月，博白县宁谭镇茅田小学因危房拆除，200多个孩子需要到30千米以外的学校上学，来回一趟要一天时间，很多孩子面临辍学。黄忠智为孩子们上学难而揪心，决定由爱心公益团牵头筹资，在原址建一所希望小学。他多方联系，团友也四处募捐。

经过200多天的不懈努力，终于筹集到70多万元建校资金，还有钢材、水泥等物资。2011年12月，希望小学竣工。孩子们坐在宽敞明亮的教室里上课，家长感谢黄忠智，社会盛赞爱心公益团。

广西河池市巴马瑶族自治县燕洞乡子帽村是个贫困村，30多米宽的灵岐河把子帽村分成南北两片。河上没有桥，北片的孩子上学要自己划木筏到南片来，每年都有孩子溺水。2011年，黄忠智和团友募捐了30万元，在灵岐河上修建"爱生桥"。在黄忠智和爱心公益团成员的爱心感召下，一个有资质的单位免费设计和监理，附近村民自愿组成义务施工队，目前桥梁建设已近尾声。

十几年来，黄忠智组织策划捐资助学活动80多场，援建5个图书室，捐赠图书逾万册，捐赠学习用品价值60多万元，2万多名学生直接受益。

黄忠智和爱心公益团的事迹引起媒体高度关注。中央电视台、中国网络电视台、广西卫视、湖南卫视、《南宁日报》《南国早报》《南宁晚报》《京华时报》、南宁电台等多家媒体，新华网、人民网、新浪网、搜狐网、腾讯网、凤凰网、优酷网、中国日报网、中国经济网、中国公益网、华夏公益网、百度公益网等十几家大型网站，持续跟踪报道黄忠智和爱心公益团的事迹。

黄忠智坚持多年献爱心、做公益，得到了广西销售公司领导的大力支持和充分肯定，300多名干部员工加入了爱心公益团，活动当骨干，捐助走在前，成为爱心公益团的中坚力量。

黄忠智把学雷锋与学铁人结合起来，八小时内专心致志干本职，八小时外满怀激情做公益。2008年至2011年，连续4年被广西销售评为优秀机关管理人员，2010年被授予优秀共产党员光荣称号。广西销售公司总经理刘建明、党委书记刘杰说，黄忠智忠于企业、忠于岗位、忠于人民，公益做得好，工作也干得漂亮。

（原载于2012年3月30日《中国石油报·北方周末》）

### 名家点评

从出生到上小学，从遇险被救到立志助人，有着多项爱心称号的中国石油的"郭明义""活雷锋"就这样开启了他的人生爱心之旅。从少年到青年，从大学到工作，从个人到群体，爱心助人的故事一个接着一个，紧紧伴随着典型人物的成长旅程。有起因动机，有真切故事，读来可信感人。

### 写作要点

可信是感人的前提，记者在采访中要善于发现典型人物事迹背后的故事，找到人物行为的起因，才能使报道的人物真正立起来。

# "玉龙"腾飞靠龙头

## ——记中国石油广西南宁销售分公司玉龙加油站经理李东

**人物档案**

李东,男,1973年出生,2000年8月进入中国石油广西销售南宁分公司,2006年加入中国共产党,先后担任白云、金友、玉龙等3座加油站经理,荣获中国石油油品销售百名功勋站经理、中国石油十大模范加油站经理、中国石油集团优秀党务工作者等称号。

从2005年开始,李东担任玉龙加油站经理,该站连续7年销量超万吨,成为广西销售先进加油站、股份公司劳动竞赛先进集体、集团公司基层建设"千对示范工程"示范单位,李东荣获模范加油站经理称号。

## 营销下好"三招儿棋"

进入南宁分公司头5年,李东担任过多座加油站经理,任期最长14个月,最短64天。许多人用"接收大员""抢险队员"称赞李东的超强执行力。

接手玉龙加油站时,该站日销量已达15吨,他找差距挖潜力,走出三招儿好棋,日销量奇迹般提升。

第一招儿:远交近攻。位于玉龙加油站辐射半径边缘的客户五象新区工程公司,用油车辆全部是工程运输车,由于携带泥土,受出行路线所限无法到站加油，李东就组织员工将油送到工地。类似这样的客户，李东都与他们交上了朋友，不时提供服务和帮助，比如协助他们办理证照、补交费用等，免去了客户的奔波之苦。而资源紧张时，他则为这些必保客户预留油品，加深了感情，赢得了信任。

对邻近客户，李东则加强攻关，将其百分百纳入供油范围。许多物流公司、水电工程公司等大型客户，就在玉龙加油站眼皮底下，李东频繁拜访，动之以情，用品牌和服务说服对方，这些客户纷纷到玉龙站定点加油。

第二招儿：差异刺激。资源紧张阶段，李东对大型稳定客户格外关照，加油开辟快速通道，给足了"面子"。这刺激了其他客户由流动变固定、由观望变忠诚，玉龙加油站的定点客户越来越多。

第三招儿：争取老板。某运输公司是个用油大户，李东数次开发不成，他处处留心，寻找突破口。一天，李东发现该公司一名司机"以油谋私"。从维护该公司利益角度出发，他巧妙地把情况反映给对方。公司老板很是感激，特意送来了感谢信，并决定将名下80多辆车全部定点在玉龙站加油，并委托加油站监督用油。仅这一家公司就带来月增220吨的销售量，从此玉龙加油站日销量突破了30吨。而这家运输公司每年也因此节约油款20多万元。李东被这位老板亲切地称为"好助理"。

靠这三招儿，李东拥有了大量忠实客户。2010年上半年，玉龙加油站停业改造，没有销售考核指标，但李东一天也没有间断与客户的联系。他带领员工登门拜访，外送油品，每月外送量少则60吨，多则超过200吨。加油站重新开业一周，老客户全部"归位"，日销量从8吨迅速提高到35吨，到年底年销量更是潇洒破万吨。

依托稳定的客户支撑，2012年一季度，玉龙加油站已完成销量3168吨，日均36吨，汽油销量增加，柴汽销售量比由2.1降为1.2，便利店日营业额超千元。

## 管理练就"绣花功"

别看李东长得粗壮憨厚，但这位"粗人"在管理上却肯下细功夫。

李东永远不会忘记，那次灭火演习消防水带被卡在灭火器上的教训。针对消防设备管理的薄弱环节，李东带领员工开展QC攻关（质量控制攻关），把加油现场的灭火器改装成带有U形平置式托盘，托起消防管带，使装置避免了原来的缺陷，易操作不折损。

消防沙箱长期露天置放，易潮湿、易污染，李东反复琢磨，设计制造了脚踏式消防沙箱。只要轻轻一踩，干燥的消防沙就会自动流出。这种消防沙箱被推广到广西销售各加油站。

南宁市消防总队每年组织消防演练，都要到玉龙加油站来参观。"玉龙版"得到"权威认证"，"在玉龙加油放心"的消息也不胫而走。

有一次，一位顾客裤子拉链坏了，急匆匆找员工帮忙，可谁也没有针线。情急之下，顾客只好买条毛巾围在腰上走了。这件事提醒李东：服务要精细。随后，玉龙站增加了针线盒、擦鞋机、工具箱、小药箱、充电器、雨伞等20多项便民服务设施，受到客户欢迎。

李东从自己做起，"给每次服务以真心、给每次微笑以真诚、给每次跑动以激情"，让顾客享受温馨服务。

细心让玉龙站对顾客非常"大方"，可在加油站费用管理上，李东就细得有点"抠门儿"。为了节省用电，夏天时，他将站内空调温度统一设置为25摄氏度，又安排同班员工住一个宿舍，防止班次交叉，一人用电。在用水上，李东也有自己的一套，浴室热水器在员工下班前一小时才允许通电加热，防止反复加热耗电，甚至还规定了淋浴的时间，防止浪费电。每天交接班，玉龙加油站不光要交接油品，还要同时查抄水表、电表，防止管理漏洞。

## 育才要有"独门技"

李东的家乡在钦州，但他已连续7年没有回家过春节，年年春节都留在加油站值班，给员工做年夜饭。父母想他，只能在电话里说上两句。欠了亲人的感情债，在加油站却有了更多的"亲人"——员工们都亲切地叫他"东哥"。在员工心中，李东就是一位贴心的好大哥，员工愿意跟他学习、奋斗、成长。

加油员小韦上岗没几天，脚底磨出水泡，觉得在加油站上班太辛苦，产生辞职念头。李东发现小韦情绪不对，及时找她谈心，鼓励她战胜眼前困难。他在小韦当班过程中适时找人替换，能让她歇歇脚、喘口气。这让小韦感受到了集体的温暖，从此安心工作，很快成了玉龙加油站的服务明星。

便利店营业员陈肖静对工作有些吃不消，想打退堂鼓。李东耐心劝导："在哪儿工作、干啥工作都有辛苦，你年纪轻、有文化，在中国石油，你有更大的发展空间。"李东还从收入增长、福利待遇、用人机制方面启发她。经过一番思想斗争，陈肖静终于留了下来。现在，她已经当上了金桂加油站经理，她说："东哥心眼儿好，说话我们信服，做事我们佩服！"

这些年，玉龙加油站培育出来不少"小龙"，这颇让李东欣慰。说起培育员工，他有许多"独门秘籍"。

员工活动室墙上有一张"员工成才榜"，这是李东引导鼓励员工成才的得意之作。榜上有30名从玉龙加油站成长起来的优秀人才照片。他在成才榜的末尾处刻意留出一张照片位置，上面打了一个大大的问号，下面写着"下一个会是你吗？"这个空白位置激励了许多员工学习奋进，成长成才。

李东还会根据员工的文化程度、职业理想、兴趣爱好做定向培养。他安排员工轮岗学习，全面锻炼他们成长；经常组织"今天由我当经理"等活动，来锻炼员工能力。

李东经常鼓励员工参加公司组织的各类培训和资质考试。当公司开展技能大赛时，玉龙站内部会组织"小赛"，内部打擂成功，才能代表加油站去参加公司的比赛。一人比武，全站培训，玉龙加油站员工队伍整体素质都有了提高。

5年来，玉龙站共培养出13名站经理、8名核算员、9名计量员，李东桃李满邕城。

悉心培育的"小苗"长大成才，而李东自己也收获了不少荣誉。他先后被集团公司评为优秀党务工作者，荣获股份公司劳动竞赛先进个人称号，被广西销售评为优秀加油站经理、优秀共产党员。玉龙加油站所在的南宁市良庆区也授予李东先进个人称号。他向记者袒露心声："人要懂得感恩，今后我会更加努力！"

（原载于2012年4月30日《汽车生活报·油商周刊》）

### 名家点评

这是一篇关于先进加油站"领头羊"的典型经验报道。从"光环"入手，引导读者探其究竟。从"三招儿棋"到"绣花功"，从东哥情怀到独门秘籍，战略与战术结合，宏观与微观交错，经验与事例相融，立体呈现出成功者的成功之道。以新闻通讯的形式向社会传播，不仅对业内同行具有学习借鉴意义，而且对社会其他行业也能产生积极的影响。

### 写作要点

立足行业中的典型人物报道，也需要有更广阔的社会视野，这样才能使所报道的人物具有更广泛的社会影响力。

# 三尺加油岛　　激情写人生

——记中国石油重庆销售公司青龙路加油站加油员王亚芬

**人物档案**

王亚芬，女，1977年出生，2000年参加工作，2005年经招聘进入中国石油，2011年加入中国共产党，做过11年加油员、4年核算员，现任南坪加油站前庭主管。先后荣获重庆销售公司先进个人、中国石油十大服务明星、全国五一巾帼标兵等称号。

在山城重庆，有这样一名女工，她不是加油站经理，但她操心的事却一点儿不比站经理少。就是这名普通员工，情系三尺加油岛，坚持以站为家，以客为友，以苦为乐，在平凡岗位上书写痴心奋斗的美丽人生。

她就是中国石油重庆销售公司青龙路加油站加油员王亚芬，岗位平凡，光环耀眼，是重庆销售多年的"老先进"：五星级加油员、优秀加油员、模范员工、劳动竞赛先进个人。

## "顾客满意是服务的最高标准"

王亚芬曾在超市当过营业员、在药房做过售货员，2005年7月经招聘到重庆销售当了一名加油员，一干就是6年。

走进青龙路加油站，让人印象深刻的不仅有干净整洁的工作环境、忙碌有序的加油现场，更有王亚芬热情的微笑、温馨的问候："师傅您好，请问加什么油，加多少？""您有什么需要我帮助？"亲切的话语给人以温暖，听着就舒服。

王亚芬常说："顾客满意是加油服务的最高标准。"她身上揣个小本子，里面记的都是加油站服务方面的情况，有问题不足，有经验亮点，有好人好事，有思考感悟，还有改善服务的意见建议。她说："加油服务要的就是客户满意，如果不满意，客户不来了，经营就会走进死胡同。"

王亚芬手握加油枪，牢记主人翁责任，努力营造加油站的磁场氛围，用贴心服务赢得客户。车辆进站，她第一时间迎接引导，准确停靠，边招呼询问边提枪加油。老客户，加油中聊几句，增进感情；新客户，记下车号和司机样貌，下次成熟人。

用心服务收获满满，王亚芬能熟记青龙路加油站一百多个固定客户的车牌号码和司机姓氏，熟知他们的加油方式和消费习惯。她体谅驾车人的奔波之苦，带给他们亲人般的温暖和关爱。雨天，她提示路滑慢走，注意安全；黑天，她关照夜间行车多留神，调好灯光再上路；长途车，她提醒及时休息，千万不要疲劳驾驶；出租车，她叮咛控制速度，安全就是效益。

多年的服务实践，练就了王亚芬察言观色好功夫，对不同顾客提供个性化差异服务。有的顾客面带焦急，她在悄声安慰中提高加油速度；有的顾客悠然自得，她顺情助兴，分享快乐；有的顾客板着脸，她选择话题，巧妙沟通。盛夏晌午，一辆东风加长货车进站加油，司机心情烦躁，刚推开车门就催促"快点快点"。王亚芬走过去，递上一杯凉白开，微笑说："天气太热了，您喝杯水歇口气，我快点加。"司机边喝水边向王亚芬倒出违章被罚的苦水，王亚芬安慰说："交通法规是安全保护神，守法行车，才能免罚款，避风险。"司机连连点头，火气消了一半，从此成为青龙路加油站的常客。

## "服务没有最好只有更好"

有人说:"加油是伺候人的活儿,与人打交道最难。"王亚芬却不这样看,她心有一盆火,为15万辆车次加油,经手货款达2300万元,没有一分差错,没有一次客户投诉,没有和客户红过一回脸。

同行有人不解:王亚芬咋就能做到,而且做得那么好?她回答:"加油服务仅有态度热情不够,必须不断提高服务技能。"王亚芬做的比说的更精彩。从握住加油枪那天起,就积极投身业务学习和各项培训,跟班见习、岗位练兵、技能比武、观摩表演、职业技能鉴定等,样样主动参与,用心钻研,熟练地掌握各项操作流程。

实践中,王亚芬摸索出想、看、说、做"四位一体"服务法。坚持做到"三个主动",即客户路过,主动问好;陌生顾客,主动招呼;客户需要,主动帮忙,把娴熟的服务融入每一个环节,每一个动作。

青龙路加油站因场地受限,高峰期加油要排队等候,一些车辆油箱口与停车位错位,加油员现场指挥调头,费时费力,还容易剐蹭。王亚芬从不这样做,宁愿自己多跑动、多出力,拉长油枪胶管,随车顺势加油,绝不麻烦客户挪车,客户都夸她"心眼儿好,体贴人"。

良好的客户沟通悄然为服务体验加分。比如推销加油卡,多数加油员简单直说"优惠1%",而王亚芬则将金额转换成等额油量,介绍"每升油少花7分钱",让优惠促销政策更具体、更直观、更明了。遇到顾客用现金加油,她启发:"使用加油卡,一箱油节省20元。"顾客感到实惠,欣然接受办卡。

王亚芬善于琢磨客户心理,于不经意间解急需之难。一个炎炎夏日,一辆轿车驶进站加油,现场员工推销便利店商品,可车里人个个半眯着眼,没心思理睬。王亚芬一眼看明白,赶紧上前"救场":"师傅,便利店有'红牛''王老吉',还有雪糕、冰饮,需要什么我给你们取。"一句话让顾客来了精神,5分钟卖出近百元饮料。

在王亚芬的影响和带动下，青龙路加油站现场服务有里有面，销量不断攀升。2011年，汽油纯枪销量比上年增长8%，王亚芬一个人完成非油收入15万元，推销加油卡512张，居重庆销售加油站之首，劳动竞赛考核，连续3个月油品销量获公司第一名，服务理念、服务经验在重庆销售全面推广，被聘为加油站管理培训师。

## "快乐工作每一天"

"一个人只有真正感到快乐，才能发自内心搞好微笑服务。"王亚芬知足感恩，享受工作带来的快乐。有人问王亚芬："你一个薪水不高、升官无望的加油员，付出那么多，划算吗？"王亚芬自豪地回答："在中国石油，我找到了实现人生价值的岗位，证明自己是个对社会有用的人，这就是最大的划算。"

的确是这样。王亚芬勤奋工作得到了领导的肯定，亲情服务得到了客户的赞誉，认真负责得到了员工的认可，许多顾客因她的服务而成了好朋友，下次加油还找她，那种发自内心的快乐外人很难体会。她说："人生难得是信任，没有理由不做得更好。"

加油站厕所堵了，有的人看了绕开走，王亚芬二话不说，抄起工具，挽起袖子，跳进化粪池，把污物一点一点掏出来。上级布置开展市场大调查、客户大普查，王亚芬主动请缨承担任务，用20天时间，对周边7个小区所有客户进行详细摸底排查，普查出375家客户，建立客户档案，健全维护机制，为加油站新增销量200多吨。

为加油站立功的还是王亚芬随身携带的那个小本子，她把想到看到记下的问题，以小纸条的方式交给站经理，几年来，以这种方式提出工作意见建议200多条，为加油站扩销增效做出了特殊贡献。

（原载于2012年4月30日《汽车生活报·油商周刊》，《中国石油报》摘发）

### 名家点评

读多了加油站经理人的典型报道,习惯了他们统领全局、纵横捭阖、创新管理、足智多谋的大将风范,而当一个普通加油员的形象蓦然出现在眼前时,更有种小清新接地气的感动。其实从文章题目中就可以看出,这位加油员其实一点儿也不普通,普通的只是岗位——三尺加油岛。多项荣誉加身的加油员以在岗位上的出色工作细节展现了她的不平凡,如她随身揣着的小本子前后反复出现,成为靠细节说话的重要物件之一。从中不难看出记者在前期采访过程中下了不少功夫,搜集了不少细节素材,这些丰富的素材为之后的写作提供了选择提炼和充分驾驭的空间。

### 写作要点

典型人物的报道要善于运用典型的细节讲述生动的故事,而这些细节则来自记者在采访中的认真观察与翔实记录。

# 平顶山上攀高峰

## ——记中国石油河南平顶山销售分公司经理陈峰

**人物档案**

陈峰,男,1970年出生,大学本科学历,1991年加入中国共产党,同年参加工作,历任中国石油河南销售信阳分公司营销中心零售负责人、仓储管理部经理、平顶山分公司经理、河南销售公司营销处处长,荣获中国石油十大模范经理人称号,现任河南销售公司总经理助理兼总法律顾问。

2009年,陈峰调任河南销售平顶山分公司经理。

3年来,陈峰带领他的团队整治32座低效站,让分公司脱胎换骨:汽油销量增一倍,柴油销量翻两番,单站平均日销量增长40%,总销量增幅达50%,并在平顶山市建起中国石油在河南的首座加气站。

平顶山市因平顶山而得名。然而,在陈峰心中,平顶山上有一座无形的高峰,他立志做一个勇敢的登攀者,达到一个又一个新高度。

陈峰知道,新建加油站、治理双低站、抢占加气市场,都是有形的山峰,而凝聚员工形成一股绳则是无形的山峰。他用人格魅力打开员工的心扉,高度无限,跨越无界,厚积薄发。

## 叫响品牌巧"破城"

2009年1月,陈峰履新平顶山分公司经理。他面临的情况是,50多座加油站,日销量仅100多吨。其中,日销量3吨的加油站占三分之二;

销量低、收入少，员工流失多，第 56 加油站仅有站经理和核算员两个人留下；越难越来事，每到月底，站经理们就会拿来一叠被罚款的收据……

中国石油拥有强大的品牌优势，为何不能制胜？咋就拴不住员工的心？曾经是中原油田十大杰出青年、某大型国企青年岗位能手、具有多年管理经验的陈峰，带着疑问跑遍了所有加油站，找到了症结：品牌文化的影响力没有形成强势。他深刻认识到公司要摆脱困境，打开局面，必须让品牌走向社会，以品牌聚人心、成合力，撕开竞争对手的"防线"，拓宽发展空间。

于是，以"融入当地经济，弘扬中油品牌"为主题的学习教育活动在分公司蓬勃展开。讨论交流撞出思想火花，品牌文化催生发展动力，生存意识转化为进取行动。

在一次学习讨论中，有的员工提出，一些大客户以集团模式运作，在全省实行一体化经营，加油站自行开发有难度，建议公司出面协调沟通，加大集团客户开发力度。陈峰认为有道理，当场表示："从我做起，从每个班子成员做起，不做二传手，率先解难题。"

2009 年 4 月，平顶山地区遭遇大旱，陈峰组织 10 个抗旱救援队奔赴重灾区，送油打井、捐款抗旱，将 20 吨化肥送到贫困村，受到平顶山市委、市政府的赞扬，10 多家媒体争相报道。不久，平顶山市政府通过决议，把中国石油加油站建设作为重点招商项目给予大力支持，并指定相关领导进行专项对接，分公司首次获准在新城区建设 2 座加油站。

随着中国石油品牌吸引力不断提升，大批客户向平顶山分公司抛出"橄榄枝"。2011 年 2 月，平顶山分公司与某集团签订协议，承揽其全部油品供应；6 月，又与平顶山多家龙头企业达成合作意向。在众多稳定客户支撑下，分公司油品销量不断攀升。

中国石油拥有雄厚的油气资源，但平顶山市的加气市场却长期被其他企业垄断。为打破垄断，跻身加气市场，2012 年年初，陈峰精心谋划，主动出击，抓住公交公司拓展线路的机遇，在平顶山市建起中国石油在河南省的第一座加油加气站，迈出了跨越发展的重要一步。

## 短板还需细工补

"谁都想干好工作，关键是找差距，补短板，出实招儿，做对事。"这是陈峰平时说得最多的一句话。

管理部门服务意识淡漠、加油站经理执行力不强，曾是平顶山分公司的两大顽疾。陈峰与领导班子研究，达成共识：机关科室包挂加油站，机关每人每月至少下站工作两天，绩效考核与加油站经营管理挂钩；加油站经理每天现场跟班作业5小时以上，每周驻站不少于4天。

好规定，硬执行。陈峰以加油站为重点，大力推行"三个一"工作法，即一本站经理"走动式"管理操作手册、一块加油站精细化管理看板、一本员工考核日志。"三个一"使加油站日常经营管理表格化、程序化、透明化，大家看得清楚，干得明白。

管理操作手册突出了站经理工作的四个关键环节，即盯销量、访客户、追流失、查原因；精细化管理看板则把落实情况一一对应展现出来；考核日志天天公布各个班组、每个员工的付油量，员工根据销量曲线计算自己当月收入。"三个一"工作法成为强化站经理执行力的影像图，加油站精细管理的助推器，员工业绩的晴雨表。

某一天交班后，第37加油站加油员耿露露认认真真地画着销量曲线，蓝色目标量已被红色实际量超过，小耿脸上露出笑容："我决心做一名快乐的'报喜鸟'，把爱岗敬业的价值追求体现在亲情服务的每个步骤、每个细节中。"

"手册是路径，扩销上量自觉遵循；看板是过程，填写做到丁是丁、卯是卯；日志是结果，也是动力。做好'三个一'来不得半点儿松懈和侥幸。"第8加油站经理李淼航深有体会地说。

员工们认真执行的态度与陈峰求真务实的作风不无关系。只要不外出，陈峰每周都抽一天时间，到加油站检查"三个一"落实情况，发现问题，就地解决。

2011年年初，陈峰在第37加油站检查，发现该站日销量冲上20吨后，一些员工沾沾自喜，产生松懈情绪，便马上找站经理李运卿谈心，鼓励他百尺竿头更进一步，并提出第37加油站"创五星、奔万吨"的奋斗目标。李运卿带领员工铆足劲，加油干，4月中旬日销量突破40吨，阔步向万吨站迈进。

如今，陈峰倡导的"一册一板一本"管理法已在河南销售全面推行。河南销售总经理陈长青称赞"三个一"工作法是测试管理的"温度计"，是创先争优的"增效剂"，是员工成长的"计速器"。

## "头脑风暴"生智慧

"一个人的力量终归是渺小的，干部员工的心一起跳动，才能产生磅礴动力。"这是记者在陈峰的学习笔记上看到的一句话。

从上任第一天起，面对重重困难，陈峰头脑清醒，目标坚定，抓大事、谋全局，领导班子做出建设学习型企业、打造学习型团队的决议，干部员工紧密联系实际，每季度共同研读一本书。通过学习把员工的智慧凝聚起来，让集体的力量迸发出来。

2009年以来，干部员工集体学习了《铁人王进喜》《市场营销学》《细节决定成败》《这是你的船》《做最好的执行者》《用正确的方法解决问题》等13本书。建立学习分享机制，人人写心得，经常搞研讨，让头脑产生风暴。通过内部网站、企业简报等形式，交流心得体会，收获惠同仁，警示共记取。截至2012年3月底，平顶山分公司已汇编12本员工学习体会，总共40多万字。

品读散发着墨香的读书体会专辑，陈峰难掩兴奋："这是头脑风暴的记录,是智慧火花的结晶,是启迪心灵的源泉。"

实践为陈峰的感悟做了最有力的证明。鲁山第3加油站地处乡镇,站经理郭秀荣运用《市场营销学》SWOT战略分析方法,扬长避短,制定提升销量的措施,汽油日均销量提高2.5吨。这座站还把食用山菌、浴盐、宝丰酒、汝瓷等地方特产,拿到尧山旅游区进行专项推销,非油业务销售额日均增加3500元。

人人都渴望表达自己,希望在团队里找到自己的归属和价值所在。陈峰善于倾听不同声音,营造积极进取、和谐共生的团队文化。一次座谈学习体会,财务人员建议加强对加油站上门收款人员的身份确认,有效防控资金风险。陈峰感受到其中的价值,当即要求有关部门提高警惕,强化管理。

2010年1月8日下午4点多,舞钢第3加油站加油员杨巧玲在现场服务时,看到一辆无牌照的银行押运车前来收款,她快步跑进屋,向核算员刘晓军说明了情况。刘晓军早上接过银行电话,说因开会当天不能按时上门收款。押运车的出现引起刘晓军的警觉,他打电话询问,工商银行工作人员明确答复没有派任何人前去收款。刘晓军设法稳住这伙骗子,并暗示同事拨打电话报警,避免了一场资金被骗事件的发生。

3年一路走来,平顶山分公司凤凰涅槃,陈峰不轻松,然而他懂得:要在竞争中实现可持续发展,管理者是思考者,更是实践者!也许,对陈峰来说,平顶山只是一个小小的"山头",未来还有更高的山峰……

(原载于2012年4月30日《汽车生活报·油商周刊》)

### 名家点评

在呈现典型人物三年来的骄人业绩的同时,巧用地名的借代关系,由企业所在地"平顶山"幻化出人物心中一座座无形的山峰。之后详尽地记述描写了创业者的登峰过程,结尾是成功者对攀登心中更高山峰的渴望。文章前后呼应,气脉相通。

人物篇

**写作要点**

善用事物的关联性彰显人物的内在精神,使典型人物内外一体,文章超凡脱俗。

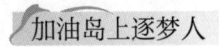

# 驰骋市场经理人

## ——记中国石油辽宁营口销售分公司经理宋立民

**人物档案**

宋立民,男,1955年出生,1974年参加工作,1981年加入中国共产党,大学本科学历,历任油库警卫、行政股长、久丰商场副经理、经理,市公司经理助理、副经理、经理、工会主席、纪委书记、党委书记等职。守初心,尽职责,懂经营,善管理,任市公司经理14年,加油站从2.5座增加到131座,成品油年零售量达到57万吨,累计创利润20多亿元。连续多年蝉联辽宁销售先进个人,先后获得营口市十大杰出青年、营口市优秀企业家、营口市劳动模范、中国石油销售系统十大模范经理人、中国石油集团廉洁自律先进个人等荣誉称号。

工人出身的宋立民在营口分公司打拼35年,员工们对他知根知底:"血液里流淌忠诚,心里装着群众,魂牵梦绕使命,时刻警醒廉明。"人心是杆秤,员工经过几十年品味给予宋立民的赞誉,他当之无愧。

## 引子

2009年,伴随辽宁沿海经济带建设大潮,海滨城市营口进行大规模扩容改造,辽宁销售营口分公司第8加油站因道路拓宽被拆迁,市政府批准在新华路口建一座新站。附近居民以不安全为由阻止施工并集体到市政府上访。市领导高度重视，要求"耐心做好解释工作，支持中国石油业务发展"。

2009年9月7日，营口分公司经理宋立民应邀到市政府信访办与群众"面对面"。从加油站工艺设计到新技术、新材料应用，从建设标准到工程结构，从安全距离到油气回收，从施工组织到风险控制，宋立民掰着指头给群众代表详细解释。市工商局、安监局、消防局、环保局的专家也分别做出说明，共同证明新华路加油站手续齐全，安全可控，环保达标。

解释工作从上午10点一直延续到下午1点多，患有糖尿病的宋立民低血糖发作，大汗淋漓，脸色煞白，浑身瘫软，被扶走急救。

在场的营口市副市长王笑柳深受感动，对群众说："中国石油是国家的支柱产业，支持中国石油的发展就是支持国有经济，就是维护人民的根本利益。否则，政府拿什么搞建设、惠民生？营口的经济发展离不开中国石油，百姓的小康生活离不开中国石油！"

政府领导一席话，百姓心头一盏灯。从此，新华路加油站工程建设顺利进行。

人生平淡，事业辉煌。宋立民任营口分公司经理以来，加油站增加到117座，增长13倍；成品油年销售量增长10倍；年零售量增长26倍；年利润由亏损1600多万元变为盈利1.7亿元，增长11倍。非油销售利润由2009年的200万元增加到2011年338万元，增长69%。主要业绩指标连续3年居辽宁销售第二名。

辽宁销售公司领导班子称赞宋立民忠诚、尽责、精细、实干，为企业留下财富，为员工创造福祉。

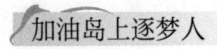

## 全力突破"第一难"

> 员工选我当经理，组织用我当经理，要倾注真情，捧出真心，为企业长期稳定发展抓好网络建设。
>
> ——宋立民

加油站建设被石油销售企业称为"生命工程"和"销售业务第一难"。作为网络建设第一责任人，宋立民不辱使命，精心谋划，抢抓机遇，奋力开拓，把"第一难题"变成"第一成果"。

"十一五"以来，营口沿海产业基地建设快速推进，经济跨越式发展。宋立民胸有全局，立足岗位，认真履行营口市人大代表的职责，为营口"以港兴市、能源助市"战略建言献策。当地两会，他呈送支持国有能源企业发展的议案；市长办公会，他许下为经济腾飞全程保供的诺言；在规划局，他提出结合城市改造，搞好加油（气）站布局的建议。经专家评选，宋立民的议案连续3年获营口市人大代表议案一等奖。

宋立民常对班子成员说："网络建设不能坐等政府找我们，要用履行责任赢得信任，用贡献争取政府支持。"

2008年春，柴油资源短缺，营口沿海产业基地建设用油量陡增。市领导要求宋立民："赶快想法进油，确保机械设备一台不停，建设工期一天不拖。"

宋立民立下"军令状"："支持营口发展，中国石油责无旁贷，保证完成任务！"他火速赶往辽宁销售公司汇报情况，获得支持。第3天，5000吨柴油即通过管输入库。市领导赞扬："关键时刻还得是中国石油，保得准，靠得住。"

台风"梅花"肆虐，小石棚乡发生泥石流灾害，营口分公司第一时间捐款救助；建一乡地下水含硫量超标不能饮用，营口分公司伸援手，打深井，让村民喝上"放心水"。敬老扶贫、助学解困、绿化城区、疏浚河道，宋立民带领员工献爱心。一个个真情善举，一件件利民好事，营口人民看在眼里，记在心上。

作为沿海产业基地招商引资项目新建的新立、新港、新富3座加油站，位置优越，交通便利，场地宽阔。当年3块地总共支付土地出让金600万元，如今任何一块都超过千万元。市政府领导说："支持中国石油在营口的发展，是经济社会所需，民生福祉所盼，价钱不是我们的首选。"

采访中记者现场确认，占地面积超过3000平方米、政府已规划立项的加油（气）站项目，营口分公司还有11个。

## 转换优势靠内功

开发客户、拓展市场、扩销上量是地区公司的中心任务，经理必须亲力亲为，绝不能当"甩手掌柜"。

——宋立民

营口毗邻辽河油田，地炼资源丰富，经营主体多元，竞争十分激烈。宋立民理清思路，理性竞争，将资源优势变为销售优势。

作为东北三省出海大通道，营口港船舶排队等靠，运输车辆川流不息，精于谋划的宋立民把这个优势用到极致。依港而建、为港服务的鲅鱼圈院内加油站，10年间两次改扩建，加油场地由4000平方米扩展到7000平方米，日均进站车辆达800台次，付油能力由9机18枪变为15机30枪，日销量由80吨增加到120吨，创辽宁销售市区加油站销量之最。

2010年2月，天寒地冻，营口港急需5000吨0号柴油。宋立民干销售30多年，从来没有在这个时节付过0号柴油。但客户需要就是指令，他迅速组织业务人员调整计划，落实资源，协调管输，5000吨0号柴油直接入库，满足了港务局南下船舶的需求。

宋立民就是这样带领员工用服务创造满意，用满意吸引客户，一步一步把业务做大做强。营口卷烟厂是用油大户,原来在社会加油站购油。2008年柴油资源紧缺,社会加油站无力保障,卷烟厂生产告急,给营口市政府打报告,有关领导把报告批转宋立民,要求落实解决。宋立民马上带人到卷烟厂了解情况,根据生产规模确定供油数量,解了用户燃眉之急。随即卷烟厂找到营口分公司商谈合作,签订长期供油协议,每年购油5000吨以上,成为铁杆客户。

吸引政府机关定点加油,更显宋立民改善服务、驾驭市场的超强能力。宋立民任经理后,专门拿出2座加油站,为政府机关和财政拨款单位提供服务。截至2012年6月底,营口分公司拥有年购油千吨以上的大型客户50多家,支撑零售业务稳定发展。

宋立民不爱逛商店,可自从加油站有了便利店,他时常逛超市。一次,在某超市看到顾客抢购儿童食品大礼包,宋立民眼前一亮,顿生灵感:营口有山有海,物产丰盛,特色鲜明,何不组装特产大礼包进加油站便利店销售!

创意一出大受欢迎。新年、春节,推出多种净菜、精瘦肉、小海鲜、各种调料组合的厨房礼包;中秋、国庆,推出海鲜、水果、杂粮组合的贵宾礼包;清明、端午,推出干鲜山货、上等海鲜组合的风情礼包;小孩满月、老人生日,推出长寿面、柴鸡蛋、深海鱼组合的时尚礼包。大型客户集团采购,成为非油销售新亮点,仅2011年春节,营口分公司就销售各种大礼包3.6万个。2012年,营口分公司与大连某商家合作,在加油站便利店开设海鲜产品专柜,3个月实现销售收入50万元。

## 赋能要下真功夫

　　管理是永恒主题,精细是永久课题。以求实态度、严谨作风、科学方法抓好企业管理,赚回真金白银,是对履职尽责的最好检验。

——宋立民

营口分公司流传很多宋立民狠抓精细管理的故事。

营口地区有几座油库，辐射 120 座加油站绰绰有余。宋立民不满足表面优势，打破行政区划，优化二次配送，带领业务人员图上量、路上看、实地测、反复算，实现路径最优、运距最短、效率最高、运费最低的管理目标，每年节省公路运费 20 多万元。

一天早晨上班，宋立民抬头发现公司大门洞顶棚灯还亮着，便找来有关部门研究，制定节电节水管理办法，并把油库、加油站作为重点。宋立民详细调查，掌握实情，用数据说话，提出节电新措施：加油站罩棚灯由 8 盏减少到 4 盏，4 盏减少到 2 盏，白炽灯换成节能灯，根据季节变化，统一编制"罩棚灯开关控制时间表"。每当公司财务人员看到水电费得到有效控制，眼前就浮现出宋立民绞尽脑汁抓节电的情形。

"热水器换岗减编"的故事流传至今。以前，公司机关每个科室一台电热水器，有的部门人少，保质期内纯净水喝不完就倒掉；有的下班时忘记关电源，反复加热，既费电又不健康。宋立民反复琢磨，有了主意：把热水器由屋里搬到走廊，由每个科室一台改为每个楼层一台，一下子热水器由 13 台减少到 3 台。

员工说："宋经理抓精细管理的故事，就像渤海湾的浪花，一个接一个，个个都给力。"如小轿车统一管理，下班后入库停放，钥匙上交，节假日轮流值班。车辆定点维修，定额管理，费用公开，接受监督；每个科室一部长途直拨电话，由科室主任负责管理。

宋立民去得最多、查得最勤、看得最细的是油库、加油站，员工们说："宋经理啥时候下加油站，说不清，摸不准，没规律。"

宋立民向记者讲述"不定时下站"的初衷：加油高峰期下站，看现场秩序、工作效率、安全管理、设备运行；加油低谷时下站，看制度坚持、卫生保持、设备恢复、账目整理；深夜下站，看人员在岗、客流变化、用电控制；清晨下站，看员工状态、服务意识、安全防范。他说，不同时段下站，有一种"横看成岭侧成峰，远近高低各不同"的感觉。

针对收入分配"大锅饭"，宋立民大力推进"升油含量工资分配办法"，市场化用工人均年收入由2009年的1.92万元增加到2011年的3.11万元，增幅居全省之首。

宋立民接任经理时，营口分公司有7900多万元货款没有收回，他把清收欠款作为义不容辞的责任，勇于担当，敢于负责，顶压力，排干扰，冒风险，运用思想、行政、经济、法律等多种手段，清回应收账款7882万元。

## 凝聚队伍同心干

员工的心，企业的根。企业有了凝聚力，干部有了领导力，工作才有执行力，发展才有创造力。

——宋立民

听说有记者采访宋立民，许多干部职工要求见记者，"好好说说宋经理"。

三家子油库工人于华东患脑血栓，生活不能自理，妻子没有工作，女儿上大学，全靠于华东的工资维持生活，公司年年给救济。

宋立民为退休女工戚克秀扬名的故事，让广大员工倍感温暖，更加焕发主人翁精神。

2011年11月30日7点多，宋立民到三花加油站检查工作。一进院，就看见一位女工在凛冽寒风中面带微笑，引导车辆，规范加油。"零下十几摄氏度，值一宿夜班，大清早还能保持良好服务状态，不错！"宋立民心中赞叹。

站经理告诉宋立民："现场服务的加油员叫戚克秀，明天满50周岁，正式退休，这是最后一次上岗加油。"

宋立民心生敬意，主动与戚克秀攀谈，得知她参加工作32年，没有一次迟到早退，没有请过一天事假，任劳任怨为客户服务，被誉为"工作让人放心的人",被评为"销售能手""服务明星"。

多么好的员工啊!宋立民马上派人了解戚克秀的先进事迹并在公司广泛宣传,进一步增强了企业凝聚力、向心力。

2010年8月5日,营口地区连降大到暴雨,宋立民牵挂加油站的安全,一上班就带领班子成员和安全、零售、非油等部门负责人,冒雨下站查看水情。市府路加油站排水管道被市政施工压断,积水无法排出,宋立民紧急调用水泵向外抽水。

将近11点,宋立民赶到地势较低的太和加油站,只见满院积水,已停止营业。宋立民撩起雨衣,挽起裤腿,穿着拖鞋,挂着木棍,测量不同位置的积水深度,记下数据,挖沟排水。

快到下午1点,宋立民来到新华路加油站,自掏腰包,请大家在便利店吃面包、香肠,泡方便面。之后又查看柳河、路南、金牛、渤海、兴达5座加油站。

将近晚上9点,奔波了一天的宋立民叫上随行的6个人,向位于305国道旁的福明加油站奔去,查看完水情回到公司已是深夜11点。他督促大家回家休息,自己打车再次到新华路加油站检查,凌晨1点拖着疲倦的身子回到家中。

第二天8点一上班,宋立民主持召开加油站防洪排水专题会议,针对发现的问题,逐一制定措施,拿出解决办法。班子成员和机关干部说:"跟宋经理雨中查站,上了一堂生动的精细化管理示范课。"

成功与荣誉相伴。宋立民先后被授予辽宁省劳动模范、辽宁省优秀思想政治工作者、中国石油销售系统十大模范经理人等荣誉称号。

(原载于2012年7月30日《汽车生活报·油商周刊》)

### 名家点评

用典型人物一段有代表性的话配在每个小标题下,形式新颖,且映射主题,感染心灵,既是对工作的一种提炼,也是精神的一种升华。由此体现了记者的案头功夫——吃透材料,把握方向,艺术结构,推陈出新,更上层楼。

> 写作要点

多种形式的表现在典型人物通讯的写作中也是必不可少的，可以从不同侧面体现人物的境界与情操。

# 石马坡上听"涛声"

## ——记中国石油十大模范油库主任王涛

**人物档案**

王涛，1966年出生，1990年参加工作，2004年加入中国共产党，硕士研究生学历，历任油库设备管理员、副主任、主任，陕西省安全生产监督管理局危险化学品行业安全生产专家，先后获得陕西销售公司先进工作者、模范基层干部、优秀共产党员，中国石油销售系统十大模范油库主任等荣誉称号。其领导的石马坡油库连续6年被评为陕西销售五好油库，被中国石油授予十大标杆油库称号。

在青山簇拥、碧水环绕的汉中盆地，坐落着一座现代化的成品油储油库——陕西销售公司汉中石马坡油库。在这里，人们每天看到一个戴着眼镜、皮肤黝黑、中等个头、走路生风的中年人，他就是石马坡油库主任——王涛。

时年45岁的王涛，担任油库副主任、主任已有17个年头，会议室摆满了先进油库牌匾，连续8次被评为优秀共产党员、模范基层干部、先进工作者，被授予中国石油销售系统十大模范油库主任称号，并被陕西省安全生产监督管理局和汉中市政府安委会聘为危险化学品行业安全技术专家库专家和安全生产专家库专家。

## 他很费鞋

"搞好油库管理要眼睛盯着工作,肩上压着责任,脑子想着问题,耳朵听着设备运行的声音,鼻子要闻出油气味儿,两脚要走到该到的地方,一个环节抓不到位,就可能出事故。"作为油库管理的第一责任人,王涛把初心使命刻在骨子里。

王涛家人说他很费鞋,"不知他是咋穿的,一双鞋几个月鞋底就磨漏了。"

在油库实地采访,记者找到了答案。

王涛每天有一项雷打不动的工作,就是到油库现场查看。中控室、储油罐区、泵房栈桥、发油现场、配电间、消防设施……都要想到、走到、看到、摸到、闻到,关键岗位值班情况,他要看记录、看监控,一天从早到晚,两脚不拾闲,20里地不够他走的。

2010年油库扩建,王涛兼任工程办副主任,负责施工现场安全质量管理。每天,他既要跑施工现场,又要抓租赁油库运行,走的路更多了。一次,员工见王涛一瘸一拐地出现在大门口,以为他身体不舒服要上前搀扶,王涛不好意思地说:"右脚鞋底磨漏了,走路硌脚。"

王涛每天进库巡查好几趟,特意买了一双结实的皮底鞋。结果才穿5个月,鞋底还是磨坏了。员工说:"难怪,刚才还看见主任在泵房,转眼又到了发油台,你说能不费鞋吗?"

## 他敢唱黑脸

说王涛脸黑,有二层含义。第一层是说,他的脸确实晒得黝黑。以前,王涛是个细皮嫩肉的"白面小生",自从担任油库主任,每天在现场忙活,皮肤变得越来越黑;第二层是说,他秉公管理,铁面无私,敢"唱黑脸"。

王涛"唱黑脸"在油库出了名,但都是对事不对人。一次,一名计量员在下发作业单时抄错车号,调度在复核时也没查出来,作业单传板下发到卸油班,值班员复核时发现了错误,立即通知计量员和调度员再次复核确认,堵住漏洞,避免了一次严重混油事故。

　　事后,王涛主持油库领导班子会议,对相关人员进行严肃处理,并要求其在职工大会上做检查。同时,对发现问题的卸油值班员给予表扬奖励。这时,有人小声提醒王涛:"被处罚的计量员是你家邻居。"他板起脸,瞪大眼睛,说:"邻居也不能放纵,严格管理没有特区。"

　　巡查巡检是油库安全管理的一项重要制度,日复一日年复一年,时间一长,有的员工变得懈怠。夏季的一天中午,室外热得像蒸笼,王涛例行检查电子巡更系统,发现警消队在该时间段漏巡,当即按规定对当班警消员进行了处罚。员工求情:"主任,就这一次漏检,也没发生什么事,以后改正就是,不要罚了。"王涛严厉地说:"安全工作无小事,处罚是为了吸取教训。搞下不为例,会后患无穷。"

## 他专注创新

　　大学期间,王涛学的是设备管理工程专业,担任油库主任后,他在职攻读了西北大学MBA,对油库管理创新有了更深的认识。实践中,他肯动脑、善钻研、搞创新,及时研究和解决油库管理的热点、难点问题。

　　早在2003年,王涛就在石马坡油库建立了《全天候安全巡检看板》,2004年又编写出《汉中油库QHSE作业指导书》。2006年油库改扩建时,他又结合油库新设备运行,编制了《汉中油库精细化管理方案》《汉中油库精细化管理考核实施细则》。2010年油库扩建,总储量达到5.5万立方米,五车位、通过式发油场地,配置15组鹤位。适应油库收、发、储能力全面提升,他组织编制了油库新版操作规程和作业指导书,形成了一套安全、环保、高效的生产作业流程。平视流程图,每一根管线都有标识,每一个阀门都有编号,每一个发油鹤位都清晰地显示油品流向。

油库设备改造投运前,王涛主动与施工方沟通,组织员工岗位培训,学习掌握设备设施的工作原理、操作要领和使用方法,参与设备安装和调试。在发油台流量表校准的关键阶段,他坚持跟班学习作业,不停地向厂方工程师请教流量表校准、使用及故障排除技术方法。厂方工程师说:"我多年积攒的技术底子被王涛给掏空了。"

王涛善于用所学技术攻克管理难题。他在日常运行中发现,微机小流量达到 300 升左右,付油体积盈亏偏差明显,说明流量表校验精度不符合标准,影响公平交易,损害品牌信誉。王涛深入钻研,做足功课,求得流量计厂家和计量所的支持配合,通力协作,反复测试,找到症结,将微机付油误差控制在 ±2‰ 以内。

油库改造完成,王涛借鉴国内外同行业先进管理经验,结合油库自身情况,成立了中心控制室,分别将视频监控系统、可燃气体测报系统、微机发油系统接入中心控制室。新设备新技术辐射各科室、警卫室、计量保管等班组,形成多点监控、异体联动、信息共享、指令直达管理体系。在此基础上,为中心控制室油罐自动计量系统预留出接口,为信息自动化开辟空间。2010 年,中国石油销售公司《成品油油库建设标准》制定出台,石马坡油库改扩建施工方案审核通过,证明王涛实施的油库管理体系完全符合现代化、科学化、信息化要求。

## 他顾不上家

油库员工给王涛匡算了三个"三分之一":一年 365 天,王涛有三分之一住在油库,三分之一的双休日守在油库,三分之一的节假日盯在油库。担任油库主任 7 年,年年如此。

2008 年 5 月 12 日,四川汶川发生特大地震,汉中震感强烈。石马坡油库房屋出现裂缝,围墙倒塌,水塔倾斜。王涛沉着指挥,迅速启动应急预案，带领人员对储油罐和输油管线进行严密排查，标注危险区域，维修阀门管线，组织正常运行的设备及时收储和转运油品，支援汶川抢险救灾。抗震救灾的一个月内，石马坡油库安全接卸成品油23092吨，发运油品19707吨，同比增长分别为55.92%和29.57%，圆满完成救灾保供和生产自救任务。一个月时间，王涛仅回家两次。

2011年9月底，油库扩建进入设备调试和试运行阶段，王涛带领中控、检维修、警消人员及设备供应厂商，连续奋战20天，每天工作10小时以上，取得收、发、储作业一次成功。一起参加调试的员工问他："放长假你也不安心休息两天，家人没意见啊？"他说："没意见是假的，油库工作性质就这样，好在习惯了。"

（原载于2012年9月10日《汽车生活报·油商周刊》）

### 名家点评

本文在写作上善于运用文字技巧，如标题把人名与油库名巧妙相融，用动词相连，形成体现主题的韵味十足的句子，妙笔生花，凸显文章的内在联系性；把人物脸黑与"黑脸"合二为一，相提并论，用以体现人物的工作状态和为官之道。注重细节刻画是本文写作上的另一个特点，除开篇对人物体貌的勾勒外，文中通过家人诉说"费鞋"的线索，从中挖掘出人物在工作中的超常作为。

### 写作要点

注重用细节反映典型人物的典型事迹，是成功人物通讯具有的普遍特征。

# "三精"赋能促发展

## ——记中国石油重庆永川销售分公司经理张连忠

**人物档案**

张连忠,男,1970年出生,1992年参加工作,1999年加入中国共产党,工商管理硕士学位,历任会计、副处长、处长、分公司经理,先后获得中国石油十大模范经理人、优秀地市公司经理人、中国石油集团劳动模范、重庆市劳动模范等荣誉称号。现任重庆销售公司总经理助理兼重庆众友实业有限公司董事长、党总支书记。

1992年,会计专业的张连忠大学毕业,2005年,在职攻读获工商管理硕士学位。进入重庆销售,做过财务、营销、调运、企管、配送等多项业务工作,把知识运用到经营管理实践中,用精明、精准、精细的经理人风格,带领企业实现高质量发展。

## 网络开发抓批量

永川分公司地处渝西,西接四川,南邻贵州,素有"渝西桥头堡"之称,社会情况复杂,市场竞争激烈,网络开发成为制约经营发展的瓶颈。

"网络建设是销售企业的'生命工程',使命责任系在其中,成功失败在此一搏!"张连忠一上任就立下"军令状"。

"一座站、一座站地搞,成本高,见效慢。"张连忠心里有了攻略,这就是:"用好高层战略协议,做好基层落实文章。"

近几年,中国石油集团与重庆市政府两次签署战略合作框架协议,作为落实举措,重庆销售公司分别与市区政府签订了网络建设合作协议。张连忠抓住机遇,精心运作,围绕项目落实,做好后续文章,趁热打铁与相关区县政府续签协议,使网络项目落地落实。双桥区经济繁华地带有3座加油站,永川分公司与区政府敲定,以控股方式将3个项目全部拿到手,实现整体开发目标。

有人形容网络开发是"天下第一难",虽有点夸张也不失为事实。有一次,为了拜见一位政府领导,张连忠连续3天在开会地方等候,渴了喝矿泉水,饿了在街边店吃碗小面,困了找地方眯一会儿。张连忠锲而不舍的精神感动了政府领导,很快见面商谈,落实了项目。

用资源保供,赢得政府支持。经济快速发展的重庆,柴油时常短缺,制约经济建设,保供"压力山大"。张连忠有独到办法,他说:"与其把资源攥在自己手里,不如拿出一块交给区县政府分配,保重点工程,保民生用油。"从2010年10月起,每当柴油资源紧张,永川分公司及所属各经营部,每天调拨三五十吨柴油,交区县商务部门批给重点用户,各加油站根据批件办理销售手续。

江津区中心城区原来没有中国石油加油站,永川分公司改变资源保供方式,区政府深感中国石油的责任担当意识,对永川分公司网络开发给予大力支持,位于城中心的江城加油站很快竣工投运,当年实现销量5900吨,2012年有望突破万吨。与此同时,江津区政府还批准永川分公司在黄金地段建设3座加油站,有的已办完征地手续,有的已动工兴建。

早在2002年,永川分公司在江津新城开发区获得一个加油站项目,已完成规划定点,缴纳了土地征用款,后因规划调整,土地被占用,永川分公司多次协调没有解决。如今,张连忠借势运筹,以情况有了变化为由,争取到政府批准永川分公司在成渝高速公路匝道口新建一座加油站,并明确规定:原批准的加油站土地面积继续有效,实行等面积置换,原面积执行当时地价,扩大部分按现行地价结算。就这样,截至2012年

9月，永川分公司已在中心城区、经济新区、交通干道规划建设加油站29座，为扩销增效奠定了坚实基础。

## 业务调控操盘手

永川分公司干部员工用"业务操盘手"形容张连忠的经营能力，熟悉张连忠的领导和同事说："是这么回事儿。"

面对变幻莫测的市场形势，张连忠把扩销上量的着力点放在客户服务与维护上，按照月度购油规模，把客户分为ABCDE五个类型。公司领导、职能科室、经营部经理、加油站经理、一线员工等，按五个层次提供相应服务与维护，建立起分工负责、对口定向、全面覆盖、全程跟踪、快速反应的客户维护体系。

张连忠运用客户心理学原理，研究客户需求，不断改善服务，优化维护办法，总结出"系列客户维护法"，如忠诚客户情感维系、重点客户合同维系、普通客户服务维系、摇摆客户跟踪维系，有效扩大客户规模。某建筑公司是永川分公司的用油大户，为强化内部管理，该客户提出派一名管理人员到定点加油站，专门负责自家车辆用油监管。张连忠得知，立即在加油站辟出加油专区，腾出办公位置，加油站每天提供车辆加油明细，与管理人员全面核对，每月减少油耗5吨多。从此，该公司更加信赖中国石油，成为低价挖不走、诱惑不动心的"铁杆客户"。

充满理性与睿智的"系列客户维系法"，使永川分公司客户数量年年长、月月长，2012年客户总数比2010年增长24%，其中月购油20吨以上的大客户增长8.6%。

如果说，张连忠的"系列客户维系法"确实有效，那么，针对价格变动所采取的销售策略，则凸显张连忠驾驭市场、调控业务的卓越才能。

2012年前8个月，国内成品油价格连续波动，张连忠按照市场规律，准确把握时机，合理调控资源，掌握销售节奏，创造机遇效益。

有一段时间，传出成品油涨价消息，张连忠不声不响做好准备。跟踪配置计划，确保资源足额到位；销售适度抽紧，严格控制直销，防止囤油居奇。根据客户规模、用油周期、购油频率，引导客户统筹安排。油价上调当日，永川分公司库存柴油超过 1.5 万吨，比正常高出 1300 吨，创造可观效益。

国际油价下滑，调价窗口逐渐打开，张连忠谋划规避跌价风险，制定有效措施，加大促销力度，本着互利双赢原则，加强客户沟通，出现了"忠诚客户按计划购油、合同客户全部兑现、普通客户不减量、流动客户不离开"的销售局面，油价下调当月，公司实际销量超计划 14.3%。

## 精细管理有新意

跨区竞聘站经理。以前,选配加油站经理都用本地人,存在不少弊端。张连忠运用"鲇鱼效应"，对 29 座年销量 5000 吨以上加油站经理和核算员，全部实行跨区竞聘。经过 3 个月跟踪考核，100% 达到竞聘目标，其中，16 座站日均增量 1 吨，6 座站日均增量超 3 吨。

全程掌控。严细考评的大站经理跨区竞聘，增强了站经理的危机感和紧迫感，千方百计拓展市场，扩销增效。2011 年，永川分公司成品油总销量比上年增长 14.85%，其中，零售量增长 25.81%，单站日均销量增长 11.66%，人均零售量增长 24.55%，吨油利润增长 3.42%；加油卡充值额增长 49.8%，卡销比达 42.5%；非油销售收入增长 21%。

一体化承包低效站。2010 年年底，永川分公司日销量 5 吨以下的低效站有 9 座。尝试多种经营模式，效果都不理想，"科学家能把载人飞船送上天，分公司经理就不能治好几座低效站？"张连忠苦苦求索。

2012 年，张连忠根据"整体转化""法律保障"的思路，把 9 座低效站整体"打包"，转给一家有资质的劳务公司承包经营并由其自主招工，加油站原有人员全部调整到公司各加油站。永川分公司派一名有经验的管理者担任外包公司的营销督导员，实行统一资源配置、统一销售价格、统一应用零售管理系统、统一品牌形象、统一技能培训，确保资产保值增值和安全运行。新的承包模式运行以来，9座加油站销量增长10%，费用下降10%，经验在重庆销售推广。

完善业绩考核，健全激励机制。"搞好企业关键要有一个好机制。机制好，懒人变勤快；机制不好，勤快人也没了积极性。"张连忠深谙科学机制的重要性。为此，他组织制定出台7项绩效考核办法，全面实行升油含量工资分配机制和专项奖励机制。加油员说："过去等公司发工资，现在自己挣工资。"加油站经理说："过去等领导下任务，现在自己要任务。"非油员工说："过去等领导'分桃子'，现在自己'种桃子'，蹦起来'摘桃子'。"

"慎思勤行"，挂在张连忠办公室的这张条幅，或许是对这位模范经理人"三精"品质的最好诠释。

(原载于2012年11月5日《汽车生活报·油商周刊》)

### 名家点评

题目中的"三精"耐人寻味，开篇即点出报道人物作为经理人的鲜明风格，即精明、精准、精细。其中不乏"系列客户维系法"等闪光点。文尾用挂在报道人物办公室的"慎思勤行"的特色条幅作为全篇的呼应，结构完整，以物衬人，画龙点睛。

### 写作要点

精彩的人物个性化描述，才能形成有特色的典型人物报道，若不分主次面面俱到，则会大大减弱新闻传播的力度。

# 借"翼"腾飞

## ——记中国石油浙江杭州销售分公司近江加油站经理周爱娣

**人物档案**

周爱娣,女,1973年出生,2004年进入中国石油,2010年加入中国共产党,先后任杭州分公司水陆、绍兴路、近江3座加油站经理,杭州分公司经理助理兼非油部主任,现任浙江销售昆仑好客分公司经理助理。连续8次被评为省市公司先进个人,获浙江销售优秀加油站经理、浙江销售劳动模范、浙江省三八红旗手、中国石油明星加油站经理、中国石油十大模范加油站经理、中国石油集团公司劳动模范等荣誉称号。

她只有中专文化,却痴迷信息系统;

她家境富裕,却甘愿坚守加油站;

因为她有一个梦——用先进管理方式实现"国际水准"。

一晃,进入中国石油已经9年,从"地方军"到"正规军",从核算员到站经理,从破旧小站到万吨大站,周爱娣一步步成就心中的"创业梦"。

2004年,杭州市扩容改造,钱江新城拔地而起。家住钱塘江畔并在村办企业——滨江加油站工作的周爱娣,按照征地拆迁补偿政策,获得房产和补偿金总计数百万元,村集体每年还有分红。

同年12月,中国石油收购滨江加油站,根据合同约定员工可以留下,但因拆迁而成"富翁"的员工对留下不感兴趣,或另谋高就,或转战商海,有的女员工干脆当起家庭主妇,靠收房租过起清闲日子。

然而,周爱娣却选择了留下。大家不理解:"加油站拴身子、担责任、吃辛苦、挣钱少,怎么就对她那么有吸引力?能干出个啥模样?"

"中国石油是世界500强企业,进入这里创业是我的人生梦想!刚30岁就在家里享清福,岂不是虚度年华,枉费今生!"说起当初的选择,周爱娣难掩激动。

实干圆梦,人生出彩。9年来,周爱娣先后带过4座加油站,担任站经理的3座站都成了万吨站,2座站非油收入超双百万元。绍兴路加油站挂上了"中央企业红旗班组"的奖牌;近江加油站被集团公司评为基层建设"千队示范工程"先进单位。浙江省三八红旗手、中国石油十大模范加油站经理、中国石油明星加油站经理等荣誉光环纷纷戴在周爱娣的头上,让当年的伙伴们好生羡慕。

"成就创业梦想离不开爱岗敬业、履职尽责、埋头苦干、无悔付出,但真正为我人生梦想插上翅膀的是中国石油加油站管理系统。"每每说起,周爱娣感触颇深。

随着POS机、加油卡、液位仪、自助加油、地罐交接、油气回收等信息系统和先进设备落户加油站,周爱娣主动融入时代,认真学习钻研,积极组织培训,搞好操作运用,加油站经营管理发生了翻天覆地的变化——效率提高,销量增加,效益上升,用工减少,费用下降;卡销比逐年攀升,收银万笔无锁枪;根据销售曲线优化排班,科学画线,单车付油速度加快,员工劳动强度减轻。2012年,周爱娣所在的近江加油站实现销量1.63万吨,日销量超过44吨,汽柴比10∶1,用工人数由27人减至17人,人均纯枪量957吨,是销售企业平均水平的3倍。

2013年2月4日,集团公司领导在近江加油站调研,赞扬周爱娣"胸怀远大理想,站在时代潮头,钻研信息技术,提高自身能力,搞好经营管理",勉励她"继续发挥信息优势,争创管理最优、服务最佳、效率最高、效益最好的国际水准加油站"。周爱娣不负重托,在信息平台上展翅飞翔。

## 真情拥抱"e时代"

2010年4月25日,浙江销售杭州分公司绍兴路加油站彩旗招展,人头攒动,浙江销售昆仑加油卡启用仪式在这里举行。

推行一张小小的加油卡,举行如此隆重的仪式,这让时任绍兴路加油站经理的周爱娣敏锐地意识到,在"一卡在手,全国加油"的背后,是中国石油成品油零售业务信息化的滚滚浪潮。

周爱娣预感到,随着中国石油销售企业精细化管理大幕拉开,加油站信息化建设全力提速,这是一场绕不开、躲不过、慢不得的能力大考。然而,信息时代的加油站什么样?应该学什么、怎样做?对于中专毕业的周爱娣而言,无疑是个严峻挑战。"真的很惊奇,不用手工采集数据、制作报表、开具发票,油品销量、罐存统计、业务结算就自动上传了。"加油站管理系统上线运行那天,亲眼看到各种数据实现智能化处理,核算员出身、曾经每天花大量时间记账、算账、做表的周爱娣受到强烈的冲击和震撼。

面对信息技术引发的管理变革和知识更新,热爱学习同时又对新事物敏感的周爱娣,迅速树立起"与信息结伴、与卡同行"的现代理念,坚信"热爱走通一切路",一头扎进信息化的知识海洋。

上级组织信息系统学习培训,她带头报名参加。培训期间,及时梳理内容、整理笔记、消化知识。其他员工培训归来,主动求教的第一个学生肯定是周爱娣。新设备安装,她寸步不离,围着厂家技术人员问这问那。不方便当面请教的,就向书本学习,到网上查找,不弄懂不罢休。几年下来,周爱娣研读的信息专业书籍有16本之多,写学习笔记100多万字,获得管理学大专文凭。

为了使员工成为信息管理的"明白人",周爱娣探索了"阶梯式培训"方法,即自己先学一步,学深一点,找出系统运行的关键点和风险源,然后教给核算员、计量员,由两人对口教授收银员和前庭主管,前庭主管再普及到班组员工。

为了激发员工学习信息管理的热情，周爱娣把信息系统培训与员工定向培养、岗位成才结合起来。女员工学核算，男员工学计量，每逢周三、周四分别培训休班员工1天。男员工演练地罐交接，量油高、测水高、辨杂质，熟练使用液位仪；女员工按照接一待二照顾三的要求，苦练脑、眼、手密切协同，熟悉"三笔收银"操作。信息管理全覆盖，不能让一个员工掉队。机动班加油员童水琴年纪大，掌握新知识、新技术比较吃力，周爱娣把童大姐编入学历高、年纪轻、反应快、信息系统操作熟练的叶太安班组，并指定1名员工重点关注，包教包会。

信息化理论抽象，知识枯燥，周爱娣和员工一起总结体会，创编好懂易记、便于操作的口诀。比如，为了防止"三笔锁枪"，把操作流程编成顺口溜：

加油枪，连前台，付油信息自动来；

收银员，状态好，手疾眼快最重要；

再忙不忘盯屏幕，出现红点消灭掉；

十指翻飞比能力，万笔无错呱呱叫。

经过常年实践磨炼，近江加油站收银员个个能够做到心想、耳听、眼观、口说、手动配合自如，随时上演接待客户、点击屏幕、开具发票、销售商品的"四重奏"。

一线员工平常忙惯了，坐下来学习培训爱犯困。周爱娣就借助网络平台，采用QQ群、微信群等年轻人爱用的形式，留题目、讲内容、说流程、教方法，分享信息化管理带来的快乐。

几年来，浙江销售推行POS机、加油卡、液位仪、自助加油、地罐交接、销售曲线利用、班组快速交接等信息化及管理新项目，全都选在近江加油站进行试点，取得经验后在全省推开。由于善于执行，周爱娣屡屡被赞为"精细管理的先行者、信息管理的探路者、科学管理的推动者"。

## 销售驶上高速路

效率最高、效益最好、用人最少、成本最低、物流商流管理最佳，这是周爱娣对加油站管理系统应用的理想目标。

近江加油站以汽油销售为主，客户 85% 以上是私家车车主。周爱娣拿定主意，加大工作力度，让客户走近昆仑加油卡、使用昆仑加油卡、喜欢上昆仑加油卡。

为了方便客户办卡充值，加油站改造时，周爱娣力主将右侧入口处一间小平房改建成发卡室，提高了现场办卡效率。

杭州分公司有一台具有无线联网功能的流动售卡车，公司卡中心业务主办蒋苏宁介绍："售卡车使用最多、效率最高、效果最好的是近江加油站。"机关人员发现，周爱娣经常带着售卡车走街串巷。午休时间，售卡车在杭州联合银行、出入境检验检疫局、近江集团忙个不停；双休日，售卡车在近江一、二、三、四小区，甘王路小区现场办理业务。

客户不出门，油卡送到家。2011 年，近江加油站发展昆仑加油卡客户 2300 余个，460 张不记名卡转为个人实名卡。2012 年发卡 7795 张，比计划发卡量翻了一番。截至 2013 年 4 月底，近江加油站发行个人实名卡累计超过 1.3 万张。

发卡的目的在于锁定客户，扩销上量，周爱娣深谙此理。2011 年 10 月，近江加油站卡销比为 5%，周爱娣向分公司建议，换装 2 台自助加油机，当月增加汽油销量 169 吨。

尝到自助的甜头，领导给周爱娣交底：随着卡销比不断提升，自助加油机要相应增加。这给周爱娣注入了助推剂，使她干劲倍增。宣传引领、政策导向、客户体验、现身说法，多管齐下，收获颇丰。当卡销比升至 13%、17%、23% 时，自助加油机也随之增加到 4 台、6 台和 8 台，与之同时，汽油月销量分别增加了 169 吨、241 吨和 368 吨。2012 年，近江加油站卡销比达到 37%，自助加油销量占全部销量的 37%，汽油销量比上年增长 59.4%。加油卡发行量、总销量、零售量、汽油销量、吨油利润等 5 项指标增长率均领跑浙江销售。

## 智能还需细操作

自助加油初期，由于客户对操作不熟悉，时常出现小状况。一些客户加完油强行拔卡，后挂油枪，结果油加出去了，款没刷进来，系统称为"灰卡"，造成加油站账款不符、账实不符。为了平账，要么急三火四地跟踪追款，弄得客户不高兴；要么员工先垫付，等待客户下次加油才能一起扣款。还有一些客户操作自吸式加油机不当，致使油枪胶管存油，下一位自助客户一拿枪就喷油。

一系列现象引起周爱娣的深思：推行自助加油，关键是引导客户按流程标准规范操作。为此，近江加油站特意在现场安排一名辅导员，随时给客户讲要领、做示范，手把手教客户操作。为了提高客户自助操作能力，她总结提炼出一套要领口诀：

熄火加油习惯好，触摸放电等三秒；

加油品号分清楚，芯片向上卡插牢；

提枪注意防喷冒，规范操作莫忘掉；

加完油，先挂枪，后拧盖；

回头再取卡和票，顺手挂好油枪管。

如今，许多客户加油时都会情不自禁地默背口诀，忘卡、灰卡的情况基本消失了。

针对"自助加油机拿枪喷油"现象，周爱娣带领骨干仔细研究油枪结构，很快找到问题症结。经设备主管部门批准，将加油枪握把上的一个金属销拿掉，胶管内的存油得以自动回流，提枪加油再也不会喷溅滴洒了。

基于对信息管理系统风险点的认识，周爱娣要求员工做到：旧卡像新卡一样慎重对待，充值像办卡一样精心操作，一卡一输入，信息记录全。

一天下午，办卡顾客较多。核算员陶甜甜忙中出错，误以前面一位客户银联卡交易凭证为依据，给后面一位客户的加油卡充了 2000 元，而 POS 机压根没刷这位客户的银联卡，班后对账发现短款 2000 元。

周爱娣一边安慰甜甜别着急，一边帮助她调阅银行卡的交易记录，查找实名加油卡客户的信息，很快与当事人取得联系，说明情况，补回了现金。

周爱娣用这件事教育员工：精细化管理靠信息化提升，智能化管控靠精细化落实；机制可以创新，程序必须遵守，油卡信息不能遗漏。"精细化管理要踏石留痕迹，信息详尽才不怕找后账。"她说。

有段时间，客户用银联卡支付加油款，有时刷了 POS 机却不出小票，加油站无法确认，而银行端显示信息却是转款已成功，再刷 POS 机便形成重复扣款。

当信息系统出现这种状况，加油站员工只好硬着头皮解释，但往往难以平复客户的不满。周爱娣主动请教信息管理专家，建议银行将转款成功的信息同时传给加油站，并作为报表依据。

"信息化智能，但不是万能，系统要不断完善，技术要不断更新。"周爱娣说。按原设计程序，卡机联接加油机加油后"吐"出两张小票，一张客户保存，一张留给站里。其实，客户刷卡信息后台系统已经自动保存，无须打印加油小票。结果，客户那张拿走了，站内那张成了废纸。周爱娣就此建议调整加油机设置，每次少打印一张小票，一年节约纸张费用 6000 元。

近江加油站首批实行地罐交接，拥有油品计量员资格证的周爱娣严格把关液位仪卸前读数、卸后读数和运输损耗三个环节，按制度规定坚决治理运输超标损耗，两年索赔金额超过 1.2 万元，柴油实现零损耗。

随着加油站管理系统应用逐步深入，周爱娣对需要应对的问题更加熟悉。在学习研究、反复实践的基础上，组织骨干围绕后台服务器、加油卡发行、银联卡 POS 机、加油卡 POS 机、三笔收银解锁、自助加油、地罐交接、油气回收等 8 个方面，总结整理出 30 个"怎么办"，形成整体解决方案，工作效率显著提高。白班利用加油低谷时段提前预班结，梳理记录，发现对账不平等异常情况，及时以服务器数据为依据进行补录，实现 3 分钟交班，比原来快了 5 倍。

浙江销售信息化管理处高级主管卢宇宏这样评价周爱娣："系统运行出现新情况、新问题，她和她的团队总能及时发现、准确判断、快速反应、有效改进，让系统始终处于最佳状态。"

## 近江涌动正能量

信息系统和网络平台的综合应用，不仅使近江加油站找到了涉猎广泛、内容鲜活、效果最佳的运行载体，将生硬、呆板、枯燥的岗位技能培训柔性化、形象化、具体化、可视化，促进加油站管理升级，更重要的是，周爱娣发现了信息系统和网络平台的结构之美、操作之美、效果之美。

近江加油站处于三角地，有 4 个出入口，日均提枪 4000 多次。借助信息系统的辅助功能，每天提枪时间、次数、销量自动生成销售曲线。周爱娣仔细分析销售曲线变化规律，打破沿用多年的传统排班模式，摸索出"峰 8 谷 2"排班法。即加油站设置 4 个常规班 1 个机动班。加油高峰时段，现场配备常规班 3 人、机动班 2 人、管理人员 3 人；销售低谷时段，现场仅留常规班的 2 人，剩余 1 人轮休。既缓解了高峰期人员紧张的压力，又促进了人力资源优化配置。

实行"峰 8 谷 2"排班模式后，近江加油站用工数量与核定标准减少 10 人，员工月工作时间减少 23 个小时，人均年销量增加近 500 吨，人均月收入增加 1000 元。这一经验在浙江销售全面推广。

信息系统的学习和运用，不但促进了经营管理，而且培养了一批年轻骨干。仅 1 年多时间，近江加油站就向分公司输送了 2 名核算员、1

名前庭主管，进入机关的 5 名员工有 2 人走上了信息管理岗位。

近江加油站员工平均年龄只有 25 岁。周爱娣充分运用年轻人喜爱的网络社交方式，利用 QQ、微博、微信等新媒体传播知识，凝聚人心，推动管理。

近江加油站有两个 QQ 群，名字都很响亮：一个叫"家在近江"，另一个叫"近江正能量"。周爱娣是两个群的管理员。"家在近江"主要交流员工脱掉工装后的那些事，谁有什么意见、想法、点子、见闻，都可以在群里说。员工们总是争相点击周爱娣，"一对一"对话。有的说家事、讲私密、倒烦恼；有的表志向、求帮助、讨良方。时间长了，周爱娣和员工们面对面谈话少了，心与心交流多了。

如果说，"家在近江"是周爱娣了解员工心声的"连心桥"，那么，"近江正能量"就是她借助网络管理加油站的"百宝箱"。

"近江正能量"内容丰富，有上级文件、最新精神，有营销分析、任务部署、竞赛方案解读，有培训专题学习、管理意见征询、评先选优公示，有分公司岗位竞聘信息发布、技能鉴定考试知识点分享、加油站精细管理注意事项，还有志愿活动点评、方案讨论、员工回声等。

2013 年 4 月，近江加油站拟实现 Wi-Fi 信号全覆盖，需要做一幅宣传画，联系了几家广告公司，都嫌活儿太小，没钱赚，不愿意接。周爱娣一下子想到"近江正能量"，她在 QQ 群发消息，让大家推荐设计"高手"，征集设计方案。

她很快得到大家的回复：王颖在大学里学绘画，应该能行。当天下午，90 后员工王颖的两个设计方案就在 QQ 群里展示出来了。经过网上讨论、调整完善，方案 A 的海报大样挂在了发卡室、收银台和营业室最显眼的地方。

一个星期后，印有用户名和密码的 Wi-Fi 宣传画贴在加油站进出口处，许多客户在站里一边办理业务，一边打开手机 Wi-Fi，尽情体验加油站带来的无线网络冲浪乐趣。

周爱娣本人也是网络受益者。网络平台把她从事无巨细、紧迫盯人的笨拙管理中解放出来。

2013年5月23日14时，一架从韩国首尔直达中国杭州的飞机缓缓降落在杭州萧山机场。周爱娣结束一周的带薪休假，神采飞扬地走下舷梯。"首尔离杭州1600多千米，但每天通过微信与员工联系非常方便，人离站线不断，各项工作正常运转。"

### 记者手记：青春答卷充满正能量

当伙伴因拆迁"暴富"而离开加油站，躺在福利的席梦思上享受生活时，风华正茂的周爱娣进入中国石油激情创业，钻研信息技术，改善油站管理，实现青春梦想。试想，如果她没有勤奋好学、吃苦耐劳的精神，怎么可能有今天的成绩与荣耀？

销售企业广大青年员工应该认真思考，如何志存高远、脚踏实地，在企业发展中实现人生梦想；如何接力奋斗，汇集起建设国际水准销售企业的磅礴力量。这不仅关系个人的成长，更关系加油站的稳定乃至中国石油的兴旺。

在这个意义上说，周爱娣的先进事迹可作为一张青春答卷供大家品读，引起对创业梦想的回望与反思，体会奋斗向上的正能量。

（原载于2013年6月3日《汽车生活报·油商周刊》，《中国石油报》摘发）

### 名家点评

这是一个励志圆梦的典型。此报道首先用人物反差强烈的举动吸引读者的关注，然后通过创业选择，开始一步步踏上圆梦之路。通过详尽描述圆梦路上的坎坷、跋涉与收获，彰显了典型人物的时代感和现实意义。所谓借"翼"腾飞，既是借中国石油的优势平台，又是借"e时代"信息化的管理系统，让梦想插上翅膀，成就人生辉煌和企业发展。一个"翼"字的妙用，使标题韵味十足。配发的"记者手记"更强调了典型人物的精神能量。

**写作要点**

一些典型人物的通讯报道写得庄重有余而韵味不足,要避免这种"高大上"的现象,在通讯的写作上,从标题到内容都应下些功夫。

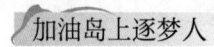

加油岛上逐梦人

# 油站"穆桂英"

## ——记中国石油河南许昌销售分公司禹州片区经理李喜丛

**人物档案**

李喜丛,女,1963年出生,2008年进入中国石油,2001年加入中国共产党,历任河南销售许昌分公司禹州6站、禹州3站、禹州片区经理,履职尽责带头实干,禹州3站日销量达到23.8吨,比接手时增加近10吨,禹州片区创许昌分公司油品销量、增长率、非油收入三项第一。李喜丛先后获得许昌分公司优秀站经理、河南销售优秀片区经理、先进工作者、服务标兵、优秀共产党员等荣誉称号。

  这是一个有志向、有故事的女人,鲜活生动,曲折感人;
  这是一个不言败、不服输的女人,追求理想,百折不回;
  这是一个心如镜、纯如水的女人,忠诚岗位,心底无私;
  这是一个重行动、有传奇的女人,与众不同,真实可敬。

  从家庭主妇到私企老板,从随夫打工到"半个经理",从乡村小站到万吨大站,从一座先进站再到一个片区的辉煌……李喜丛用奋斗一步一步接近创业的梦想。

  儿时的李喜丛喜欢听长辈说书讲古,叱咤风云的穆桂英成为心中偶像。李喜丛第一次看到的家乡戏是豫剧《穆桂英挂帅》。她把精彩唱段抄下来,细心品读,揣摩含义;买来录音带,用心学唱,感悟穆桂英的无所畏惧、真情报国情怀。

李喜丛有一个梦想：走出家门，干一番事业。现实生活中，她经常用穆桂英、花木兰对照和鞭策自己，倾情追逐"扎实奋斗，人生出彩"的创业梦想，演绎不平凡的人生。进入中国石油5年，她救活一座停业站，建成一个高效片区，打造许昌分公司首座万吨站。

李喜丛的创业经历，俨然就是一部"新穆桂英"传奇。

李喜丛个头儿不高，身板结实，性格坚毅，说话快言快语，做事雷厉风行。随着采访深入，人物线条逐渐清晰。

## 一把火烧得倾家荡产

时间上溯到1991年。李喜丛的两个孩子上学后，日子变得清闲起来。闲在家里收听收看《穆桂英挂帅》《花木兰》等豫剧，激发了李喜丛要出去闯荡一番的梦想：古代女子尚能建功立业，自己作为新社会的女性，处于改革开放年代，决不能待在家里享清福。

李喜丛很快把"不当'锅台转'，出去干事业"的梦想付诸实际行动。

李喜丛的爱人李运卿在当地一家水泥厂打工，经常为缺少水泥袋子而四处"找米下锅"。有着经营头脑的李喜丛从中看出商机，她和丈夫商定，筹办起水泥袋编织厂。着手筹款项、办手续、雇工人、租土地、建厂房、进设备、购原料，使厂子很快投入运营。随着产品畅销、规模扩大，员工发展到80人，日产水泥袋10000个，净收入过万元。李喜丛在摸爬滚打中领悟了企业质量管理、现场管理、员工管理、客户管理、设备管理、成本管理等奥妙。

实干让梦想照进现实。当年的李喜丛在禹州赫赫有名：古城第一家个体工厂，是她办的；古城街上跑的第一辆面包车，是她买的；古城第一台35英寸大彩电，是她家的。

就在李喜丛顺风顺水经营越做越好时，一场意外的灾难倏然而至。

2002年1月15日（农历腊月初三），呼啸的西北风卷着鹅毛大雪，天气格外寒冷。因年底村里拉闸限电，无法生产，李喜丛让员工放假回家。

以往停电，配电箱自动跳闸，李运卿会打着手电检查一遍。可这次停电，配电箱没有跳闸，李运卿毫不知情。

凌晨两点多钟来电，接触器短路，电线受热引燃塑料，燃烧发出的"噼啪"声把熟睡中的李运卿和李喜丛惊醒。

消防车赶到时，厂房完全烧塌，机器已经变形，十几吨原料、40万个成品袋全部化为灰烬，损失超过50万元。

看着被毁的财产，李喜丛夫妇心如刀绞，欲哭无泪。

"一把火烧个精光，这辈子算完了，往后日子可咋过？"乡亲们充满了同情和担忧。

巨大的灾难把李喜丛击倒了，不吃不喝躺了好几天，她想到儿女的成长、老人的期盼、丈夫的前程、自己的理想，终于想通了：人，一辈子总要经历坎坷，创业之路不可能一帆风顺，走到低谷就该上坡了。她安慰丈夫："胜败平常事，重在心里明，灾难不可怕，就怕人迷瞪。大火只能烧毁财产，不能毁灭意志，跨过这道坎儿，创业不能停。"

## 随夫打工学成"半个经理"

2004年7月，离开水泥厂在外打工的李运卿，认准中国石油的品牌价值，应聘进入河南销售平顶山分公司，任第36加油站经理。为了让妻子出来散散心，也为自己搭把手，李运卿动员李喜丛来加油站，帮助打扫卫生，给员工做饭。

勤快麻利的李喜丛对干活儿不打怵，清理厕所却犯了难。由于如厕人多，以前打扫不及时，棚顶灰尘结网，地面污迹斑斑，便池到处污垢。

李喜丛穿上工作服，换上胶鞋，用笤帚扫，用刷子刷，用棍子捅，用水管冲，用抹布擦，厕所的卫生立刻变样，换来员工和客户的称赞。

李喜丛是个做事认真细致的人，在她眼里，厕所清洁如镜，也会为加油站形象加分。她要做就做得彻底，让自己满意。对便池里的尿碱污垢，她用硫酸烧，用钉子抠，用钢丝球蹭，终于让便池露出雪白本色。员工们戏称她"优秀所长"。

俗话说，跟啥人学啥样，处处留心皆学问。李喜丛陪丈夫在加油站忙活两年，每天耳濡目染，又有办厂子的实践经验，不知不觉中李喜丛对加油站的管理上了心。

2006年5月，平顶山分公司试行"一托二"经营模式，李运卿同时兼任第37加油站经理，两站相隔20千米。李运卿两头跑忙不过来，便让李喜丛帮助打理第36加油站。他两天回来一次，了解情况，安排工作，平时有事电话遥控。

运行一段时间后，李运卿发现，媳妇的电话请示越来越少，但加油站的管理没有滑坡，销量没有下降，客户也没有减少。这让李运卿对媳妇刮目相看，李喜丛成了第36加油站事实上的"半个经理"。

这年11月，为了集中力量把第37加油站打造成示范站、标杆站，领导决定李运卿不再托管第36加油站，李喜丛跟着来到第37加油站。

有了第36加油站的经验，李运卿把主要精力用于开发客户、外送油品上，把站内的经营管理全都交给李喜丛负责。

没想到，李喜丛把第37加油站管理得井井有条，服务广受好评，销量不断攀升，员工无一流失。年底被省公司评为先进站。李运卿说："荣誉有妻子的一半。"李喜丛"悟性好、泼辣能干，'半个经理'够格"的赞誉传遍公司上下。

## 自荐经理不为钱

李喜丛不满足"半个经理"的平台，通过几年的实践"预演"，让她有了"试一把"的勇气。2008年4月，她给刚调任许昌分公司经理的朱得义打电话，希望调回家乡工作，以便照顾年迈的婆婆，同时毛遂自荐要求担任加油站经理。

在平顶山时，朱得义就非常欣赏李喜丛的直率性格和管理魄力，经和李运卿商量，答复同意她调回禹州。

没想到，开商店、做生意的儿子和女儿心疼母亲，轮番劝阻不让她干。可李喜丛说："我出去工作，不是为了钱，而是体现俺的人生价值。穆桂英53岁统管三军，我40岁刚出头，有什么不能干！"

接到去禹州第6加油站报到的通知，李喜丛高兴得一夜没睡好。第二天一大早，在李运卿的陪伴下，李喜丛兴冲冲地来到日思夜想的禹州第6加油站。

下车后，李喜丛愣住了。这哪里还是座加油站？由于经营不善，加油站已停业两年，设备锈蚀，罩棚破损。毗邻的两个露天煤场，整天粉尘飞扬，站内尘土有三厘米厚，一踩一股烟，雨天和稀泥……

"这地方你干不了，跟我回去吧！"看着眼前的荒凉景象，李运卿不放心，自己不在身边，妻子一个人咋能让这座站起死回生？

"回去？刚上战场就当逃兵，俺不是来享福的，就是累吐血也要把这个站弄好！"李喜丛掷地有声。

她把行李等生活用品放进宿舍，带着留守的员工把角角落落看了个遍。原来，这座私营加油站由于掺杂使假、缺斤短两，信誉丢尽，连煤场、电厂这些"邻居"都不来加油，实在干不下去，被中国石油收购了。

李喜丛买回2卷纱布和6把拖把，找出一堆抹布，带领员工干了20多天，把加油站卫生搞得"透亮"。深秋，许多人换上了皮夹克或薄棉袄，李喜丛只穿一件单衣，干得浑身热气腾腾。虽然腰酸腿疼，仍一声不吭，咬牙坚持。

"感觉咋样？别累坏身体，坚持不了就歇几天。"朱得义来看望李喜丛。"请领导放心，俺一定干好，到时用事实说话。"李喜丛再次给领导"打保票"，其实朱得义知道李喜丛"有戏"。

接下来的几个月，李喜丛带领员工配合工程技术人员，清理油罐、改造管线、维修罩棚、重新打井……

2009年1月10日，停业两年半的禹州第6加油站重新开业了！这是李喜丛的创业新生，她把这天当作自己的"第二个生日"。对进站加油的客户，她视为对自己"生日"的祝贺，认真记下每辆车的牌号、司机姓名和联系电话，保存至今。

李喜丛把服务作为回报客户的礼物，开拓市场的利器。针对灰尘大，车易脏，加油站实行免费洗车；盛夏酷暑，她自掏腰包，给司机送去西瓜和冷饮；每天烧两桶开水，给司机泡茶；对夜间加油的司机，她亲自煮面、烧汤、做小菜。

客户口口相传"6站人好、油好、服务好"，加油站销量连连上涨。到年底统计，禹州第6加油站平均日销量超过3吨，人们称赞："李喜丛真能干，硬把死站变活站！"

这一年，李喜丛被许昌分公司评为优秀站经理，李运卿被授予河南销售劳动模范。

"他能我也能！"李喜丛暗中和丈夫较上了劲儿。

## 创业何惧"老大难"

在李喜丛的精心打理下，到2011年6月，禹州第6加油站日销量突破5吨。分公司领导班子研究决定，提拔李喜丛为禹州片区经理。"七一"，她光荣加入中国共产党，创业豪情更加高涨。

此时的禹州片区7座加油站，日销量不足15吨，严重拖累许昌分公司，成了扩销上量的"老大难"。"不好好干，就发配到禹州去！"一些调皮的员工常听到这样的"警告"。

工作上不去，李喜丛嗓子哑、嘴起泡，吃不下饭、睡不好觉。她让儿子开车，拉上自己，挨个站摸情况、想办法、抓落实。

客户是扩销上量的源泉。李喜丛多次搭乘禹州第4加油站经理的摩托车，深入客运站、货车场、建筑工地，成功开发90多家客户，日销量增长44%。

南水北调中线工程途经禹州市的鸿畅镇、古城镇等地，全长42.6千米，参与该工程建设的许多企业是用油大户。李喜丛多方牵线搭桥，带领禹州第5加油站与几个施工标段企业建立起合作关系，将油品送到工地。受大客户的影响，某电厂、某运输公司也成为该站的定点客户，日销量增长55%。

禹州第9加油站位于某工业园区，限制大货车通行，成为加油站扩销上量的"瓶颈"。李喜丛带着站经理多次跑政府反映情况，对城管、路政、交警等部门反复拜访。经过多方工作，终于获批"大车加油给予放行"。

工业园区现代企业众多，管理规范严格。李喜丛和站经理主动上门商谈，郑重承诺：质优量足，正规经营，帮客户管油，为企业省钱。

李喜丛的承诺引来某知名企业和山西某货运车队等20多家高端客户。

服务做到需要处，自有凤凰落梧桐。李喜丛深谙此理。她盯在现场，细心琢磨，观察需求，带领禹州第9加油站员工以延伸服务为突破口，为长途奔波的司机提供做饭、洗衣、洗澡、休息等配套服务。司机满意，老板感动，他们把全部车辆都定点到该站加油。2011年，禹州第9加油站日销量同比增长62%，2012年超过70%。

在李喜丛的带领下，禹州片区风正气顺，心齐劲足，任务指标不断刷新。

在许昌分公司，传诵着禹州片区连续"四破"的故事。公司下达月销量指标1000吨，结果完成1200吨；指标调整为1200吨，结果完成1500吨；指标调到1500吨，结果完成1800吨；追到1800吨，结果完成2000吨。

朱得义问李喜丛："连续'四破'有何奥秘？"李喜丛张口就来："开发客户下多大功夫，销量增长就有多大潜力。"2011年，禹州片区油品零售同比增长55%，2012年增长39%；非油销售收入，2011年是上年的5.6

倍，2012年又比上年增长125%，连续两年跻身先进片区行列。

许昌分公司机关包片挂点，"以前机关人员躲着禹州，生怕禹州完不成指标影响个人奖金。现在都抢着去禹州，因为同样做工作，包禹州奖金十拿九稳。"从公司的介绍中看得出，把片区经理的担子压在李喜丛肩上，的确是朱得义的得意之作。

## 一年打造万吨站

时至2011年年底，许昌分公司还没有一座万吨站，成为企业发展的一大憾事。分公司领导经综合分析，把首座万吨站锁定禹州第3加油站，并决定李喜丛兼任站经理。

2012年2月20日，李喜丛接过了这个"烫手山芋"。实现万吨站，意味着禹州第3加油站平均每天要增加13.4吨销量，还得保证片区继续发展。虽有压力，但她不怕："人生难得是信任，创业不怕担子重！"

为了扩销增效，李喜丛使出浑身解数，品牌导向，服务引领，以卡为媒，科学营销。一天，加油站来了一位陌生客户，声称是"考察油品质量"的。李喜丛看出来头，便热情接待。经攀谈得知，这家大型制药企业20多辆集装箱货车，在某公司加入劣质油品，造成发动机损坏，获赔后终止供油协议，决定另找合作伙伴。

李喜丛对考察油品的客户说："我说好不算好，你们先试用，让你的车评判。"经多次、多车试用，该企业将全部车辆都固定在禹州第3加油站加油，每月购油款超过6万元，还介绍某煤业集团成为该站的忠实客户。

2012年禹州第3加油站实现销量8480吨，日销量比接手时增加近10吨。禹州片区全年零售量比上年增长39%，成为许昌分公司销量最高、增长率最高、非油收入最高的"三高"片区，创许昌分公司多项第一。2013年一季度禹州第3加油站增势更旺，平均日销量达28吨，到年底板上钉钉实现万吨站。

## 心底无私严管理

李喜丛创业有激情，服务有热情，对员工有感情，工作中秉公办事不徇私情，不拿原则做交易。

2011年6月，禹州第6加油站罩棚被大风刮坏，公司派施工队进行维修。施工方把折断的钢管重新焊接，把掉下来的喷绘布重新挂上，却按整体换新收费，价格相差近千元，并让李喜丛签字。李喜丛坚决不签这个字。有人劝她："中国石油有的是钱，较那真儿干啥，签上算了。""加油站费用我负责，中国石油的钱不能糊弄着赚，不管得罪谁，损害企业利益的事俺不做！"李喜丛义正词严，坚持不签。

李喜丛仗义执言，有时难免让人下不来台。2012年9月，许昌分公司整体没有完成非油销售任务，省公司根据政策没有兑现奖励，分公司也决定照此办理。一些完成任务的站经理想不通，但又不敢当面讲。

李喜丛认为，这不是为个人谋私利，有啥不好讲？她在会上仗义执言：指标没完成的站可以不兑现，完成任务的站应该给奖励，领导定的事、说的话要算数，要取信于员工。

领导认为李喜丛的建议有道理，当场表示采纳。

为了秉公管理，科学评价，让加油站在一个起跑线上竞争，李喜丛推出了"透明无声集体检查认定管理法"，凡能量化的，坚持用数据说话，不能量化的，坚持用事实说话。

每隔一段时间，李喜丛就组织所属站经理，身着便装，同乘一辆面包车到各站私访。挨个站看现场、查卫生、看服务、查安全，并当场拍照。对做得好的站，共同分享经验；发现问题，及时分析并汲取教训，促进各站经营管理水平不断提高。

2010年，李喜丛被河南销售评为优秀片区经理，2012年成为河南销售服务标兵。然而，鲜花和掌声并没有减少李喜丛的压力，因为李运卿已是中国石油明星加油站经理、河南销售劳动模范。与丈夫的距离又拉大了，李喜丛还得奋力追赶。

李喜丛心中的路很长，很远。

**记者手记：奋斗成就梦想**

李喜丛用实现人生梦想的实践证明，奋斗是成就事业的基石，唯有奋斗才能踏进梦想之门。如果只是空喊，而不是扑下身子苦干、实干，再美好的梦想也不可能成真。人生之梦，实干铸就。一个人只要想干事、会干事、能干成事，即使岗位平凡，也会织出绚丽的彩虹。

（原载于2013年6月28日《中国石油报·北方周末》，
《汽车生活报·油商周刊》全文刊发）

### 名家点评

用四个排比句概括一个成功女人，用一个古代女杰支撑一个创业梦想，这是此文对典型人物特点和精神的把握。在从家庭主妇走向事业辉煌的过程中，叱咤风云的穆桂英始终如影随形，不断鞭策激励着女主人公从摔倒的地方爬起来，向着心中的目标，从一个成功走向另一个成功。文中典型人物的塑造可亲可敬可学，与之相关联的患难与共的丈夫和知人善任的领导，在文中时隐时现，作为配角着墨有限但不失精彩。

### 写作要点

把古人与今人相联，以古托今，以古为魂，大书今人之非凡作为，使通讯中的典型人物心有所系，行有所依，真挚感人。

# 高原荷花别样红

## ——记中国石油云南销售公司张本荷

**人物档案**

张本荷,女,1984年出生,2003年参加工作,2007年加入中国共产党,做过加油员、前庭主管、加油站经理,"四多服务法"在销售企业全面推广,先后获得中国石油·榜样、中央企业劳动模范、中国石油集团特等劳动模范等荣誉称号。现任云南销售党群工作处高级主管、张本荷劳模创新工作室主任。

多说一句,给顾客温馨提示;

多看一眼,把顾客记在心中;

多帮一把,为顾客送去温暖;

多跑一步,拉近与顾客的距离。

——张本荷"四多服务法"

作为中国石油模范加油站经理,2007年,张本荷的"四多服务法"被广泛传播。2010年5月,中国石油集团公司将云南销售昆明分公司北仓昙华加油站命名为"张本荷加油站"。

几年来,在上级的关怀和帮助下,张本荷加油站牢记嘱托、不负众望、注重实践、卓越执行,让"四多服务法"在站内生根、开花、结果。同时,根据新形势、新情况,努力创新发展"四多服务法",深化理念、丰富内涵、提升价值,使其更具影响力和创造力。

## 注重落实,"四多服务法"在本荷站扎根

为了真正做到"墙内开花墙内香",让"四多服务法"在诞生地落实好、运用好,几年来,张本荷加油站进行了不懈努力。

"传"理念。把"四多服务法"纳入岗位培训内容,成为上岗必修课。新员工到站,第一课便是接受"四多服务法"培训。一些大学生员工以为把枪加油语言交流简单,动作枯燥呆板。当他们按照"四多服务法"操作时,才意识到加油服务心系客户,责任光荣,人生有坐标,服务无止境,从而做到了主动立足岗位,把激情转化为行动,争做"张本荷式"好青年、好员工。

"帮"能力。张本荷采取"批评+表扬+鼓励"的方法,使"四多服务法"落实到行动,变成员工的能力。一次,两辆轿车几乎同时进站,加油员郭美艳根据停车位置和距离,先为其中一辆加油。这时,另一车主大声质问:"我先到达,为啥先给他加油?"张本荷赶忙向客户解释并亲自为其车辆加油。过后,她耐心向郭美艳讲解如何引导分流车辆并进行口语和手势示范。久而久之,员工们准确的肢体动作、热情的服务语言和亲切的服务氛围,对高端客户产生了极大吸引力。97号汽油日均销量由之前的不到2吨增加到10吨。

"带"徒弟。张本荷担当使命,尽职尽责,与多名员工签订"师带徒"协议,心贴心帮思想,面对面解疑惑,手把手传技能。盛夏酷暑,她提醒顾客加油不要太满,节省又安全;看见顾客往车上装东西,她主动上前帮助拿货,打开车门。员工们看在眼里,记在心上。就是这样,一个人带动一个团队,一个人的工作方法成为一个团队的服务模式,一个人的生活态度成为一个团队的精神。

"赛"成果。张本荷组织员工开展"四多服务法"竞赛活动,不断提升综合素质。利用周例会,员工轮流分享搞好"四多服务法"的感受,联系实际对落实运用情况进行综合评价,把一个人的体会变成大家的共

同收获。多人实践、成果各异,凝练收获、启迪智慧,前庭主管朱超以赤诚之心开展"四多服务",用感动开发客户,一次签下3个工程队的用油协议,日增销量3吨多。

"评"新秀。"四多服务法"引领时尚,赢得光荣。为了营造实践提高能力的浓厚氛围,张本荷加油站每月评选"四多服务明星",上光荣榜,戴光荣花,颁发奖金。加油员饶芳"四多服务"感情真挚、细致入微、坚持不懈,3年上榜50余次,成为受人称赞的"小本荷"。每次分享经验,她总是说:"是'四多服务法'让我懂得爱岗要真心实意,服务要情真意切,是本荷姐把我引上了创先争优之路。"3年多来,张本荷加油站涌现出10名"张本荷式员工",向外输送65名后备站经理等管理骨干。

## 勇于创新,"四多服务法"在本荷站深化

"'四多服务法'是经营实践的结果,是集体智慧的结晶。随着实践发展,'四多服务法'得到不断充实和拓展。"已经当了昆明分公司经理助理的张本荷,坚毅中透着清醒。事实上,从张本荷加油站命名的那天起,"四多服务法"就一刻也没有停止创新的步伐。

多一分便捷多一分效益。为了方便客户,张本荷加油站实行自助加油、自助办卡充值、手机支付充值等现代信息服务。往日在现场跑动奔忙的加油员,如今成了车辆引导员、安全监督员、商品推销员和现场咨询员。加油站便利店设立了进口食品专柜、民族特产专柜和云南医药系列专柜等,方便顾客和附近居民购买,非油日均销售收入同比增长26%。

多一分责任多一分满意。站在客户的角度搞服务、替客户解难,这是张本荷加油站创新"四多服务法"的动力源泉。他们把精心负责贯穿加油服务的全过程,运用新办法,取得新成果,实现新目标。加油站管理系统增加新成员,利用高清摄像头,建立车牌自动抓拍和识别系统,通过信息显示和判读,确认车辆身份,车牌号与加油卡号相符才给加油,

从而为客户把好关、管好油、控成本、降费用，深得客户好评。3年来，张本荷加油站为15家大型客户提供管油服务，未出现一丝差错，被云南省商务厅评为"用户满意加油站"。

多一分改进多一分市场。为了不断提升终端竞争力和客户吸引力，张本荷加油站每天抽取100名客户进行市场控制力调查。经过分析认定，现场服务效率不高是影响顾客进站率、回头率和油箱加满率的主要原因。为此，他们精心测算，模拟运行，优化措施，实行"大班制、小班结"管理模式。打破传统班组建制与责任划分，建立"倒班正常运转，人员机动上岗，高峰大班应对"的灵活机制。高峰期单车加油2分钟至3分钟；交接班时，加油量以系统记录为准，半分钟搞定；收银员做现金账，其他人不参与。加油站持卡客户达到1.6万余个，卡销比达到49%。2012年，张本荷加油站实现纯枪量1.78万吨。2013年1—10月，实现纯枪量1.77万吨。

多一分关爱多一分力量。"四多服务法"以客户为本，而只有满意的员工才能创造出满意的服务。张本荷深谙此理。她倾注心血，燃烧激情，带头奉献，努力把加油站建成温馨、温暖、温情的"员工之家"。员工们提出口号："揣着一颗心呵护家，带着一分爱去工作。"在物质生活条件不断改善的同时，张本荷带领大家构建美好精神家园。借助现代信息手段，写短信、发微博，打造员工个性化生活空间；利用文化园地，创办"家人寄语看板""员工喜事看板"；员工生日宴既有青年人的浪漫又体现家的温暖。张本荷用爱编织出一张割不断、丢不下的亲情网，员工调到其他站挑重担当骨干时，都舍不得离开。

### 记者手记：这样抓典型好

销售企业划转中国石油，不仅经营管理发生历史性巨变，典型选树工作也进入春天。以王萍、尚丽群、张本荷名字命名的加油站成为销售企业亮丽名片，为弘扬中国石油品牌、丰富石油文化、塑造良好企业形象发挥了重要引领作用。

云南销售精心组织、大力推广、全面落实张本荷"四多服务法"取得良好效果，记者不禁感叹：这样抓典型好！

坚持"墙内开花墙内香"，让"四多服务法"首先在公司内部、基层库站落地生根，推动工作——选树典型的目的思路好；紧密结合新的实践，充实拓展"四多服务法"——培育典型的方法机制好；拜师带徒、观摩学习、入站体验、巡回表演、网上论坛——发挥典型作用的措施路径好；广泛开展"本荷式员工"评选活动，只要奋斗人人都能出彩，下一个就是你——学习赶超先进典型的创新平台好。

这些并不复杂的抓典型做法各销售企业都能做到，因为各家都有自己的"张本荷"。

（原载于2013年12月9日《汽车生活报·油商周刊》，《中国石油报》摘发）

### 名家点评

文章开篇首先映入读者眼帘的是以人名命名的"四多服务法"，随后看到的是以同一人名命名的加油站，这两处"新闻眼"一下抓住了读者的兴趣点。整篇报道紧紧围绕加油站与服务法展开，脉络清晰，浑然一体，可谓开门见山，主题鲜明。

### 写作要点

善抓"新闻眼"是人物通讯采写的基本功，它是报道的卖点，也是整篇通讯采写成功的重要环节。

# "虫"变"龙"

## ——中国石油云南昆明销售分公司双龙信誉加油站经理朱亚扭亏增盈记事

**人物档案**

朱亚,女,1986年出生,2004年参加工作,2011年加入中国共产党,做过加油员、收银员、前庭主管、加油站经理,2012年成功竞聘加油站承包经营负责人,通过连线连片开发客户、周边山庄跨界合作等方式,为治理"双低站"做出了贡献,多次获云南销售优秀加油站经理、优秀共产党员荣誉称号。

承包前的双龙信誉加油站,是一座典型的"双低"站。加油站前后5千米内有5座系统外加油站"抢食争地",陷入销量低、效益低、员工收入低、员工流失率高的"三低一高"境地,被称为"爬不上树的'虫'"。

扭亏待有人才出。2012年11月,朱亚竞聘双龙信誉加油站经理,在目标责任制激励下,加油站"绝地逢生",逆势飞扬,人数由8人减为5人,日均销量由6吨增长到12吨;非油销售收入同比增长400%,吨油费用下降48%,员工月均收入提高91%,员工流失率降为0,完成了由"虫"到"龙"的蜕变。

## 重塑品牌

"公司把几百万元资产交给我经营管理,承包书上签了字,使命责任在心头,不蒸馒头争口气,哪怕头拱地也要实现创业梦想。"朱亚胸有成竹,信心满满。

一开张就面临棘手问题。加油站位置偏僻,加之租赁前私营业主短斤少两、掺杂使假,信誉丢尽。同时,加油站整体形象破旧、服务设施落后,让消费者真假难辨,许多客户误将"双龙"当作"山寨""冒牌"而躲得老远。

朱亚想方设法争取公司支持,对加油站进行整体形象包装改造,从经营现状、市场需求、消费构成、增量潜力等方面,进行全流程诊断,制定优化提量方案。

从加强基础管理入手,把张本荷"四多服务法"引入加油站。每天早上对员工进行岗位技能培训,做到微笑迎送、开口营销、规范服务。

加油站卫生间下不去脚,朱亚带头把"两服务一清洁"的要求落到实处,主动负责卫生间清扫,达到无残留、无污水、无异味标准。

经过一通综合整治,加油站形象改变了,但进站的顾客依旧寥寥无几,"门前冷落鞍马稀"的境况困扰着朱亚。"从自身做起,重塑品牌,竞争对手做不到的,我们要全力做好!"朱亚仔细研究周边商圈,主动上门走访客户。

2013年1月28日晚上10点多,某加油站的一个固定客户突然来电话,要3000升柴油,要求务必在第二天8点前送到。原来是该建筑工地没油了,与之合作多年的加油站夜间不营业,老板多方求助无果,抱着试一试的想法找到双龙信誉加油站。这是一个多次上门开发都没有成功的客户,如今主动找上门,朱亚不禁心中暗喜,连夜租用油罐车,赶了30多千米山路,天亮前把油品送到工地,解了老板的燃眉之急。

对这笔业务,员工很不理解:卖3000升柴油,扣除成本和运费,白忙活一宿，还倒贴钱，这不是亏本生意吗？朱亚平静地说："表面看我们亏本，但开发客户要算大账，往远看。"果不其然，从第二个月开始，这家老板就把每个月15吨的用油量锁定在双龙信誉加油站。

## 圈存客户

拓展市场扩大销量，成为朱亚和员工们执着追求的奋斗目标。针对周边竞争对手的情况，双龙信誉加油站制定详细的营销方案，在圈存客户上下功夫。

经过调查，朱亚发现加油站至野鸭湖旅游景区，沿线有3个旅游景点、80多个农家休闲山庄。竞争对手对这些"静态客户"不屑一顾，而朱亚却看到"合作生财"的前景，深知"这是摆在面前的商机"！她做出计划，不动声色，一家一家登门拜访，苦口婆心讲互利双赢，分别达成"双龙为各家打广告，各家在双龙把油加"的合作营销协议，2个景点、60多个山庄共120多辆车固定在双龙站加油。

朱亚真心实意为客户着想。尽管加油站场地小、屋子少，她还是把业务室改成了客户休息室，同时，绘制周边加油站、旅游景点、农家山庄引导图，使之连线、连片，一目了然，让顾客体验省心、省时、省力、省钱的贴心服务，日均进站车辆200多台次，日增销量3吨多。

## 众人划桨

承包经营，公司明确授予朱亚"五项权利"，而她却说："权利是把双刃剑，搞好经营靠大家，权利要用到正地方。"经营中涉及大事，朱亚都和员工商量。起初，上级核定双龙站定员8人，为了控员增效，朱亚和大家商量，实行站经理、核算员、计量员全部顶岗付油，一致同意由

8人减至5人。同时，向上级申请安装卡机联动加油机，夜间自助加油。工资、奖金、提成分配，一律经民主管理小组讨论决定，员工月收入由承包前的1600元增长到3000多元。

朱亚处处精打细算，站上买一把扫帚、一个撮子，都要仔细掂量。员工们从"抠门儿"中受到感染，把加油站当成自己家，自觉节约一度电、一滴水、一张纸。加油站所有灯具、各种电器开关及水龙头，都有明确的责任人并纳入日常考核。责任区内水电浪费，第一次批评，第二次罚款，水电费得到有效控制，吨油可控费用由8.3元降到4.35元。

别看双龙站规模小、人员少，加油站的"家文化"可是一点儿不落后。过年过节或员工生日，朱亚带领大家到有合作关系的山庄欢聚，开展联谊活动。朱亚的爱人是厨师，赶上年节，接到"指令"便来站上"服务"，让大家检验品尝手艺。站里员工家都在外地，朱亚精心调整，科学安排，实行顶班串休、连班攒休，创造条件让员工"常回家看看"。春节，她给员工发红包，有的员工家中有小孩儿，她就特意做个"小红包"，大家开开心心回家过年，高高兴兴回来上班，没有一人流失。

## 示范非油

双龙信誉加油站房间少，开不了便利店，就将非油柜台挪到室外窗下，以小面积拓展大市场，以小投入实现大效益，成为"双低站"非油业务示范点。

找准市场，打造小型批发部。针对离市区远、农家乐多特点，加油站主动与各农家乐对接，根据各家需要，采购家庭食品、旅游食品、瓶装饮料等，以批发价格定向规模销售。

适应商圈，配置个性化商品。双龙信誉站"看车加油，也看车卖货"，他们摸准客户需求，为用油大户量身定制非油商品，有特色、大品牌、高质量、高毛利商品受到客户青睐，单品利润率超过同类型加油站。

空间利用，便捷取胜。他们把饮料展示柜搬上加油岛，在收银室前放置冰柜、润滑油柜等，方便顾客挑选和拿取。双休日、小长假出游车辆多、食品、饮料需求量大，朱亚看准周边商圈空缺，加大整件商品促销力度，非油日销售收入增加300多元。

### 记者手记：小客户大市场

双龙信誉加油站走出困境，腾飞发展的故事说明一个朴实道理——开发客户别嫌小，小微客户也是宝。"双低站"的成因不论有多少个，缺乏起码的客户支撑是第一个。唯物辩证法告诉我们，世间一切事物都在发展变化，大客户可能是由小客户成长而来的。治"双低"，增销量，拓市场，创效益，能成功开发大型客户固然好，没有大型高端客户，小微客户也不能放弃。须知蚂蚁能啃光骨头，"积沙成塔""集腋成裘"就是这个道理。

（原载于2013年12月9日《汽车生活报·油商周刊》）

### 名家点评

运用对比反差强烈的两个物种做比喻，来体现加油站由弱变强的曲折历程，增强了报道的力度。关于由"虫"到"龙"的蜕变展现，则由典型人物贯穿文章始终。围绕典型人物生发报道，讲故事，话方法，重细节。"记者手记"与正文形成一个整体，起到延伸阅读、由点到面、由表及里、凝练观点的功效。

### 写作要点

运用评论类的方式抒发记者手记，不失为提升整篇通讯高度的有效手法。

# 红星照我去创业

## ——记中国石油江西南昌销售分公司新大加油站经理徐章相

**人物档案**

徐章相，男，1972年出生，1990年参加工作，1992年加入中国共产党，进入中国石油18年，先后任4座加油站经理，分公司加管部主任，分公司经理助理。荣获中国石油销售公司明星加油站经理、中国石油十大标杆加油站经理，江西省经济技术创新组织先进个人，中国石油集团公司劳动模范，中央企业劳动模范等称号。

1972年9月，徐章相出生在著名革命老区江西上饶。他从小听着方志敏、叶挺的故事长大，唱着《红星照我去战斗》的颂歌成长，心灵深处播下革命的种子，爱红星、戴红星、创五星成为崇高追求。学校组织清明扫墓，徐章相头戴五角星，手拿红缨枪，在方志敏烈士塑像前留影励志。

1990年，18岁的徐章相如愿以偿穿上军装，当兵4年，两次被评为优秀士兵，两次获得嘉奖。

退伍后，徐章相分配到国有企业当工人，两次被评为先进工作者。2002年企业改制买断工龄，徐章相失业后应聘到一家酒厂任区域业务经理。不到两年，酒厂进行股份制改革，徐章相因"临时工"身份，又一次失业。

"买断工龄不能买断人生理想，企业改制不能动摇创业意志"。徐章相不给组织找麻烦，不给领导出难题，默默承受失业的痛苦，挺起男儿的脊梁，与机遇结伴，与命运抗争，坚信"路在脚下，奋斗出彩"。

2004年，经公开招聘，徐章相进入中国石油江西销售公司，实现第三次就业，成为一名加油站经理。徐章相心存感激，实干圆梦，把争创"五星级加油站"作为奋斗目标，孜孜以求，全力打拼，10年间先后担任4座加油站经理，其中一座由日销量不足2吨提高到11吨，其余3座跨入五星级、万吨站行列，成为旗舰站、标杆站、示范站。

创星成就梦想，拼搏收获荣光。徐章相先后被授予江西销售十佳站经理、华东销售优秀共产党员、中国石油十大标杆加油站经理、中国石油集团公司劳动模范、江西省经济技术创新组织先进个人、中央企业劳动模范等十多项荣誉称号。

## 红星闪烁量效增

加油站评星晋级，销量是条硬杠杠。为了扩销上量，徐章相想尽千方百计，说尽千言万语，吃尽千辛万苦。

鹰潭杭波加油站位于209省道旁，前后40千米分布着7座加油站，市场竞争异常激烈。每天经过杭波站的大客车、中巴车近百辆，可就是不进站，加油站日销量不足2吨。上级把治理杭波加油站的担子压在徐章相肩上。他信心满满，要靠实干摘"星"。

徐章相拿个小本子，每天站在公路边，看车体、记车牌、问乘客、访路人，弄清有8条公交线路就在加油站门前。

徐章相读过《道德经》，对"道生一，一生二，二生三，三生万物"印象深刻，他要开发8条客运线就得从第一辆车开始。徐章相选定鄱阳至景德镇线路，天天在加油站前"招手停"，玩儿起了"坐班车"。

徐章相坐车有个特点，盯住一辆，往返坐、靠前坐、挨近司机坐，为的就是"认识人，找着门"。这招儿果然灵，他很快结识了车主老谢，得知"跑线"的客运车队实行股份制，一直在某公司加油，对油品价格和数质量很敏感。

不怕客户挑,就怕客户少。徐章相求之不得,亮明身份,递上名片,宣传中国石油品牌,介绍经营机制,公开服务承诺,推荐促销活动,请老谢"到站上看看,少加点,试一试"。

作为股东的老谢在杭波加油站找到了"上帝"的感觉。每次进站,都是徐章相亲自服务。两人边加油边交谈,亲如密友。赶上搞活动老谢还能得到一份小礼品。这让老谢感觉"特有面子,特受尊重"。他逢人就说:"中国石油质量好,杭波站服务好,徐章相为人好。"

老谢在车主中颇有影响力,没几天,鄱阳至景德镇线路16辆中巴车,有12辆"改换门庭"转到杭波加油站定点加油。

"鄱景线"的车主用口碑传递满意,其他线的车主用选择表明态度,于是又有66辆班车落户杭波加油站。加上建筑工程、交通驾校、机关单位等客户被陆续开发成功,杭波加油站大型固定客户发展到15个,日销量增加到11吨,晋级为二星级加油站。

杭波站提量脱贫,徐章相崭露头角。2009年2月,江西销售组织加油站交叉检查,南昌分公司领导看好徐章相的能力素质,经省公司批准,将其调入南昌,安排到日销量达21吨的森茂加油站任经理。销量基数大,增量起点高,徐章相感受到的不是压力,而是创五星、进万吨的希望。

森茂站地处城区,场地宽阔,每天有400多辆出租车在这里换班、加油。徐章相看到商机,放大优势,建议对出租车客户实行VIP管理,进一步扩大销量,提高效益,得到上级首肯。

徐章相揣上出租车公司分布图,登门宣传VIP客户管理办法、优惠措施和服务项目,蹲守出租车停车站点,向零散客户发放资料,扩大VIP卡发售范围。高峰期,还为出租车开辟专用通道。

市场有定律,便捷客自多。仅4个多月,森茂加油站的出租车客户就突破了800个,加油站日销量提高到28吨,当年晋级万吨,被评为五星级加油站。

徐章相说:"创星有级别,创业无止境。"为了实现创星、创业的梦想,徐章相工作高标准，奋斗有激情。2009年9月，南昌分公司销量最大的加油站——瑶湖加油站公开竞聘站经理，要求竞聘者能将加油站日销量提高到28吨。徐章相犹如听到冲锋的号角，第一个报名。经过推荐、审查、笔试、面试、演讲、划票、答辩7个环节，徐章相在8名应聘者中脱颖而出，以最高分竞聘成功。

瑶湖加油站地处南昌大学城，高端客户较多。徐章相满足客户需求，创新经营模式，延伸服务触角，为两所大学管理油品，堵塞漏洞，降低成本；为400多名教职员工办理个人记名卡，提供亲情服务、个性服务。以稳定客户为支撑，瑶湖加油站日销量由23吨攀升至28吨，跨入万吨站行列，晋升为五星级加油站。

## 管理创星显智慧

从小与"星"结缘，进入中国石油为"星"奋斗，"五星级""万吨站"凝聚了徐章相的心血与智慧。

2010年10月，按照"四个精品"要求设计和建设的新大加油站竣工，徐章相成为站经理的最佳人选。他深知，这既是创星创业的机遇，也是成长成才的挑战。

伴随着精细化管理的深入推进，徐章相组织骨干对加油站进行全流程诊断，用"望远镜"看短板，用"放大镜"找问题，用"显微镜"查细节，规划场地，调整油枪，优化布局，科学画线，增加车位，付油效率提高50%。

零售管理系统上线运行、版本升级，为加油站插上腾飞的翅膀。徐章相认真钻研，先学一步，多学一点，学深一点，努力走在"e时代"前列。依托经营信息化、管理自动化、操作智能化的优势，新大站员工数量由24名减少到14名，每年节约人工成本8.4万元。他还利用短信、QQ、微信等信息工具布置工作，传递信息，提升管理水平，分享服务经验。

徐章相常说:"管理创星不是站经理一厢情愿。必须发挥员工的智慧,提高整体操作技能。"为了防止加油机"三笔锁枪",徐章相采取小群多路、注重实用、教完就会等办法,坚持开展收银员岗位技能培训,带领员工反复练习"点三笔",找规律、学技巧、防差错。新大加油站3年发行昆仑卡4.4万张,沉淀资金1100万元,油卡非互动,卡销比达31%,加油站平均日销量超过52吨,提枪高达2800次,基本没有锁枪现象。

从军队大熔炉里锻炼出来的徐章相,对加油站实行半军事化管理,统一规定作息时间,统一物品摆放标准,被子叠成"豆腐块儿",牙缸并排齐刷刷,形成卓越执行、持之以恒的过硬作风。加油站水电开关有专人负责,交接班查水表、电表,纳入班组核算及考核,彻底消灭长流水、长明灯,吨油成本得到有效控制。

面对前有榜样、后有追兵的竞争压力,新大加油站的管理难度并不小。控员与"削高峰"就是一道绕不开、躲不过的坎儿。徐章相开动脑筋,制作模型,运用控制论原理,优化排班,灵活调控,加油高峰实行"小时化"上岗,做到现场有人补位,加油片刻不误;收银力量增强,"三笔"及时点掉,最大限度挖掘高峰期付油潜力,实现了加油站与客户双赢。

## 创星展业靠众星

"红军为穷苦人打天下,共产党给老百姓谋幸福",这些道理徐章相儿时就记在心里。当上"兵头将尾"的站经理,徐章相仍然认准这个理儿,他说:"创五星、奔万吨,要给员工带来实惠才行。"

冬天,潮湿阴冷,徐章相为每个员工买一床毛毯;盛夏,酷热难耐,他为员工买西瓜、送冷饮;员工过生日,他张罗聚餐,买蛋糕送祝福;员工有个头疼脑热,他寻医买药,送到床前;员工亲属住院,他买慰问品前去看望;员工有事请假,他冲到一线,顶岗付油;外出学习或开会,带回土特产,员工人人有份儿。

徐章相就像一头默默耕耘的老黄牛,埋头实干,卓越执行。在加油站,卫生最难搞的是厕所。徐章相自告奋勇承包厕所卫生,用水冲、抹布擦、笤帚扫、刷子刷,卫生状况彻底改观。为了保持厕所清洁常态,只要徐章相在站里,就半小时清理一次,达到无污垢、无积水、无异味的标准,员工们戏称他为"所长"。

徐章相为员工利益想得深,谋得远,真心实意为大家设计职业生涯。结合岗位特点及个人想法,徐章相安排女员工学核算,男员工学计量,实行一对一、手把手、师带徒。四川姑娘李霞财经大学毕业,在新大站当加油员,徐章相交代核算员精心帮带李霞,4个月小李出徒,调到新站当核算员。3年来,新大加油站培养出9名核算员、6名计量员、7名站经理。

徐章相带过4座站,领导过百余人,员工兴趣爱好不同,脾气秉性各异,能力有高有低。徐章相尊重员工的人格,10年来没对一个员工责怪抱怨、发火训斥。即便员工做错了,也是耐心引导,好言相劝。他说:"与其发火施加压力,不如感化变成动力。"为此,徐章相收集、整理2万多字《人生哲理》《推销技巧》,大家争相阅读,仔细品味。员工念念不忘"徐经理有颗菩萨心"。

调动积极性,激发正能量。徐章相慎重行使站经理二次分配权,稳妥推行升油含量工资分配办法,引导员工明确销量连着效益,效益连着自己,随着加油站销量不断提高,员工人均月工资增加1000多元。

由于工作业绩突出,徐章相每年都能得到一些奖金。他说:"工作是大家干的,奖金要用在大家身上。"他拿出6000元设立"站经理奖励基金",开展"我为油站添光彩,我为创星做贡献"活动。员工每月评选"销售之星""服务之星",班组之间比销量、比效益、比安全、比协作,每次奖励第一名,从而评出干劲,比出激情,奖出动力。大家努力争当安全星、发卡星、非油星、学习星、节约星,众星合力创五星。

徐章相把员工放在心上，员工就把加油站装在心中。大家朝着共同的梦想和目标顽强打拼，新大加油站的销量"蹦着高"往上长：2011年1.42万吨，2012年1.75万吨，2013年1.85万吨。员工们自豪地说："咱们站是五星级又镶金边儿啊！"

## 创星引得人陶醉

"红土地"孕育了徐章相儿时的梦想，创星创业锤炼了徐章相优秀的品格，他重事业、肯奉献、爱油站胜过家。

徐章相的老家在上饶乡下，开车要跑3个多小时，他不忍心放下工作，一年到头很少回去。2013年春节父亲过70岁大寿，他到家敬满酒、表孝心，吃完饭马上赶回站里；女儿在上饶念高中，他时常思念却顾不上照看，打个电话代替见面；妻子随他搬到南昌，他基本上还住在站里。妻子张华红心里有本账：每年的法定节假日，10年来他没休过一个；工作以来1000多个双休日，他没有完整享受过一回。

徐章相的时间去哪儿了？加油站流传的"三个在现场"或许能做出回答：每天交接班，他在现场巡查；每个加油高峰，他在现场忙活；每到吃饭时间，他在现场加油。2013年12月，徐章相患感冒发烧，服了药想回家睡一觉，半夜来电话说加油站管理系统出故障。他一骨碌爬起来，穿上衣服就走，到天亮也没回来。徐章相坦言："一天不在加油站，心里就闹得慌。"

为了创星晋级，徐章相干工作走在前边，有好处主动往后靠。超额发卡奖金，最高的是核算员、收银员，他和后几名拿最低档；非油销售奖金，最多的是便利店主管，他和最少的一样多；先进集体奖金，最高的是3名前庭主管，他只拿平均数，刚进站的员工也有份儿。

徐章相用自己的奖金奖励员工，自掏腰包为员工办事，据不完全统计有2万多元。不知情的人羡慕他出手阔绰，花钱大方。其实，徐章相是个标准的困难户：父母年老体弱，生活在农村；两个孩子在念书，且女儿住校；妻子为了支持照顾他，辞掉上饶的工作，来到南昌没工作、没收入，全家靠徐章相一人工资维持生活。他买了一户40平方米的小房子，至今欠亲属的外债，月月给银行还贷。

徐章相处处省吃俭用，不下饭店、不洗桑拿、不打牌、不吸烟、不喝酒，衣服买最便宜的，上下班、去机关、回住宅，他就是一身工作服。

干部员工知道了徐章相的家境，敬佩之情油然而生。南昌分公司经理李怀彪说："徐章相儿时立志，石油圆梦，他的经历是一本书，越看越爱看，越看越有滋味。他心里有事业、有员工，没有小家，没有自己，说话让人信服，做事让人佩服。"加油员夏茶莲说："徐经理严格要求自己，以身作则，体贴员工，把我们当作一家人。"核算员邓方方说："徐经理严于律己，做事完美，低调朴实。"

### 记者手记：境界至远

徐章相从小爱红星，是个好少年；长大戴红星，是个好战士；退伍不褪色，是个好工人；钟爱加油站，痴情奔五星，是个好经理。追根溯源，方志敏烈士的崇高品质、上饶集中营革命者的英雄事迹，照亮了徐章相的心路历程，思想境界不断升华。

境界是什么？境界是理想，境界是目标，境界是追求，境界是动力。高尚的思想境界呼唤实干精神结伴而行，因为唯有脚踏实地，才能境界至远。

（原载于2014年3月31日《汽车生活报·油商周刊》）

### 名家点评

从典型人物的"星"情结写起，从"红星"到"创星"，捕捉到最能体现人物成长经历特点的连带关系，使之相互交织在一起。让过去观照现实，使人物在现实的辉煌业绩中呈现出一脉相承的发展轨迹。文末配发的"记者手记"更是将典型人物提升到一个新的境界。

加油岛上逐梦人

**写作要点**

人物特点可以通过不同的叙述方式体现,而其关联性是强化人物整体感的有效方式之一。

# "新沂蒙六姐妹"的故事

**人物档案**

2008年5月,中国石油山东销售临沂分公司宋涛、徐金香、孙春艳、陈伟纳、徐荣、杨春笑等6名青年女员工,通过小说《鱼洋童话》结识了一对高位截瘫的作家夫妻,开始对其进行帮扶,并发起成立"沂蒙姐妹"青年志愿服务队。13年来,"新沂蒙六姐妹"以社会公益为己任,帮助残疾人、照顾孤寡老人、关爱留守儿童、捐资助学、扶贫解困,志愿服务的足迹遍布城乡,队伍发展到130多人,活动时长超过3万小时,被中国石油授予十大标杆青年志愿服务集体荣誉称号。

"沂蒙六姐妹"是千千万万沂蒙妇女的缩影,是中国妇女的杰出代表,她们身上展现的"爱党爱军、开拓奋进、艰苦创业、无私奉献"的沂蒙精神,是对伟大民族精神的继承和弘扬,是党和国家的宝贵精神财富,是激励后人勇往直前的强大精神动力。

大爱情深,沂蒙精神感动中国。党和国家领导人都曾亲切接见看望过"沂蒙六姐妹",号召全国人民特别是广大妇女向六姐妹学习。在"沂蒙六姐妹"精神教育熏陶下,中国石油山东销售临沂分公司在新时期又涌现出新的"沂蒙六姐妹",动人故事在当地传颂。

## "新沂蒙六姐妹"扮靓加油岛

山东省蒙阴县高都镇蔡庄村与"沂蒙六姐妹"所在的烟庄村地挨地、垄靠垄。1988年8月,女孩儿宋涛在蔡庄村出生,听着"沂蒙六姐妹"的故事,姑娘一年年长大,上小学时,写了许多有关"沂蒙六姐妹"的作文、日记。

2001年,宋涛升入中学,做梦也没想到,同桌徐慧的奶奶竟是"沂蒙六姐妹"之一的伊淑英。自幼崇敬"六姐妹"的宋涛,感觉一下子和英雄近了许多。她和徐慧成了要好的朋友,从此联系不断。在徐慧的引荐下,已经当了加油站经理的宋涛,带领员工登门看望伊淑英,听伊奶奶忆烽火当年,讲支前故事,树人生目标。员工们把伊奶奶的嘱托化为工作动力,加油站经营管理样样走在前头。

2008年,临沂分公司以宋涛所在的加油站为基础,成立青年志愿服务队,徐金香、孙春艳、陈伟纳、徐荣、杨春笑五名女经理同时加入。她们热心组织和参与公益活动,在社会上产生良好反响。至此,新时期"沂蒙六姐妹"建功中国石油的消息,在沂蒙老区广泛传播。

信息显示,这是新中国首个以"沂蒙六姐妹"名义成立的青年志愿服务组织,受到社会各界高度关注。2013年,"新沂蒙六姐妹"获中国石油十大青年志愿服务标杆集体;2014年,"新沂蒙六姐妹"被共青团临沂市委、市文明办、市志愿者协会联合授予优秀青年志愿者集体荣誉称号。

## 矢志传承 沂蒙精神融入生命

"新沂蒙六姐妹"志愿服务队从自发到自觉、从单人到集体,各级组织和领导及时给予引导、鼓励和支持。新时期"新沂蒙六姐妹"开展丰富多彩的实践活动，以勇于担当、继往开来的使命感，把沂蒙精神融入生命，把光荣传统化为行动。

在伊奶奶家，六姐妹一边给老奶奶揉肩捶背，一边听她讲述孟良崮战役中为了抢运军粮，她生完孩子3天就起来干活儿，冒着生命危险打扫战场，从敌人尸体堆里搜寻弹药，送到我军阵地……从动人心魄的故事中感悟老一辈沂蒙妇女坚强勇敢的意志品质。

在华东革命烈士纪念塔前，"新沂蒙六姐妹"献花圈、看浮雕、颂先烈，眼含热泪庄严宣誓：继承先烈遗志，勇当创业先锋。

在著名的红嫂广场，"新沂蒙六姐妹"手拉手，凝视当年沂蒙妇女用独轮车送军粮、运弹药，红嫂用乳汁抢救伤员的浮雕，立志谱写当代红嫂群英谱，拥军爱国献真情。

在"沂蒙六姐妹"纪念馆，"新沂蒙六姐妹"逐段逐句念文字、认真细致看实物，边听边记，边看边议，联系实际谈感想，对照自己找差距，心灵受到极大震撼。她们表示，要把沂蒙精神和大庆精神铁人精神结合起来，用新时期"新沂蒙六姐妹"的新业绩、新贡献，为沂蒙妇女的奋斗史增添光彩。

临沂分公司深刻认识到，培育好新时期"新沂蒙六姐妹"的重大意义，投入更多精力，加强活动设计，组织她们观看《沂蒙六姐妹》电影，谈观后感。分公司还录制了新时期"新沂蒙六姐妹"专题片，创作了赞美"新沂蒙六姐妹"的歌曲。所有这些都产生强大推动力，激励"新沂蒙六姐妹"传承沂蒙精神，创造新的业绩。

## 勇于担当　　满怀赤诚献爱心

"蒙山高，沂水长，红色热土走来'六姐妹'，志愿服务扛肩上，和谐阳光洒故乡。"唱着旋律优美的《"沂蒙六姐妹"之歌》，新时期的"新沂蒙六姐妹"志愿服务队热心做公益、真诚为他人的生动事迹，一幕幕展现在面前。

"新沂蒙六姐妹"把拥军优属作为弘扬优良传统,保持政治本色的自觉行动。热爱解放军、拥护解放军、学习解放军,成为志愿服务的永恒主题。盛夏酷暑,她们把一车车西瓜送到军营,为战士解暑;推行规范管理,她们到连队参观物品摆放定置化,内务整理模块化。

2008年,一本自传体小说《鱼洋童话》在社会上热销,作者是一对高位截瘫的夫妇——余洋、张伟,而且就住在临沂市内。余洋夫妇不向命运屈服、不向困难低头的坚强意志,深深地打动了"新沂蒙六姐妹",她们不约而同产生了为余洋夫妇做点什么的想法。宋涛牵头,几个姐妹一合计,一份为残疾人夫妇量身定制的"周末助残计划"出来了。

按照计划,离余洋家较近的"新沂蒙六姐妹"加油站员工,利用周末或倒班机会,轮流到余洋家做家务,拖地板、擦玻璃、整理书柜、清扫垃圾,把该洗的衣服带回家,洗净、熨平、叠好再送回去。赶上好天气,用轮椅推着夫妇俩晒太阳、换空气、观风景。余洋老家在平度,每次回家,"新沂蒙六姐妹"要帮助他们倒三次车——抱上轮椅,倒上小车,送上客车;回来再倒三次车——背下客车,放进小车,抱上轮椅。每年春节,"新沂蒙六姐妹"提前帮助夫妻俩扫房、拆被、买年货、送喜字、贴春联。

几年来,"新沂蒙六姐妹"把照顾余洋夫妇的生活当作分内事,不论时间多紧、工作多忙,始终把他们挂在心上。2013年7月,因房屋动迁,余洋需要搬家。宋涛、徐荣、陈伟纳早早赶来帮助收拾东西,衣物打包,书籍装箱,小件拎,大件扛,双人床拆开,床头、床板从窗户顺下来。搬到新房后,又一件一件将家具组合摆好,全部归位,浑身上下被汗水浸透,余洋夫妇感动得直流泪。

最让余洋夫妇感动的,是"新沂蒙六姐妹"志愿服务队护送他俩去看病。2008年以来,夫妇俩5次去原济南军区总医院检查、治疗,每次都是"新沂蒙六姐妹"志愿服务队派人陪护,轮椅使不上就用人背,爬6层楼梯、进十几个诊室、上几十次仪器,检查治疗无一遗漏。余洋说:"有'六姐妹'关心帮助,心里很阳光,生活没困难,'六姐妹'胜过亲姐妹。"目前，余洋正在创作纪实散文集《苦乐琴心》，其中一章饱含深情写了"新沂蒙六姐妹"对他们的关爱。

责任扛在肩，义务尽不完。"新沂蒙六姐妹"以奉献社会、帮助他人、构建和谐为己任，公益活动连成线，串成串。敬老院里闪动她们的身影，儿童福利院传出她们的歌声，自闭症儿童康复中心留下她们的牵挂，海边沙滩留下她们呵护留守儿童的脚印，小学校园有她们送去的图书，学生肩上是她们送的书包……

杨春笑资助贫困姐妹上学，在莒南县被传为佳话。莒南县洙边镇王家野疃村有一对贫困姐妹，父母病故，70多岁的爷爷靠种地供姐妹俩念书。杨春笑回想自己曾因家庭困难，考上高中却念不起失去读书机会，心像刀剜一样痛，发誓不让姐妹俩失学！从2013年上学期开始，每学期给上高中的姐姐资助1000元，给念初中的妹妹资助500元。并抽空到学校看望，给姐妹俩买学习用品，留下零花钱。冬买棉，夏添单，一年四季鞋袜不断。姐妹俩学习刻苦，处处要强，被评为三好学生、优秀班干部，各种奖状贴满家里一面墙。杨春笑深感欣慰，表示："姐妹俩考上大学继续供。"如今，杨春笑已是莒南县"爱心零距离"的形象大使。

## 不图虚名　立足岗位创佳绩

"新沂蒙六姐妹"既为这崇高的称谓而自豪，更被肩负的使命所激励，她们以平常心正确处理奉献社会、塑造品牌与立足岗位、建功创业的关系，把沂蒙精神落实到本职岗位上，克服困难艰苦创业，开拓奋进屡创佳绩，所在加油站的各项工作走在分公司前列。

第9加油站是临沂分公司的旗舰站，最高年销量突破4万吨，而第7加油站投运5年，日销量却一直在10吨左右徘徊。2013年年初，分公司把"新沂蒙六姐妹"之一的第9加油站经理徐金香调到7站，她勇当"三员"：拓销路，抢客户，当好市场侦察员；引导车辆一次停靠到位，当好现场指挥员;每天给员工做一顿饭,当好生活调理员。仅用5个月,就把加油站平均日销量提高到17吨。

油站位置有优劣,个人能力有大小,但在扩销创效上,"新沂蒙六姐妹"发挥最大潜能,在看似不可能处下功夫,求突破,实现逆势发展。第18加油站位于临沂市蒙山大道南侧,修高架桥道路封闭,经营陷入绝境,员工望站流泪。站经理陈伟纳坚信天无绝人之路,采取竖牌指路、上车带路、站外直销等办法强力促销,与工程指挥部联系,部分施工标段由第18加油站供油。2014年前5个月,在客户减少80%的情况下,加油站保住了50%的销量,员工收入减少仍抱团扎根,无一流失。

第15加油站位于莒南县大甸镇,是临沂分公司面积最小、条件最差的站,日销量只有5吨。2012年11月孙春艳竞聘站经理,立下"军令状":给我一年时间,保证日销量冲上10吨!她带领员工走访客户,建立档案,"三顾茅庐",请回被"挖走"的老客户。对大客户精心维护,帮助管油;对小微客户换位思考,周到服务。2013年发行加油卡987张,发展固定客户200多个,卡销比达到65%,加油站平均日销量12吨,最高18吨,月均非油毛利突破万元,增长率居分公司之首。面对更加严峻的竞争态势,孙春艳掷地有声:"明确目标,敢于挑战,不畏强手,敢于'亮剑',新时期沂蒙六姐妹就是这个样!"

第61加油站上量创效的实践,更显"新沂蒙六姐妹"的经营智慧和人格魅力。杨春笑接手第61加油站时,日销量只有2吨多,她利用"爱心零距离"志愿服务平台,每天在群里发短信200多条,通报油品信息,宣传办卡好处,介绍优惠政策,展示本站服务特色,硬是把一些公司老总、社会名人给说"活"了。某协会副会长是一家民营企业老板,对杨春笑舍小家为大家,资助贫困姐妹的爱心之举十分赞赏,作为对杨春笑的支持和感谢,一下子把20多台混凝土搅拌车都放在第61加油站加油,每月消费15吨。

受副会长影响,十几个原在别处加油的群友,同时"改换门庭"转到第61加油站定点加油,加油站固定客户超过300家,2013年日销量

10吨，2014年前5个月达到12吨。

沂蒙妇女不避艰险，英勇斗争的大无畏气概，在"新沂蒙六姐妹"创业建功的实践中得到完美展示。第65加油站地处市郊，附近有些客户强行要求赊销，扰乱经营秩序，导致加油站销量下降。站经理宋涛坚持原则，毫不退让，以理服人，以情感人，依法正人，引导客户增强法纪观念。并与公安部门建立联防机制，震慑不法分子。同时，积极与客户联络感情，平安夜送苹果，清明节送茶蛋，情人节送巧克力，寒冬送热茶，酷暑送清凉，使经营环境大为改善，加油站日销量由5.5吨提升到13.3吨。

2011年7月，临沂地区连降三天大到暴雨，第30加油站地势较低，为了防止油罐进水，站经理徐荣光着双脚，挽起裤腿，半蹲半跪，用小盆从操作井往外掏水，5个操作井掏完一遍，前2个又灌满了，她从头再来。三天三夜连轴转，两脚浮肿，膝盖破皮，手指磨出血泡，仍不肯让人替换，保证了加油站安全运转。

徐荣身上有一股天不怕、地不怕的闯劲。2012年冬徐荣调入第20加油站，发现电费有些异常，最高一个月达4100元，便多个心眼儿，仔细检查。原来油罐区地表下隐藏一条电线，一头接入隔壁个体洗车房，一头接到加油站配电箱，她便二话没说，切断私接的电线。第二个月，电费降了1000多元。洗车房业主找茬闹事，发生对峙，徐荣果断报警，不法业主受到拘留处理。

在"新沂蒙六姐妹"带领下，加油站销量连创新高。2010年，6座站的纯枪量占临沂分公司总销量的49.10%，2011年占49.73%，2012年占43.66%，2013年占38.72%。2014年前5个月，在经济增长放缓、城区道路改造的不利条件下，"新沂蒙六姐妹"所在站仍以分公司五分之一加油站数量，实现近三分之一的总销量。

沂蒙红色土地，培育一代新人。杨春笑、宋涛、徐荣、徐金香，在学习和争当"新沂蒙六姐妹"活动中光荣加入中国共产党，被省市公司评为十大杰出员工、优秀加油站经理、先进个人。

"新沂蒙六姐妹"弘扬沂蒙精神，继承革命传统，在社会献爱心，在岗位创业绩，发挥了时代引领作用、榜样示范作用和进步导向作用，干部员工受到教育和启发，纷纷要求加入六姐妹志愿服务队，人员从最初的6人增加到200多人。

"新沂蒙六姐妹"在中国石油建功立业、放飞梦想的事迹，在当地产生积极反响。共青团临沂市党组成员、纪检组长王康艳赞扬："'新沂蒙六姐妹'志愿服务队，弘扬沂蒙精神，继承优良传统，服务社会，关爱他人，做好本职，创造业绩，展现了良好的精神风貌，为推动志愿服务，构建和谐社会做出了重大贡献。"

### 记者手记：给"新沂蒙六姐妹"点个赞

历史上的"沂蒙六姐妹"，我在书报上读过，在电影里看过，印象特别深刻，一些故事情节至今不忘。60年后，还是在沂蒙老区，又涌现出"新沂蒙六姐妹"。所不同的是，这次我是采访者。

采访"新沂蒙六姐妹"的过程，我一直沉浸在思索中。伴随着中国的发展，"80后""90后"一代，日益彰显出过去几代人所没有的优势。时代在变，青年成长的路径、价值取向、奋斗方式也会跟着改变。但是，成就梦想的信念、爱党爱国的情怀、奉献社会的品格、艰苦创业的意志却从没有变。

当代青年要承担起历史重任，创造更加美好的未来，就必须像老一辈那样，理想远大、艰苦奋斗、执着前行。

不忘记前辈从何而来，如何走到今天，知道自己怎样继承，目标在哪里，路该怎样走，并准备为此全身心付出。这就是"新沂蒙六姐妹"给我们的启示，继承光荣传统，迎来无悔明天，让我们一起给六姐妹点赞！

（原载于2014年6月30日《汽车生活报·油商周刊》，《中国石油报》摘发）

### 名家点评

"沂蒙六姐妹"曾被广泛传扬,而"新沂蒙六姐妹"却鲜为人知,读题即可判定两者之间必有着千丝万缕的联系,这之间一定有着柔情似水的感人故事。六姐妹不仅是一种精神的借代,也是一个现实版的传承。她们彼此相邻,心心相印,从红色记忆中走向现在与未来。采用链接的形式简要介绍"沂蒙六姐妹"的来龙去脉,方便读者阅读。"新沂蒙六姐妹"的故事,则在红色光环的萦绕下娓娓道来,立足加油站,热心志愿服务,传承沂蒙精神,岗位建功立业,一件件具体事例架构起"新沂蒙六姐妹"助人爱岗的传奇。

### 写作要点

把过去与今天的故事相连接,可以增强通讯的纵深感,也有助于拓宽今天的视野。

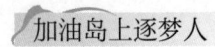

加油岛上逐梦人

# 把油箱加满忠诚

## ——记中国石油山东潍坊销售分公司第3加油站经理张玲玲

**人物档案**

张玲玲，女，1982年出生，2004年参加工作，2012年加入中国共产党，做过加油员、核算员、站经理，先后获得山东销售公司优秀员工、十大杰出员工、优秀共产党员、中国石油十大模范加油站经理、百名功勋站经理、山东省省直机关优秀共产党员等荣誉称号，现任山东销售潍坊分公司潍城坊子党支部副书记。

2004年，风华正茂的张玲玲胸怀创业梦想，进入中国石油山东销售潍坊分公司。她从加油员起步，核算员"换挡"，2008年，张玲玲挑起站经理的担子，在新的平台上展露爱岗敬业的忠诚品质和灵活多变的经营管理才能。

7年来，张玲玲先后担任站经理的3座加油站，都遇到站前修路、车辆限行或站内改造、停止营业等难题，面对困难，她从不轻言放弃，想方设法开发客户，挖掘潜力扩销增效，加油站销量就像潍坊的风筝越飞越高。

业绩向上涨，荣誉来敲门。任站经理以来，张玲玲先后荣获潍坊分公司特殊贡献奖、山东销售巾帼建功先进个人、山东销售十大杰出员工等10多项荣誉称号。2012年，张玲玲光荣加入中国共产党。张玲玲的先进事迹通过会议和媒体传遍黄海之滨、沂蒙山区、齐鲁大地。员工赞扬她："扑下身子带头干，忙起工作不顾家。"客户表扬她："真诚待人心眼儿好，这样的站经理打着灯笼也难找。"同事赞美她："到哪哪上量，干啥啥变样！"领导夸奖她："把责任举过头顶，用忠诚托起梦想，是让人放心的站经理。"

阳春三月，暖阳高照，微风习习，到处呈现生机盎然的景象，记者走进潍坊分公司第3加油站。

窗外，一个消瘦的身影正吃力地给客户搬运16千克重的桶装润滑油。此情此景让客户陈老板不忍心，毫不迟疑推开便利店门，跑向那个喘粗气脸通红的身影，一把抓住桶提把，两人一起将润滑油搬上刚加完柴油的大卡车。

陈老板太熟悉这个搬润滑油的女工了，她就是口碑极好的站经理张玲玲。"咋不让员工搬，看把你累的。""高峰期一个萝卜顶一个坑，抽不出人，再说也习惯了。"

张玲玲忙得两脚不着地，像个机器人在现场穿梭，物流公司许经理的车进站，她立马迎上去，边加油边交谈，临走时啤酒、饮料装进后备箱。

正是这亲眼所见、亲耳所闻、亲手捕捉的画面，引领记者走进张玲玲那油"香"四溢忠诚无悔的内心世界。

## 忠诚职责——努力多卖油多创效

张玲玲常说："公司把价值数百万元的加油站交给俺管理，俺一定尽职尽责,使出吃奶的劲儿把油卖出去,把钱挣回来。"为了多卖油、多创效，她想尽千方百计、说尽千言万语、吃尽千辛万苦，大力开发客户。当面说、短信谈、网上聊，把高端客户请进来；亲手为头回客加第一箱油、送第一件赠品，把回头客户迎进来；尽己所能为客户办实事、解难题，使观望客户留下来；销售油品展示人品，让知心客户跟过来。

栽下梧桐树，引得凤凰来。在张玲玲带头开发和精心维护下，位置偏僻的潍坊第21加油站固定客户发展到100个，日均销量由4吨提升到

11吨,增长175%;在潍坊第44加油站任职9个月,开发固定客户60多个,日均销量由6吨提升到8.2吨,增长33%;到潍坊第3加油站任职仅3个月,固定客户超过200个,流动客户260个,日均销量从15吨提升到24.5吨,增长63%,分别被省市公司评为红旗加油站。同时,坚持油卡非润一体化运作,3座加油站非油收入实现同步增长。

2014年以来,油价频繁波动,连续下跌,油品销售遇到前所未有的困难。张玲玲牢记"保后路、增销量、增纯枪、增效益"的神圣使命,更加激发扩销增效的责任感、紧迫感。在加油站经营分析会上,她掷地有声:"应对低油价,加油站照样有作为,要努力扩大纯枪,以规模销量求规模效益;要多服务促销,少降价优惠;要开源节流,控本降费,形成油站发展'小气候'。"张玲玲的观点受到上级重视,开阔了"适应新常态,应对低油价"的工作思路。

2015年,受季节影响,第3加油站门前辅路还没有修通,车辆进出不便,影响销量。面对压力,张玲玲满嘴起泡,睡不着觉,脑子里除了"提量"没有二词。每天带领员工到门前引车,在站内分流,按品号定位,力争销量不受太大影响。截至2015年3月15日,纯枪销量与上年基本持平。她合计,抓住基本建设全面开工油品旺销的有利时机,全员上阵,全力扩销,到年底坚决冲上万吨高地。

## 忠诚客户——真情服务创造价值

张玲玲视客户为亲人,以服务为天职,加油站的每一项服务措施都着眼便民、利民、为民、惠民,充满浓浓的人情味儿。规范、亲情、个性、特色、超值的"组合服务",跟随张玲玲在3座加油站完美演绎,把加油站打造成强大磁场、火热卖场、竞技赛场、高效市场。满意的服务为客户创造价值,尽享尊贵。

"客户的忠诚度源自对比后没有其他的选择,改善服务无止境,谁服务得最好,谁就拥有最多的客户。"张玲玲认准道理就照着去做,把对客户的忠诚转化为改善服务的实际行动。

第21加油站周边陆续落户一批汽车4S店,张玲玲上门走访、随机访问、上网查询,"淘"来大量客户资料。

经过汇总、筛选和分析张玲玲发现,4S店一辆新车售出时只加4升油,而办一张加油卡工本费要6元钱,这让张玲玲看到了商机。加油站有那么多回收的不记名卡,在那儿闲置成为"死卡",让死卡"复活",既为4S店解难,又节省办卡费用。就这样,张玲玲抢在4家竞争对手之前,利用回收的1000多张不记名卡,为23家4S店办卡充值,发展为固定客户,节省办卡费用6000多元。

张玲玲说,为客户着想,越长远越好;为客户服务,越现实越好。为了抓稳4S店新车第一箱油,她组织员工钻研汽车知识,练就识别各种轿车的"火眼金睛"。进站5秒内,准确判断轿车品牌、油箱位置、标准容积、加油品号等,加油、擦车、充值5分钟搞定,深受客户欢迎。

客户多,人气旺,延伸服务无止境。不论是货车还是客车,一进院张玲玲第一反应就是:能为客户做点啥?经过仔细观察她有了服务新思路,帮助加油的客车打扫卫生,清洗座套,让车主省时、省力、省心、省钱。车主受感动,乘客受感染,往来加油就认第21加油站,油品销量一路飘红,加油站便利店跨入明星店行列。

员工们说,张玲玲为客户服务有瘾,她却说,客户是给我们送饭吃、送衣穿的父母,不把客户服务好,我们给谁加油?上哪挣钱?拿什么养家糊口?

张玲玲为客户服务达到至真至诚的境界,总想给客户多些,做得好些。在第44加油站,她给每个员工配置三块干净柔软的抹布,专门为客户擦拭挡风玻璃、前后车灯和后视镜,做到勤洗勤换、干湿配套。员工身穿黄马甲指挥车辆有序进出,快加快走,小车加油时间由6分钟缩短至4分钟。张玲玲就是这样将心比心,知道客户想什么,服务做到需要处,留下满意在心间。

在潍坊第 3 加油站，张玲玲组织员工开展"现场服务挑战赛"，围绕人、车、油、路、货、游，了解风土人情，熟悉周边环境，培训相关知识，提高服务技能，员工个个成为加油快手、非油能手、促销强手。随着服务视野不断拓宽，价值功能日益显现，上高速公路走哪个口，鲁能学校在什么位置，汽车站、火车站在哪里等交通方位常识，员工们都熟记于心，被誉为"好向导""活地图"。

张玲玲带过的 3 座加油站，都把"客户的需求，就是我们的追求"作为不变的站训认真实践。不管春夏秋冬、白天黑夜，只要客户一个电话，就会把油送到现场，把货送到门上；摩托车客户打个招呼，员工就帮助更换机油。

规范满意的服务，需要付出，需要吃苦，张玲玲以身作则，堪称楷模。潍坊第 3 加油站位于十字路口西北角，正是风口，冬天一刮风漫天黄土，迷得人睁不开眼，在现场站一会儿浑身冻透。她每天在现场工作至少 4 个小时，联络客户、把枪加油、推销商品、跑动服务，口干舌燥嗓子哑，两腿酸痛手发麻，仍一丝不苟地坚持服务。

技不压身，在山东销售第二期加油站现场服务挑战赛中，张玲玲以 100 分的成绩夺得冠军。

## 忠诚员工——真情大爱凝聚人心

作为站经理，张玲玲清楚肩上担子的分量，心存照顾好员工的义务。她常扪心自问：谁不想开心工作？员工心里不温暖，怎能提供满意服务？站经理做不好，凭什么要求员工努力工作？

张玲玲说，员工是企业主人，在她心里，员工的事再小也是大事，自己的事再大也是小事。有了阳光普照的心理，张玲玲时刻把员工冷暖挂心上。平时，员工头疼感冒，身体不适，她拿钱买药，送到床边；员工过生日，她买蛋糕、煮面条，上灶做菜，聚餐祝福；逢年过节，她安排外地员工回家团聚，自己连续 5 年在站里顶岗付油。

张玲玲关注员工的情绪变化，及时把思想疏导做到员工的心坎里。一次，她发现加油员许金涣情绪不高，经了解原来是小许的母亲生病住院，自己的儿子无人照看，考虑到站里人手少，小许不忍心请假。张玲玲二话没说，立刻准假让小许回家，自己顶班。7 年来这样替班有多少次，她自己都记不清。"玲玲姐对谁都好，就是对自己不好。"员工们发自心底的赞叹，是张玲玲爱岗敬业、无私奉献的真实写照。的确，张玲玲心里装着事业、装着员工，唯独没有自己。

2011 年，张玲玲母亲不幸患上癌症。俗话说得好，"女儿是妈的贴身小棉袄"，母亲把自己拉扯大，养育之恩难报答。她真想在身边多陪陪母亲，哪怕是说说话也好。可是加油站一大摊子工作实在放不下，日销量好不容易提到 8 吨，基础很不稳定，正是强化管理、稳定销量的关键时刻，说什么也不能掉链子。

有道是："自古忠孝难两全。"她把照顾母亲的任务交给弟弟，自己白天在站里忙，晚上 6 点多赶最后一趟班车，回到乡下守护母亲，倒水、拿药、喂饭、泡脚、捶背、揉肩……第二天一大早又再匆匆赶回站里。从母亲患病到去世的一年半时间里，张玲玲没有请过一天假。上班，员工踏着她的脚印来，下班，她踩着员工的脚印走。料理完母亲后事，看着臂戴黑纱的张玲玲出现在站里，员工都惊呆了，他们不知道这一年多玲玲姐承受了多大的压力与痛苦，经历了怎样的辛劳与奔波。员工用眼泪给她安慰，用拥抱给她力量，埋怨她为啥不说一声，责怪她为啥不请几天假。

员工们哪里知道，张玲玲正是按照母亲的教诲把悲痛埋在心底，一心扑在工作上。她不会忘记，拿到招工录取通知书那天，母亲对她说，有份工作不容易，要好好干，一门心思往前奔，到啥时也别因私事耽误公事……

为了不给领导和同事添麻烦，母亲患病一年多，她没对任何人透露一点消息，实在忍不住就一个人躲在角落里流泪。唯一让张玲玲聊以慰藉的是，母亲去世前她帮助弟弟妹妹成了家。而她自己还是孑然一身，直到2012年才解决自己的终身大事。2013年张玲玲怀孕，到了预产期她还在站里忙工作，在现场抓服务，孩子刚满三个月，就交由公公婆婆照看，自己赶回站里上班。

完成工作，张玲玲走在前干在先；有了好处，张玲玲把自己摆在后面。油品环比/同比增量奖，按规定站经理可以多拿，但她只拿员工平均数；非油返利兑现，得奖最多的是便利店员和前庭主管，她只拿最低档。发给站里的奖金她不拿"大头"，发给她个人的奖金也不"独吞"，拿出2000多元设立"站经理奖励基金"，润泽红旗班组、销售冠军、服务明星，还用奖金组织员工搞活动、买奖品。

张玲玲以赤诚之心为员工谋利益，产生强大磁场效应，她带过的三座加油站，任职期间员工基本没有流失。员工们说："玲玲姐心底无私，说话让人信服，做事让人佩服，跟她干有主心骨，有她在我们不离开。"

## 忠诚信仰——点滴做起为党增光

作为"80后"的共产党员，张玲玲身上有着鲜明的"党员印记"，牢记宗旨信念，胸中有理想，行动有表现。得知运垃圾的秦大爷老伴儿有病生活困难，张玲玲不声不响地收集饮料瓶、废纸箱、塑料盒等，送给秦大爷卖废品增加收入。入冬时节，张玲玲带领员工捡树枝、拾碎木，连同洗得干干净净的旧大衣，送给老两口温暖过冬。张玲玲关爱困难老人的事迹被传为佳话，周边居民用来站加油的行动对她表示赞许和支持。

2014年8月5日，正在站里值班的张玲玲在柜台捡到一个布包，打开一看是7万元现金，在联系不上失主的情况下她报了警。过后失主带着电视台记者到派出所认领，并赠送锦旗表示感谢。一条《巨款失而复得，中油道德楷模》的消息，在《齐鲁晚报》《潍坊晚报》、潍坊电视台同步播出，百度、搜狐、新华网、腾讯、新浪等20多家媒体竞相转载，在社会上引起强烈反响。许多客户看到消息，都说"不意外"，因为近两年她和员工捡到客户手机、钱包、银联卡、购物卡、加油卡等30多次，价值数十万元，全部物归原主。有的客户掏钱酬谢，张玲玲平静地说："这些事都是共产党员应该做的，俺不图表扬，不求回报，就图人们说共产党好，中国石油好，加油站员工好。"

予人玫瑰，手有余香。打那以后，张玲玲出去拜访客户，不用宣传页，不用递名片，"拾金不昧"成了中国石油在潍坊的信誉名片。不久前，潍坊市奎文区评选"奎文好人"，张玲玲以高票当选。

张玲玲忠于岗位、以站为家的先进事迹，经山东销售职代会大力宣扬，产生强烈反响，许多代表潸然落泪，山东销售评选十大杰出员工进行网上投票，张玲玲获基层组第一名。

（原载于2015年3月30日《汽车生活报·油商周刊》）

### 名家点评

记者用现场所见所闻的方式展开典型人物的报道，具有真切感，将读者带入体验空间，增强了文章的张力。现场感只是文章切入的一种形式，而更多的内容则需要通过深入的采访获得。将丰富的素材沉淀后取舍归类，从若干环节体现文章的主题，本文即是从职责、客户、员工、信仰等方面完成布局谋篇的。

### 写作要点

现场感是产生真实感的一种表现形式，而真实感能使读者增加信任度。

# 直销市场"拓荒牛"

## ——记中国石油云南销售公司客户经理秦怀波

**人物档案**

秦怀波,女,1969年出生,1991年参加工作,2006年加入中国共产党,先后在云南强林石化公司和中国石油云南销售公司工作,历任业务部副主任、油库副经理、业务部主任、营业室主任、高级客户经理等职,获中国石油云南销售公司杰出贡献人物、优秀共产党员、优秀客户经理,中国石油销售公司优秀客户经理,中国石油集团公司优秀共产党员,全国五一巾帼标兵等荣誉称号。

"李师傅,您的提油单开好了,您先去那边排队提油,一会儿我跟您去工地。"每天上午九十点,安宁油库提油车辆最多的时候,客户总能看到一个熟悉的身影——云南销售昆明分公司客户经理秦怀波。

46岁的秦怀波从事客户经理工作9年来,以"硬着头皮、厚着脸皮、磨破嘴皮、扎破脚皮"的坚韧和执着,先后开发91家客户,其中大型机构客户12家。

近3年,在经济增速放缓、油价波动频繁、市场需求低迷等困难和压力下,秦怀波仍实现油品直销13万吨,价格到位率100%,货款回笼100%,销售业绩居云南销售百名客户经理之首。

## 攻坚不畏难，从对手那里抢客户

云南销售作为中国石油的区外公司，在一大型石化公司经营50多年的市场上建网络、做直销、抓零售，无异于从竞争对手碗里抢肉吃，其难度不言而喻。

"市场是相通的，客户是流动的。既然能成为石化公司客户，也一定能成为中国石油客户。做直销业务必须有这样的市场自信、客户自信、能力自信。顺势而为，逆势而动，才是一名合格的客户经理。"有着20多年油品销售业务经历的秦怀波早有深刻见识。

在昆明，大型客户基本都在石化公司加油。要想做好直销业务，就必须善于从竞争对手那里挖客户、抢销量。

某公司是一家民营企业，年用油量达8000吨。该公司有400多辆大货车，还有两个运输车队挂靠在旗下，是石化公司的"黄金客户"。

为了把这个大客户挖到手，秦怀波绞尽脑汁，耐心跟踪两年零三个月。

该公司当家的是位女老板，每逢节日和老板生日，秦怀波发短信送祝福。尽管短信去多回少，有时连发几个却不见一个回复，秦怀波还是照发不误，保持联络。

有一次，该公司负责进油业务的女经理的孩子转学遇到困难，秦怀波闻讯主动帮忙，最终将其孩子转到自己孩子念书的学校。一来二去，秦怀波和该业务经理成为好姐妹、好朋友，时常在一起小聚聊天。

从竞争对手那里抢客户，要耐住性子，静观其变，找准对手的"软肋"。有一天，该公司有人向秦怀波透露，竞争对手在加油卡返点上没有兑现承诺，惹恼了公司负责人。秦怀波抓住时机正面进入，介绍昆明分公司"返点到主卡，每月一兑现"的促销机制，解开了该公司的心结。老板当即拍板，先把每月800吨的直销业务转到昆明分公司，不久又把部分车辆加油业务转到昆明分公司。2014年，该公司加油卡充值1400万元。

站在客户角度，真心实意维护客户利益。2014年，油品价格连续13

跌，秦怀波每星期两次去该公司了解情况，改进服务。根据市场走势，建议他们控制购油规模，合理掌握库存，规避跌价风险。2014年，该公司从昆明分公司购油近9000吨，据他们自己测算，剔除价格因素，与原合作单位相比，一年节省购油成本100多万元。该公司老板说："与中国石油合作，省心、省事、省钱。"

眼看大型优质客户转向中国石油，竞争对手很不甘心，多次以非常规手段拉该公司回头。然而，中国石油的品牌优势、诚信经营、周到服务已经融入该公司的各个层面，竞争对手请客不给面子，降价不动心思。

几年来，秦怀波就是这样，千方百计从竞争对手那里不断挖来大客户，打开直销局面——开发昆明某钢铁集团，年购油量最高达3万吨；开发某集团下属10个分公司，年购油量达7000吨；开发中铁某局、中铁某公司等大型客户，分别带来数千吨销量。2014年年初，秦怀波觉得昆明某钢铁集团已是成熟稳定客户，只要正常维护就能继续合作。她主动找到领导，将其交给昆明分公司维护管理，秦怀波腾出精力开发其他客户。

## 耕耘不惧险，用优质服务稳定客户

在资源供过于求、经营主体多元、油品价格多变的情况下，直销客户很容易流失。然而，做客户经理以来，尤其是近3年，秦怀波开发的客户一个也没有流失。究其原因，没有高招，没有秘诀，就是站在客户角度，设身处地为客户着想，以客户需要为最大需要，以客户利益为最高利益,把困难留给自己,把方便和实惠让给客户。有了稳定的客户支撑，直销业务才像"滚雪球"一样越滚越大。

秦怀波服务的直销客户，有城里的企事业单位、有郊外的采石砂场，也有山里的重点工程。带车送油，近的十多千米，远的上百千米；有的当天返回，有的要在外地住宿，辛苦多，风险大。

为了体现对客户的重视、对数质量的负责，第一车油不论远近，秦怀波都亲自押运。昆明某工程有限公司在昆阳县有一个采矿剥土工程，秦怀波带车运送16吨柴油，事先想到客户可能对数量有异议，特意带了计量桶和量油尺。但客户不认可，经重新过磅，短量8千克。

按照国家规定的损耗标准，16吨油损耗8千克属正常范围，可是用户不接受，表示必须达到斤两不差才能卸车。为了让客户满意，维护品牌信誉，秦怀波自己掏钱承担了8千克损失费用。

有的客户要油时间紧、任务急，昆明分公司的油罐车紧张，只好租用社会车辆，本来已谈好运费，途中看道路不好走，又要求增加运费，否则不去。几年来，类似这样自掏腰包补损耗、加运费的情况没少遇到，秦怀波至少掏了4000元。

为了合理调配运力，昆明分公司配送油品实行先市内自营、后外送直销，下午两三点出发，晚上九十点回来是常事儿，路途远就在车上休息。

某建设集团在怒江兰坪施工，当地没有中国石油加油站。按照与该集团签订的供油协议，要把油送到兰坪，而兰坪距昆明有700多千米。早上5点，秦怀波带油罐车去大理清华洞油库装油，第二天凌晨3点赶到兰坪。为了守护油品，秦怀波和司机在车上守到天亮。工地上班后，秦怀波卸油，让司机睡觉，第三天返回昆明又是凌晨3点。为了节省时间和费用，5顿饭都在路边小店对付。"云南十八怪，东边下雨西边晒"。2012年6月9日，秦怀波带车给远在80千米外的一家煤矿送油。324国道路窄、弯多、坡陡，距卸油地点还有8千米时，天空下起了雨。尽管车速很慢，还是发生了险情，油罐车左前轮滑出路基，半个车头悬在100多米深的沟沿上，下面就是一条河。幸亏司机处置得当，否则就会连车带人坠落河中。秦怀波从驾驶室爬出来，求助过往车辆，用钢丝绳把油罐车拖上路，从煤矿卸完油返回单位，已是晚上9点。

几年来，秦怀波带车送油行驶近两万千米，经历重大险情两次，至今胳膊、脸上、鼻子上还留有疤痕。

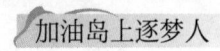

## 追求人生价值，用奉献回报客户

秦怀波喜欢具有挑战性的工作。刚做客户经理时，孩子小，丈夫上班，家务活儿都推给了公婆。秦怀波心中有一个目标——做一头"拓荒牛"，在直销市场上开垦一片属于自己的天地！几年下来，秦怀波开着自己的车跑客户行驶30多万千米，光加油就花了7万多元。

2014年有段时间，秦怀波感觉身体不太好，工作压力大，经与家人商量，她写了辞职报告。没想到此举惊动了昆明分公司领导，经理和党委书记分别找秦怀波谈话，第一句话就是："公司哪方面做得不够？平时对你照顾不周，我们有责任。"说得秦怀波心里热乎乎的，当场收回辞呈，继续埋头苦干。

领导的深情挽留，让秦怀波真切感受到自身的价值。作为一名中国石油的客户经理，她感到肩上有责任，工作有目标，人生有动力，从此工作越干越有劲儿。这些年，秦怀波没有休过带薪年假，因为每天要发付油品近百吨。填写提油单、办理充值卡、制定第二天的送油计划，忙起来挺充实，闲下来心发慌。为客户服务，已成为秦怀波生活的第一需求。秦怀波的车里常年放着4样东西：运动鞋、矿泉水、草帽、雨伞。有些工程项目在山沟里，每逢小车开不到的地方，秦怀波就换上运动鞋，步行几千米走到现场，每年要走300多千米。

心中有目标，创业劲头高。担任客户经理以来，秦怀波的销售量年年在云南销售排名第一。秦怀波先后获得云南销售优秀共产党员，销售公司十大客户开发能手、优秀客户经理人，集团公司优秀共产党员和全国五一巾帼标兵等20多项荣誉称号。

（原载于2015年6月29日《汽车生活报·油商周刊》，《中国石油报》摘发）

### 名家点评

用每天常见的最能体现人物岗位特点的一个场景切入，把报道的典型人物引导到读者眼前，自然鲜活生动。业绩表现是从认识到了解人物的重要前提，而具体事例则是深入了解人物的必要窗口。从场景切入到岗位白描再到故事讲述，文章脉络清晰，层层递进。在故事讲述中，围绕如何吸引客户、稳定客户和回报客户这一主线展开，条理分明，繁而不乱。

### 写作要点

较之平铺直叙的没有任何悬念的文章开篇，富有个性化的切入点让人眼前一亮，好的起步意味着离好的通讯已经不远。

# 高台逐梦

## ——记中国石油江苏南京销售分公司城东加油站经理徐海峰

**人物档案**

徐海峰，男，1987年出生，2009年大学毕业进入中国石油，2015年加入中国共产党，主动放弃省公司机关编制，到加油站一线磨炼，做过加油员、前庭主管、便利店主管，出色完成南通分公司零管系统、加油卡系统上线运行，摸索规律积累经验，被选拔到省公司加管处工作。响应大学生下基层号召，到城东站任站经理取得新成绩，担任南京分公司业务运作部主任。获江苏销售先进生产者、先进管理者，中国石油销售公司十大创新标兵等荣誉称号。

徐海峰是谁？除了他身边的同事可能没有几人知道，但要说起邵从海，在中国石油销售系统可是名声远扬。"油站智多星""油站小诸葛"的故事盛传不衰，中国石油十大杰出青年、集团公司劳动模范的荣誉称号更是令人仰慕。这里说的徐海峰，正是接替邵从海的城东加油站经理。站在"巨人"肩膀上的徐海峰，在拜师中成长，在继承中创新，在万吨大站的平台上，高标准起步，高水平跨越，高质量发展，演绎"城东新传奇"。

前不久，集团公司领导到城东加油站检查调研，赞扬城东加油站又有新发展，要求宣传徐海峰的先进事迹。

## 沃土育好苗

2009年，徐海峰大学毕业，他直奔心中的目标，把简历投向中国石油江苏销售公司。如愿进入中国石油后，他被分配到南通分公司。

在中国石油的沃土上，徐海峰吸取丰富的营养，学到了大学里学不到的东西。第一次把枪付油、第一次打扫厕所、第一次值夜班、第一次收假币……看似简单平凡的岗位，却经历了从陌生到熟练、从无奈到喜欢的转变，从未经过的见识、从未有过的体验让他永生难忘。他永远忘不了第一次做饭的情形，锅碗瓢盆叮当响，边操作边打电话向妈妈请教，忙得满头大汗，结果还是把饭焖夹生了，把菜炒糊了，把面条煮坨了。

当时徐海峰所在的南通二甲镇华艺加油站日销量只有2吨，早7点至晚7点营业。徐海峰为了多卖油、多创效，每天延长2小时营业时间，还贴出小招贴：客户夜间加油，请到值班室敲门。

2010年1月，南通分公司建设零售管理系统，科班出身的徐海峰派上用场，他和另一名大学生一起，进行设备安装、线路铺设、调试运行、使用维护，136座加油站，面对面讲理论，手把手练操作。基础工作就绪，又连续举办4期技术培训，8万多字、180页PPT，徐海峰背得滚瓜烂熟。功夫不负有心人，经江苏销售检查评比，南通分公司零售管理系统综合运用获得第三名，徐海峰受到奖励。

好苗热恋沃土，事业需要人才。2012年1月，江苏销售面向全省招聘加油卡业务稽查考核人员，经过严格筛选，公开、公平、公正竞聘，徐海峰连闯资格审查、面试、演讲三道关口，在4名候选人中，以总分第一名竞聘成功。经过3个月试用，走上省公司加油卡管理岗。

专业对口，如鱼得水。徐海峰埋头苦干，潜心研究，根据销售业务需要，与财务人员密切配合，设计测试，反复修改，建立起一整套卡业务日常应用检查6大项、120多条规章制度，并组织13期卡业务培训，覆盖13个市公司、400多座加油站，有力地促进加油卡规范管理和使用，同时也发现数千笔"卡套现""卡套惠"违纪违规问题。

## 成才须"淬火"

就在徐海峰安稳工作、平静生活的时候，2013年10月，一则鼓励大学毕业生和优秀员工参加特级、一级加油站经理公开选拔的消息，在徐海峰的心里泛起波澜。这个性格憨厚、喜欢挑战的80后，站在企业发展、青年成长的角度，领会大学生员工下基层的深层含义，想起大学毕业时立下的"到基层去、到一线去、到工作最需要的地方去"的决心，想起加油卡管理使用中亟待解决的那些问题，徐海峰内心激起奋进的深沉力量，认定一线岗位是青年成长的"淬火炉"，是实现梦想的"演兵场"，铁心把自己的青春和热血融入创造性的奋斗和实践中，他打定主意：去加油站，去邵从海兼职的城东加油站！

消息传出，许多人不理解，有的说"省公司机关很多人想方设法都进不去，小徐想离开，犯傻"；有的说"在机关好好的，到加油站扛指标，受罪"；更多人则担心"毛头小子干不好，把标杆站给干砸了"。

别人怎么看谈不上对错，也无所谓好坏，最让徐海峰担心的是家人的态度。为了帮助他拿准主意，父亲和妻子都到城东加油站进行过"微服私访"，从工作环境、生活条件、社会关系等方面，帮助他把关参谋，父亲还与邵从海进行了交谈，回来告诉儿子："加油站能锻炼人、出息人，下去好好干，经受摔打磨炼，积累人生经验。"

2014年1月，又一次经过省公司考核竞聘，徐海峰如愿以偿，走进城东加油站这个大家庭。那天他写给自己一句话："既然选择了远方，逆风也要飞翔。"

## "吸氧"看悟性

"下站选城东,很大程度上是奔着邵从海去的。"徐海峰坦露心迹。追求上进的徐海峰,到了邵从海身边,抓紧一切机会,搞好跟班学习。听其言、明思路,观其行、悟真经,向邵从海学经营、学管理、学策划、学做人,写了厚厚两大本《城东纪事》。

拜师学艺体验为先。徐海峰制定学习实践计划,周一现场加油,周二收银,周三接卸油,周四学便利店业务,周五学习发卡核算。下了班,请邵从海传授抓工作、带队伍的真知灼见,从制定计划到狠抓落实,从客户开发到维护,从现场加油到加油卡发售,从自助加油到销售非油商品,从员工培训到岗位激励,一条一条地问,一句一句地记,很快,城东加油站又增加了一个销售业务通。

面对日趋激烈的市场竞争,徐海峰深知保持城东加油站业绩水平有多难。他曾向同事"交底":"把创新和突破留给未来,也许是我,也许是别人。"但一转念又觉得不对,"选择城东不就是因其更有挑战性吗?不发展就是后退,要拼尽全力巩固城东、发展城东,决不能退坡!"

徐海峰把从邵从海身上学到的经验智慧转化为办法和能力,在强化销售改善管理上下功夫,以服务升级促销售上量,把加油站的服务项目、服务流程、服务平台、服务环境、服务质量、服务保障上升为服务文化,注入大庆精神铁人精神,以市场为导向,以客户为中心,以便民、利民、惠民为宗旨,推出"组合服务",完善服务体系,打造"人·车·生活"驿站,提升客户体验,城东加油站俨然成为一个强大磁场、火热卖场、竞技赛场,稳步实现量效双升。

2014年6月,邵从海卸下城东加油站兼职,徐海峰挑起城东加油站当家人大梁,当年油品销量同比增长1.63%,非油收入同比增长14.8%。2015年,汽油销量同比增长2.36%,非油收入同比增长26.7%。2016年前5个月，非油收入同比增长超过40%。徐海峰一直想破解的加油卡套现问题，也在城东加油站管理实践中找到了解决办法。

## 城东站在成长

2013年年初，南京分公司把城东加油站沿线和相邻的5座加油站，组建成由邵从海任经理的城东管理团队，邵从海调离后，徐海峰经过竞聘担起团队管理的责任。"把城东站变成扩销增效的样板田，管理经验的孵化器！"徐海峰卓越执行上级意图，把城东加油站客户集成开发、员工优化排班、场地科学画线、名优品牌引领、商品捆绑销售、智慧发展非油的系列经验，一个一个复制、嫁接到团队各站，实现城东"裂变"。

创新管理机制，由各站经理交叉检查发展到实行站经理短期交叉任职，实现情况互通、问题互戒、经验互学、能力互补。水佐岗加油站规范现场管理，场地重新画线，增加车位，提高效率，日销量由45吨增加到51吨；仙鹤加油站优化加油机布局，柴油减量让位，汽油增量升位，由1机2枪变为1机4枪，日增汽油销量4吨。

信息互通，经验共享，促进城东团队快速成长。水佐岗加油站用足非油促销政策，按最低基本价销售优质大米，视同完成任务指标；按浮动价销售，基本价以上部分作为奖励，谁销售奖给谁。"浮动返利销售法"极大调动了员工积极性，团队各站普遍采用，仅半年时间，就销售10千克包装大米近2000袋、食用油800多桶，企业增利，员工增收。

为了促进添加剂、玻璃水等高毛利商品销售，城东团队组织示范小分队，逐站现场培训，针对不同客户，采用个性方法，总结特色经验，再用到各站实践，创造日均销售玻璃水500瓶、添加剂280瓶的业绩，两项指标均居南京分公司9个管理团队之首。

### 记者手记：超越榜样 推动发展

销售企业重组以来，陆续涌现出王萍、陈鸣红、尚丽群、邵从海、张本荷、陈小玲、刘国超等一批先进典型。他们是二十万销售员工的榜样，为促进销售业务发展，塑造新时期中国石油良好形象发挥了积极作用。然而，随着一些人岗位调整、职务变动，人们关注的"典型如今怎样""继任者表现如何"等后续报道却不多见。

邵从海不是这样，他带出了卓越的团队、培养了出色的徒弟，而且在他打下的基础上继任者有所创新、有所发展、有所超越。

中国石油英模辈出，在领跑人身后总会聚集一批跟跑者，但是跟跑者的目标绝不止于跟跑。如果总是跟跑，从不想超越，就会把跟跑者的远大理想、创新精神、拼搏锐气消磨掉。希望销售企业多涌现几个徐海峰，学习先进，超越榜样，找到建功立业的突破点，走出自己的一片天地。

榜样是干啥用的？榜样是供人超越的！所有的超越都源于梦想与激情，走在前面的榜样不仅是队伍的标兵，更是被人发力超越的对象。突破榜样的局限，找到自己的蓝海，需要逐梦的专注力。只有超越榜样才能不断涌现新的榜样。

（原载于2016年6月13日《汽车生活报·油商周刊》）

### 名家点评

每个典型人物都有其独到之处，抓住人物特点才能采写出具有特色的通讯报道。此文推出的典型人物虽知者不多，但其传奇师傅名扬业内，且名师出高徒，青出于蓝而胜于蓝，自然也就抓住了读者的眼球。就这样从"关系"开篇，到从师学艺；从苦练内功，到续写新的传奇。最后配以"记者手记"，由此文引发出推动行业不断向前发展的人才培养问题，将典型的意义提升到一个新的高度。

### 写作要点

报道典型人物的初衷是使其具有普遍的学习意义和行业指导作用,把人物报道做实做活做深做透,才能发挥其应有的效应。

# 二叔胡福祥的三副老花镜

**人物档案**

胡福祥,男,1962年出生,1979年参加工作,1995年加入中国共产党,历任本溪石油公司炼油厂维修工、团支部书记、本溪石油公司牛心台油库食堂管理员、加油站经理等职,连续10年被评为本溪石油公司先进工作者,被辽宁销售公司授予优秀共产党员荣誉称号。

二叔名叫胡福祥,是辽宁销售本溪分公司明山加油站经理,在家排行老二,晚辈尊称他为二叔。

二叔54岁时,戴老花镜有10年光景了……

熟悉的人都知道,二叔身边有三副眼镜——加油站搁一副、身上揣一副、家里摆一副。二叔的眼镜总和工作分不开,每副眼镜背后都有几段有趣的故事。

二叔通过眼镜看到更清晰的世界,我们透过二叔的眼镜,看到了一名平凡石油人不平凡的追求。

二叔戴花镜始于2005年。那是4月的一天中午,正在加油站填写销售报表的他,突然觉得眼前一片模糊,怎么也看不清表格里的数字,心里一急,汗珠从额头滚下。"坏了,眼睛花了!"二叔嘴上没吱声,心里总琢磨:从油库到加油站没干几年,工作上没啥大起色,就这样老下去了?不能!加油站工作规划好了,有很多事情要做,决不能就此打退堂鼓。

接下来几天,二叔照样在站里忙活,不同的是尽量"只用耳朵,不用眼睛",避开材料和报表。周末上市里眼镜店一检查,散光100度。他当场配了一副花镜。

这是二叔第一次戴眼镜。哇！好清晰，看文件、看报表方便多了，笑容又回到二叔脸上。他感觉，看清的不只是文件报表，更是努力方向、前进目标；放大的不只是数字，更是责任担当、问题短板。

那时，二叔家在市里，工作的加油站在县里，一个星期回一趟家。车辆不多或夜深人静时，他戴上花镜，仔细研究市公司下发的销售通报，暗中和条件相似、规模相当、人数相等的几座加油站对标，比经营看销量，比管理看成本，比业绩看质量，越比越有激情，扩销增效越有办法。

小堡加油站位于沈丹高速公路本溪出入口，是通往本溪水洞和关门山风景区的第一站，每年"十一"黄金周，来本溪看枫叶的游客许多选在这里加油休息。这是扩大油品、非油品销售的极好时机。节前头半个月二叔就开始琢磨：进站车辆多，怎样才能快加快走不拥堵？外地客户多，便利店销售什么商品最好？怎样才能提升客户体验，赢得良好口碑？

二叔拿着眼镜，背着双手，在院里踱步深思，很快，心里的道道变成了行动。他带领员工用五颜六色的彩纸做成厚厚一沓微型三角旗，再用塑料绳将彩旗精心系好，从进站口开始，用绳拉起彩旗，隔开行车通道，直至各品号加油机停车位，车辆怎么停都错不了；把废纸箱糊结实，改装成垃圾箱，沿着车辆进出通道，每隔3米放一个，既方便游客扔垃圾，又便于员工清扫现场；将收银台开发票、"点三笔"、刷卡交款充值等显示屏都朝向客户摆放，核算公开，收银透明，大大缩短结算时间。二叔还给卫生间、洗手池、便民箱、开水供应处贴上红色提示牌，营造便民、利民、为民的浓厚氛围。加油站成为名副其实的旅游"临时服务区"，服务效率提高30%，车辆日均进站量比平时增长60%，销售额提升3倍多，综合效益比同等规模加油站高出一大截。

二叔的眼镜还是检查工作、发现问题的放大镜。加油站推进"6S"管理，哪个地方物品摆放不规范、哪个角落东西收拾不整齐、哪个档案整理不标准，二叔扫一眼便知底细。员工们恨不得也配上一副眼镜，好在二叔检查之前，自己挑出毛病。

2014年，本溪分公司建立了加油站经理微信群。起初二叔跟不上节奏，不时发生"信息危机"。有一次群里通知站经理开会，大家都到齐了，就差他一个。他后来当众红着脸解释"微信漏看"。

二叔要强是出了名的，"宁让身受苦，不让脸受热"。这次教训，激起了二叔的不服气："不就是微信吗，我就不信玩不转。学！"

女儿晓芬知道二叔的性格，东西学不会，工作干不好，觉就睡不着。于是，她连续几个晚上教老爸使用微信，终于让老爸能熟练运用。

学会使用微信，二叔新买一部5.5英寸大屏手机，要求自己每半小时必须看一次微信，又去配了一副200度镜腿可折叠的花镜，便于携带。在公交车上，二叔用它看微信，唰唰的，啥通知也不会落下。和客户交流，二叔一会儿用微信对讲，一会儿发微信截图，客户发一个表情，他回复时发两三个，脸上露出憨憨的笑容。

有一天，二叔戴着眼镜，翻着手机，细心研究微信群。"我也建一个。不！建两个，站内员工一个、客户一个。"在女儿的帮助下，二叔顺利建起微信群。加油站48个固定客户都入了群，二叔在群里发信息、搞活动、送祝福，增强服务黏性。高兴之余，二叔把建群的操作流程详细地记在本子上。

员工微信群里更热闹。先进理念在群里转发，工作问题在群里讨论，经验体会在群里分享，思想情绪在群里倾诉。二叔深知调动员工积极性、建设和谐油站的重要，平时省吃俭用、一分冤枉钱不花的二叔，时常在群里给员工发红包。"没别的想法，就是让大家乐一乐，工作劲头更足。"二叔说。

二叔搁在家里的花镜更有意义。

二叔年龄大了，领导出于照顾，把二叔调整到市内加油站。每天晚饭后，二叔拿起花镜，走进阳台，关好玻璃门，坐上小板凳，翻开手机，从头至尾理一遍站经理微信群，看上级工作安排到底是怎么说的，还有哪些没落实，客户的要求哪些没满足。

一天晚上，二叔在阳台待到晚上9点半还没进屋。原来，某矿山客户在微信里跟二叔说起柴油价格的事,要求多给点优惠。二叔耐心解释中国石油的产品质优量足,明码实价,可以放心消费,并把这个多年的老客户介绍到本溪分公司所属点对点竞争的站加油,让客户少跑几步路。老客户20辆车,每天三四吨的量就这样被二叔"大方"地"让"给了别人。客户被二叔的真诚和仗义感动:"二叔,过段时间我还回来。"二叔想得明白:"搞经营不能自私,对企业忠诚,对客户也得这样!"

最近几个月,二叔的花镜陪伴他进行"两学一做"学习,笔记本记满了各阶段的学习心得。有二十多年党龄的二叔说"两学一做"给他提神加劲。站房大门坏了,他凭着在油库干设备维修的手艺,不声不响地焊上;为让员工少交钱吃得好,他上灶做饭,不外雇人。客户喜欢加油站种的蔬果,他带领员工多栽苗,勤侍弄,给重点客户预留。到了采摘时节,加油站成了客户集散地。

合上书本,摘下花镜,两块深深的红印留在二叔的鼻梁上。从阳台出来,他意味深长地对女儿说:"我这个年龄是上一段的尾巴、下一段的开头,戴上眼镜看书学习,爸爸永远不老,新生活刚刚开始!"

(原载于2017年9月1日《中国石油报·北方周末》)

### 名家点评

运用文学的表现方法,用以物写人的方式报道工作中的真实人物。用生活中与人物相关联的三副老花镜作"骨架",以工作中充满细节描写的故事作"血肉",将二者有机结合,读来既真切又好看。人物伴随着三副老花镜活灵活现地游走在文章始末。老花镜成了体现人物个性和工作状态的道具,由老花镜向外延展,若即若离,松紧有度,呈现出平凡的二叔不平凡的追求。摒弃高大上的传统叙事风格,让人间烟火气氤氲在字里行间,以小见大,娓娓道来,耐人咀嚼回味。

### 写作要点

一般人物通讯或直接写人,或以事衬人,像此篇以物代人的写法可谓妙哉,给人一种阅读的快感。

# 水上加油站有个好领班

——记中国石油安徽芜湖销售分公司白马洲水上加油站经理戴继琴

**人物档案**

戴继琴，女，1972年出生，2004年进入中国石油安徽销售芜湖分公司，2019年加入中国共产党，做过加油员、核算员、计量员、站经理，一干就是16年，是中国石油在长江上唯一一个水上加油站女经理。白马洲水上加油站坚持品牌特色服务，拥有稳定客户200多家，定点加油货轮170多艘，2020年实现柴油销量4000吨，非油收入突破100万元。戴继琴被誉为水上油站"女汉子"，荣获中国石油安徽销售公司劳动模范、模范加油站经理，中国石油销售公司十大感动人物，中国石油集团劳动模范等称号。

2017年11月29日8时57分，安徽销售芜湖分公司白马洲水上加油站经理戴继琴带领3名员工，在风雨中为海源9991号货轮加完2吨柴油，随即长江航运芜湖段因天气原因停航。至此，白马洲站当日已接待8艘货轮，销售柴油29.5吨，当月实现销量664.84吨。

白马洲水上加油站位于长江下游航道465.5千米处，说是加油站，其实就是一条加油船。上下游5千米范围内，分布着4座经营时间长、竞争实力强的系统外水上加油站。白马洲加油站运营7个月，平均月销量只有58吨。

扭转困局选能人。2017年4月29日，时任刘渡水上加油站核算员的戴继琴，以头脑灵活、做事细致、善于联系客户的优势，被任命为白马洲站经理。她上任后,白马洲站的销量就像变魔术一样,眼看着往上涨,到 11 月底,白马洲站月均销量 538 吨,环比翻了三番多;月均吨油费用环比下降八成多。

戴继琴用心揣摩客户,针对水上油品市场竞争特点,扬长避短树品牌,不拼价格拼质量,不比优惠比服务,通过送资料、发信息、签合同等形式,向社会郑重承诺:质量达标、计量准确、环境整洁、健康安全、方便快捷,吸引客户向白马洲站靠拢。上任第一个月,戴继琴申请建立移动短信平台,通过 QQ 群、微信圈、亲属带、朋友帮,"网"住 6 家水上客户 30 多艘货船,月销量首次突破百吨大关,达到 143 吨,环比增长 144.6%。截至 11 月底,水上加油站拥有稳定客户 150 多个,加油货轮 170 多艘。

凭借多年积累的水上加油服务经验,戴继琴知道不同客户、不同时期想什么、要什么,自身服务应该做什么。一套亲情、特色、个性、超值的"组合服务",把中国石油的关爱适时送到客户心坎上,使白马洲站成为凝聚客户的磁场,持续旺销的卖场。

春天,天干物燥船员易上火,戴继琴自己拿钱给船员买水果;盛夏,为给船员防暑降温,戴继琴每天起早熬两大桶绿豆汤;深秋,水上航行风大天寒,戴继琴把 30 多条棉裤送到船员手上;寒冬来临,加油站 24 小时备好热茶,积分兑换电磁炉,船员吃上热乎乎、香喷喷的涮羊肉。她还从销售奖金中拿出 1000 元,为 200 位水上客户购买风味小菜。

市场竞争越激烈,越要增强服务黏性。戴继琴深谙此理。万吨货轮航行时间长,业余生活枯燥,加油站专门设立"迷你图书箱",几十种书籍杂志供船员借阅;看到货轮悬挂的国旗褪色破损,戴继琴一下子买来几十面,赶在国庆节前挂到船上;大型货轮定期需要柴机油,对价格又很敏感,戴继琴跑市场、问商家,挑选质优价廉的油品供给船主。一次,某货轮清洗机械零件急需 5 千克汽油,戴继琴闻讯后立即找渡船、登码头、买桶打油、租船回站,解了船主燃眉之急。

戴继琴细心节省出了名。水上加油站有几十个阀门、开关,兼具防尘、防雨、防雾功能的罩帽,全部使用替代品,没花一分钱;水上加油站员工上下班需乘坐轮渡,为节省租船费,戴继琴精心安排,尽量做到"货随人走,船尽其用",每月节省船费600多元。

戴继琴处处以身作则,真情关爱员工。水上加油站冬天潮湿寒冷,夏天高温炙烤,戴继琴带头吃苦耐劳,默默实干;员工在水上工作4天上岸休息4天,戴继琴则工作6天至8天上岸休息2天;赶上员工身体不适或有事请假,她率先顶岗付油,一人顶两人用。开发客户戴继琴走在前头,奖金分配却人人有份,任站经理以来,员工月均收入增加1000多元。

"打造地市公司升级版,就需要戴继琴这样的站经理守高地、挑大梁,我为小戴点赞。"芜湖分公司主管业务工作的副经理黄忠柱赞不绝口。

(原载于2017年12月9日《中国石油报》,《汽车生活报·油商周刊》全文刊发)

### 名家点评

用新近发生的新闻事件作为开篇,增强了文章的时效性,同时借助新闻事件透露出这一水上加油站当月实现的销量,为接下来的报道埋下了伏笔。曾经困局中的加油站与新近发生的新闻事件中的加油站,通过销量对比可见差异巨大,由此典型人物扭转困局的大幕徐徐拉开。从现在到过去,再从过去回到现在,在闭环结构的脉络中,文章完成了叙述全过程。

### 写作要点

借鉴文学的表现手法,把握好一篇通讯在叙述中的起承转合,能使受众在阅读时体验到一种酣畅淋漓的感觉。

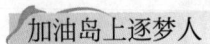

# 我的人生坐标在加油站

## ——记中国石油浙江温州销售分公司新城加油站经理叶时进

**人物档案**

叶时进，1970年出生，2001年进入中国石油，2014年加入中国共产党，先后任温州分公司虹桥、冶金、新城加油站经理，荣获中国石油浙江销售公司优秀加油站经理、劳动模范，中国石油油品销售十大感动人物，中国石油销售分公司百名功勋站经理、模范加油站经理，中国石油集团公司优秀共产党员等称号，现任温州销售分公司第一党支部书记、新城加油站经理。

人的一生有几个18年？18年能成就多少事业，给社会留下多少财富？志向不同，作为不同，结果相差甚远。

浙江销售温州分公司新城加油站经理叶时进，18年只做了一件事——当好加油站"领头雁"。他先后担任3座加油站经理，一座被评为浙江销售优秀加油站，一座四次蝉联浙江销售先进加油站，一座成为浙江销售标杆加油站。两座站开设便利店，一个跻身"百强店"，一个雄踞"旗舰店"。

叶时进2016年被授予中国石油销售分公司百名功勋站经理，并多次被浙江销售树为模范站经理、优秀共产党员。

叶时进究竟是怎样一个人，让我们走近他。

## 谁让我叫叶时进，就得与时俱进

2000年寒冬，历经就业坎坷、已是而立之年的叶时进，怀揣创业梦想，从贫困家乡湖北崇阳来到经济改革先发地温州谋生。凭借在老家管过几年加油站，他赢得刚刚起步的温州分公司信任，被任命为"中国石油温州第一站"——虹桥加油站的经理。

上任那天，分公司领导握着叶时进的手，语重心长地说："温州是一片创业的热土，希望你发挥特长，好好经营管理，为后续投运的加油站打个样。"信任是梦想的助燃剂，叶时进从此把自己的人生坐标紧紧地和中国石油加油站联系在了一起。

虹桥加油站是中国石油新收购的全资站，原来日销量20吨。老板出售时，在附近建了一座小油库，安装2台加油机，把大部分客户带走了。虹桥加油站日销量一下子腰斩，只剩下了10吨。"站经理的责任就是把油卖出去，把钱挣回来！"叶时进牢记嘱托，带领员工跟踪过往车辆，重新开发客户，敲开市场大门。不到5个月，48家客户便定点虹桥加油站，日销量恢复到16吨。"赢得对手，攻其软肋。"叶时进深谙此道。

某大型客户旗下有几个分厂，月用油量近80吨。为加强成本控制，该客户购置了油罐，以便各种设备在厂内加油，但供油方告之"不能配送"。

叶时进闻讯立即协调罐车，办理手续，对接服务。该厂供热锅炉、生产发电和零件清洗等用油，全部由虹桥加油站以零售价格配送到位。

得知该厂许多员工有小轿车，在尚未发行加油卡的情况下，叶时进申请印制专用加油券，每月增加汽油销量5000多升。

到2004年，虹桥加油站拥有稳定客户110多个，年销量从3000吨跃升到9000吨，成为温州分公司样板站、浙江销售优秀站。

叶时进的经营管理能力受到领导认可，哪里遇到难题经营受阻，选用能人首先想到叶时进。老叶也真是争气，能干会干，不负众望，到哪哪上量，干啥啥变样。

冶金加油站是一座租赁站，2004年进入万吨行列，全站25名员工，15名是租赁时接收的，10名是温州分公司招聘的。受多种因素影响，队伍不团结，制度不落实，管理不顺畅，销量往下降。2005年12月，分公司派叶时进到冶金加油站改变局面，冲高上量。

别看叶时进话不多，经营道道却不少。他摸准底细，对症下药，连出四招：第一招，一视同仁，凝聚人心，"不管老人和新人，都是中国石油人""不分接收与招聘，大家携手向前进"；第二招，混合编班，加深了解，实现情感交融，心心相通；第三招，关心员工困难，解决实际问题；第四招，公平公正用人，营造和谐氛围。充满亲情的管理办法，让大家心服口服，再也没人使反劲，拖后腿。

扩销上量采取三条措施：与有关单位合作，全力扩大加油卡发行，规范优惠促销，方便客户加油；加强引导，场地划线，纵向停车，解决现场拥堵；区分客户情况，征得客户同意，实行错峰加油，提高服务效率。

责任扛在肩上，目标装在心里，叶时进十年如一日，像拓荒一样狠抓经营，像绣花一样抓好管理，像兄长一样关爱员工，带领冶金加油站走上稳步发展轨道，年销量从1.1万吨提高到1.85万吨，增长68%，还带出10多名优秀骨干。

新城加油站是城区大站，2014年油品销量达到1.9万吨，实现非油收入300万元，2015年遭遇"瓶颈"原地踏步，分公司派叶时进到新城站破冰突围，领衔发展。

从零开始，好做；百尺竿头更进一步，难！在1.9万吨高点上提量增效，与其说是信任，不如说是考验。叶时进深知此时去新城加油站意味什么。领导征求意见，他幽默地说："调站只是转战场，谁让我叫叶时进了，就得与时俱进啊！"

就这样，老叶2016年挑起新城加油站担子，并签下油品销量2.089万吨、非油收入370万元的业绩指标，分别比上年增长10%和23%。

叶时进创业有激情，更有办法。微信群、加油卡、电子券、支付宝、会员日联合互动，整体促销，仅用两个月非油收入就突破100万元，利润率高达 19.27%。

老叶组织骨干联系热销商品，分析不同客户的消费潜力和购买习惯，认定非油业务确有上升空间，主动把非油指标增加到 600 万元，比 2016 年年初任务增长 62%。全站员工一鼓作气乘势而上，到年底油品销量超额 100 吨，非油收入破天荒达到 800 万元，比上年增长 116%。

2017 年，分公司给新城加油站的任务指标是油品销量 2.12 万吨，非油收入 800 万元。已经摸到扩销门路、对发展潜力心中有数的叶时进，再次自我加压，将非油指标增加到 825 万元，随之推出系列举措：以品牌服务吸引客户进站，以开口营销引导客户购买，以现场培训提高员工技能，以科学激励增强员工动力，到年底油品销量超额 300 吨，非油收入超额 9800 元。

2018 年，分公司给新城加油站定位稳定发展期，并据此下达油品销量 2.15 万吨，非油收入 800 万元的任务指标。坚信"爱拼才会赢"的叶时进，主动将非油指标提高到 1000 万元。这样一来，新城站 3 年新增非油收入，相当于 5 个百万元便利店，成为浙江销售名副其实的"非油旗舰店"。

叶时进连续 3 年挑战非油指标，源于精心打造了 3 个懂市场、懂营销、懂客户、懂非油的小团队，成为攻得上、拿得下、敢接活、能取胜的"非油尖兵"。

销售能手李益清领衔店内团队，突出主打产品，精心改善陈列，营造商业氛围，做到进屋能听到，抬眼能看到，伸手能拿到。

综合管理员卢丽霞带领店外团队，关注微信群，瞄准大客户，线上线下齐发力，热销商品送到家。

燃油精销售冠军周陈理带领的现场团队，苦练营销话术，增强服务黏性，看人说话，看车卖货，价格不菲的燃油精 6 瓶一组，整合包装，成为非油畅销品。2017 年，现场团队卖出燃油精 2.75 万瓶，周陈理一人完成 1.22 万瓶。

2017 年，3 个小团队实现非油收入 493.5 万元，占新城站全部非油收入 59%。2018 年前 5 个月，3 个小团队完成非油收入 220 万元，占新城站全部非油收入的 61%。

叶时进更是以身作则，靠一辆电动自行车，将非油商品送进社区，送进食杂店，送进棋牌室，一人创非油收入超百万元。

2018年前5个月，新城加油站已完成油品销量 8501 吨，实现非油收入 385 万元。随着消费旺季到来，全年油品超指标，非油上千万元，板上钉钉。

## 站经理就应该以站为家

在温州分公司，熟悉叶时进的人都说，老叶履职尽责以站为家，到了痴情发傻的程度，爱岗敬业令人感动。

2000年，叶时进离家时，妻子27岁，女儿一岁半。18年过去，一家三口仍分居三地。这18年，该有多少感情亏欠？

然而，老叶的解释却很平淡："站经理就应该以站为家。"

老叶回不去，妻子可以来，可事情偏偏没那么简单。老叶的妻子说："到温州探亲，去一趟等于扒层皮，1470千米，坐长途大客至少16小时，晕车厉害，每次吐得死去活来。坐火车要先倒汽车，崇阳到武汉折腾4个多小时，从武汉坐火车到温州还要14小时，遭不起那个罪。"

18年，叶时进有16个春节在加油站度过。对此，妻子通情达理："加油站那叫一大家子人，老叶回家过年，员工成了没娘的孩子，心散了不好带。节后回家也是年，团聚何止那几天！"

叶时进回家少，但有个要强能干的媳妇，家里啥事都没耽误。女儿上幼儿园、上小学，都是妻子接送；女儿考初中、考高中、考大学，都是妻子陪同……

叶时进在家中排行老大，为尽长兄责任，他很早就挣钱养家。兄弟4个，他最后一个结婚。2016年10月，叶时进正全力备战第二届加油站经理论坛，得知78岁的老父亲尿结石病情加重，住进医院，术前检查发现心脑血管疾病，要做心血管支架手术。叶时进恨不得一下子飞到父亲床前，但论坛不能让别人代替，他每天数次打电话关注病情并寄回医疗费。

父亲听说叶时进工作干得好上了报纸，特意嘱咐寄回两份。病床上，教师出身的父亲戴着老花镜，一字不漏地看完报道，对守在身边的三个儿子说："你大哥是好样的，你们要理解不要埋怨。"父亲打电话嘱咐叶时进："有你三个兄弟照顾，不用你回来，你干得好有出息，就是对父母最大的孝心！"

叶时进没有辜负父亲的期望，在主论坛演讲中夺得第二名。

论坛结束，叶时进参加优秀站经理先进事迹巡回报告。最后一场报告在海南销售举行，领导特意安排他讲完休息两天。隆冬的海南温暖如春，景色宜人，叶时进第一次来到海南，一切都是那么新鲜，但他心里装着工作、装着加油站，报告一结束就赶回了温州。

## 人生价值不是金钱能衡量的

在冶金加油站，有一天叶时进组织站训，讲理论、做示范、现场操作、组织竞赛、开展点评，不远处一位客户驻足观看，不时点头赞许，直到训练结束才离去。接下来的一周，那位客户每天都出现在站训现场。

一周后，那位客户向叶时进亮明身份："我是民营企业的厂长。通过一周观察，你工作有思路、管理有办法、带队有朝气，到工厂帮我抓管理吧，年薪15万元。"

15万元！这是叶时进当年收入的两倍多，真想心一横走人，可冷静细想，离开加油站自己还会干什么？到工厂一没技术，二没经验，用不了几天就得被踢出来。他婉言谢绝了对方好意。

2015年，叶时进带出的两名站经理被竞争对手挖走，不含股权分红和业务提成，年薪20万元。"在中国石油干得好好的，怎么说跳槽就跳槽？"正当叶时进百思不得其解时，橄榄枝向他抛来，一个私营加油站老板以

20万元年薪"挖"他过去。

沉默、思索、碰撞，回望来时路，男儿更清醒："人生价值不是金钱能够衡量的。中国石油是我梦想起航的地方，个人这点能力是中国石油给予的，做人要懂得感恩，不能见利忘义。"他毅然回绝了竞争对手的高薪聘请。

叶时进面对高薪不动心，是他不缺钱吗？不是，叶时进家庭并不富裕。1990年，师范毕业的他子承父业，成为县中学的一名体育老师，每月工资145元，养家糊口捉襟见肘。

1991年，他毅然放下"铁饭碗"，进入某石化企业，每月工资300多元。客户少，销量低，指标完不成扣工资，赊销经营货款无归，自己赔了4000多元。

1999年，企业进行内部改革，员工全部解除劳动合同，叶时进几番痛苦、几番思索，做出有生以来最艰难的选择——远离家乡到温州打拼。

成名后的叶时进，3次面对高薪诱惑不动摇，因为他有一颗懂得感恩的心。"在中国石油工作18年，一切都在改变。家里买了房子，女儿正在读大学三年级，父母的养老也有保障。"看得出，感激时代，超越自我，让叶时进有了抵御诱惑的底气、正气。叶时进的话句句掏心窝子："温州分公司让我圆了创业梦，加入了党组织，获得了荣誉和进步，懂得家常情理要服从事业真理，创业还在路上，只有继续奋斗，才能让人生更有价值。"

叶时进把加油站装在心里，员工把他记在心上。2018年5月，患有糖尿病的叶时进因血糖异常住院调理，全站24名员工分成4拨儿到医院看望，有的送五彩花篮，有的买无糖饼干，有的带新鲜牛奶，同室病友、医生护士好生羡慕，得知叶时进是中国石油的功勋站经理，纷纷投来敬佩的目光。平时不爱动感情的叶时进，难掩激动，热泪盈眶。

（原载于2018年7月9日《汽车生活报·油商周刊》，《中国石油报》摘发）

### 名家点评

首先用设问的方式铺垫,提出人生18年的话题,给人以联想的空间。本来18年是能干不少事的,但与报道人物无缝对接后,却发现只一件事就涵盖了他的全部18年。由此报道顺理成章地走近一个中国石油功勋加油站经理的人生18年,围绕这一件事,开始讲述发生在他人生坐标上的故事。异地创业、经营有方、以站为家、拒绝诱惑……随着一个个感人事例的展开,人们从中看到了一个坚守18年"领头雁"的翱翔轨迹。

### 写作要点

年代同样具有代入感,用年代写人物也是表现细节的一种方式。

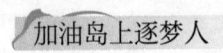

# "营销才女"的智胜之道

## ——记中国石油山东潍坊销售分公司坊子潍胶加油站经理高才

**人物档案**

高才,女,1987年出生,2004年参加工作,2013年加入中国共产党,做过加油站核算员、便利店主管、站经理,先后获得中国石油山东销售十大杰出员工、优秀共产党员,中国石油油品销售十大创新标兵,中国石油集团优秀青年、十大杰出青年,中国石油销售榜样、感动石油十大人物,山东省劳动模范,潍坊市道德模范等荣誉称号,现任山东销售潍坊分公司潍城坊子党支部书记。

在全国300多个地级市中,山东潍坊被称为"油窝子":4个地方炼厂年原油加工能力超过1800万吨,各类加油站1380座,数量超过济南,盖过青岛,低价销售搅动山东,影响全国。

近几年,就是在这个全国闻名的"油窝子"里,脱颖而出一名"营销才女",不但将只有5个人的全自助加油站经营得一马当先,实现油品销量突破万吨、非油收入超过100万元,而且获得了感动石油十大人物、中国石油油品销售十大创新标兵和山东省劳动模范等称号。

她就是山东潍坊销售分公司坊子潍胶加油站经理高才。

## 雏凤清于老凤声，敢奔新站挑大梁

2013年12月6日，一个寒气逼人的冬日。

即将开业的坊子潍胶加油站的站前草坪上，当过9年加油员和核算员的高才坐在小板凳上，眼睛盯着马路上来往的车流，一辆不落地数着、记着：1、2、3……439、440……

一会儿，高才的棉袄棉裤冻透了，手脚冻麻了，丈夫接着数。经过数日"路边勘察"，弄清站前日均车流量达到1.05万次。

情况明摆着，潍胶路5千米范围内，已有8座对手加油站，仅对门的个体加油站，经营多年日销量才3吨，而潍胶站规模小，只有5个人、3台加油机，"前景"不被看好，致使站经理竞聘少人问津。

"我的目标日销量10吨……"因为心里有了"一本账"，高才在答辩中的精彩表现，征服了所有人，竞聘站经理成功。

2013年最后一天，坊子潍胶加油站开业，当天销量只有0.4吨。

"锯响就有末。有0.4就不愁0.8，不怕销量少，就怕没客户。"高才鼓励员工，心中清晰盘算：寒冬，当地大车基本停工，往南方跑的车不会停。

她骑着电动车，到处打听哪儿有停车场，寻找目标客户。没几天，三个停车场进入视线，她一辆一辆接触，一个一个聊天，发彩页，说优惠，赠礼品。就这样，拉钢材的、装农机具的、送卫生纸的车，陆续进站加油，有的好几天才加一次，销量还是一点点有了提升。

经营满月结算，平均日销量达到3吨。第二个月，有一天竟然冒高到了9吨。那天进站车辆达到150台次，加满率达到70%。

从哪儿收获，就在哪儿下功夫。高才建立电子、纸质两套客户档案，客户开发实行责任到人，定向联络，跟踪维护，努力"把一天9吨变成天天9吨"。

她在小本子上做了记号，这个车上有小水桶，那个车门子有特别标识，逢年过节送上问候。就是这些简单法子，日销量10吨来了。

"那段时间，邻居都看不到我，感到很奇怪。"日趋稳定的销量，成为高才的兴奋点。孩子才百天，她顾不上回家喂奶，是丈夫开车拉着婆婆、儿子到站上，见缝插针让孩子吃上奶。高才说："加油站跟我儿子一般大，看着上量，盼着上量，一分钟也舍不得离开。"

心血没有白费，2014年开业第一年为市场培育期，上级没有给坊子潍胶加油站下达考核指标，但高才带领员工对标高效站，铆足劲，往多卖，完成油品销量4098吨。

## 直面挑战有担当，颠覆合同揽重任

有人劝高才"悠着点儿"，但是，她想：公司将几百万元资产交给我管理，一年下来，这点儿销量说不过去。

蝴蝶虽小，志在斑斓世界！干最好，求最佳，是高才的工作标准！有十分劲不使九分九，是高才的工作态度！

就这样，高才于2015年与公司签订油品销量4359吨、非油收入53.6万元的业绩合同。责任助推扩销量、上纯枪、卖非油，前5个月日销量达16.8吨，超计划4.9吨；实现非油销售收入40多万元，完成全年任务已是板上钉钉。

此时，高才有两个选择：一是留点劲，悠着干，稳拿超额奖；二是一鼓作气，提前超额完成，再向公司申请任务。

可是，偏巧这个节骨眼，油价连连下跌，市场需求不旺，零售创效受阻，直销批发困难。公司完成全年销售指标的压力陡然增大，各级领导都很着急。

"企业完成全年销售指标压力大、任务重，作为党员，我怎能消极守摊子？作为站经理，怎能坐等超额奖？不行！黄金终端就要多卖油，多创效，多贡献。新开业站挖潜空间大，有责任为公司分担更多任务。"高才打定主意：勇挑重担！重签业绩合同！

潍坊分公司对高才"重签业绩合同"的想法给予高度肯定，经过评估论证，6月初签订新的业绩合同：油品销量7000吨，比原合同增长61%；非油收入100万元，比原合同增长87%。

"重签业绩合同"，在山东销售乃至中国石油销售系统都是独一份，引来一片质疑声。有说"自找苦吃"的，有说"冒险之举"的，还有说"完不成任务"的。然而，高才心里早有打算。

高才每天和员工摸爬滚打在一起，深感全自助加油站必须进行用工模式改革，否则，工作超时，不堪重负，影响服务。党员挑重担不是演"单出头"唱"独角戏"，要团结带领群众同心干，站经理要千方百计调动好、保护好、发挥好员工的积极性。为此，高才动脑筋，细琢磨，在销售任务上做加法，在劳动量上做减法，在服务效率上做乘法。

办法在比较中产生，最终选定四班两倒，5名员工这样配置：白班高才上班、现场1名值班长，上午7点至10点、下午4点半至6点半，两个加油高峰，再分别配置1名辅助用工。夜间1名值班长、1名保安。白班上12小时休48小时，夜班上12小时休24小时。

员工休息充分，精力充沛，专注现场，效率倍增。引导车辆一步到位，识别油箱一次停对，自助加油现场教会，客户成为"熟练工"：加200元汽油，2—3分钟搞定，加900元柴油，4—5分钟完成。

就这样，重签业绩合同，加油站依然超额完成指标任务：2015年完成油品销量7478吨，完成率107%；实现非油销售收入105万元，完成率105%。

2016年，全自助加油站四班两倒排班模式，被山东销售公司作为管理创新成果在全省立项推广。

## 服务做到贴心处，销量跟着服务长

如果说，优化排班是创新管理、扩销增效的重要举措，那么，全面改善服务，打造强大现场，就是纯枪上量的最好办法。

持续优化服务，引领销量增长。与对手过招，高才不拼价格拼服务、不比优惠比实惠、不重眼前重长远，采取价格上跟随、品牌上引领、服务上超越的策略。亲情、便捷、超值、特色、定制"组合服务"，提升客户体验，让高才在打造站级客户营销体系上领先一步，搭建客户维护联动信息系统，实现客户管理"一对一"。

为了稳定客户，高才应用华为Pad，抓拍司机与车辆合影，按车认人；给防撞柱贴反光膜、套安全胶圈，小细节吸引竞争对手的客户"改换门庭"；关注打桶客户和单笔加油金额高的客户，跟踪联络，使"头回客"变为"回头客"；以大型客户为主体，建立"卡车之家"，像关爱家人一样，亲情服务每一位客户。通过客户微信群实时发布信息，为车辆找货源，为货主找车辆，实现三方共赢；利用车队卡，建立一车一卡一台账，当好"油管家"，帮助老板堵漏洞、控成本、降费用。许多车队老板说，让潍胶站管油，省钱、省心、省事、省力。

坊子潍胶加油站还提供小药箱、饮水机、手机充电、Wi-Fi上网、快餐预约、代收邮件、简易修车工具等便利服务。站前路段大车分时限行，高才多方争取，为货运客户提前办好通行证，创新服务项目达40多项，赢得了客户口碑。

服务做到贴心处，销量跟着服务走。坊子潍胶加油站变成强大磁场、火热卖场、黏人市场，面对新的业绩合同，员工立"军令状"，打"挑战牌"，5人小站新增客户2081个，2016年油品销量冲上1.2万吨，增长率居山东销售前列。2017年，在双层罐改造、停业47天的情况下，加油站紧抓大客户营销，积极扩大打桶销售，油品销量仍然突破万吨。

## 团队营销能量大，助推非油节节高

全自助加油站进店客户本来就少，非油业务一提起客户、提起大单，员工就"压力山大"。高才和值班长研究，成立客户开发小团队，实行"客户登记形象化""VIP客户一对一服务""油品增量三步法""分解任务点将法"等智慧营销。员工"八仙过海各显其能"，走出去开发客户，推销非油，形成有自身特色的"非油五招式"：设立团队目标，共同奋斗；科学分工，人尽其才；制作成败案例小视频，对标查错纠错；"吐槽会"大家谈，问题齐解决；实行阶梯式兑现返利，激励员工突破自我。

值班长赵小迷把客户的事当成自己的事，有的客户来不及交违章罚款，她揽下代交；客户家人生病，她及时探望；客户子女考学当兵，她登门祝贺；手把手教客户网上转账。客户把小迷当成知心人、好姐妹，明确表示"生活用品在哪都是买，就在站上买"。小迷负责维护的几家物流客户，连续三个月帮助她完成60%以上的非油销售任务。值班长张元帅有3个客户微信群，人数超过300。逢年过节，她第一个贺喜，第一个祝福客户生日，第一时间传递促销信息。客户在站里购物，都指名记在元帅头上，每月2万多元非油销售任务，40%以上是固定加油客户帮助完成的。坊子潍胶加油站连续两年实现非油销售收入过百万元，2016年非油收入同比增长117%，业务部门月月加指标，坊子潍胶加油站月月超额完成，出现少见的非油收入"九连涨"。2017年，非油销售完成率130%，再次名列榜首。

奋斗实践中，高才处处做表率。逢年过节，她承担非油销售指标的70%，设立站经理奖励基金，激励员工发挥最大潜力，兑现拉开档次，每月足额返利，员工月均收入比开业时增长2.69倍。

2018年高才"出书"，当了一回作家，她总结的12条营销经验，编写成《提质增效·油站微课堂》口袋书，印发公司人手一册。

（原载于2018年9月7日《中国石油报》）

加油岛上逐梦人

**名家点评**

　　看标题一目了然，通过人物写营销智胜之法。"营销才女"在全国闻名的"油窝子"里脱颖而出，业绩非凡，其举措一定在业内具有普遍的关注度。文中叙述有繁有简，文字力破枯燥乏味，文章结尾干净利索。

**写作要点**

　　突出人物的特点是区别此人物与彼人物的不同，否则文章很难给读者留下深刻印象。

# 高点起飞跨越"双千万"

## ——记中国石油辽宁大连销售分公司星海湾加油站经理马晓飞

**人物档案**

马晓飞,女,1984年出生,2006年大学本科市场营销专业毕业即进入中国石油辽宁大连销售分公司,2017年加入中国共产党。从经理助理到站经理,坚持理论与实践结合,把知识转化为能力,展露才华,担当重任,15年接任5座加油站经理,站站增销量,管理大变样,星海湾加油站成为中国石油标杆站,综合效益和创效能力居中国石油销售系统前列。先后获得中国石油辽宁销售劳动模范、大连市劳动模范、中国石油明星站经理、中国石油销售榜样、中国石油集团公司优秀共产党员、中央企业劳动模范等荣誉称号。

在辽宁销售公司,有这样一位勇于担当、善作善成的加油站经理:客户因她的真诚而贴心聚拢,员工因她的关爱而全力拼搏,油站因她的引领而蒸蒸日上,同行因她的坚韧而肃然起敬,领导因她的业绩而鼎力托付。她,就是辽宁销售大连分公司星海湾加油站经理马晓飞。

2017年年初,经过8年历练羽翼渐丰的马晓飞,正式接手"销量过万吨,荣誉大满贯"的星海湾加油站,担起再创新业绩、引领新发展的神圣使命。她不忘初心,担当尽责,团结带领员工奋力拼搏,高点起飞,加油站连续两年实现利润总额、非油税后收入双超千万元,被誉为"加油站高质量营销的排头兵"。

加油岛上逐梦人

## 高台接力选"飞人"

  2016年岁尾,大连分公司结合年度工作转换,进行了新一轮站经理岗位竞聘,星海湾加油站"虚席以待"。此时的星海湾站,油品销售连续多年突破万吨,最高年份接近两万吨,非油收入达到800万元,市公司样板站、省公司先进站、销售公司示范站、股份公司标杆站、集团公司标杆班组,五级荣誉汇集一站,牌匾挂满一面墙,证书堆起一大摞,光环萦绕令人仰慕。

  伴随经济新常态,销售业务由高速度转向高质量,星海湾加油站的发展同样遇到瓶颈。怎样突破瓶颈再创辉煌,当好新旗舰、树起新标杆?分公司酝酿选一个能力强、肯担当的人到星海湾加油站担纲领衔。经过审慎物色,反复筛选,从职能部门到班子成员,都不约而同将目光聚焦在"崭露尖尖角,潜力在后头"的西郊加油站经理马晓飞身上。

  一直关注马晓飞成长的大连分公司党委负责同志,回忆当时情形侃侃而谈:竞争代有人才出,选择晓飞正当时。2006年10月,大连交通大学市场营销专业毕业的马晓飞,经过实践检验和严格招聘进入大连分公司,做过加油员、收银员、计量员和站经理助理,2008年开始担任加油站经理。从小站到大站,从偏远站到中心站,越干越能干,越干越会干,8年带火了4座加油站:在泉华加油站,仅用一年就让非油店销翻了四番;在仓海加油站,油品销量增长61%,非油收入增长145%;在杨树沟加油站,油品销量增长56%,非油收入增长124%,一跃进入万吨站行列;在西郊加油站,油品销量增长77%,非油收入增长58%,再一次将一座中等站,培育成万吨站和百万元店,销售业绩和管理能力让人叹服。

  业绩是能力的标志,是选人用人的重要考量,在众人眼里,星海湾加油站新的"擎旗人"非马晓飞莫属。

  再说马晓飞,知道公司打算让自己去大站的消息,心里憋足了劲儿。她记得大学时流行的一个段子:学机械的毕业后造火车,学土木工程的毕业后铺铁轨，学交通工程的毕业后开火车，学营销的毕业后卖火车票。她这个念了4年市场营销专业的女生，毕业后没去卖火车票，而是干起了与车辆关系更密切的成品油销售，交大管理系——市场营销专业——中国石油加油站，似乎是上帝安排，自己为市场营销而生，为油奋斗献青春。

或许是觉得高台起舞技不如人，或许是认为条件苛刻无力达到，或许是担心盛名之下其实难副，公开竞聘那天，近百名新老站经理登台亮相，都对登高创业避而远之，报星海湾加油站经理岗位的只有马晓飞一人，于是众望所归，催马上任。

## 客户"热恋"高标号

单月销售98号汽油528吨，最高日销量34.2吨，2018年，星海湾加油站再次刷新全省销售纪录，一座加油站的98号汽油销售能力，甚至超过一个地市公司。马晓飞和她的团队在高标号汽油销售方面颇有心得。

然而，履新开局可不是这样。马晓飞清楚记得，2017年年初接手星海湾加油站时，情况还没摸透，市场就给她来了个"下马威"：作为供给侧改革试点，星海湾加油站主动调整销售结构，取消92号汽油销售，全力打造高标号特色站。然而，许多客户不适应、不认可、不习惯，导致客户流失，销量下降，一季度日均销量不足42吨，简直到了"山重水复疑无路"的境地，而且是否谷底还难说。领导关注，同行议论，员工失望，马晓飞压力很大。

市场竞争智者胜，拿出办法是王道。高质量发展不需要高调，踏实尽责就好。精明干练的马晓飞深谙此理，暗中给自己加油鼓劲，困难面前不退缩，使命面前不动摇，以平和的心态组织骨干分析形势、研究对策、采取措施，围绕开发和维护高端客户，促进加油站高质量发展，一份"98号汽油销售全攻略"新鲜出炉。以"三个四"为主要内容的全攻略，堪称创业的宣言、探路的指南。

品牌宣传实现"四个覆盖"：运用海报、横幅、彩页、LED屏等形式，立体化、深层次、多角度介绍CN98，实现站内宣传全覆盖；利用广播电视等现代媒体，开办CN98专题专栏，实现广告推介全覆盖；利用员工建立的6个客户微信群，持续推送CN98信息，实现线上客户全覆盖；与5家4S店开展合作，以CN98号为重点，开展油品使用辅导，实现购车客户全覆盖。

开口营销做到"四个讲清"。针对客户对高标号汽油的疑惑和顾虑，马晓飞精心编写"高标号汽油推销话术"，员工开口营销着重讲清高标号汽油的性能特点、技术指标和使用优势；讲清高标号汽油的使用范围、适用车型；讲清推广高标号汽油对降低尾气排放、减少空气污染、保护碧水蓝天、建设美丽大连、增加人民福祉的重大意义和作用；讲清高标号汽油的性价比和中国石油的促销政策，引导客户综合分析全面比较，明确"人直降我优惠，CN98不算贵"。

优惠促销坚持"四个一样"。到底是市场营销专业的人，马晓飞对市场营销想得深、看得远、悟得透，她常对员工说："现在是共享经济，和谐社会，客户掏钱买油不容易，咱要拿人心比自心，设身处地为客户着想，站在客户角度为客户谋利益，做客户的贴心人，把优惠促销落实到位，让'10惠'真正变成'实惠'，实现互利共赢，业务才好发展。"马晓飞这样说，更是这样做。实践中，她带领员工坚持做到"四个一样"：像开自己的车一样，引导客户选好油养爱车，一心一意，尽心尽力；像关注自身利益一样，真诚维护客户利益，一丝不苟，善始善终；像兑现自己的优惠一样，让客户尽享实惠，一次不落，应得必得；像花自己的钱一样，帮助客户算细账，一点不差，能省则省。

真情换来真心，诚意换来满意，贴心换来放心。客户知道高标号汽油对爱车好，对安全好，对环保好，消费热情大涨，许多原来加92号的改加95号，加95号的改加98号。起初，一些客户觉得98号汽油有点贵，经过算账对比，弄明白"社会站直降，星海湾优惠，办卡充值赶机会，组合起来不算贵"。

优惠送到手,"10惠"变实惠。客户有了看得见、摸得到、用得上的获得感,很快在星海湾加油站转化成销量,转化成效益,加油站高端客户突破390个,每天千余辆价值百十万元的高档轿车在星海湾加油站定点加油。2017年高标号汽油销量达18100吨,2018年达到18351吨,不到两年98号汽油销量就突破1万吨。2019年,作为纯汽油站的星海湾加油站目标是销量突破2万吨,马晓飞对此信心满满。

## 创新驱动添活力

作为加油站高质量发展的探路者,马晓飞凭着对使命责任的强烈担当,追求卓越,不断创新,展示新时期优秀站经理的开拓魅力。

星海湾加油站2008年投入运营,罩棚面积400平方米,原为6机4枪,加油机都在立柱里侧,通道窄,场地小,车位少,一到高峰就发生拥堵,加油车辆排到马路上。2018年11月,加油站进行防渗改造,马晓飞建议调整现场布局,4台两排加油机都安装在立柱外侧,棚下车道加宽4米,停车位由8个增加到16个,由4机8枪改为4机24枪,车辆进出顺畅,加油方便快捷,付油效率大幅度提高,最大限度满足高端客户对高档油品的需求。

如果说,优化现场布局,细化设备管理,提高付油效率,是马晓飞引领加油站高质量发展的创新之举,那么,"创新载着非油飞",更显马晓飞谋划经营、赶超跨越的超群能力。

"七个不用"催生油品客户就地转换。大连人生活讲究,喜欢购物,追求时尚,但上街采购停车犯难。"客户难心事,就是咱的心上事。"马晓飞仔细琢磨昆仑好客便利店的诸多优势,总结出"七个不用",即停车不用四处找位,不用担心贴条罚款,不用支付停车费,购物结账不用排队,不用担心买假货,不用担心早关门,买东西不用自己搬。"七个不用"

让许多客户茅塞顿开,超过21%的油品客户就地转换非油客户,相当于每5个加油的人,就有1人进店购物。星海湾加油站连续两年非油收入过千万,"七个不用"发挥了重要导向作用。

巧用互联网,美团来帮忙。马晓飞思想观念新,接受新事物快,互联网营销成为加油站高质量发展的有力推手。她像一只勤劳的小蜜蜂,带领员工大力开展线上业务,外卖小哥不方便,就由员工下班送货;与美团、饿了么合作,线上不漏单,线下不断货,大到家电粮油,小到食品饮料,不分白天黑夜,有单必接,有求必应。世界杯期间,后半夜2点客户点啤酒,马晓飞电话跟踪,按需准时备货。除夕,外卖小哥回家过年,小区居民点海鲜,马晓飞骑车几经周折,把东西送到客户家中。"零散业务不挣钱,只为刷脸刷存在,为今后线上发展创条件。"马晓飞淡定地说。2018年下半年,该站累计实现线上销售3150笔,销售额近16万元。

不走别人走过的路,于不可能处淘真金。在许多加油站,施工改造意味全部停业,马晓飞带领的星海湾加油站硬是改了这个"老黄历",做到"站停业不停,油停非(油)不停,创效永不停"。

2018年11月,星海湾加油站进行防渗升级改造,加油业务做不成,非油销售不但没停反而更火。施工开始前,马晓飞对外发布告示,便利店24小时营业,现场留出通道,增加商品数量,扩大销售规模,线上线下连接,施工改造两个月,实现非油收入98.5万元,居大连分公司之首。

涵养精诚赤子心,常怀春风化雨情。马晓飞就是这样,执着创新愈干愈勇,在时光淘洗下彰显出金子般的心。元宵节,大连市在星海湾广场举办大型灯会,提前封闭道路,管制交通,距广场1500米的星海湾加油站停止营业。为了弘扬品牌,展示形象,加油站卫生间全面对市民开放,安排专人打扫卫生,一个晚上如厕人数超过650人,真切感受中国石油的社会责任,加深对星海湾加油站的印象。马晓飞还组织员工加热功能饮料,装入保温箱,推着小货车,到灯会现场服务,"不为挣钱,只图有需要的客户方便。"马晓飞坦言。

一心想干事,处处可创新。在星海湾便利店,电饭煲、加湿器、暖风机等家用电器，根据客户点单，戴着"笼头"进货，精准营销至极。

马晓飞琢磨，客户鼓了口袋，还要武装脑袋，于是，便利店增设了图书专柜，非油业务体现满满的正能量。马晓飞感慨："创新是人生动力，也是动力人生。"

## 唤起员工同心干

马晓飞深知，一个人的力量和智慧是有限的，全站员工都发挥积极性创造性，才能促进销售业务高质量发展，她用数学语言感悟："一个人努力是加法，一个团队奋斗是乘法。"基于这个认识，她使出浑身解数狠抓队伍建设，不断提高员工思想政治素质和服务操作技能。

以身作则，带出纪律作风过硬队伍。任站经理10年，不论在哪个站，马晓飞都坚持一个原则：能力可以有欠缺，主观不能故意犯，处处严守纪律规矩，要求员工做到的，她首先做到，要求员工不做的，她坚决不做，身正影直，干净利索，说话员工信服，做事员工佩服，管理队伍有权威，员工违纪零容忍。在她的影响带动和严格管理下，星海湾加油站没有发生过一起套现、套卡、套券、套惠行为，每年接受20多次常规检查、例行抽查、专项审计、现场突袭、跟踪暗访等，多少明白人查记录、看监控、发问卷、访客户，证明确实没有违规经营，没有异常损耗，没有截留、转移、隐匿客户优惠的现象，多次受到上级表扬。在担任星海湾加油站经理期间，马晓飞光荣加入中国共产党，这也充分说明了她严于律己、作风硬朗、值得信赖。

抓好培训，带出服务技能过硬队伍。马晓飞不等不靠，挖掘内在潜力，发挥骨干作用，开展员工培训，精学专业知识，精练开口营销，精训实际操作。开口营销回荡她的声音，技能比武留下她的身影，班前会有她的经验分享。她注重实际，因人施教，对性格内向的开发诱导，对容易满足的增难加压，对操作生疏的言传身教。润物无声，成长有形，经过学习培训、实践锻炼，加油站有5人考取中级工，2人在技能比武中获奖，4人担任值班经理，2人调到其他站成为经营管理骨干。

真情关爱，带出和谐共生过硬队伍。马晓飞和员工相处亲如兄弟姐妹，大家公开场合称她经理，下来马姐、晓飞姐叫个不停，生怕丢了魂似的。她更是把员工冷暖挂心上，每天中午顶岗付油，把员工换下来吃热乎饭；员工有个头疼感冒，咳嗽发烧，她拿钱买药；员工住院，她拎上水果去看望；员工加班，她买饭加餐；员工思想有困惑，她主动谈心；员工家庭出现矛盾，她多方调解，直到破涕为笑；员工家发生困难，她解囊相助，并组织大家捐款。

马晓飞的亲和力让许多人赞叹。加油站集体分配奖金，她把自己划出来；拿到先进站经理的个人奖金，她却坚持与大家分享；每次外出开会学习，大包小包给员工买纪念品，带土特产，保证每人一份。虽然都是点点滴滴，但却都淌进了大伙儿的心里。

人心是一杆秤，马晓飞把员工装在心里，员工把工作装在心里，齐心协力推进加油站高质量发展。"我们来星海湾打拼就是要站排头，拿第一，就是想证明，只要我们齐心协力就不会输给任何人，积极主动干好每一件事，才能对得起自己，也是对晓飞姐的最好回报。"员工们掏心窝子的话，让马晓飞很欣慰，很温暖，听着品着她笑了，笑得那样开心，那样甜……

（原载于2019年5月13日《汽车生活报·油商周刊》，《中国石油报》摘发）

### 名家点评

这是一个业界能人的故事。从能人上岗到能人工作中的奇招妙法，所赢得的骄人业绩，逐一铺陈开来，内容丰富。通过对众多繁杂材料的整理归纳和提炼，使之层次分明，条理清晰。注重从不同侧面谋篇布局，加之叙述语言的灵活运用，使其迥异于传统一般性的典型经验介绍。

**写作要点**

讲故事是通讯写作的基本功,人物在故事中闪现,经验通过故事呈现,不会讲故事的人物通讯很难引起阅读兴趣。

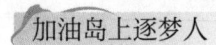
加油岛上逐梦人

# 从加油员到全国青联委员

## ——记中国石油浙江衢州销售分公司常山常辉加油站综合管理员、桂芳工作室带头人徐桂芳

**人物档案**

徐桂芳,女,1983年出生,2004年进入中国石油,2012年加入中国共产党,17年如一日坚守加油岗位,现任中国石油浙江销售衢州分公司常山常辉加油站综合管理员、桂芳工作室带头人。她立足本职岗位,真诚服务客户,实现青春梦想,荣获浙江省十大杰出青年,浙江省劳动模范,浙江省国资国企系统优秀共产党员,中国石油劳动模范,全国青年岗位能手等称号,当选浙江省十四次团代会代表、浙江省第十四次党代会代表、浙江省第十一届青联常委、第十三届全国青联委员。

2020年8月17日上午,中华全国青年联合会第十三届委员会全体会议暨中华全国学生联合会第二十七次代表大会在北京举行。中国石油浙江销售衢州分公司常山常辉加油站加油员徐桂芳作为第十三届全国青联委员,在杭州以视频方式参加会议。

疫情防控形势下召开的全国青联、全国学联会议,中国石油共有8名代表参加,徐桂芳是销售系统的唯一;浙江省35名代表参加,徐桂芳是衢州地区的唯一。

一个普通加油员,没有发明创造,没有轰动事迹,没有重大贡献,何以当选全国青联委员?满怀探询与求真的渴望,记者进行了专访。

**初上加油岛,徐桂芳如饥似渴学习油品知识,熟悉操作流程,掌握服务技巧,"加油人生"充满阳光。**

1983年10月,徐桂芳出生在浙江西部一个叫路里坑的小山村,2003年,家境困顿的徐桂芳念完高中就进城打工,做了半年公交车售票员,"没感觉创业兴奋",便"跳槽"经招考合格进入中国石油,当了一名加油员。

加油员的工作每天重复一套动作——迎来送往,提枪加油;耳边回荡一个声音——安全提示,管理规定。这对一个求知向上的年轻人来说,无异于远离尘世的"苦行僧"。徐桂芳反复问自己:难道三尺加油岛就是自己一辈子归宿?

常年在乡村摸爬滚打的父亲看出了女儿的心思,开导说:"闺女,三百六十行,行行出状元。哪个行业,哪个岗位,都讲究责任与付出,平凡岗位也能成就非凡事业!"父亲的话让徐桂芳安下心,把加油枪攥得更紧。

徐桂芳明白了道理就认真踏实去做。这个初入职场的加油"菜鸟",像一只辛勤的蜜蜂,虚心向站经理和有经验的同事请教,学习油品知识,熟悉操作流程,掌握服务技巧,很快消除业务"零基础"带来的服务尴尬。

为了把"加油十三步曲"做得自然流畅,她把家里的客厅当成加油现场,开货车的丈夫当客户,上幼儿园的儿子当裁判,反复进行模拟演练。没过多久,她的加油动作变得专业起来,能快速准确判断各种型号的车辆油箱位置和加油品号。

徐桂芳不只满足于标准的加油操作带给客户美的享受,更注重亲情服务赢得客户的心。她兜里总是揣着一个小本子,随手记录客户情况、车牌号码、加油周期、习惯爱好、消费需求等各种信息。为即将上路的长途车司机准备好开水,温馨提醒注意行车安全;为喜欢看书读报的司机预留报纸杂志;为固定客户统计用油量,并定期反馈;赶上节假日或客户生日，精心制作短视频，送上真诚祝福……

　　家在山东的李先生是徐桂芳小本子上距离最远的客户。有一年将近年底，李先生不慎将装有身份证、多张银行卡和5000多元现金的手包遗忘在加油站，徐桂芳发现后，立即报告站经理，通过派出所找到失主。巨额财产失而复得，李先生非要给徐桂芳500元现金作为酬谢，被她微笑谢绝。打那以后，只要李先生的车队经过衢州，一准儿到徐桂芳这儿加油，还给她和站上员工带来胶东半岛土特产。

　　找到了适合自己的一片天地，徐桂芳在加油站一干就是17年，并于2012年光荣加入中国共产党。

　　**身边的同事换了一茬又一茬，加油的客户来了一拨儿又一拨儿，徐桂芳依然坚守在加油岗位，甘当"抢险队""消防员"。**

　　那是一个大雪纷飞的深夜，一辆货车在距加油站2千米的地方断油抛锚。正在值班的徐桂芳接到电话，立即打满一桶柴油，顾不上风大雪急路滑，深一脚浅一脚，艰难行走一个多小时，把油送到现场。司机握着徐桂芳冻得僵直的手激动地说："以前听说过'雪中送炭'，今天让我赶上了。中国石油值得信赖，我送你回加油站。"徐桂芳坐进大货车驾驶室，一股暖流涌上心头，深切感悟服务的最高境界是创造感动，传递感动是加油员的神圣职责。

　　有一年临近春节，距常山常辉加油站60千米远的龙游城西加油站两名员工突然离职，年关将至招不到员工，加油站运行告急。徐桂芳闻讯主动找到站经理，坚定表示："让我去吧。"站经理惊讶地问："大过年跑那么远，你家咋办？儿子谁管？"徐桂芳麻利回答："家里有公婆，孩子交老公，没事的。"就这样，徐桂芳在龙游城西站一口气顶岗半个月，整个春节都在岗位上度过。

　　2016年盛夏酷暑，一天早高峰，一名新员工因情况不熟，给一辆后进站的小车先加了油，惹火了前排的轿车司机，一赌气把车横在中间，堵死了通道。徐桂芳见情形不对，立马跑过去，又是解释又是道歉，司机就是不依不饶，说："要是真心认错，你来给我加油，10元、10元地加，加够200元！"

多年与客户打交道的徐桂芳，什么样的刁难没经历过！她定定神，提醒自己："关键时刻要保持冷静，维护中国石油形象，服务不能掉链子。"她一边快速加油，一边唱收唱付，精确设置，挂枪提枪，一直重复20次。加完最后一枪油，她的胳膊已经抬不起来了，相邻机位的员工心痛哭了，在场的客户纷纷称赞"石油员工好耐性，有修养"。

那位"超频"加油的司机感到不好意思，红着脸向徐桂芳表示感谢，徐桂芳拭去额头上的汗珠，笑着说："师傅，没关系，您的心情我理解，欢迎下次光临！"

常年提枪加油，徐桂芳的手指每一节都有凸起，虎口堆起老皮，掌心布满硬茧。冬天，手背上的冻疮让人不忍直视。看着自己这双手，徐桂芳知道身为女性，本该有一双纤细、白皙的手，转而想到创业初心，她释然了，心里升腾起满足感。

**"桂芳志愿者"团队坚持开展"温暖回家路"关爱铁骑返乡公益活动，演绎新时代石油人的奉献和担当。**

追梦人从不缺少前行的能量。2012年，徐桂芳被评为中国石油十大加油明星；2013年，衢州分公司设立"桂芳服务示范岗"，组建"桂芳志愿者"团队；2014年，浙江销售公司党委做出向徐桂芳学习的决定。

几年来，"桂芳志愿者"团队围绕服务客户、服务社会开展系列活动，其中"温暖回家路"公益活动，服务返乡务工人员2万多人，受到社会各界广泛关注，而所有这一切，都源于2012年的一次"偶遇"。

毗邻205国道的振华加油站，是通往江西及中西部地区的必经之地，每逢春节前后，都会有大批农民工骑着摩托车经过这里。2012年1月28日，农历正月初六，是个寒冷的傍晚，天上飘着雪花，一对夫妻骑着摩托车到站里加油。女子小心翼翼地从摩托车上挪下来,怀里抱着厚厚的蓝底红花被子,哆哆嗦嗦地站在加油岛旁。突然,被子中传出婴儿啼哭声,不知道孩子是冷了还是饿了,哭声越来越大。

徐桂芳一边加油,一边与女子攀谈起来:"大姐,离家还有多远啊?孩子好像饿了。"女子低声答道:"俺老家在江西鹰潭,还有一大半路程呢。""快进屋暖暖身子,喂喂孩子。"加完油,徐桂芳扶着女子走进站里"春运便民服务点"休息。

男人拍拍女人背上的雪花,一声不吭跟进来,夫妻俩坐到椅子上,女人给孩子喂奶,男人关切地看着。徐桂芳递上两杯热水,男人一边感谢,一边从挎包里掏出两个饭盒,饭菜已经没有了温度。看到这场景,徐桂芳鼻子不禁一酸,赶忙给夫妻二人泡了两桶方便面:"这个是站上专为你们返乡客户准备的,不收钱趁热吃吧!"

一家人休息好准备上路,徐桂芳又为他们装满一大瓶热水,深情叮嘱路上小心驾驶,目送他们离去。随后她去便利店为两桶面买了单。便利店主管不解地问:"桂芳姐,你怎么还给他们买东西啊?"徐桂芳笑笑说:"他们比我们辛苦,两桶面不算啥。"

打那以后,每年新春佳节,"桂芳志愿者"团队都细心筹划,周密准备,扎实搞好"温暖回家路"公益活动,把中国石油的温暖和关爱送给返乡务工人员,为构建和谐社会做出自己的贡献。

**一花独放不是春,桃李满园春常在。徐桂芳言传身教新员工,一大批骨干茁壮成长,促进精细管理落地落实落细。**

2019年年初,衢州分公司在福嘟加油站设立"桂芳服务示范岗",徐桂芳作为培训师承担起授课带徒任务,她主动给自己加压,不断学习充电,提升服务技能。

培训"加油十三步曲",她将授课内容分为三个阶段:视频展示,打上总体烙印;徒手演练,做到动作连贯;现场操作,员工交叉换位,轮流扮演加油员和顾客,轮流担任裁判,逐个纠正动作,直至全部达到标准。员工们说:"徐桂芳老师的培训,为我们以后工作消除了很多隐患。"截至2020年6月,徐桂芳培训员工超过3000人次,有13人当上了站经理,6人走上机关管理岗位,27人成为前庭主管或非油品经营骨干。

17年,徐桂芳将满腔热情倾注于三尺加油岛,在平凡岗位上绽放青春光彩,先后获得浙江销售公司劳动模范、衢州市十大优秀青年、浙江省三八红旗手、浙江省十大杰出青年、中国石油集团十大优秀青年、中国石油集团劳动模范、中国石油榜样、全国青年岗位能手等20多项荣誉称号。2017年光荣当选浙江省第十四次党代会代表、浙江省第十一届青联常委,2020年当选全国青联第十三届委员。

**记者手记:扎实奋斗皆可出彩**

平心而论,据实而言,加油员的的确确是一个平凡得再不能平凡的岗位。然而,在这平凡的岗位上,徐桂芳找到了属于自己的人生舞台,不仅为车辆加油,更为心灵加油,为生活加油,加出了无悔的青春,加出了多彩的人生。徐桂芳的事迹再次证明:不忘初心扎实奋斗,把本职工作干好,把平凡小事做好,人人都能出彩。

17年,徐桂芳心系三尺加油岛,真情服务,默默奉献,展现了一个加油员的"坚守之美";培训员工,传授技能,追求卓越,展现了一个普通员工的"进取之美";"桂芳志愿者"团队连续6年开展"温暖回家路"关爱铁骑返乡公益活动,展现了当代青年的"道德之美"。徐桂芳堪称"石油精神"的传人。

"风雨多经人不老,关山初度路犹长"。新时代石油员工要敢于直面人生,将理想信念深植于现实的土地,从火热的创造实践中汲取动力,激发活力,去虚无,破困境,不空谈,不虚饰,脚踏实地干事,成就出彩的人生。

(原载于2020年8月24日《汽车生活报·油商周刊》,《中国石油报》摘发)

## 加油岛上逐梦人

> **名家点评**

　　采写这篇人物通讯的缘由无疑是这名普通加油员变得不再普通。从加油员到全国青联委员之间有着怎样的励志故事，印刻着怎样的人生轨迹，在平凡岗位上如何绽放出青春光彩，这些都是读者所关注的，于是记者围绕三尺加油岛展开报道。通过一个个鲜活事例，让人感受到一位爱岗敬业"小人物"的坚守之美、进取之美、道德之美。"记者手记"更是借题发挥，赋予典型人物普遍的社会意义。

> **写作要点**

　　鲜活的故事具有可读性，活生生的人物闪烁其间，典型人物通讯才会充满活力。

# 敬业奉献守初心

## ——记中国石油吉林长春销售分公司榆树油库主任刘艳彬

**人物档案**

刘艳彬，男，1972年出生，1990年入伍，1993年加入中国共产党，同年退伍进入中国石油吉林销售公司榆树油库，历任付油员、计量员、消防员、司泵工、科长、副主任、主任等职，荣获中国石油吉林销售公司劳动模范、长春市安全保卫工作先进个人、中国石油集团优秀共产党员称号。

2021年4月27日，在吉林销售长春分公司榆树油库，油库主任刘艳彬正和员工配合厂家技术人员维修油气回收真空泵。这套油气回收系统运行5年来，真空泵第一次出现问题。几个人忙活大半天，汗水浸透衣背。"一看您就懂维修，这个零件再出现问题，您自己就能修啦！"厂家技术人员对刘艳彬竖起大拇指。"我们主任可是油库通，啥都能干，啥都会修。"员工孙和义自豪地说。

吉林销售长春分公司榆树油库主任刘艳彬，个子不高，不算帅气，但脸上时刻漾着灿烂的笑容，像"小太阳"一样温暖着身边每一个人。自2017年他担任榆树油库主任以来，3年考核测评都是优秀；2021年1月，吉林销售评选10名劳动模范，他又以出色的业绩和感人的事迹拔得头筹。

## 吃苦不觉苦　知难不畏难

刘艳彬在部队时加入党组织，退伍后来到榆树油库，做过消防员、接卸工、司泵工、维修工，历任班长、科长、副主任，一干就是28年，被誉为"全能工""油库通"。

在员工眼里，他是上班最早、下班最晚、干活儿最多、年节守库不休的人；在爱人眼里，他工作年头越长，回家时间越少，越是过年过节，越是指望不上。28年没休过一次带薪假。

哪里有脏活儿累活儿苦活儿，哪里准有刘艳彬的身影。有一年三九天的冬夜，气温降到零下30摄氏度，值班室打来电话，报告锅炉漏水已经停炉。刘艳彬一骨碌爬起来，打车赶到库里，只见锅炉房门窗敞开，热气呼呼往外冒。一脚迈进去，积水没过脚面，上方的阀门还在嗞嗞喷水，头发、衣服瞬间浇透，仔细检查发现，原来是水管阀门开裂。从锅炉房出来几分钟，全身就披上"冰甲"。

他以不容置疑的口气说："必须连夜修好，否则暖气片要全部冻坏，我去买阀门，回来就干。"值班员着急地说："我去吧，你身上都湿透了。""反正我也湿了，就可我一个人造吧。"他边说边走，还再三叮嘱值班员看好锅炉房，别再淋上水。他自己打车到街里买回专用阀门，换上拧紧，重新注水，起炉开泵，一切正常后，已过凌晨两点。他哆哆嗦嗦回到家中，爱人给他测体温，一下子蹿到39摄氏度，不得已又马上去医院。这次感冒，他打了一周吊瓶，每天打完针立即返回油库工作。"刘艳彬寒冬夜抢修锅炉"的事迹，记在了员工们的心里，也被收入《吉林销售优秀共产党员100例》。

这些年来，刘艳彬带头苦干达到舍我、忘我的境界。2015年，他被查出患甲状腺瘤（良性），由于工作脱不开，手术从春天拖到秋天，瘤体由鸡蛋大长到拳头大，再不切除就要长进锁骨里。在医生和家人的再三催促下，他终于在11月中旬做了手术，医嘱至少住院一星期，回家静养一星期。而此时,吉林销售"冬储零号"正值高峰,榆树油库一个星期接卸三个龙组近万吨柴油,早晚有霜冻,罐车卸不净损失会很大。他负责仓储业务,每天心急如焚,手术第五天就申请出院,第七天就用纱布包着伤口,系着围脖儿出现在接卸现场,带领员工用木耙将铁路罐车底部的柴油扫光刮净,提高了油品入库率。

2020年10月,远在黑龙江绥化的父亲病情告急,此时,油库事故应急池施工正在节骨眼上,工人住在库里,现场监护任务繁重,每天开具作业票证,油库主任责任重大。他把所有焦虑压在心底,咬牙坚持到完工,却传来父亲病故的噩耗。他连夜赶往绥化,第二天处理完父亲后事便匆匆返回。很多亲属不理解,他强忍着悲痛说:"油库平安,很多家庭才能平安,我必须为大家负责,父亲在世时就这样教我,他不在了,我更要做好。家里的事就拜托姐妹了。"他踏上返程的列车,把痛与爱埋在心底。

## 自主小技改　旧貌换新颜

20世纪70年代建成的榆树油库,距离上次改造已11年,设备设施老化,生活设施落后,刘艳彬向上级争取支持实施三年改造规划,每年办好"十件实事"。

为了改善工作生活设施,刘艳彬带领员工艰苦奋斗、修旧利废,自己动手制作了上百件工具设施:安装厨房油烟净化装置,解决了油烟集聚之困;建设消防水池社会取水装置,方便了扑救社会火灾水车水带用水急需;制作油库大门防恐防撞护栏,为安全管理筑起坚实屏障;为室外电机穿上防护罩,尘土雨水不再袭扰;锅炉房安上御寒门斗,有效防止热能流失;门卫立式环保照明灯,方便夜间巡视值守,关闭了付油亭8盏灯;缓冲式井盖金属拉手,让井盖开启变得自如轻松;接卸泵房外安装风机启动按钮,降低泵房内油气浓度,增加安全系数……

这些自主制作、技改创新的设备设施，材料取之油库，产品用之油库，节约维修资金超过 100 万元，确保油库安全平稳运行，促进了低成本高质量发展。

铁路栈桥卸油属高空作业，以前没有安装防坠落保护装置，为了补齐这个短板，刘艳彬到延吉学习取经，在返回的火车上，他绘制图纸设计工艺，回到库里，党员突击队分工负责，攻坚大干，找钢管、扛角铁、办理施工票证，备好切割机、电焊机等工具，连续作业三天，完成了 10 组 22 个"卸油栈桥高空作业防坠落装置"，仅人工费就比外聘工程队节省 3 万多元。

## 群众无小事　奉献无穷期

榆树油库有 38 名在岗员工，其中党员 18 名。刘艳彬作为党支部书记，经常教育党员："人心是最大的生产力，为群众办实事解难题谋幸福，是我们共产党员应该做的事。"多年来，员工有所呼，他必有所应，带头培育发展"家·和"文化。油库更换了电锅炉，有了健身房、阅览室、淋浴间；职工食堂由每天一顿饭变为两顿饭，荤素搭配，营养健康；闲置土地变为小菜园，夏天蔬菜自给有余，秋天腌菜美味可口，每年节省菜金 3000 多元。

刘艳彬设身处地为员工着想，一心一意为员工谋福祉。企业改制时，年轻力壮的去了加油站，年老体弱的分到油库，目前，油库在岗员工平均年龄超过 50 岁，还有几名身体多病的老员工。他没有把这些员工当成包袱，而是视为亲人，能帮助都帮助，该照顾都照顾。老工人李殿辉在警消岗位多年，患上股骨头坏死，为了帮助他减少走路带来的病痛，刘艳彬将他调到消防泵房，但病情仍难控制，便安排他休息。老工人么海波患脑血栓被安排到门卫岗上白班，而门卫冬天扫雪任务最重，么海波胳膊腿不利索，每次下雪刘艳彬都提前到岗，帮助他把门前道路积雪打扫干净。

刘艳彬不仅精心照顾每一位员工,还十分惦记员工家属,真心实意地帮助他们解难分忧。86岁的王越峰是原榆树石油公司党总支书记韩明山的遗孀,终生没有生育子女,20年前房改时因脚踝粉碎性骨折卧床治疗,加上房产资料不全,错过房改时机。完成房改以房养老,成了老太太一块心病。2019年8月,王老太找到油库,刘艳彬把这件难事接了过来,多次到有关部门汇报情况,说明原因、咨询政策、协商解决办法。利用休息时间坐高铁到大连,征求王老太两个继子的意见。车接车送搀扶老人到现场核对信息、签字确认。2021年3月,全部房改手续依法补办完毕,王老太给省市公司寄去了表扬信,给榆树油库送来了锦旗。

在刘艳彬的带领下,榆树油库的党员冲锋在先、奉献在前。近年来,先后有16名党员被上级公司及地方政府评为先进。2019年,榆树油库党支部被集团公司授予先进基层党组织荣誉称号。

(原载于2021年4月29日《中国石油报》)

### 名家点评

用新近发生的事例作为文章的起始,通过事例中的场景描写和人们的言谈话语,侧面反映出典型人物的典型特征——油库通,凸显了新闻的时效性。随后在时效性的基础上,围绕敬业奉献这一主线,对典型人物展开了全面报道。文章开篇代入感较强,为后续的阅读奠定了基础。

### 写作要点

典型人物的报道同样应具有新闻时效性,由新闻消息切入,再由新闻故事展开,其为一种叙述方式。

# 油站篇

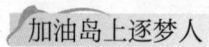

# 踔厉奋进展宏图

## ——中国石油湖北武汉销售分公司宏图大道加油站弘扬伟大抗疫精神促进高质量发展纪实

**油站档案**

宏图大道加油站位于武汉市东西湖区宏图路，地处汉口与东西湖两区域的连接点，占地面积2400平方米，员工12人，其中高级工2人。年均销量13800吨，2022年1月至9月，完成油品销量9122吨，实现非油收入370.7万元，加油站经营效益391.62万元，排名武汉分公司前列。先后获得湖北销售标杆集体、中国石油销售公司百座示范加油站、湖北省石油成品油流通行业百佳守约示范站、湖北省工人先锋号、中国石油集团先进集体、中国能源化学地质工会能源楷模、全国工人先锋号、全国抗击新冠肺炎疫情先进集体等十多项荣誉称号。

这是一座普通的加油站，冠名武汉宏图大道，名字吉祥且带有几分喜气；

这是一座颇受关注的加油站，2020年新冠疫情袭来，这里距定点医院仅一路之隔，感染风险高，防控压力大；

这是一座担当尽责的加油站，面对病毒肆虐，在确保自身"零疫情、零感染"的同时，坚持做到油品不断供、非油不涨价、管理不放松、服务不打烊，为抗疫保供做出了卓越贡献，全国抗击新冠肺炎疫情先进集体、中国石油集团抗击新冠肺炎疫情先进个人，两项荣誉双双落户"宏

图大道",成为全国10万座加油站的唯一;

这是一座与时俱进创新发展的加油站,三年来,"宏图大道"把荣誉当作新起点,把伟大抗疫精神化为踔厉奋进的强大动力,推进销售业务高质量发展,2021年油品毛利、吨油利润、非油收入等主要经济指标分别比上年增长8.05%、7.25%、10.11%,2022年前三季度主要经济指标继续保持增长势头。

"宏图大道"怎样把伟大抗疫精神转化为推动高质量发展的强大动力?近日记者专程采访,理清脉络,找出答案。

## 学习,赋新能增动力

2020年9月8日,全国抗击新冠肺炎疫情总结表彰大会在北京召开,宏图大道加油站经理马婷作为"双料"代表参加会议,聆听了习近平总书记阐释伟大抗疫精神——生命至上、举国同心、舍生忘死、尊重科学、命运与共。20个字,字字千钧,催人奋进,直达心底。

回到站里,马婷手捧奖牌给员工讲会议盛况、说获奖感想、谈成长体会,坚定表示:"作为抗疫先进集体,要增强政治意识,提高政治站位,带头弘扬抗疫精神,努力当好10万座加油站的排头兵。"两年来,"宏图大道"站务会多了一个固定内容——学习伟大抗疫精神;班组会多了一个不变程序——讲述"抗疫精神在岗位"身边人、典型事;员工微信群多了一个魅力环节——分享弘扬抗疫精神"微"案例、"云"体会;交接班多了一个庄严仪式——列队宣誓背诵20字抗疫精神。

紧密结合实际,立体化学习,多层次践行,多角度催化,使内涵丰富、意义深远的伟大抗疫精神,如春风化雨植入员工心田,逐渐变得具体化、形象化、典型化、本土化,以思想引领业务,以使命谋划保供,以服务护佑民生,凝聚起建功新时代,奋战新征程的坚定意志,迸发出推动销售业务高质量发展的蓬勃伟力,目标明确,思路清晰,形成具有"宏图大道"特点、体现员工智慧的动力转化蓝图,即"客户至上诚信经营,攻坚克难众志成城,服务为本互利共赢,科学营销有序竞争"。站经理马婷袒露心声:"伟大抗疫精神化为发展动力,犹如心里点亮一盏灯,打开一扇门,对销售为什么、保供干什么、服务图什么等销售工作目的、意义、宗旨、目标等一系列根本问题的认识都深化了一大步,提高到新层次。"

## 防疫,不松懈常态化

处在疫情暴风眼,宏图大道加油站时刻绷紧防控弦,马婷带领员工扛责任、抗疫情、守阵地,平稳不松劲,波动不惊慌,用好"工具箱",做好10件事:站内电视屏幕滚动播出抗疫精神内容;交接班双测温,每天早中晚三次消杀全覆盖;油罐车进站送油卸油扫码留痕;客户进店戴口罩扫码测温,若客户没有口罩就赠送一个;为救护车、冷链物流车开辟专用加油通道;员工每周5天定时进行核酸检测,分餐制分时分散用公筷,因地制宜坚持站内体育锻炼;举办防疫知识讲座,进行心理辅导,少外出不聚集;家在外地员工离汉要报批,当地员工不批准不离站,严格行程管理;员工上下班不会友、不购物,两点一线;移动POS现场付款,减少室内进人,降低感染风险。

10件事看似简单,常年做好颇难。就说戴口罩,"宏图大道"戴口罩有三个特点:早、实、严。2019年12月,新冠疫情尚在"内部掌握","宏图大道"就根据医护人员的建议,实行戴口罩上班。这里戴口罩不是做样子、象征性,而是真掴真戴,盛夏酷暑37摄氏度以上高温,现场员工佩戴N95口罩,汗水顺着下巴往下淌。站内员工不论是谁、不论早晚、不论原因,自觉做到不戴口罩不进站、不进屋。三年来,疾控部门检查、街道抽查、商务局暗访、看现场调监控,"宏图大道"戴口罩啥时都规范到位,没有一次低于95分。2022年实行挂牌考核,上级检查14次全部获得最高分、挂绿牌。

再说"疫"线坚守。宏图大道加油站有4名女工或娘家或婆家在外地，抗疫三年来，她们胸怀大局，严守纪律，坚守"疫"线，上级要求"非必要不离汉"，她们"有必要也不离汉"。加油员王金萍家在孝感，父母离异，残疾母亲归她抚养。2022年2月，母亲遇事想不开过量吞服安眠药送医院抢救，她心急如焚恨不得一下子飞到母亲床前，但此时正赶上武汉疫情又起防控吃紧，站里人手也少，"关键时刻咱不能掉链子！"王金萍打电话说明情况安慰母亲，并安排人护理，自己坚守站里工作。家在当地的员工更是做到应声而战，听令而行，没有一人破规矩、出情况、闹情绪。

常态化疫情防控，让"宏图大道"处处长眼睛，人人是哨兵，确保"外防输入，内防反弹"总策略和"动态清零"总方针落地落实，织密织牢疫情防控网。2021年8月14日下午1点15分，加油员蒋燕燕为一名顾客加汽油，现场刷POS一眼看出是"黄码"，她高度警觉，稳住客户，及时报告，疾控部门迅速落实跟踪管控措施，对加油站相关部位彻底消毒。三年来，"宏图大道"员工在站内发现疫情异常5起，都及时做了规范处置，为防控万无一失尽到了责任。

## 销售，破难题拓市场

近几年，油价频繁波动，疫情反复冲击，加油站经营面临困境。"宏图大道"被评为全国抗疫先进集体，让客户增加了品牌信任感和消费安全感，销售工作占有几分优势，但是，用抗疫精神武装起来的干部员工不满足自然增长，积极进取奋发图强，伴随新经济浪潮不断提高销售质量。

开发客户整体攻坚。

能源资源多元、销售主体多元、销售价格多元，加剧了市场竞争，在客户增加消费选择的同时，也增加了客户开发难度。以前，加油站开发大客户都指望站经理，"浑身都是铁也碾不了几颗钉"，这两年引入"阿米巴经营""每一个员工都是主角"，发挥团队整体功能，全员参与，合力开发，班组签责任状，个人立军令状，每周开展"头脑风暴"，大家说："连病毒都能打败，开发客户再困难也得拿下！"不怕丢面子，不怕跑冤枉路，不怕吃"闭门羹"。油品会员日，重点突破发卡，销量低谷，重点推进非油。终于在一个月内成功开发了湖北某建筑公司、武汉某物流公司、某园林公司、某电气公司等四家大型客户，月增销量40多吨。截至2022年9月底，宏图大道加油站客户微信群已超过3.7万人，拥有持卡客户2万人，卡销比36.6%，比2020年增长46.4%。

在交通便利商铺林立的大武汉，加油站销售非油商品充满了竞争。马婷组织员工精心谋划，抢抓机遇，以多重身份坚守经营一线：摆地摊、赶大集，她们是"小商贩"；小货车沿街叫卖，她们是"现代货郎"；线上接单下班送货，她们是"快递小哥"。加油站附近有个口袋公园，双休日很多家长带孩子来这里休闲游玩，员工们瞅准公园没有便利店的机遇，把几十种零食、饮料、雪糕、牛奶等儿童喜欢的食品装进保鲜柜，推进公园摆6个地摊覆盖销售，每天收入2000多元。圣诞节，把牛奶、脐橙摆到小区门口，两天收入3000多元。便利店努力营造商业氛围，根据客户消费"热力图"，精准投放促销信息，扩大销售覆盖面。2021年，"宏图大道"实现非油销售收入509万元，比上年增长3%，2022年截至三季度末，完成非油销售收入370万元，同比增长10.11%，店内销售由日均8000元增加至15400元，其中复合剂销售同比增长80%，到年底完成525万元板上钉钉。

服务客户做到极致。

以客户为中心的销售理念，在疫情防控中经受检验得到升华，为客户服务由方便快捷演进到真情超值，由温馨热情演进到完全彻底，由"后备箱计划"演进到送货上门，由满意演进到极致。2022年中秋节前夕，值班经理陈颖费尽周折联系到某单位食堂需要100袋大米，全部销售过程完全没有便利店销售的影子，倒像是志愿者护送一个病人——员工和司机提前24小时做完核酸检测，送货前1小时把阴性证明材料发给食堂管理员审核确认，员工佩戴口罩从后门把大米搬进仓库，和食堂人员不照面、无接触。

在"宏图大道",以客户为中心演绎多种版本,"不见客户"是为客户,"紧追客户"更是为客户。2022年8月17日,一位客户加400元汽油当场现金付款,到店内办卡时忙中出错又重复支付,加油站发现时该客户已离去,员工马上通过电子信息找到本人,将重复收取的400元退还。"追踪退款"成为美谈,该客户成为加油站的"铁杆",又陆续带来新客户。

回报客户山高水长。

"宏图大道"普通但不一般,湖北销售标杆集体、中国石油销售公司百座示范加油站、湖北省百佳守约示范站、中国石油集团先进集体等十几项荣誉光环萦绕,令人自豪,员工们说:"加油站的荣誉是广大客户给的,我们要掏出真心回报客户,报效国家。"实践中他们做得比说得更漂亮。疫情袭来,他们勇敢逆行,主动投身防控一线,以志愿者的方式积极参与居住地社区防疫工作,共同打赢疫情阻击战、歼灭战。将军路街道静默管控,加油站主动联系有关部门,掌握信息,了解需求,及时把防疫用品和生活物资送到社区,街道居民送锦旗表示感谢。

作为全国先进加油站,"宏图大道"回报客户注重想长远、抓根本,便利店常年代销助农产品,宜昌的雪橙和屈姑的黄桃系列水果罐头、恩施的玉露富硒茶叶和葛根粉、咸宁的青砖茶等知名品牌,从这里随客户走向四面八方,助力农民脱贫、乡村振兴。

两年来,武汉市商务局组织全市加油站行业开展"十优满意单位"评选活动,广大市民海选,职能部门监督,权威媒体发布,全市700多座加油站参评,"宏图大道"月度评选优秀票最多,年终评选还是名列前茅。

## 榜样,带队伍同心干

"宏图大道"创先进,关键有个"好领班",这是马婷以站为家带头干换来的员工口碑。马婷1982年出生,2006年湖北大学毕业,2008年进入中国石油,先后在7个加油站任职,2015年调任"宏图大道",当年销量破万吨。

马婷带头弘扬抗疫精神,工作抢着干,事事走在前。在"宏图大道",员工用"一马当先"赞美马婷的泼辣风格。的确如此,她像战士一样坚守阵地,寸步不离;像工人一样盯在岗位,专心致志。2022年8月,公司进行加油站专项检查,准备工作正较劲,马婷患上重度荨麻疹,钻心刺痒,医生让住院一星期,她哪有这个心思?到医院处置一下就跑回站里,保养设备、清理现场、打扫卫生、核对账目,由于治疗不彻底留下病根,身上动不动就刺痒。

马婷把加油站当日子过,身子走不开,手里放不下。一次,马婷与客户交谈,得知某中心将举办大型家具展,立马将此消息发到站里,两名员工放弃休息进入展会,实现发卡150张,充值8万元。员工说马婷是"处处留心抓销售,于无声处创效益"。

马婷关心员工成长,注重队伍建设,提高服务技能,以适应市场新变化,满足客户新需求。根据员工性格特点和业务专长,适时调整岗位分工,实行定向培养;根据能力短板和任务差距,开展岗位技能培训,激发创造潜能;结合劳动竞赛,开展班组对标、个人对赛,互学共进。至今,"宏图大道"培养出核算员1名、前庭主管5名、加油站经理(副经理)5名,2名业务骨干光荣加入中国共产党。

在利益面前,马婷看得开、豁得出。三年来,"宏图大道"加油站送出口罩至少有5000个,都是马婷自掏腰包买的。荣获抗疫先进集体,她从个人奖金中拿出3.6万元捐给慈善总会,资助留守儿童,支持"共享阳光·困难儿童助养计划"。盛夏酷暑,她给员工买防暑降温药品;员工过生日,她送上蛋糕;抗疫保供辛苦,她给员工买自助餐券,增加营养;员工父母患病,她送去营养品。还用奖金给女员工买防晒护肤用品,给员工子女买学习用品等。这些年究竟拿出多少钱她自己也记不清。

马婷最见不得员工有困难受憋屈,谁有事她准帮忙。暑期工何豪迈家庭生活困难,一到假期就出来打工,干过保安,做过外卖,当过宾馆服务员,挣到钱供自己上大学和给继母治病,员工要给他捐款,他觉得

"丢人格没面子",坚决不要。马婷好事办好,以销售奖励的名义,从个人奖金中拿出 1000 元发给小何,小何体面,员工感动。

在"宏图大道",有些月份前庭主管和便利店员的收入比马婷高出 300 多元,原来是握有二次分配权的马婷在非油奖金面前把自己划出来,让非油奖励回归本意,员工看在眼里,敬在心中。

工作面前把自己摆在前边,利益面前把自己摆在后边,马婷用实际行动温暖姐妹情,凝聚员工心,唤起员工同心干,"站兴我荣、站衰我耻"成为共识,大家团结得像一个人,工作抢着干,任务共同担。加油员乐建桥 51 岁,站里照顾他只值守 3 号加油岛,他斗志焕发不服老,主动帮助管理 2 号加油岛,还把摩托车加油和散装油业务揽过来,一人顶两人用,从早到晚浑身不见干。加油员杨超因病手术,员工轮流顶岗替班,前庭主管朱浩把加油、接卸、现场管理、非油推销全包下来,有时连轴转,被誉为"全能工"。

### 名家点评

把典型放在社会大事件的背景中,在波澜壮阔的大背景下,寻求典型报道的突破,凸显典型的张力和与众不同的风范。如此点面结合,给典型报道找到了一个精准的切入点,独一无二,个性鲜明。

站名的独一无二,位置的独一无二,荣誉的独一无二……几个"独一无二"足以使此典型区别于其他典型了,勾勒出一个个性鲜明的典型形象。由此为典型报道的展开奠定了基础,厘清了报道的脉络。

彰显个性是典型报道成功的要素,同时把共性有机地融入富有个性报道的脉络中,将普遍性与特殊性相融合,使典型形象既骨感又丰满。社会突发大事件中取得的工作成绩有其特殊性,也有其普遍性,原有日常工作中的探索与积累,也是其中必不可少的一部分。

可以说,此文用几个"独一无二"为读者推开了一扇窗,用社会大事件为典型搭建了一个台,用日常工作中的创新举措为报道铺就了一条路。从而体现出典型的脱颖而出绝非偶然，靠的是日积月累长期奋斗。

唯一性是典型报道的切入口，找好切入口，典型素材在报道中才能有的放矢。

### 写作要点

时代感是典型报道的活力所在，如此，典型才更具现实感染力。

# 油非互动舞翩跹

## ——中国石油河南郑州销售分公司第 20 加油站效益持续增长探秘

**油站档案**

河南郑州销售分公司第 20 加油站，位于郑州市金水区经三路与红旗路交叉口，纯汽油站，年均销量 13800 吨，最高 14600 吨，非油年收入 500 万元。2010 年 4 月应邀到河南销售公司总部月度生产例会上介绍经验。曾荣获郑州分公司基础管理先进加油站、非油销售先进加油站、数质量管理先进加油站；河南销售先进集体、先进便利店、收入百强便利店；中国石油十大标杆加油站、集团公司基层建设示范单位、集团公司基层建设百个标杆单位、中央企业红旗班组等称号。

在素有"财富大道"美誉的郑州市金水区经三路与红旗路交叉口，坐落着一座日销量达 44 吨的纯汽油加油站——河南销售郑州分公司第 20 加油站。

在这里，真金随着油流淌，效益伴着非油生。2008 年，第 20 站销售汽油突破 1.5 万吨，非油收入达到 465 万元。2009 年上半年，销售汽油 8052 吨，实现非油收入 259 万元，成为河南销售公司汽油销量最大、非油收入最高、经济效益最好的加油站，先后获得集团公司先进班组和河南省青年文明号等 10 多项荣誉称号。

客户共享孕育互动。"客户是加油站第一资源，把油品客户发展成非油客户，实现客户共享，是实现油非互动的前提。"记者在第 20 站了解到，这个站按照客户分类管理的原则,建立油品销售和非油业务两套客户档案,分别由员工进行定向联络维护,平时打电话,年节发短信,生日送祝福。大型固定客户由站经理重点负责,平时定期上门走访,重大节日开展联谊活动,生病住院及时看望,建立朋友式亲情关系。

非油业务开展以来,许多客户把购买非油商品看成是对朋友工作的支持、对加油站员工的感情回馈。工商银行河南分行是这个站的老客户,车队队长惠长剑说:"20站搞非油,我们作为朋友得大力支持。"2008年,这个行在第20站购油130吨,购买非油商品价值13.2万元。

河南省农业发展银行每年在第20站定点加油70多吨,车队办福利就在便利店拿货。2008年,车队队长被提升为行政处处长,机关食堂所用米、面和油全部由第20站便利店负责供应。像工行、农发行这样定点加油、定点拿货的大型固定客户,第20站共有16家。2008年,16家集团客户在第20站便利店购买商品占全部非油销售收入的24%。

品牌优势助推互动。把中国石油的品牌优势转化为非油业务的竞争优势,是第20站油非互动的重要经验。

一些大单位委托加油站管理油品,这个站员工不怕麻烦,分单记账,一车一卡,对号加油。

为检验加油站帮助管理油品是否严格,有的单位变着法儿到加油站考察检验。果然,凡是手续不全、油卡不对、车号不符,任凭怎样说好话、使小钱,没有一个能加上油,从而对加油站更加信任,购买非油商品首选第20站。

河南电视台有200多辆车,实行"卡票双重控制",手续繁琐,工作量大。第20站员工像管理自家油品一样为电视台精心管油,没有发生一笔差错。电视台购买矿泉水、食用油和橄榄油自然在第20站拿货。2008年,电视台在第20站购油455吨,购买非油品价值14.4万元,成为油与非油品消费大户。第20站副经理王军涛对此深有体会地说:"信誉是吸引客户油非互动的金字招牌。"

商品陈列引导互动。记者半年内曾3次采访第20站的非油业务,深感便利店经营有学问，商品陈列有讲究。比如，为提高客户进店率，第20站员工在便利店布局、商品陈列上没少动脑子。他们把设在加油现场的开票室搬到便利店内，连洗手间位置和开门方向也作了调整，顾客刷卡、开票、如厕必进便利店，必经商品区。

购买便利催生互动。记者深切感受到，第20站非油业务火爆的根本原因在于便利。为让便利店真正便利起来，第20站建立商品预约、缺货登记、按需进货、送货上门等系列便民措施，客户在便利店购物做到"五个不用"，即停车不用现找位，东西不用自己搬，交款不用排长队，不用担心买假货，不用担心早闭店。开车买货，员工把东西搬上车；拿着不方便，员工负责送到家。

每逢周末，许多3口之家驾车出游，第20站在提供加油服务的同时，实施"后备箱工程"，引导客户把成箱的方便面、火腿肠、小食品和成件的饮料装满后备箱，以规模销量创规模效益。

知识启迪提升互动。第20站便利店主管王瑞琼告诉记者："实现油非互动，不能光凭热情，还必须掌握一定的油品及非油品知识。"记者了解到，有的车辆档次较高，却不加高标号汽油；有的车10万元左右，也加97号汽油；有的客户买饮料不管品质只图便宜。

为引导客户走出消费误区，更好地实现油非互动，第20站经常组织员工学习汽车和油品知识，了解各种饮料的营养成分和保健功能，做到加油讲匹配、喝水讲营养，从而既增加了高标号汽油销量又使客户降低了养车成本，既增加了高档饮料消费又有益于客户身体健康。橄榄油具有促进血液循环、延缓人体衰老、降低心脑血管发病率等保健功效，员工讲解到位，客户踊跃购买，尽管价格不菲，每月都能卖出十多瓶。崂山苏打水每箱140元，开始很少有人问津，当员工把"酸性体质需要碱性水"的知识介绍给顾客，购买的人逐渐增多，有时一天卖出8箱，实现销售收入1120元。

业绩考核激励互动。为不断增强搞好油非互动的自觉性，第20站实行油品销售与非油业务捆绑考核，指标分解到班组，落实到人头，加油员有销售非油的任务，非油人员有推销油品的指标，完成情况与油品绩效工资和非油奖金挂钩，有力地促进油与非油联动销售，出现车加油、人购货，油品热、非油火的销售局面。

考核激励，重在兑现。根据非油销售奖励政策，第 20 站逐月兑现非油奖金，两年来人均月增收入超过 300 元。

如今，第 20 站已成为河南销售非油业务培训、管理实践和商品检验基地，培养便利店专业人员 90 多名。今后目标是经过两年奋斗，汽油年销量达到两万吨，非油日销售收入达到两万元，努力打造"含金量"更高的精品站。

（原载于 2009 年 8 月 18 日《中国石油报》）

### 名家点评

从典型的经验介绍到典型的通讯报道，需要记者透过骨感的经验材料，从中发现有价值的新闻线索，由此展开深入细致的现场采访，获得大量鲜活的一手写作素材，通过选择构思描述，最终形成一篇有血有肉生动丰满的典型通讯报道。典型之所以成为典型，必有其过人之处，不凡成绩的取得必有其独门绝技，所以对其探秘必能吸引更多读者的目光。所谓探秘就是抽丝剥茧层层递进的过程，是透视典型背后故事的过程，是骨骼与血肉的结合，是经验性与可读性的统一。总之，通过对这一精品站的全方位探秘，油非互动的细节讲述，使典型得以立体呈现。

### 写作要点

行业的典型报道有其自身的写作规律，如何把握经验性与可读性的平衡，推动促进行业企业的发展，是一个值得探讨的话题。

# 全员入"细"织锦绣

## ——中国石油天津销售分公司海珠加油站精细化管理管窥

**油站档案**

  海珠加油站位于天津市河西区珠江道与微山路交叉口,占地面积3396平方米,建筑面积600平方米,2004年投运,系全资型纯汽油站,现有员工14人,最高日销量40吨,便利店营业面积270平方米,日销售额8000元,多次被评为标杆加油站、人气百强便利店,荣获中国石油集团公司质量管理信得过班组、中国石油先进集体等称号。

  营业室、便利店、休息室、卫生间,凡有电灯和自来水开关的地方,都明确标有节水、节电责任人;

  顾客从卫生间出来,马上就有员工进去打扫,前庭主管每隔半小时检查一次并签字确认;

  加油机没擦干净,不用班长承担"我们班没做好"的责任,而是按照分工直接追究值日员的责任;

  每周例会,站经理主持,员工唱主角,争相出点子、提建议,会议开得热热闹闹,会后干得开开心心。

  ……

  以上这些措施,不是某单位制定的岗位责任制实施细则,而是天津销售市区分公司海珠加油站全员、全岗位、全过程精细化管理的真实写照。

## 经营创效　员工都是有心人

"原来俺们觉得加油员就是把枪付油，开发客户是站经理的事儿。后来渐渐明白了，开发客户是大家的共同任务，因为如果没有客户，我们给谁加油呢？"计量员刘洋，加油员田忠广、刘承伟对记者说。"对于开发客户这件事，大家都很上心。2009年1月我接手海珠站时，固定客户只有二十多家，到2010年7月增加到六十多家。"加油站经理高丽娟的脸上露出了满意的神情。

记者从客户档案中发现，海珠加油站开发客户的工作的确不一般。客户档案不只是填写相关数据的表格，而是在资料信息中增加了与客户相关的图片。站上把大型固定客户负责人的"坐骑"拍了下来，做成相册式客户档案，详细注明单位名称，管油人姓名、联系电话，加油车辆的型号、数量、牌号，加油品种，加油频率等信息，之后把稳定客户的任务分解落实到班组，定向联络，跟踪维护。

海珠加油站的客户档案还有一个特别之处——准客户档案和流失客户档案一应俱全。对具备开发潜力的客户，站上加大攻关力度，了解对方需求，以品牌吸引，以服务感动，不拿下不罢休。两个流失客户，一个因单位搬迁，一个因海珠站不经营柴油。然而，顾客搬走，信息没断，为的是有一天客户一旦需要，首选还是海珠加油站。

"客户在身边，客户在眼前，客户在心里"。海珠加油站员工把开发客户当作分内工作，当班时尽心尽力，下班后处处留意。有一次，计量员刘洋打车去影楼给儿子拍满月照，交谈中得知司机和自己同住一个小区，便有意向其宣传中国石油品牌。他向对方介绍优惠政策，针对这位司机"到处是油站，不知哪家好"的困惑，小刘热心传授"等量加油，货比三家，质量首选，便宜不占"的鉴别秘诀。经过亲身体验，几天后那个司机改在海珠加油站定点加油。他还通过车载无线对讲系统向别的司机宣传，引来三十多个出租车司机到海珠站办理了加油卡。

"心里想着开发客户,客户就会站到你的面前。"加油员田忠广在网上结识了一位车友会的朋友。在QQ群里,他向朋友披露不法油站在油品数质量上如何做手脚、搞猫儿腻,同时宣传中国石油的诚信经营和规范服务,请朋友到自己所在的海珠加油站参观检验,试加试用,品味油站文化,感受服务真谛。后来,四十多名车友会成员"青睐"宝石花,成为海珠加油站固定客户中的新成员。

在海珠加油站,有一个"说十遍不如贴一张,细心再多一点点"的说法。原来,2010年5月成品油价格调整,上级同时推出IC卡加油优惠3%的促销政策,全站员工大力宣传,但仍有许多客户反映"太原则,太抽象",甚至有的客户还对此政策提出怀疑。高丽娟和骨干员工商量之后,印了6张大型海报,在"IC卡加油优惠3%"的标语下面,又用大红字写下一句话:"相当于每升油降价0.18元。"这句话非常抢眼,当日就卖出IC卡四百多张,最少的充值500元。上半年,海珠站售卡2335张,充值额超过1380万元。

在稳定的客户群体支撑下,2009年海珠加油站实现销量12464吨,比上年增加2913吨。2010年上半年,该站完成销量6797吨,同比增长25%;其中纯枪销量6167吨,同比增长21%;平均日销量34.7吨,同比增长18%。上述三项指标均列天津销售城区加油站第一名。"开发非油客户大家同样上心。"便利店主管自豪地说。海珠加油站便利店临街靠道,面积270平方米,经营21大类、2400个品种。为了扩大非油销售,海珠加油站突出便利特色,做好服务文章,实行油非互动,推出"后备箱计划",努力把购油大户发展成非油商品采购大户,支撑非油业务快速成长。

海珠加油站附近有6个居民小区,居家生活用品消费潜力巨大,这使海珠加油站看到了非油业务进一步做大的希望。他们印制了数千份宣传资料,全面介绍中国石油加油站便利店网络优势、商品信息、经营特点和服务承诺,员工们利用休息时间进社区、入楼房,挨家挨户发送商品广告。

海珠加油站旁边有个公园，每天早晚有许多老年人在这里散步健身。员工们瞅准机会，早晚时间到公园推介便利店商品，与大叔大妈面对面沟通、心与心交流。现在，大叔大妈散步时总会顺便到便利店买些油盐酱醋等日用品。遇到买米买面，员工们还会给扛上楼、送到家。许多老人赞叹："加油站有个便利店真是方便到家了！"海珠加油站统计数据显示，到便利店购物的顾客，附近居民占到40%。

顾客盈门生意红火。2009年1月便利店投入运营，当年便实现销售收入218万元。2010年1—6月，该站实现非油收入116.6万元，同比增长10%。

## 控本降费　员工都是责任人

在海珠加油站采访，记者时时被员工勤俭持家的主人翁精神所感动。便利店用过的纸壳箱，顾客丢弃的饮料瓶，看过的废报纸、旧杂志，都被他们细心地收集起来卖废品，再用卖完的钱买办公用品。低值易耗的办公用品，员工们也是能省就省，圆珠笔换芯不换杆，打印纸两面用，曲别针、大头针回收再利用。核算员郑建平告诉记者，一个小小的大头针，最多时反复使用10次。"大头针"精神成为海珠加油站员工精细管理、控本降费的一个缩影。

责任是精细管理的"变压器"。便利店开业用电量增加，但海珠加油站每月电费却比原来下降一千多元，因为科学用电、人人节电，随手关灯已成为员工的自觉行为。

以前，为了清扫场地不起灰尘，员工要么一桶一桶往地上泼水，要么接上自来水管往地上冲水。自从有了节水责任制，改用喷壶洒水，用水量节省了80%，清扫效果一点儿也不差。

在海珠加油站，流传着"橡皮筋变投币袋"的故事。按规定，加油员当班期间身上携带的现金，白天不得超过500元，夜间不得超过300

元，多余的钱用皮筋捆上放入保险柜。有时橡皮筋断了，数好的钱散落开，又得重数重捆，每月光买橡皮筋就要花八十多元钱。硬币没法儿捆，只好用报纸包、用塑料袋裹。

想尽责就有办法。核算员郑建平从家里拿来白布头，保洁员郭万金把布头做成大小合适的投币袋，钉上按钮，纸币硬币都能放，既方便又耐用。一个班下来用四十多个投币袋，交班结账完毕，下个班接着用。到2010年6月底，员工们已缝制投币袋六十多个。

## 言传身教　经理是个好带头人

说起海珠加油站的变化，员工们异口同声地称赞道："站经理高丽娟是个好带头人！"

2008年8月，中国石油大学毕业、已在机关有舒适稳定工作的高丽娟，主动要求到加油站工作。

在海珠加油站27名员工中，高丽娟属"小老妹儿"。别看她年龄小，却把"以身作则""打铁先要自身硬"等领导艺术演绎得淋漓尽致，让员工心服口服。

作为站经理，高丽娟没有办公室，管理是"进行时"，办公在别人的桌子上。只要她在站里，就牢牢钉在现场，每天走动管理达8小时以上。她说："站经理的位置在加油现场，和员工一起干彼此心里没距离，工作起来更有力量。"

高丽娟说到做到，处处给员工做榜样。2009年上半年，国际金融危机影响了成品油销售，高丽娟带头开发客户，扩销上量。

天津财经大学某教工家属小区有三百多辆私家车，是个"成长着的用油大户"。高丽娟拿着宣传单，揣着IC卡，四次找到学校有关部门，与校方进行沟通交流。校领导和老师们被高丽娟"眼睛向下、立足基层、务实就业"的选择所感动。一方面让她给应届毕业生讲体会，另一方面帮她联系小区物业，动员私家车车主到海珠加油站定点加油、购买商品。没多久，小区三百多个私家车车主成了海珠加油站的客户。

有了开发天津财大的经验，高丽娟又"攻"天津科大，六次上门，锲而不舍，六百多辆私家车主陆续在海珠加油站办理了加油卡。

为了扩大润滑油销量，高丽娟忍屈辱，挨白眼，3个月40次攻关汽配城，吃饭不及时、睡觉不安稳，体重由117斤降到87斤。终于"敲"开6家客户大门，一下子卖出四十多万元的润滑油。

高丽娟干工作能豁出一头儿。2009年6月，高丽娟做了个小手术，医生嘱咐休息7天，打针消炎。结果她第3天就上班了，忍受病痛坚持工作。

平时，高丽娟十分关心员工的思想、工作和生活状况。员工有思想情绪，她耐心开导；员工不适应工作，她细心帮助提高；员工生活遇到困难，她热心帮助解决。

加油员刘承伟的父母体弱多病，哥哥不能正常工作，一家人的生活重担都压在小刘的肩上。高丽娟带领骨干员工前去走访，了解情况，为小刘申请特困补助。小刘的父亲做手术押金不够，高丽娟带头捐款1000元，同时组织员工奉献爱心，很快解决了手术费问题。小刘怀着感恩之心努力工作，连续三次成为加油站的"销售状元"。

高丽娟用道理启迪员工，用行动感染员工，用目标激励员工，用幸福凝聚员工。海珠加油站人心齐、风气正、干劲儿足，员工的积极性、创造性像潮水一样高涨。

2010年1月3日夜，天津市降下大暴雪，平地积雪一尺多深。

雪情就是命令！天还没亮，家住附近的员工张林、吴伟不约而同地冒雪赶到站里，投入除雪战斗。早上6点，高丽娟给休班员工发出扫雪短信，不到半小时，大家就携带工具来到站里。员工吴伟还让父亲买来了除雪剂。大雪下了一天，附近一些加油站因除雪不及时，雪结成冰，车辆难行，海珠加油站却畅通无阻，大雪天日销售油品29吨。

在高丽娟的影响带动下，海珠站员工养成了严细管理、注重实效、精益求精的好作风。加油站周边5千米范围内目标市场客户排查，不用领导点名，员工踊跃参加；便利店商品上架，从早上 7 点干到第二天凌晨两点，没有一个人叫苦退缩，上级盘点时连一瓶水都不差。"促发展、上规模、增效益"劳动竞赛，员工人人有指标，工作一个赛一个。由于销量增长，员工人均月收入也增加四百多元。5 月以来，市区分公司连续三次开展综合管理大检查，海珠加油站两次第一、一次第二。

(原载于 2010 年 8 月 12 日《汽车生活报·油商周刊》，《中国石油报》摘发)

### 名家点评

几条简明的精细化管理举措首先吸引了读者的目光，开宗明义，整篇通讯的主旋律由此奏响。围绕"细"字做文章，有故事，有方法，有观察，有亲历，文章信息量大，可读性强，行业指导性在充满细节的有声有色的叙述中得到呈现。标题中的"细"字用得恰到好处，读者从中既看到了文章的主题精神，又隐约感受到"戏"字谐音的出神入化，把全员参与、全身心投入的意思也放在了里面。

### 写作要点

调动一切写作手法，围绕主题做好内容，好的通讯一定是可读的。

# 花开百里秀长白

## ——中国石油吉林销售公司百里花加油站亲情服务纪实

**油站档案**

百里花加油站位于吉林省梅河口市百里花广场，国道202线和303线交汇处。员工14人。年销售成品油1.1万吨，非油收入315.5万元。获集团公司十大标杆集体、中国石油先进集体、全国青年文明号、中央企业红旗班组等荣誉称号。

金秋十月，长白山麓枫叶红似火，景色美如画，旅游观光的车辆络绎不绝。然而，对许多驾车人来说，百里花加油站似乎更有吸引力，"欲进长白山，先到百里花"，成了他们多年的习惯。2010年"十一"黄金周，该站日均进站车超千辆，日均销量47吨，非油日均销售收入2700元，被誉为长白山旅游"第一赢家"。

百里花加油站地处吉林省东南部202国道与303国道交汇处的梅河口市百里花广场，是去往通化、集安、长白山旅游热线的必经之地。加油站运营10年，日均销量增长10倍之多。2006年以来，该站连续4年纯枪销量超万吨，连续3年非油收入突破百万元，先后获得吉林销售公司先进单位、吉林省青年安全生产示范岗、吉林省青年文明号、中国石油百面红旗、中国石油集团公司先进集体、中国石油集团公司十大标杆集体、全国青年文明号、全国总工会振兴东北老工业基地优胜班组等荣誉称号二十多项。

论位置不算最佳，论规模不算最大，论设备不算最好，百里花加油站何以成为中国石油加油站中的佼佼者？10月中旬，记者实地采访，三级领导介绍情况，四任站经理会聚一堂，新老员工畅谈感受。记者从干部员工说得最多的"四句话"中找到了答案——"开口先问好，加油带小跑，进站是亲人，客走情未了"。

在百里花加油站，不论员工遇到什么问题，心中有多少烦恼，只要换上工装，往加油机旁一站，就会自然露出微笑，决不把不良情绪带到工作岗位上，每个人都能做到——

## 开口先问好

"师傅辛苦了，请问加什么油，加多少？""先生您好，欢迎光临！""小姐您好，很荣幸为您服务！"……在百里花加油站付油现场，加油员温馨甜美的问候声此起彼伏，声声悦耳，沁人心脾。

大千世界，矛盾无处不在；居家过日子，磕碰在所难免。在一个单位工作，脾气秉性有别，性格爱好各异，思想认识不同，难免影响员工情绪，百里花加油站深谙此理。他们开展学习交流谈心活动，建立"员工心理倾诉机制"，谁有为难事、闹心事，第一时间向站经理倾诉。每天班前5分钟，员工面对面相视微笑，观察情绪，表露心情；轮流讲笑话、说幽默、逗乐子，大家开心一笑，击掌上岗，快乐工作。员工们说，不以个人情绪影响服务，是对岗位的忠诚，对责任心的承诺，对客户的尊重。

2009年春耕期间，正是送油大忙的时候。加油站副经理董雷因家庭琐事与妻子闹矛盾，妻子一气之下要离婚。时任站经理的温春来发觉小董情绪不对，及时谈心了解情况，并把小董的妻子请到站里，党员干部一起做思想工作，两人终于消除矛盾，重归于好。

员工有了好心情，才能向客户传递出真情，为此，百里花加油站努力营造令人舒心的工作环境。针对家庭婚姻、健康状况、工作碰撞、跑单差款、收取假币、评比不公、客户刁难等影响情绪的诸多环节，他们开辟谈心室，设立委屈奖，开展多帮一，众人洒阳光。加油员赵志军租房没几天，家中被盗，连煤气罐都被偷走。站经理得知后，二话没说，扛起自家的煤气罐，又买了一套新炉具送到赵志军的住处。加油员李鹏患肺炎住院，大家买水果，送鲜花，白天休班员工轮流护理，夜间站经理亲自陪护。前庭主管魏力峰家里秋收忙不过来，加油站员工连续3年为他家割稻子、收玉米、建粮仓，使小魏的工作积极性不断提高。

倾心诉说、相互帮助、排忧解难的疏导机制，成为员工保持良好情绪的"催化剂"。心中无烦恼，工作干得好。10年来，百里花加油站干部员工潜心经营，热心服务，精心管理，始终保持无账款差错、无异常损耗、无数质量纠纷、无客户投诉的"四无"记录。

百里花加油站日平均进站车辆千余车次，员工们急客户所急，努力提高工作效率，大车加油5—7分钟完成，小车加油2—3分钟搞定，如此快捷源于这里——

## 加油带小跑

记者在百里花加油站看到，这里的加油员不会慢步走，接车、换位、交款、开票，全是一溜小跑。

"快加快走是所有进站客户的共同心理要求。为了适应客户需要，缩短车辆加油时间，员工们练就了'眼尖手快脚生风'的本领。"现任站经理傅利军告诉记者。

员工们心里有一本账：一个班次进站车辆约1000车次，5名加油员人均服务200车次，全部流程做下来，每人每班至少小跑10千米，一年穿坏5双鞋。

夏天还好说，最难熬的是冬季。零下二十七八摄氏度的严寒，冰冷刺骨，穿普通棉衣一会儿就被冻透，夜间超过零下35摄氏度。为了搞好御寒保暖，公司给员工做了厚棉衣，发两副手套，一个电热怀炉。女员工穿厚底雪地鞋，垫两双棉鞋垫，穿两条棉裤，"虎背熊腰"，两腿挺直，但只要有车进站，照样小步快跑，做到天气寒冷，服务热情不减；行动不便，服务程序不减；车辆减少，服务质量不减；没人催促，加油速度不减。

2009年年底，随着长通高速公路建成通车，百里花加油站大型柴油车辆减少，汽油零散客户增多，提枪频率高，劳动强度大。员工们克服困难，在快速加油上做足文章：勤观察，车未稳人先到位；勤招呼，前边加油，后边接迎；勤跑动，两枪两车两个品种同时操作，同步完成。加油员王国忠经常一人看两台加油机、8把加油枪，一个班次下来跑动超过16千米，是百里花加油站的加油状元和"上榜率"最高的服务标兵。

某运输公司有12辆大型专用罐车，往大连快运各种葡萄酒。公司老板看好百里花加油站的跑动服务和快速加油，宁可绕行10千米，越过5座加油站，舍近求远到这里享受"快加快走"的便捷服务，每月给加油站带来36吨销量。

百里花加油站增设洗车场、换油中心、司机休息室、修车工具箱、日常急用药品等15项便民措施。在这里解暑有冷饮，驱寒送热茶，饿了能煮面，咖啡可解乏。客户称赞："车进百里花，如同到了家。"此话毫不夸张，员工们始终坚持——

## 进站是亲人

百里花加油站的员工把顾客当亲人，把加油站打造成温馨的司机之家。

一趟从通化开往长春的班车，每天下午四点半左右到达百里花，车加油，人吃饭。饭其实就是方便面，一连几天都是如此。便利店主管孙超发现，有时车走得急，面还没泡开司机就吃了。"这怎么行，时间长了胃会受不了的。"于是从第二天开始，孙超便承担起提前10分钟为司机和乘务员煮方便面的任务，有时还烤上两根火腿肠，或拌两个小凉菜。3年来，孙超"四点半煮面"的工作一直没间断。凭着这股热心劲儿和为客户办的实惠事儿，参加工作8年的孙超16次被评为服务标兵。

百里花加油站把"进站是亲人"的理念内化于心，外化于行，宁可自己麻烦千遍，不让顾客一时为难。某个体车队有6辆大货车，负责管账的老板娘还开着一个饭店，现金加油，老板娘要来付款；刷卡加油，老板娘要来刷卡，往返奔波，影响生意。加油站主动和对方商量，把加油卡放在站里由两人保管，建立加油登记簿，时间、车号、司机姓名、加油数量逐车逐日详细登记，由加油员和司机共同签字确认，并有专人现场监督。每月购油款1.4万元，油一升不丢，钱一分不差。几年来，有10个客户委托加油站协助管油，既有国企，也有私营企业；既有事业单位，也有政府部门；既有本地老板，也有外地客户。

进站是亲人，难得是信任。一次凌晨3点多，一辆往通化送铁粉的河南籍大货车，加满油后钱不够了，司机顿时犯了难：要是不赶在早7点前验货，就得压一天车，多花钱，耽误活儿。员工在详细了解司机的姓名、身份等信息后热情安慰："别着急，你进站加油就是对中国石油的信任，我们也信任你，差的500元钱我们先替你垫上。"一个星期后，那位顾客前来还钱，还带来了3辆大货车。

来百里花加油站的客户，总是会由"头回客"变成"回头客"，进而成为"固定客"。2010年7月5日，百里花加油站停业改造，8月4日恢复营业，没打电话、没做广告、没发消息，围挡一拆，顾客就呼啦啦地上门了。第七天日销量就恢复到改造前的37吨，第九天达到40吨，大型稳定客户比改造前增加25家。截至10月底，百里花加油站已实现销量11825吨。

百里花加油站的员工感情细腻，想得长远，做得细致，管得"宽泛"，只要进站，就给予亲人般的关照。顾客新买轿车，没上牌照，停在哪儿都不放心，加油站员工少睡觉，轮流热心帮助看管；初冬，气温骤降，农家妇女抱孩子在站外等车，衣着单薄难抵风寒，员工们将其请进屋，给孩子腾出床，盖上被；农村小学生进城走失，找到加油站，员工们帮助买车票，护送回家。

2010年春节前的一天晚上，一位外地顾客开车到百里花广场接在天津上大学的女儿。当时，因时间还早，天气又冷，便到加油站便利店转悠，可能是着凉，肚子疼起来，开票员孙扬及时找来对症药片。客人服下后症状消失，接到女儿后在便利店里花1200元买了四个果仁大礼包。

"销售油品，展示人品""先做朋友，后做生意""相识在油站，思念在心间""交往几年，记忆一生"。一些客户几天不见面，员工心里就犯寻思；有的客户移师别处，员工依依不舍，联系不断。真正做到——

## 客走情未了

百里花加油站有正规的客户档案，加油班长有客户信息小本子，更多的员工则把客户记在心里，年节发短信，生日送祝福，平时常问好，浓浓的情谊把员工与客户紧紧地联系在了一起。

2007年，梅河口改善城市生活用水，兴建"引龙（海龙水库）入梅"工程，长春市一家工程队中标第四标段，钩机、吊车、板车等大型设备日耗油1吨多，由百里花加油站负责供油。工程队负责后勤保障的艾彦国穿针引线，又介绍两个标段来站上购油。

加油站的员工把艾彦国视为挚友，念念不忘。在百里花加油站，流传着"为艾彦国接力送车牌"的故事。一次，艾彦国得知加油员丛建秀的妹妹到长春办事，就委托她把一个车牌捎到站里，再由站里想办法捎到通化。丛建秀接到车牌，又托人找到长客公司，经3个人传递，终于把车牌交到当事人手中。

由加油相识,到朋友相知,再到有事相托,百里花加油站的员工对客户一如既往,实心实意。2010年4月1日,一位几年前认识的老客户,委托孙超把一件贵重物品交给一个客车司机,捎到通化去。发车时间知道、车牌号知道,但一堵车时间就摸不准了,而且客车的外形、颜色都一样,说不准哪辆是。孙超站在雨中等候,想回到站里取伞,又怕车过去,不取伞就得挺着挨浇,他在雨中足足等了半小时,才把那辆车等来。

客走情未了,真情有回报。某公路养护公司有二十多辆大中型工程车,每年需要成品油千余吨,2006年以来一直在百里花加油站购油。2010年年初,面对个体加油站的低价诱惑,该公司走掉了。合作四年,情深意浓,加油可以到别处,但双方的感情不能断。于是,从站经理到员工,经常给该公司购油负责人打电话,发短信,关心身体,祝福家庭,打听情况,了解需求。听说该公司领导病了,站里马上派人看望。两个月后,该公司在个体加油站加了劣质油,险些造成重大损失。领导决定回到百里花加油,一次性购买80吨柴油,并感叹道:"中国石油货真价实,以后再也不离开百里花。"

(原载于2010年11月4日《汽车生活报·油商周刊》,《中国石油报》摘发)

### 名家点评

镜头式的文章切入,交代时间地点,凸显报道对象的特点。把旅游地名与加油站名相衔接,不仅体现在标题上,而且体现在文章的开篇叙述中。在"诗和远方"的背景下,记者对采访对象进行了探访,最终找到了"四句话"答案,并分别逐句进行了事例讲述。情景交融,层次分明,特色突出。

### 写作要点

寻找差异并使之强化,是通过反差来吸引人的阅读,进而增强读后记忆的一种通讯写作方法。

# 在那"金花"盛开的地方

——中国石油云南大理销售分公司金花加油站纪实

**油站档案**

金花加油站隶属中国石油云南销售大理分公司,位于大理市下关镇新桥北区214国道东侧,2005年11月投运,6机32枪,19名员工,汽柴油混合经营,最高年销量2.1万吨,非油收入680万元。先后获得全国三八红旗集体、全国青年文明号、集团公司十大标杆加油站、集团公司基层建设标杆单位等荣誉称号,先进经验入选中国石油基层建设"十大案例",成为石油精神教育基地。

2011年3月13日本是个平常的日子,但对于中共云南大理白族自治州委常委、常务副州长马建全来说却很不平常,那天,他有三个"没想到":

作为土生土长的大理人,从基层到州里,从政25年,在公众场合讲话无数次,没想到,这天为当地一座中国石油的加油站被评为全国三八红旗集体而代表州委、州政府讲话祝贺。

大理,一个个爱情故事流传千古,一处处动人美景名扬四海,没想到,在"五朵金花"的故里,现代"金花"在中国石油的沃土上傲然绽放。

进入历史新时期,大理桂冠满堂,殊荣连连,魅力尽显,没想到,"金花"这个白族人民对漂亮姑娘的美丽称呼,被中国石油作为一项重要荣誉授给十名女加油站经理。

作为一名普通大理人,马建全为三个"没想到"感到振奋与自豪。

作为一名大理的"父母官",马建全为金花"嫁给"宝石花感到光荣与骄傲。

金花加油站位于云南大理白族自治州大理市新城北区。20 世纪 60 年代,一部反映白族青年爱情故事的电影《五朵金花》在全国热映。至今,美丽善良的金花姑娘依旧深深地印在人们的记忆中,旋律优美的主题歌《大理三月好风光》广为流传,久唱不衰。

半个世纪以来,在党的民族政策指引下,大理经济发展,社会进步,文化繁荣,然而,唯一以"金花"注册企业名称的,只有这座中国石油加油站,引得众商家既后悔莫及,又羡慕不已。

金花加油站现有员工 29 名,平均年龄 23 岁,其中女员工超过 80%,白族、彝族、回族、布朗族等少数民族员工齐聚。各族员工紧密团结,激情创业,2006 年以来,油品销量连续 5 年超万吨,跻身中国石油五星级加油站行列;先后获得中国石油十大标杆加油站、集团公司先进集体、大理市工人先锋号、云南省用户满意加油站、全国青年文明号、全国三八红旗集体等十多项荣誉称号。

## 民族认同感产生消费吸引力

2005 年 11 月,占地 14 亩的万花加油站在大理市万花路拔地而起。不久,时任中国石油集团公司思想政治工作部主任关晓红到加油站调研时提出,大理是"五朵金花"的故乡,加油站白族姑娘多,叫"金花"更贴切。大理分公司遂迅速行动,抢在竞争对手前将"金花"注册于企业名下。

为追求形神兼备,云南销售大理分公司在坚持中国石油加油站建设标准和管理规范的基础上,将白族文化元素引入加油站建筑设计理念,格局不变内涵增加,质量不降效果优化,既能从灯箱、罩棚、檐面、立柱等总体建筑上感受中国石油企业文化的恢宏大气,又能在白墙、青砖、大理石和水墨画的装饰细节上体验白族文化的清新雅致，形成强烈的视觉冲击力，将白族传统文化完美地融入了中国石油的企业文化。

在金花加油站，经常有外国朋友和外地顾客请员工陪同照相，不为别的，就为这里的"金花""阿鹏"身上穿着集中国石油企业文化与白族服饰文化于一体的漂亮工装。

以红黄蓝为主色调、具备良好防静电功能的加油站工装，与传统白族服饰"混血"制作，样式新颖，色彩鲜艳，尤其是女员工的头饰，美轮美奂，俨然就是多彩大理的"微缩景观"：披肩的白色线穗代表风，飘逸轻盈；中国石油的宝石花镶嵌正中，绚烂四季；顶部的白绒寓意着白雪，洁净无瑕；半圆的头饰形状像月牙，当空悬挂。"风花雪月"相互映衬，各放异彩，惟妙惟肖，成为大理街头一道亮丽的风景。

中油品牌、民族员工、民族建筑、民族服饰，形成企业文化与民族文化叠加的效应，大大增强了民族认同感和亲和力。在大理，白族同胞提起金花加油站，都倍感亲切："那是我们自己的站，自己的人！"

认同感产生吸引力。截至 2011 年 2 月底，金花加油站已拥有超过 7000 个客户，其中大型稳定客户 90 多个，少数民族客户 2700 多个，私家车客户 3600 多个。距离加油站最近的龙园小区有 400 多辆私家车，其中 300 多辆"长在金花"。在大批稳定客户支撑下，金花加油站平均日销量从 2006 年的 27 吨增加到 2010 年的 35 吨，而周围两千米内的 4 座对其形成合围之势的竞争对手加油站只能眼看"金花"一天天茁壮成长。

## "五小"特色服务打造高原"黄金"站

大理风光秀美。苍山雄峻伟岸，洱海烟波浩渺，三塔轶事传奇，古城商业繁荣，老宅透着福气，"三月街"演绎民族盛世，蝴蝶泉涌流绝代情缘。

对大理的民族特色与旅游热点，金花加油站员工有更深的感悟和更多的想法。他们发挥旅游资源优势,精心谋划,以油促"游",借"游"销油,以客户满意为宗旨,坚持推行"五小"特色服务,取得极佳效果。

"小广播"每天定时播报天气情况、油品知识、商品信息、促销政策。电子显示屏滚动播出中国石油企业精神、经营理念、安全常识、交通注意事项等。隐蔽在草坪里的音箱不时传来葫芦丝的悠扬乐曲,《大理三月好风光》引起人们对甜蜜爱情的回忆,《彩云追月》唤起游客对远方恋人的思念……

"小翻译"用民族语言同少数民族顾客或用英语同外国游客亲密交流。不同地区的同一少数民族,方言各异,加油站各族员工用心熟悉本民族的方言土话,根据发音特点,弄清基本含义,与少数民族顾客实现无障碍交流。他们还经常进行英语日常服务用语培训,员工能与外宾进行简单对话。几年来,国内外顾客没有一个因语言交流不畅而憾然离去。一次,两名加拿大客人开着摩托赛车进站加油,"小翻译"杨玉婷闻讯跑过来,经过简短对话,很快为其加满了93号汽油,客人连说"ok",带着两瓶"云南山泉"高兴离去。

"小导购"热情为顾客介绍便利店商品,引导顾客浏览,方便顾客挑选,把购买欲变成购买力,不断扩大非油销售。在便利店入口处,专门设立了民族特色商品柜台,银器制品、大理扎染、特色食品非常受欢迎。尤其是大理特产洱宝系列食品,小包装抢手、大礼包走俏。2011年春节前,便利店特意准备的雕梅、话梅、酸角糕、青梅糕、木瓜糕等特色食品被外地游客抢购一空。2010年,金花加油站实现非油销售收入151万元,比上年增长83%;2011年前两个月继续保持旺销势头,成为大理分公司非油业务的旗舰店。3月13日,"十大金花加油站经理"在这里参观座谈,尽管都做了"不动心不采购"的心理准备,但禁不住"小导购"的诱人宣传,每人买了100多元的特色商品。

"小导游"熟悉当地旅游景点,热情为顾客提供景区方位、行车路线、餐饮住宿等贴心服务。在上级大力支持下,金花加油站与大理旅游集团建立合作关系,实行双向交流、资源共享、优势互补、互利双赢。加油站为旅游景区介绍游客，许多员工放弃休息，带自驾游客到景点，还经常帮助外地游客解决旅游包车难题。而旅游公司一方面安排自营车辆在金花站定点加油，一方面介绍外地旅游车辆和自驾游客户到金花站加油，实现景区、游客、运输、加油多方受益。2010年7月，金花加油站启动IC卡销售业务，截至2011年2月，共发卡7400张，充值980万元，沉淀资金480万元。昆明光大旅游公司有7辆大巴跑丽江、香格里拉旅游专线，三天往返一趟，金花加油站为他们招揽游客，提供服务。作为回馈，他们宁可绕过几座加油站，也坚持到金花加油站加油，每年带来40多吨销量。

"小能手"掌握车辆构造、技术性能、使用特点和故障排除等相关知识，帮助顾客排忧解难，搞好安全。在金花加油站，汽车电路、油路、润滑系统等一般常见故障或更换零件，"小能手"都能帮助解决。

"五小"特色服务发挥了磁场效应，大批高档车辆、高端客户纷纷涌向金花加油站，全市50%的出租车、20%的旅游车在金花加油站定点加油，促进了销售结构的优化升级，汽油销量大幅度提高。2008年以来，汽油销量年均增长16%，2010年高标号汽油销量达4606吨，比上年增长56%，成为名副其实的服务精品、效益"黄金"。

## 民族团结共建和谐家园

3月17日，记者在金花加油站采访时发现，食堂记事板上写着"生日备忘录"，白底红字，非常醒目：杨玉婷3月18日、袁丽莎4月3日、洪芳4月10日、闫奎4月20日、杜玉茹4月29日。5名员工有4名是白族。

记者问加油站如何给白族员工过生日，大家争相打开话匣子：吃民族大餐，红烧肉、糖醋鱼、土八碗、吃生皮、炸乳扇、炒饵块，农历三月一起赶"三月街"，还要对歌跳舞，观光旅游。

按民族风俗为白族员工过生日,是金花加油站各族员工亲如一家、彼此关爱的一个缩影。

为了增强团结,激励斗志,实现建设国际水准销售企业的共同目标,金花加油站组织员工观看《铁人》《奠基者》等影片,阅读《铁人王进喜》等书籍,并畅谈观后感想,交流学习体会,用大庆精神铁人精神统一思想,凝聚共识。引导女员工锤炼自尊、自爱、自律、自强的优秀品格,立足岗位,创业建功。成立女工互助组,帮扶孤寡老人,关照残障儿童;成立抗旱小分队,送油、送水到田间、院落;组建"金花文艺小分队",深入社区、学校、厂矿、村寨慰问演出。各民族员工彼此尊重,和睦相处,心想在一块,劲用在一起,加油站各项工作都走在销售系统前列,成为颇有名气的"培训示范站"。两年来,金花加油站承办各种培训班30多期,培训员工1000多人次。

在金花加油站,"以人为本、构建和谐"早已不是一句口号,而是变成有丰富内容的生动实践。他们真心实意关爱彼此,扎扎实实坚持"五必访""四祝贺"制度,员工伤病、生活遇到困难、发生家庭纠纷、发生突发事件、直系亲属病重或逝世,他们都会登门拜访;员工嫁娶、乔迁、生日、生育,也都会收到来自加油站同事们的祝贺。

温馨的关怀、深情的爱护,激发了各族员工的感恩意识,积极向上、爱岗敬业、多做贡献,成为全站员工的共同行动。各族员工争相发扬勤俭节约、精打细算的传统美德,认真搞好加油站精细化管理,努力节省一分钱、一滴油、一碗水、一张纸,加油站控本降费取得显著成绩。2008年以来,金花加油站的水费年均降低15.5%,油品损耗率最低降至0.099%,被大理州评为"商业节能减排示范单位"。

金花加油站成立5年来,输送了5名站经理、2名计量员、5名核算员,成为大理分公司的"人才摇篮"。

中国石油企业文化与白族传统文化紧密结合、共同培育的金花加油站,成为一种社会文化现象,引起各方关注。中国人民大学研究生院把金花加油站的故事作为案例写进教材,进行深入系统的研究;西南石油大学则把金花加油站作为大学生课堂实践基地。

采访结束，掩卷深思，金花加油站成就精品、铸就辉煌，得益于民族风情感染人，文化融合吸引人，大庆精神激励人，特色服务方便人，绿色环境愉悦人。

(原载于 2011 年 3 月 31 日《汽车生活报·油商周刊》,《中国石油报》《石油企业管理》《新安全》等多家媒体刊发报道)

### 名家点评

地理位置上的鲜明民族特征，带来了迥异于其他加油站的优势条件，企业文化与民族文化的结合，不仅拓展了其主营业务的外延，而且形成了一种社会文化现象。此文描绘的是一个在"五朵金花"故乡的"全国三八红旗集体"加油站的群像，起笔在荣誉颁授的时刻，用当地"父母官"的三个"没想到"传达出加油站在当地的影响力和分量。报道围绕"金花"，就企业文化与民族文化的叠加效应，起承转合，大做文章。从电影《五朵金花》到企业的注册名称，从加油站的民族文化设计理念到"金花"特色的企业工装，从民族认同感到"金花"的业务成长，从"五小"特色服务到"金花"的磁场效应……全文弥漫着浓郁的民族文化气息，文化搭台，经济唱戏，可称为行业中的现象级报道。另外，标题生动贴切，一语双关，巧用动词，韵味十足。

### 写作要点

找个性抓特点，是通讯采写的基本功，也是判断一篇通讯报道成功与否的关键。

# 知识,让他们走向成功

## ——记中国石油吉林长春销售分公司东岭大学生加油站

**油站档案**

东岭加油站位于吉林省长春市南关区东岭南街与卫星路交会处,员工26人,均为大学毕业生,年销售成品油3万吨,非油收入1000万元,获吉林销售"两优一先"先进基层党组织、全国青年文明号等荣誉称号。

3年来,长春经营处东岭加油站油品销售与非油业务比肩互动,竞相增长。

——2010年销售油品2万吨,汽油销量占85%;2011年销售油品2.2万吨,汽油销量占87%;2012年上半年,销售油品1.1万吨,汽油销量超过91%,2012年年底年销量突破2.4万吨。

——2010年便利店收入150万元,同比增长46%,超计划50%;2011年便利店收入200万元,同比增长25%,超计划33%;2012年上半年,便利店收入102万元,同比增长15%,完成计划60%,2012年年底便利店年收入实现250万元。

为什么这里总是充满勃勃生机?为什么这里连创销售奇迹?答案是:这是一座大学生加油站,他们把知识转化为能力。

中国石油集团公司管理专家、销售公司加管处处长王长江评价:"东岭大学生加油站知识营销优势凸显,课题研究取得突破,销售业绩不断攀升,是诸多试点大学生加油站中最成功的一座。"

吉林销售公司党委书记于臣表示，要大力推广东岭加油站经验，力争每个地市分公司都有一座大学生加油站。

东岭大学生加油站产生的广泛影响，让记者想起唐代诗人李商隐的诗句：桐花万里丹山路，雏凤清于老凤声。所不同的是，古人富于诗情画意的描绘，如今在大学生加油站已变成生动现实——莘莘学子施展才华，展现青出于蓝而胜于蓝的壮丽图景。

如今的加油站，油气一体化、竞争多元化、设备现代化、信息自动化、服务亲情化、管理精细化，员工不掌握知识无法适应新形势——

## 加油站需要大学生

东岭加油站老员工不会忘记，零管系统上线运行之初，后台出故障，他们说不清，弄不明，不敢摸，不敢碰，只能等待公司运维人员来解决的场景。还有一次，数据库超负荷，造成系统瘫痪，加油站连续两天无法营业。

大学生员工进入东岭加油站，让这种情况彻底改观。2011 年 6 月的一天，大学生加油员冷卓开启 2 号加油机，前台 POS 机显示加油枪脱机，他迅速到后台系统查看，发现电脑显示日期是 1972 年。按照系统功能设置和操作程序，他上查到对应加油枪的 IP 地址并顺利登录，调整了同步时间，重启程序，前后不超过 2 分钟，加油机便恢复正常运行。

"加油站需要大学生。"多年在基层工作、一直和加油站打交道的长春经营处经理杜德才肯定地对记者说，"随着科学技术不断进步，现代化的加油站是一个知识集合体，没有一定的知识基础，无法胜任岗位工作。"

公司运维人员每次到站里维护零管系统，大学生员工主动打下手，暗中学技术，每一个关键步骤都记得真真切切，每一个操作流程都搞得明明白白，不仅破译了动态密码，而且掌握了后台系统常见故障解决方案，成为公司零管系统运行最稳定、维护最省心的加油站。

有段时间,公司在加油站开展"省通卡换国通卡"业务。按操作流程,个人卡有两套程序5个步骤,单位卡还要增加两个步骤,其他加油站发卡员每天换卡30张。东岭加油站的发卡员张涛羽是研究生,不仅接受能力强,而且触类旁通。他换卡时眼疾手快,动作娴熟,每天换卡180张,被誉为"发卡明星"。

大学生员工从小在"糖罐"里长大,条件优越、生活舒适,缺少摔打和磨练,他们渴望在人生的转折点淬火加钢,华丽转身——

## 勇于锤炼羽翼丰

当代大学生有着相同的身份符号——"80后""90后",他们大多是家里的"独苗",从小没有经过艰苦磨练,没有经过风吹浪打。

然而,怀揣梦想的学子们深知:小院子驯不出千里马,温室里养不出万年松。他们渴望锻炼、渴望坚强、渴望成才,投身火热的基层,锤炼意志,破茧成蝶,让铁人精神融入灵魂,让骨子里流淌中国石油的DNA,成为企业的栋梁。

"要走创业路,先过吃苦关。"倒班上岗、站立候车、把枪付油、跑动服务,一个班下来,腿酸疼、脚肿胀、手麻木;夏天蚊虫叮咬,冬天挨冷受冻,西北风打在脸上像刀割一样疼痛。最难熬的是凌晨两三点,困意袭来,浑身疲软。但大家咬牙坚持,数月轮回,身上的娇气一扫而光。

东岭加油站经理王伟讲述了员工玄德"实习期满不转岗,再当3个月加油员"的故事。

2009年7月,玄德在韩国崇实大学获得硕士学位,回国后应聘进入东岭加油站。加油员工作看着简单,可玄德一上岗就精神紧张,手忙脚乱,顾头不顾尾,时常跑单,最多一天跑单750元。他懊悔自责,悄悄赔付,连续两个月没拿到一分钱。

3个月加油员岗位实习期满,转入下一岗位,玄德主动找到王伟说:"我当加油员不合格,申请再干3个月。"在王伟的帮助下,他拜老员工为师,跟班见习,细心揣摩,锻炼忙而不乱、客多不慌的心理素质,提高"接一待二照顾三"的服务本领。他的"学费"没有白交,到第5个月,跑单现象没有了、加油速度快了,还能得心应手地推销便利店商品。

25岁的陈相宏有"软件工程新秀"的美誉。轮岗实习结束,为发挥其专长,安排他到发卡岗。在有些人眼里,这是个"风吹不着、雨淋不着、太阳晒不着、夜班轮不着"的俏活儿。而胸有抱负的陈相宏宁可到现场倒班加油,也不在屋里图清闲。他说:"只有肯吃苦,才能干成事。"

采访中,记者进行问卷调查,29名大学生员工参加。关于下一步职业设想这个问题,97%选择立足加油站创业,100%选择小舞台可以发挥大作用。大学生员工敞开心扉,倾诉选择的理由:加油站与社会接触广泛,联系紧密,实践丰富,教材生动,对树立正确的人生观、价值观很有好处。大家说,穿上工装,站在加油岛,手握加油枪,为客户服务,深感岗位光荣,责任重大。

2011年,吉林省永吉地区发生水灾,大学生员工刚入职,没有多少积蓄,但他们心里装着责任,纷纷慷慨解囊,每人捐款100元,是其他加油站员工捐款额的两倍。

大学生员工知识丰富、思想活跃、激情四射,油品销售、非油业务、现场管理、队伍建设融入知识含量,就会发展得更快,走得更远——

## 知识营销大不同

大学生员工有知识、爱动脑,他们的想法一经与经营管理相结合,"金点子"、好建议就会奔涌而出。油品标号指示牌3次升级就是最好例证。

以前,东岭加油站油品标号指示牌贴在安全服务台上,位置低、字号小、不显眼,不便于客户选位停车。毕业于吉林建工学院的大学生员工路君,根据"视线从上到下流动"原理,把油品标号指示牌张贴到罩棚立柱上方两侧,不同标号的油品分别用箭头指向对应的加油机,提醒进站客户早注意、早选择,车辆一次停靠到位率提高3个百分点。

一天,路君发现十几辆轿车进站没有选准加油位置,心里有些纳闷,便询问客户原因。原来,顾客为了安全,专注前方视线,没有抬头观看油品标号指示牌。顾客还反映夜间更难以看清油品标号指示牌。根据"服务连续性"原则,路君设计制作了手持荧光油品标号指示牌,方便了夜间来加油的客户。

创新只有更好,没有最好。手持荧光油品标号指示牌需专人操作,占用人力,不够经济。路君转换思路,大胆创新,根据"新奇夺目、贴近客户、情感营销"的思路,提出了"电动卡通、语音提示、动作指示"的解决方案,在中国石油加油站是首创,收到省人、省力、安全三重效果,停车到位率进一步提高。

在东岭加油站,大学生员工的潜能得到充分发挥,做到人尽其才、才尽其用。性格开朗、善于交际的,负责对外联络,接待客户投诉;老实稳重、耐心细致的,负责安全管理;逻辑思维强、热爱写作的,负责信息资料整理和宣传报道;热情大方、组织能力强的,负责开展各种活动。

采访大学生加油站,记者再次深深地领悟到知识就是生产力。

东岭加油站把大学生员工的知识优势变为销售优势、管理优势和创效优势,成立了油品销售、非油业务、服务管理3个课题研究小组,经营管理的难点成为课题研究的重点,有选题立项,有理论依据,有研究过程,有调研报告。

东岭加油站位置优越,服务半径内高端客户较多,高端客户是高标号汽油的主要消费群体,有较大销售潜力。然而,受安全规定限制,站里仅配置3个储量为15立方米的汽油罐,一卸就满,一付就光,经常出现客户排队加汽油的现象,高峰时段尤为严重。

玄德牵头油品销售课题研究，按照服务营销学SWOT（优势、劣势、机遇、风险）模型，全面分析加油站储油设施分布及运行情况，发现柴油日销量仅9吨的东岭加油站，配置2个柴油罐，相当于一个油罐长期闲置。

找到了问题症结，油品销售课题研究小组根据有效供给理论，提出"优化设备使用管理、增加高标号汽油储量"的建议，详细说明应重视从供给方面促进潜在消费需求转化为现实消费需求，调整和优化供给结构，减少无效供给，增加有效供给。

公司采纳课题组的建议，对东岭加油站罐存结构进行优化改造，将1个柴油罐改为汽油罐，将4把柴油枪改为97号汽油枪。同时，为满足市场需求，经安全消防部门批准，加油站每天夜里存放一车汽油，清晨卸入罐里，迎接加油早高峰。这样简单一改，加油站日均销量从63吨增至71吨，最高达82吨，柴汽比优化为1：9。

"加油站是大学生创业建功的沃土，业务越发展，越彰显大学生在调整销售结构、转变增长方式、提高效率效益方面的能力。"从加油站走出来的长春经营处副经理王晓军说。

调整了储油罐配置，加油枪布局不合理的矛盾显现出来。靠马路一侧、加油岛两边的1号和4号加油机，与2号和3号加油机间距不足1米，车辆排不开。更突出的问题是，靠近里侧、临近站房的6号加油机配置一把柴油枪，大货车一加油，通道就被堵死，妨碍客户进营业室开票刷卡，影响便利店销售。

服务管理课题研究小组运用经济学"利润最大化"和消费心理学"消费路径最短"原理，开出调整加油枪布局的"良方"：取消1号和4号2台加油机，把1号和6号机2把柴油枪集中配置到位于外侧的2号加油机上；6号加油机全部改为汽油枪。

调整后，东岭加油站由6台加油机20枪变为4台加油机16枪，"减法"做出"加法"效应：场地拓宽、车位增加、进出方便、服务快捷、效率提高，日进站车辆超过2700辆次，比调枪前增加400多辆次，不仅汽油日销量持续走高，还积累了"削高峰"的经验。

运用80%的收入来自20%客户的"二八法则"，提高便利店销售收入，是大学生员工围绕经营重点，开展课题研究取得的又一丰硕成果。

2009年，东岭加油站油品日销量近50吨，日进站车辆近2000辆次，根据数学统计学和营销统计学原理分析，当油品销售达到上述规模时，便利店日均销售收入应在3500元以上，而实际收入只有2100多元。

差距就是潜力。2010年以来，大学生员工何慧、徐源组成非油业务课题研究小组，对周边消费群体进行拉网式调查，了解到加油站辐射半径内有18家企业、6个事业单位、8个中高档小区，却没有一家大型超市，小区居民购物不方便。

根据"二八法则"，东岭加油站把小区居民作为非油销售的重中之重，采取入户访问、主动宣传、名人推介、现场展示、送货上门等多种方式，进行全方位、多层次的深度开发。80%以上居民认为加油站便利店服务方便快捷，商品实惠实用，喜欢在这里购买米、面、食用油等大宗生活用品。

稳定的客户群体支撑便利店业务稳定发展。2010年便利店日均销售收入4109元，2011年便利店日均销售收入增加到5479元，2012年上半年便利店日均销售收入达到5604元。

大学生加油站作为新生事物，不仅要有引才之智、育才之法，还要有护才之情、用才之道，为员工成长创造没有"天花板"的上升空间——

## 育才要有好机制

为加强对大学生员工的培养，吉林销售公司制定了《大学毕业生引进和使用管理办法》，建立配套的培养考核选拔使用机制，明确规定优先从基层大学生员工中选拔后备干部，确定入党积极分子。作为大学毕业生的具体接收单位，长春经营处制定了《大学生员工培育实施办法》《加油站管理岗选拔考核办法》，引导大学生员工从基层岗位做起，一步一个脚印走向成熟，夯实创业"金字塔"的基座。

集中孵化，识别优劣。截至2012年7月，吉林销售长春分公司共接收207名大学毕业生。以前，各级领导把大学毕业生东分一个、西放一个，没有形成完整的培育机制，不利于大学生成长。2010年，长春分公司确定东岭加油站为大学生培训基地和后备干部摇篮，并落实责任，制定培养计划，每批大学生员工经过2至3年系统、完整的培育，成长为经营管理的骨干。长春分公司经理隋邦民说："集中培训有利于营造氛围，让大学生员工保持激情，开展竞争，互相比钻研、比成长、比作为、比进步，也有利于领导和群众比较鉴别，分出优劣。"

科学选苗，有序转岗。按照规定，新入职大学生先在加油员岗位实习3个月，期满后由加油站进行考评，将个人付油数量、服务技能、客户评价和日常表现，量化为数据，定性分析，并经过全体大学生民主推荐，综合排名前3位的大学生员工转入便利店岗位实习。满3个月，经营处组织考评，成绩优秀者，到前庭主管或开票员岗位实习。满半年，经营处委派专人进行测评考核，按项目权重打分，成绩优异者，转入核算员、计量员或发卡员岗位实习。

打破平衡，择优晋升。最后一个岗位实习期满，由加油站经理、副经理按照测评条件据实考核，对优秀者写出推荐意见，由分公司和经营处派人联合进行考核，听取各方面意见，综合指标全面达标者，提升为加油站副经理。任职期间，经营处职能部门跟踪考核，动态评价，半年至1年，形成提拔使用推荐意见，经分公司、经营处两级部门考核认定，两级班子讨论通过，符合提拔条件者，进入加油站经理储备库，竞聘时优先选用。

划定跑道，决出强者。为给机关注入新鲜血液，增加干部队伍活力，2011年5月，吉林销售委托第三方，按照政府机关招聘公务员的条件和模式，在全系统公开选拔优秀大学生进入省公司机关管理岗位。经过理论、实际操作、岗位经历、业绩展示、能力分析、答辩等多项考核，14名大学生员工脱颖而出，其中东岭加油站有5名。

3年来，东岭加油站培养锻炼出来的大学生员工有48人，100%"孵化"成功。其中，7人进入省市公司机关，6人走上经营处管理岗位，7人担任加油站副经理，8人任核算员、计量员和前庭主管，20人当上发卡员。

问卷调查显示，69%的大学生员工岗位目标是当加油站经理，28%的大学生员工岗位目标是进入分公司或经营处管理岗位，他们对工资收入和福利待遇的期望值贴近现实，也比较理性，希望收入随着业绩上升适当增加，体现待遇留人。

"企业发展的'接力棒'逐步传给有知识、有能力、有作为的大学生员工，让我们这些老员工感到企业有生气、有希望。"长春分公司党委书记龚雅军宽慰地说。

(原载于2012年9月3日《汽车生活报·油商周刊》，《中国石油报》改编刊发)

### 名家点评

用三年来的骄人业绩做引子，引发读者的阅读兴趣；用自问自答的方式解开人们心中的疑问，罕见的大学生加油站，顿时让人眼前一亮。大学生员工是这篇通讯中的主角，这些"80后""90后"把知识转化为能力，锤炼意志破茧成蝶，知识营销不断创新，一个个具体的事例，使读者对大学生加油站这一新生事物产生出浓厚兴趣。文章最后就上级机构对大学生员工培养和"孵化"举措做了综合性的阐述，叙事完整，点面交错。

### 写作要点

典型的选取非常重要，新闻的唯一性和代表性是其选取标准之一。

# "旗舰站"是这样打造的

——中国石油贵州贵阳销售分公司观山加油站塑造精品纪实

**油站档案**

贵州贵阳销售分公司观山加油站,位于贵阳市观山湖区观山东路,占地面积 2300 平方米,便利店 130 平方米,全资一类纯汽油站,2011 年 11 月投运,员工 20 人,平均年龄 27 岁,拥有机构用户 874 家,年均销售成品油 2.5 万吨,2021 年实现非油收入 1000 万元。

观山加油站以基层党建"五联带动"促进销售业务高质量发展,品牌服务特色鲜明,提质增效成绩显著,连续六年被贵州省政府指定为中国国际大数据博览会和贵阳国际生态论坛指定供油加油站,荣获贵州省工人先锋号、贵州省先进党组织、中国石油集团先进集体、中央企业先进集体等称号。

贵州贵阳销售分公司观山加油站一群"90"后,把弘扬石油精神与推进精细化管理紧密融合,走上经营高效、管理科学、快速成长的轨道。2011 年 11 月观山加油站投入运营,两个月即实现销量翻番;2012 年销售油品 1.39 万吨,汽油占 67%;2013 年销售油品 2.37 万吨,汽油占 73%;2014 年到 7 月末,完成成品油销量 1.68 万吨,汽油占 77%,到年底总销量将突破 3 万吨。三年三大步,年增万吨油,单站日销量、人均纯枪量连续两年居贵州销售之首,在中国石油销售企业中处于领先水平,堪称"油站精品、站中旗舰"。

业绩攀升,荣誉临门。观山加油站先后获得中央企业先进集体、贵州省先进班组、贵州省工人先锋号、中国石油劳动竞赛先进集体、贵州销售先进加油站等多项荣誉称号。

观山加油站运营近3年，纯枪销量以每年万吨快速增长，精细化管理怎有如此巨大魅力？站经理李光梅告诉记者："精细化管理贵在落实，难在持久，赢在创新，只要真执行就能见成效。"

## 客户开发靶向功夫

在观山加油站，不论是进站3年的老骨干，还是上岗半月的新员工，每人都有个小本子，随时记录客户信息，同时备份在手机里，使用时轻松调取。李光梅介绍，这是"1∶20"客户开发维护的原始档案。

观山加油站交通便利，在6座加油站担任过经理的李光梅深知"客户自生自长不保靠"。根据客户分布和流量，她要求每个员工最少开发维护20个客户，做到单位不交叉、名字不重复、覆盖无遗漏。记者采访时"单点"加油员谢海峰，边看边数，本子上清晰记载18个客户，单位、姓名、电话一应俱全，打开手机，又有13个客户信息随操作弹出页面。再"点"其他员工，客户资料也都是本子、手机"双打料"。

客户信息成为定向开发维护客户的基础。年节送问候，生日送祝福，价格变动先提醒，积分兑奖早告诉，许多"头回客"变成"回头客"，路过加油变为定点加油。

茫茫车海川流不息，精准开发客户犹如大海捞针，然而观山加油站做到了。"1∶20"客户开发维护机制，就像一张密实的"蜘蛛网"，把客户紧紧粘住。

省政府车队原在李光梅曾任经理的大成站加油。两年前，大成加油站拆迁，系统外某加油站想趁机把这个"既有象征意义又有实际意义"的高端客户挖走。

已在观山加油站"领兵"的李光梅闻讯找到车队长，说明观山加油站虽位置稍远，但沿途道路宽阔，信号灯少，不堵车，加油站还可为车队开辟快速加油通道,提高效率保证不耽误公务。

车队领导看好中国石油的品牌服务,特意到观山加油站明察暗访。实地体验完善了第一印象,决定转到观山加油站定点加油。

不久,政府车队调换领导,那个系统外加油站找到新任队长,提出:"加油应该在跟前,何必舍近求远?"新队长有些动心,但观山加油站规范、高效、细致的服务已经深得司机们认可,经过全体司机投票表决,一致选择继续留在观山加油站。至今,省政府车队仍是观山加油站的标志性客户。

李光梅趁热打铁,陆续把省国安厅、市政协、市城管局、市体育局等大型客户请进站。截至2014年7月底,观山加油站拥有各类固定客户217家,购油量占总销量的65%。

观山加油站距贵阳国际会展中心不足2千米。两年前,会展中心还没有正式运营,观山加油站就三次上门洽谈合作,凭借品牌优势和良好的口碑,把定点加油的"许可证"拿到手。2013年9月,首次贵阳生态文明国际论坛隆重举行,大会组委会一次性给观山加油站打入油款38万元;2014论坛年会打入油款55万元。会议期间,每天涌入100多辆高档轿车,加油站开辟绿色通道,专人、专机、专枪加油,并提供天气预报、路况信息、急救药箱、贵州特产等便捷服务,获得中外宾客好评。贵阳市委办公厅专门致函,感谢中国石油为论坛成功举办所作的突出贡献。

作为精准开发客户的重要成果,加油卡发行在观山加油站持续走高,且发卡质量显著提升。2013年发卡量同比增长8.6%,沉淀资金增长80%;2014年上半年发卡量同比持平,沉淀资金却增长70%。

靶向开发客户带动非油业务快速增长。在观山加油站,员工都懂得一些市场营销学和消费心理学知识,针对不同类型消费群体,采取相应的销售策略,把商品卖到客户心里。流动型消费,抓住时机,主动推介;急需型消费,快速引导,人到货到;理智型消费,突出品牌,彰显尊贵;定向型消费,瞄准商品,专注个性;近邻型消费,主动亲近,培养习惯。

细分客户,开口营销,商品对路,推介对心,观山加油站非油收入就像打了气噌噌往上长。2012年实现非油销售收入200万元，2013年增至500万元，2014年上半年已实现335万元，据预计到年底有望达到600万元。

## 特色服务不做虚功

作为贵州销售公司的旗舰站，观山加油站特色服务的故事说不完。最让记者开眼界的是"加油场地无空闲"。本来，汽柴油兼用的1、2号加油机两侧已经各有2个车位，符合停车入位的要求，一般加油站也都是这样做的。而观山加油站却不同，他们在加油机前边出站口方向，又画出一个宽2米、长4米的停车位，专供打桶的柴油客户使用。2014年7月24日记者采访当天，观山加油站纯枪销量过百吨，其中柴油打桶销售6吨。如此精彩别致的"服务提量法"着实不多见。

贵阳医学院有大小车辆54台，因解不开"加油漏水"的谜团，从某个体加油站转到观山加油站，要求只有一个：帮助管油。李光梅和员工把客户的委托当作责任，把客户的信任当作光荣，实行持卡加油与立账登记双重控制。持卡加油坚持单位、车号、卡号、司机姓名"四核对"，有一项不符便不能加油；建立单车加油明细账，一车一账，加油时间、品种、数量、司机、加油员当场共同签字确认，逐笔登记，逐次递减。月底加油站打出全部清单，上门对账，经双方核对无误，开具发票，补卡充值。车队长特意到站里表示感谢，当着员工的面说："和原先那个站比，每月节省油款3万元，在观山站加油省钱、省心、省事。"

"以顾客满意为宗旨、以超值服务为境界"，成为观山站的追求目标。他们立足站内，辐射站外，不断延伸服务触角。2013年6月，在观山加油站定点加油的某公司不慎将加油卡遗失，卡内存有8万元油款却没设密码。客户恳请观山加油站帮助查找，而此时加油卡已丢失5天。

观山加油站把找卡追卡作为"一号服务行动"，多站协同，密切配合，挨个儿调取周边加油站的监控录像,根据加油卡号寻找加油车号,进而锁定持卡人,终于在五里冲加油站找到线索。通过交警,找到拾卡人的联系方式;又通过公安民警,追回加油卡,并责令拾卡人补齐已消费的部分。巨额加油卡失而复得,公司领导非常感动,亲自送来锦旗,在场的顾客听完事情经过,齐声鼓掌点赞。

观山加油站为客户服务不分分内分外,只要沾上边,就要做最好,宁愿麻烦自己,也要让客户放心。市政府车队有个司机老家在毕节,妻子出差让母亲来照看孙子。不巧的是,母亲来贵阳那天他要随领导出车去外地,接不上站怕母亲走丢。情急之下司机想到了观山加油站,立刻给李光梅打电话,委托她把母亲接到站里。员工们像照顾亲人一样陪老人吃午饭,安排到宿舍休息,直到晚上司机出车回来接母亲回家。老人说:"没承想,加油站就跟家一样!"

高品质、好口碑、有影响、能复制的特色服务,成为观山加油站的亮丽名片。2012年4月13日,河南高先生一家自驾游来到观山站加油,妻子因着凉引发肚子痛,站上员工问明情况,到药店买来药,端来热水送到手上。感动不已的高先生打电话给当地媒体,希望大力宣扬。《黔中早报》以"这样的加油站越多越好"为题,对观山加油站以客户为中心的亲情服务进行了专题报道。高先生这样描述他的感受:"进站有引导,休息到室内,身子刚坐稳,热茶香喷喷,沿途加油五六次,顶属观山暖人心。"贵阳地区有加油站数百家,媒体单独给予报道只此一家,"观山站服务好"的消息不胫而走。报道发表当月,观山加油站日销量达到100吨,第二个月突破140吨,"热度"持续不减。

## 综合管控滴水不漏

观山加油站的后面是一座小山,为了防止山水渗入储油罐,专门在罐区外围修了一个容量两立方米的观测井,收集和储存地下水,再用池水冲洗场地，净化除尘，每年节省水费2000多元。

精打细算的故事在观山加油站一抓一把。以汽油销售为主的观山加油站，每天提枪高达3800多次，操作流程关系电力消耗。员工严格执行"两先两后"的规定，即加油时先开油箱盖，后提加油枪，加完油先挂加油枪，后拧油箱盖，仅此一项每月节省电费900多元。

处处留心皆效益，观山加油站把精打细算的好做法覆盖全站，注重执行，长期坚持，让好办法成为好习惯，好习惯成为好标准，好标准成为好制度。精细管理成常态，勤俭节约蔚然成风，所有电器开关和水龙头，都明确标注责任人，做到人走灯灭，滴水不漏。

小账细，大账精，观山加油站控本降费处处见行动。扫把自己扎，纸张两面用，废品换钱花。2014年年初，有20把加油枪到了更换期。李光梅网上查、实地看、反复比、仔细算，买进口加油枪，全年维修费都投进去也不够，国产加油枪价格适中，技术性能完全满足需要，而且加油管比进口长2厘米，更便于使用和管理，购买国产加油枪，直接费用节省4.8万元。

4号加油机靠近出口，原来两面4枪都实行自助加油。可是，自助加油客户少，加油枪使用效率不高，且自助加油顾客动作慢，一些客户等不及，一脚油门就走了。经详细测算，观山加油站将2把自助加油枪改回人工服务，结果97号汽油每天增加销量0.8吨。

"加油站管理简约为好，简约是精华，简约不简单。"李光梅感触颇深。她组织骨干精读细研《加油站管理规范》，结合新的实际和实践经验，对加油站各岗位职责和标准进行归纳提炼，编成"七字诀"，简洁明了，朗朗上口，好懂易记，便于执行。

比如，加油员现场操作"七字诀"：

微笑引导辨油箱，准确停靠保顺畅。礼貌询问须复述，"两先两后"不能忘。确认归零看仔细，开口销售你最棒。

再如，核算员岗位操作"七字诀"：

经营分析是职能，货款收缴当日清。发卡充值要做好，用好系统最重要。成本管理算细账，高峰补位莫忘了。

还有，加油站经理岗位职责"七字诀"：

组织协调顾大局，安全环保头一条。优质服务创一流，"四个精品"是目标。持续培训提素质，规章制度执行好。以身作则带队伍，效率效益再提高。

采访中记者随机提问几名员工，各岗位"七字诀"果然张口就来，人人能背诵会讲解。

## 凝聚队伍洒满爱心

观山加油站坚持以人为本，维护员工利益，注重人才培养。新员工上岗，站里帮助设计职业生涯，根据兴趣爱好、文化层次、愿望目标，实行定向培育。女员工侧重学核算，男员工多数学计量，全员共同学管理。三年来，观山加油站为公司输送了 3 名核算员、5 名计量员、5 名站经理，还有 3 人进入机关管理岗位。

有了明确的目标导向，他们坚持每天班前班后 15 分钟学习制度雷打不动；每周一小时例会可串不可占；安全培训、经验分享、服务示范、工作小结穿插其中，内容丰富，形式活泼。在强化岗位知识、技能培训的同时，引导有条件的员工参加自考和夜大学习，已有 6 人取得专科文凭。

班组竞赛，激发正能量，形成新常态。为了激发员工的创业热情，观山加油站比学习、赛技能，提升综合素质；比效益、赛销量，提升经营业绩；比管理、赛服务，提升品牌形象。引导员工实现创业梦，干好手中活儿，走好脚下路。

观山加油站通过看得见、摸得着的实惠，给员工树立坐标，激发动力。每月工资总额拨到站里，先提出 1500 元作为奖金，然后根据业绩考核分配到人。按照提名与投票相结合、定量与定性相结合、总体表现与突出亮点相结合的原则，经民主管理小组评定，奖励先进班组 1000 元，奖励销售冠军500元。

2013年，观山加油站被评为中央企业先进集体，省公司奖励2万元。李光梅和员工商量，买头肥猪杀了过年，剩下的钱包括站经理在内，每人发500元红包，个人不许留，回家敬父母。员工满意，家人高兴。

2012年以来，观山加油站连续8次被评为劳动竞赛先进单位。他们奖金不搞平均分配，实行"赛来赛走"，奖励技能比武、培训考试前三名，奖金二次利用，员工积极性竞相迸发。李光梅还拿出个人奖金，奖励服务标兵。非油返利不设上限，月提成最多超千元，人均800元。

在观山加油站，流传"赵双换岗"的故事。22岁的赵双，原是燃油精厂家派到加油站的现场推销员，热情大方、口齿伶俐。或许是宣传不够，或许是消费习惯滞后，时不时被客户没好脸地拒绝，让这个聪明秀气的女孩儿很难堪。而同样在现场服务的加油员却受到尊重，微笑整天挂在脸上，明显的反差教会了赵双许多。2014年3月，厂家到外省开拓市场，小赵以离家太远为由辞掉工作，经招聘进入中国石油，留在观山加油站，成为加油岛上的"快乐天使"。

关爱凝聚队伍，责任提升境界。2006年7月14日，贵阳市连降暴雨，加油站储油罐操作井进水，正在值班的前庭主管兼计量耿合超带领大家不停地往外舀水。傍晚，消防部门发出预警，三桥地区发生山体滑坡的可能性大。耿合超租住的房子就在三桥，媳妇在花溪加油站值班，岳父、岳母带孩子在家。为了防止意外，他打电话叮嘱岳父、岳母，按政府安排带孩子住进宾馆，自己默不作声坚守在站里。第二天凌晨一点，果然发生山体滑坡，乱石泥土夹杂着树木从租住房边滑下，堆成小山，阻断道路。站上员工知道此事，都替他捏把汗，埋怨他没有回去。他却淡定地说："躲避滑坡有政府安排，加油站抢险我走不开。"

**记者手记：精细管理再多一些"观山站"**

观山加油站的实践再次证明，精细化管理单项突击容易，全面开花难；一时做好容易，保持长久难。最忌讳的是，在一片落实的呼声中，精细化管理出现"低位截瘫"。

毋庸讳言，在突袭检查中、随机抽检中、神秘客户访问中，粗放管理现象不少，有的甚至触目惊心，超乎想象。

这些加油站应该对照观山加油站找差距、补短板，以持之以恒的精神、踏石留印的作风，把精细化管理一步一个脚印地抓下去，坚持数年，大见成效，涌现出更多"观山站"。

（原载于2014年9月1日《汽车生活报·油商周刊》，《中国石油报》摘发）

**名家点评**

一群"90后"打造"油站精品、站中旗舰"的故事，本身就具有很强的新闻性，其打造秘诀更是吸人眼球。"小本子""七字诀"等细节的刻画，"赵双换岗"等故事的讲述，精彩别致的"服务提量法"等典型经验展示，使对"旗舰店"的解读力争全方位立体化。

**写作要点**

善于发现读者感兴趣的新闻点，是通讯采写的重要前提，一些简单工作式的通讯报道无法吸引更多读者的阅读。

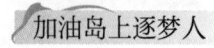

加油岛上逐梦人

# 百座"夫妻站"扛起零售半边天

## ——中国石油吉林白城销售分公司"双低站"治理管窥

**油站档案**

中国石油吉林白城销售分公司,位于吉林省白城市洮北区海明西路73号,现有员工895人,年销售成品油21.85万吨,非油收入2.22亿元。因经营业绩突出,荣获吉林销售公司先进集体、集团公司先进基层党组织、省级厂务公开民主管理工作示范单位、吉林省先进工会、全国"安康杯"竞赛优胜单位等称号。

2015年1月26日夜,吉林白城地区下了一场雪。承包洮南光明加油站的苏宝成和爱人清早起来,把站内积雪打扫干净,迎候顾客进站加油。苏宝成心里算账:日销量只要达到7吨,1月销量就能比上年同期增加10吨。

"苏宝成夫妻站"雪天扩销是白城分公司"双低站"治理的一个缩影。2014年,分布在5个县(市区)、76个乡镇、2.3万平方千米的102座"夫妻站",共完成纯枪销量11.9万吨,比上年增长18.5%,占分公司全部纯枪量的41.2%,占纯枪增量的59.8%。2014年,白城分公司零售完成率、纯枪完成率分别居吉林销售第一名,为"双低站"治理提供了成功范例。

## 走出困境靠改革

白城地区地域辽阔,地广人稀,点多、线长、面广、销量低、费用大、成本高是白城分公司零售网络的基本特点。全资性质的百余座"双低站",每站至少4名员工,销售利润不够费用支出,市场放开后陷入"开业亏损,关门失责"的两难境地。

困难呼唤改革。1999年10月,白城分公司改革经营机制和管理体制,将日销量0.5吨的洮东加油站承包给当年37岁的员工刘艳伟,他的爱人到站里收款加油,这就是第一座"夫妻站"。如今16年过去了,洮东站日销量提升到了3.5吨。

十几年来,随着承包经营取得成功,改革日益深入,"夫妻站"规模不断扩大。2012年达到90座,实现纯枪销量7.95万吨,占分公司纯枪量32.2%,比上年提高13.3%;2013年"夫妻站"发展到103座,完成纯枪量10.02万吨,占分公司纯枪量37.6%,比上年提高26.1%。更为重要的是,承包站用工从平均4人减到1人,百余座"夫妻站"减少用工300余人,人工成本节约显著。

## 活力迸发新常态

白城市生产总值指标在吉林省排名最后,而白城分公司却成为"洼地跑出的黑马",百余座"夫妻站"成功运营十几年,全部摘掉经营亏损的帽子。"夫妻站"的活力哪里来?

品牌导航。近年来,白城地区大力推广先进农业机械,电脑控制的水稻联合收割机,对油品质量具有高灵敏度、高分辨率,加入劣质油,仪表不反应,起动打不着火;加入国标油,仪表即刻显示正常,打火就着,挂挡就走。白城分公司请电视台现场直播,"夫妻站"经理全部到场,耳闻目睹，感悟真谛，在灵魂深处烙下"品牌就是生命"的印记。经营中坚持做到"销售油品，展示人品""宁可不挣钱也不卖一滴劣质油"，客户放心消费，油站销量上升。

服务铺路。"夫妻站"大多在乡镇路旁。适应当地习俗，农忙时24小时营业，平时夜间停业，但是便民、利民服务丝毫不差，哪怕是三更半夜，来车就能加油。十里八村的乡亲开着手扶拖拉机，拉上大桶到站里打油，渴了有热茶，饿了有饭吃，累了能歇脚，晚上可停车。农业生产大忙时节，"夫妻站"把急需油品送到村屯院落、田间地头。许多农机户把"夫妻站"当成"咱自己的加油站"。

管理保驾。百座"夫妻站"创造佳绩，跨越10年，稳定发展，白城分公司加强规范管理是一个重要原因。分公司领导逢会就讲：加油站承包，经营机制变了，国企性质没变；管理模式变了，企业责任没变；分配方式变了，目标价值没变。基于这样的认识，他们不搞"一包了之"，摒弃"以包代管"，以强烈的责任心加强对"夫妻站"的管理和指导。岗位检查、业绩考核、设备更新、系统升级、员工培训、表彰先进、福利待遇、帮扶解困等各项工作，都能做到"夫妻站"和其他站同样重视、同时展开、同等投入、同步收获。而且，对那些地处偏远、条件艰苦的"夫妻站"，分公司更加关心照顾。

激励助力。"夫妻站"占白城分公司运营加油站总数的77.2%，激励"夫妻站"持续扩销增效意义不言而喻。白城分公司为"夫妻站"量身定制了超销奖、超计划奖、超同期奖、吨油升级奖等组合奖项。2014年，"夫妻站"平均获奖金额比上年增长15%。

多元经营让"夫妻站"做大。别看"夫妻站"位置偏、规模小、人手少，捕捉市场信息却毫不逊色。以油带非，以非促油，润滑油、摩托车、化肥、农药，农村客户需要啥，"夫妻站"就经营啥。2014年，绿水加油站销售润滑油增收5万多元，青山、鑫达等"夫妻站"非油收入接近轻油水平。

（原载于2015年2月9日《汽车生活报·油商周刊》，《中国石油报》摘发）

### 名家点评

用特写镜头切入,将文学的表现手法运用到通讯写作上,更加引起读者的阅读兴趣。通过对一座"夫妻站"的简略叙述描写,引出整个分公司的百余座"夫妻站",由点及面,从而掀开对整个分公司成功范例解读的篇章。"夫妻站"的包装不乏新奇,使工作性的经验披上一层神秘的面纱。

### 写作要点

新奇本身就具有新闻性,从新奇入手,更易表达所要呈现的新闻内容。

# 虹梅绽放傲霜雪

## ——记中国石油上海销售分公司虹莘梅莘加油站

**油站档案**

虹莘梅莘加油站,位于上海市闵行区莘朱路1058号,员工29人,实行两站合并管理,油品最高年销量2.3万吨,非油销售收入1000万元,荣获上海市巾帼文明岗、中国石油集团标杆加油站等称号。

寒冬,万木凋零,唯有红梅凌霜傲雪,昂首怒放。

中国石油十大标杆加油站——上海销售虹莘梅莘加油站,面对前所未有的市场"寒冬",顽强拼搏,历练成长,智慧营销,逆势飞扬,在油价"断崖式"下跌的2015年,实现销量2.38万吨、创利1800万元,人均创利67万元,谱写了一曲新时代"梅花香自苦寒来"的优美赞歌。

## 抱团取暖 1+1 ＞ 2

位于上海外环S20闵行段上的虹莘梅莘加油站,原本是两座站,依托站房,背靠背存在,同属上海销售浦西分公司。看上去形同双子站,实际情况是虹莘控股,梅莘全资,经营管理完全分开,用铁栅栏隔开两个营业区,两套人马、两种机制。虹莘站以柴油为主,年销量超万吨;梅莘站汽油当家,年销量5000吨。

基于优化管理，提质增效的考虑，2011年12月上海销售决定对虹莘梅莘实行并站管理。消息一出，受到虹莘站的强烈抵制，"虹莘人均月工资比梅莘高七八百元，一合并就得拉低了"。而梅莘这边却"集体上访"，要求跟虹莘站统一工资。两边情绪对立，虹莘再忙，梅莘也不愿帮忙。

站经理王喜庆苦口婆心理顺员工心气，他先给虹莘站算"得失账"：虽然虹莘收入不错，但受场地和人员限制，销量已接近饱和，如果两个站整合，实现优势互补，销量还能提高，收入不仅不会拉低，还会增加。接着给梅莘站算"明白账"：只有综合利用场地，整合客户资源，才能不断扩大汽油销售，实现高质量发展，从而给梅莘吃了"定心丸"。

理顺心气，更要理顺机制。加油站合并班组，实行"大班制"，解决工作量不均衡问题。将原来两站8个小班合并成4个大班，每班只设一名班长，班内4名员工轮流在两个现场加油，再设两个"机动班"，加油高峰择机上岗。

员工最关心薪酬分配。加油站以合并后的班组为单位，按销量核定收入，取消保底工资，实行多劳多得，充分激发班组创效活力。2015年，加油站员工从34人优化至29人，年节省人工成本64万元，销量由合并前1.5万吨提升到2.38万吨；人均销量由合并前448吨提高到881吨。随着效益提高，员工月均收入达到4500元，非油销售收入增加到274万元，激增了15倍。

## 品牌价格试比高

上海地区使用沪V油品，升油价格比江浙地区至少高出0.4元，成为价格高地，导致销售不畅，紧邻外环线的虹莘梅莘加油站，销售更是惨淡。柴油车西行，一脚油门就开到浙江，谁还愿意在上海加油？柴油日销量一度由60吨下滑至20吨。而今度过低油价"寒冬"，柴油销量实现恢复性增长。

站经理王喜庆讲了杭州长运公司的故事。用生命中最后1分16秒救下了24名乘客的"最美司机"吴斌,生前就在杭州长运公司。一次,杭州长运一辆巴士到虹莘站加油,站经理王喜庆与司机攀谈,得知这是一条往返于杭州萧山机场和上海浦东机场的客运线路,每天往返一次,46辆大巴车固定在萧山机场加油站加油。

王喜庆盘算,这家长运公司一年至少耗油500吨,虹莘站是该客运公司进入上海的必经之地,他决心拿下这个大客户。考虑到虹莘站在价格上没有优势,便打定主意,巧用价格、品牌、管理综合因素,增加谈判筹码。

到了长运公司,对方果然以"上海油贵"一口回绝。王喜庆说,"看上去单价贵,实际不一定贵,您可以用加油卡统一管理车辆用油,比比看,到底哪边划算。"一番深入沟通,拨动了长运公司老板的心弦,马上追问,办卡如何优惠、怎样帮助管油,决定放5辆车在虹莘站加一个月试试。

王喜庆带领员工像恭敬上帝一样,精心当好"油管家",每次加油,核对加油卡、全部留小票、填写明细表、实行双签字,"四个环节"替长运公司老板管住了"钱袋子"。一个月下来,单车加油费用果然比原先降低8%,老板大喜。王喜庆趁热打铁,跟老板说:"您的车都很新,用上海高品号柴油,保养维修费用肯定还能省不少。"

就这样,杭州长运公司成了虹莘梅莘的固定客户,年购油款达2400万元,公司老板也成了王喜庆的好朋友,时常带水果到站里慰问员工,员工刘琴生病,老板还专程去看望。他说:"虹莘梅莘每一个员工都在尽心尽力帮我管油,自己省下的都是真金白银。"在虹莘梅莘加油这几年,共节约100多万元油款,相当于中国石油送他两台新大巴车。

油价虽然走低,但消费者永远追求"更便宜"。经济学上有一个"价格需求弹性"理论,是指在其他条件不变的情况下,价格变化1%会引起消费者需求变化百分比。虹莘梅莘加油站精算价格变化和需求变化的关系,制定合理的价格区间,带来了源源不断的客流。

精明的王喜庆这样计算:加柴油100升,上海比外省每升贵0.4元,出上海加油能节约 40 多元。如果价差缩小至 0.12 元至 0.14 元，到外省加油也就能便宜十多元，价差定到这个区间，顾客觉得不如在上海加满了合算，既享用了好油，也避免了因油料耗尽造成半路抛锚，更不用排队加油。品牌胜过金钱，没有哪一个商家愿意用风险买便宜。随着车辆进站率、加满率不断提高，加油站日销量稳步回升到 60 吨。

## 提效降本两相应

激情服务化冰雪。到过虹莘梅莘加油站的人都知道，外环线上车流滚滚，进站通道却是一条不足百米长的坡道，4 辆大车在虹莘加柴油，加汽油的轿车就无法进入，造成梅莘站机位闲置，堵车更堵心。

有温度的服务战胜"寒冬"。为了改变拥堵状况，加油站将进站通道宽度由 7 米扩展到 12 米，路中间加隔离桩，将道路一分为二，大车走宽道，进虹莘，小车进窄道，去梅莘。两边相加，车辆日均进站率提高 8%。

开动脑筋提高加油效率。柴油加油机加装两个可旋转 180 度的"羊角支架"，油枪胶管自如伸拉，确保一台加油机同时为 4 辆车加油。

硬件升级提档。更换大流量加油枪、增设自助加油机，虹莘站实现快进快加快走，梅莘站车辆日渐饱和，推出夜间加油全自助、白天半自助，卡销比由 29.8% 上升到 60%，加油枪利用率提高 26%，劳动效率大幅度提升。

"低油价更要过紧日子"，在虹莘梅莘加油站蔚然成风。为了减少电费，冬天室内空调保持最佳温度，消灭长流水、长明灯，全站实现无纸化办公。

除了捡回用纸用电这样的"芝麻"，加油站更将视线锁定在控制损耗的"西瓜"上。采取"控查看对"配套办法，加强运输油品损溢管理，即控光罐内管内余油、查看二次开关气阀、对照读卡器和液位仪数据，精准扫描油罐车运输"最后一公里"。实行接卸精细考核，进行同车次、同液位、不同接卸人数据比对，发现异常问题，止住油品"出血点"。

加油岛上逐梦人

2015年,仅严控油品损耗一项,虹莘梅莘加油站就增收45万元,可控成本同比降低57万元。

(原载于2016年3月8日《汽车生活报·油商周刊》)

**名家点评**

巧用加油站名称中的"虹梅"二字,取梅花凌霜傲雪的象征意义,描写该加油站面对市场寒冬的顽强拼搏精神,在精神层面上使二者达到完美统一。如此借代比拟手法的运用,意象性的烘托,使报道更有个性,更具特色。

**写作要点**

个性的表达体现在方方面面,能否捕捉则取决于记者的功力。

# 决胜商圈

## ——记中国石油山东青岛销售分公司第 102 加油站

**油站档案**

中国石油山东销售青岛分公司第 102 加油站,位于青岛市崂山区香港东路 210 号,2003 年 12 月投运,员工 13 人,是一座租赁型纯汽油站,2021 年销售汽油 8200 吨,实现毛利 121 万元,非油收入 500 万元。多次被山东销售评为红旗加油站,荣获中国石油十大标杆加油站、中国石油先进集体等荣誉称号。

在中国石油销售系统,万吨加油站并不鲜见,但山东销售青岛分公司第 102 站却有点特别。

第 102 站很小,现场只能摆放 2 台加油机,堪称"迷你站""袖珍站"。

第 102 站很酷。周边 5 千米范围内有 4 座加油站抢食争地,第 102 站尽显魅力,21 个居民小区数千台私家车,60% 以上在这里定点加油;156 个单位客户,加油首选第 102 站。有趣的是,一些客户舍近求远,在别处"改换门庭"投奔而来。

第 102 站很忙。每天早 7 点开始,加油车辆就排起长龙,员工规范引导,车辆有序进出,日均进站车辆达 1400 台次,人均提枪超过 100 次,员工忙得只能换班吃口饭。

第 102 站很神。11 名员工,2 台加油机,单一汽油品种,2015 年油价下跌,市场低迷,纯枪销量仍突破万吨。45 平方米便利店,实现非油收入350万元,最高日收入达2.7万元,成为青岛分公司乃至山东销售经营质量最好、人均创效最高的加油站。2016年前8个月,第102站完成销量7000多吨,最高日销量达到53.2吨,实现非油收入270多万元,质量效益继续领跑。

骄人业绩如何取得?记者走进第102站,感悟质量营销决胜商圈的独特魅力。

## 摸透商圈　万千客户在胸中

第102站学习室挂着一张彩色"商圈市场作战图",详细记载加油站周边21个社区、近5万户居民、2.5万辆私家车的油品消费走势,准确标注竞争对手加油站的相关情况。每月初,第102站对照销量曲线图,分析市场变化,对商圈市场信息进行更新,以此为依据,形成加油站月度扩销增效计划书。贴近市场、主动营销,站经理带领员工走街道、下工地、访工厂、进社区,实地调查情况,全面摸排客户,准确掌握信息,科学划分市场,精心绘制闪耀智慧火花的"商圈市场作战图",全方位立体化开展"市场定位"描述,据此建立了客户信息数据库。

《孙子兵法》有云:知己知彼,百战不殆。基于对"商圈市场作战图"的全面分析,第102站对固定客户用油、摇摆客户动向、潜在客户心态、竞争对手策略等,都能做到准确判断,了然于胸,根据客户分布情况和消费规模,按照"三级商圈策略",对客户进行分类维护管理。一级商圈为2千米内核心客户,市场贡献目标为90%;二级商圈为3千米范围内稳定客户,市场贡献目标为70%;三级商圈拓展到市区5千米或定期进站加油的客户,市场贡献目标为50%。

辛勤耕耘必有收获。2016年前8个月,第102站新增单位客户40家,挽回流失单位客户12家,新增个人客户3560个,商圈市场占有率提升2个百分点。

有了"商圈市场作战图",第102站犹如长了千里眼、顺风耳,竞争对手的价格变化、策略动态、销量走势尽在掌握,快速反应,第一时间采取有理、有力、有度的反制措施,筑牢精准营销、决胜商圈的根基。

凭借"商圈市场作战图",第102站不断完善和创新营销模式,实行传统与现代相结合、线上与线下相结合、静态与动态相结合、平台与多维相结合,跨界营销,资源共享,向合作伙伴借智慧、借资金、借商品,不断增强便捷服务能力、品牌吸引能力、市场拓展能力、终端创效能力,把陌生客户请进来,把观望客户留下来,让流动客户扎下来,把对手客户挖过来。2016年1月至8月,加油站实现发卡6000余张,充值超过7000万元,卡销比达到60.81%。

## 经营商圈　小场地求大作为

占地面积小,加油车位少,通行车道窄,小车进站难变道,大车进站难调头,极大限制了第102站销量提升。然而,抱定"决胜商圈,创业建功"的全站员工,坚持以客户为中心,以信息化为支撑,以"油卡非润一体化运作"为平台,奉献精品服务,打造强大现场,提升客户体验,扩销增效风生水起。

场地有限,市场无限。针对场地面积小、加油高峰拥堵的实际问题,第102站坚持"流程可以再造,条件随人改变",动脑筋挖潜力,向2500平方米场地要通道、要车位、要销量、要效益。他们逐个了解高峰期排队加油的百余家客户,弄清原因,找出办法,区别对待,个性服务,引导40多家单位客户实行错峰加油。调整持卡加油优惠时段,分流客户,平衡销量,营造夜间加油小高峰。

经营场地狭小,停车矛盾突出,凸显精细管理的强大效能。为了多停一辆车、多销一吨油,他们用仪器测,用尺子量,用数据算,场地规划利用控制到尺,划定车位精确到厘米,力争让每一寸场地都生金产银。

小场地创出大效益，提高服务技能是根本。他们反复琢磨演练"加油十三步曲"，精选最能体现规范服务、提高效率、展示形象、本质安全的关键动作和标准语言，强化开口营销、服务促销、多元经销综合训练，打造安全高效现场，总结出"一次引导快速进站，二次引导准确入位"现场服务流程，加油车位由7个增加到12个，服务效率提升70%。"加油员工、交警手势、高效服务、小站特色"，为美丽的海滨城市增添一抹亮色。

条件有限，智慧无限。2016年，山东销售兴起全员创新热潮，第102站率先响应走在前头，目标直指挖潜增效。站经理贾坤不时盯着加油站愣神："已实行自助加油，已跻身万吨站行列，潜力在哪里，劲该怎么使？"在外道停车线，贾坤带领骨干凝神打量：现在是两台加油机，平行停靠三台车，能否改变姿态，进站调头，变平行停车为垂直停车？

有想法就有办法。贾坤组织员工就地测量，按照轿车标准，垂直设计，挖掘潜力，科学规划，结果在加油机前方场地画出7个垂直车位，比侧位平行多出4个车位，按每天500台次计算，可增加汽油销量12吨。

垂直停放车辆，需要有人现场引导，第102站安排员工专人负责，但是，有些司机倒车不熟练，不是斜停就是越线，员工边喊话边指挥，一天下来嗓子哑，胳膊酸。

怎样让服务更有效率、更有价值？受汽车驾校考证启发，第102站按照垂直停车位划出标记，在每条边线前端竖起一根1.5米高、能反光、材质软、撞不倒的弹簧标志杆，作为倒车入位参照物。外道加油车辆进站调头360度，按照标志杆指引，倒车停靠准确入位，整个过程40秒钟一气呵成，没有一次剐蹭事件。

一个不起眼的小改进，给第102站带来大变化，车辆进得来、停得下、快加快走、不塞不堵。市场，在狭小场地里拓展；销量，在经营商圈里做大；效益，在员工智慧里增长。

## 服务商圈 客户体验真的好

按理说,市场是相同的,客户是流动的,即便按照"商圈市场作战图"加强维护和管理,也难免出现客户流失。然而,第102站客户不仅没有流失,还增加了50多个,这是为什么?

客户体验突出"家"文化。按照便民、利民、为民、惠民的原则,第102站保留了针线包、小药箱、简易维修、加水、擦车、充电等传统服务项目,新增网络支付、交通违章查询、代交违章罚款等免费服务。便利店以"绿色厨吧"为核心,米面盐油等居家生活用品应有尽有,加油站真正成为"人·车·生活驿站"。

一次,客户李女士自助加油,由于操作不熟练,刚加上就"跳枪",汽油溅在衣服上,李女士恼火又无奈。"客户难堪的事决不能出现两次!"员工们经过琢磨,为自助加油的客户提供围裙和手套,并且首次自助加油有人现场指导。

作为旅游城市加油站,第102站每年都接待大批自驾游顾客。员工们细心体会外地客户想什么、缺什么,我为客户做什么,陆续推出旅游咨询、道路引导、景点门票、天气预报、海鲜特产、车辆维修、商品订购等个性化服务。

一位到青岛出差的外地客户想在便利店买些青岛特产送给家乡亲友,但苦于后续行程携带不方便,有些犹豫不决。员工们得知后马上联系快递公司,把客户购买的商品及时寄到家。从此,加油站又增加"速递到家"服务,受到外地客户欢迎。

在加油站,客户最关注的莫过于油品数质量。2016年山东销售推出能效燃油,第102站想客户所想,做客户所需,站在客户角度,维护客户利益,把能效燃油更强劲、更清洁、更节省的好处完美展示,收到良好效果。

## 跟踪商圈　提升素质重锤敲

"周边商圈是根据加油站经营能力划定的,决胜商圈归根结底靠自身素质。"第102站员工这样表述切身感悟。

第102站有一个传统项目,每两天当班员工开展一次"限时销售比赛",用时短、收入高者获胜。通过"以赛代训",促进老员工补短板,激励新员工学技能。这是适应商圈内客户变化,提高自身应变能力、服务能力、创效能力而采取的一项有力举措。他们还常年开展"每车多加一升油"劳动竞赛,评出销售能手、服务标兵,在决胜商圈的实践中跟踪评价,接受检验。员工们则视商圈变化为挑战,全面锻炼能力素质,树起跟踪商圈、加快成长的群像:为了让客户更好接受能效燃油,站经理创新立体宣传推广模式;为了快速准确引导车辆,值班长辛克明风雨无阻盯在现场,被誉为"站神";为了扩大非油销售,值班长宋扬钻研业务知识,练就"多面手";为了夯实现场管理,营业员吕晓燕把6S管理移植到加油岛,成为油站"大管家";为了带动开口营销,服务明星王晓同坚持每天做示范,像颗"小太阳"温暖客户心。

员工文化水平、性格爱好各异,第102站排班编组做到老带新,强帮弱,调整搭配,优化组合,增强班组工作协调性。

跟踪商圈,提升素质,第102站用学习铺路,用知识助力,用实干打拼,用业绩检验。站经理贾坤深知担子重,标准高,处处以身作则,团结带领队伍守万吨高地,创最佳业绩。节假日,他值班;员工生病,他替班;员工请假,他连班。员工称赞他是"旋转的陀螺停不下,上满发条的钟不停摆"。

(原载于2016年10月3日《汽车生活报·油商周刊》《中国石油报》摘发)

### 名家点评

这是典型报道的一种精细化的设计安排,将惯常的一篇报道中最具典型光环的硬核部分以档案的形式单独呈现在文头,为后面刊发的整篇文章吸睛吸粉。全文围绕"独特"大做文章,首先从加油站富有个性化的气质入手,紧紧抓住几个特别之处,用一组排列式的陈述显现出加油站的与众不同:很小、很酷、很忙、很神。接着以记者的所见所闻,通过讲述其决胜商圈的一个个创新故事,展示出典型个性化气质中的独特魅力,从而层层破解骄人业绩背后的成功密码。

### 写作要点

寻找典型的独特闪光点,也就是寻找新闻的唯一性,人物的典型性最终通过新闻的价值体现得以彰显。

# 感悟篇

加油岛上逐梦人

# 真心热爱　真情投入

——在兼职情况下努力搞好宣传报道

吴 杰

我1965年入伍，1989年转业，在部队20多年，大部分时间干政工、"爬格子"，曾在《解放军报》《前进报》发稿90多篇。1989年转业到阜新石油公司，先后在政教科、人事教育科、宣传部、党办、综合办工作，经常利用业余时间写稿，在《中国石化报》《辽宁日报》《辽宁经济报》发稿120多篇。1993年12月调入辽宁省石油总公司，任办公室副主任，分管文秘工作，仍笔耕不辍，每年都有20多篇稿件在省部级报刊发表，1998年国家改革石油工业管理体制，辽宁省石油总公司划入中国石油天然气集团公司，《中国石油报》在省石油总公司设立记者站，我成为一名兼职记者，促使我进一步增强搞好宣传报道工作的自觉性和责任感，年增劲涨，报道热情逐浪高。

## 真心热爱是关键

兼职搞报道，时间从哪里来？就要靠自己去挤，挤劲从哪里来？就靠自己对这项工作的热爱。爱因斯坦说过："热爱是最好的老师。"对此我深有体会，热爱通讯报道工作，是当好通讯员、当好兼职记者、搞好新闻宣传的精神支柱和力量源泉。我清楚地记得中央人民广播电台播送县委书记的榜样——焦裕禄的事迹时，我流过泪；播送人民的好医生——

李月华的事迹时，我流过泪。过后我问自己：是什么力量使热血青年动感情？播音艺术是一个方面，主要是稿子写得生动感人。一篇好稿能够唤人醒悟，激人奋进，催人泪下。通讯报道的作用真是太大了。我想，当业余通讯员、当兼职记者，能够为国家的报纸、广播等新闻媒体写稿，起一点教育人、引导人、激励人、鼓舞人、鞭策人、塑造人的作用，是很光荣的，这是党和人民交给的任务，是企业领导和职工群众的信任。因此，多年来，无论是当通讯员，还是做兼职记者，我都把搞好通讯报道看作是自己应尽的义务，看作是实现人生价值的最佳位置；无论是做党务，还是干文秘，都把写稿当作分内的事儿；不管工作多忙，都坚持挤时间写稿。白天没时间，就利用晚上写，经常是一写就到深夜。有时刚睡下，突然想起有个地方还得改一下，就从被窝儿里爬起来，披上衣服，打开灯，直到把稿子改完再睡觉。凌晨三四点起床写稿也是常事儿，搅得爱人睡不好觉，说我是"神经病""夜猫子"。

我知道，要在通讯报道上取得一点成绩，不用整个身心去学习、去思考、去写作是不行的，一周不写稿就觉得心里空得慌。自从1994年实行双休日和"五一""十一"及春节7天假以来，双休日我没歇过两天；7天假我没歇过5天，经常挤出休息时间采访或写稿。远的记不清了，就说2003年。5月4日、5日，采访沈阳分公司3座加油站"从点滴入手，真查实改，搞'六查六整顿'"的情况，6日写成了3篇组稿，7日发往报社。10月4日，采访新民经营部"严抓细管出效益"的经验，5日写稿，6日采访沈阳分公司二次机构改革，7日写《拆庙撵神，瘦身归位》纪实。2004年春节，除夕晚上，在锦州分公司加油站采访；正月初一上午，与特约记者改写《爆竹声中两样情》现场新闻；初六，调查沈阳分公司"跟踪老工业基地改造步伐，抢抓机遇，拓展市场空间"的情况；初七，整理情况。

一些人对我不理解，说我"没情趣""不会生活"，还有的说"人家都不愿意干的活，你看你，还干得劲儿劲儿的"。我说："没办法，我就愿意干这个。"的确，我真是把写稿当作乐趣，当作事业，当作追求，宁可受累，也要写稿，只要不倒下，笔就不能停。

## 做好本职是基础

我觉得，在企业当通讯员也好，做记者工作也罢，都是兼职的，首先要把本职工作干好。基于这样的认识，领导交给的每一个材料，我都当作一项新的任务来完成，尽心尽力，尽职尽责，有十分劲不用九分九。到阜新石油公司写的第一个调查报告，被全国总工会评为"优秀调研成果一等奖"；省公司首次召开党建思想政治工作研讨会，我写的《青年职工读书学习兴趣初探》，获得优秀论文一等奖；省公司召开有关会议，阜新石油公司上报的经验材料都能讲上，推荐的典型能评上，出版专辑能选上。

我常常鞭策自己珍惜工作，珍惜岗位，刻苦学习，努力钻研，把每一份文件写精干、写准确，把每一个材料写出新意，写出特色，让群众认可。1998年6月企业划转，7月销售系统召开第一次会议，辽宁省公司介绍了实行"五个统一"，增强市场调控能力的做法，为在整个销售系统推行"四统一"经营机制提供了依据。1999年6月，企业重组改制，辽宁省公司作为试点单位，在销售系统重组改制座谈会上，省公司和本溪市公司分别介绍经验；同年10月，集团公司召开党建和精神文明建设工作会议，省公司介绍了"学习邓小平理论，促进企业改革"的经验；2000年1月，国家体改委、中国企协联合举办"21世纪企业管理理论与实践研讨会"，省公司介绍了"深化五项改革，推进管理创新"的经验。

由我执笔形成的这些专题报告和经验材料，客观上扩大了企业影响，塑造了企业形象，主观上成为本职工作的成果。有人说我写材料"有瘾"，其实是写材料写出了信誉，这是很难得的。2003年9月28日，我正在云南参加一个会议，本想在外边玩几天，这时接到总会计师电话，说股份公司节后开财务工作会议，让辽宁销售介绍收支两条线试点情况，有个经验材料让我帮助整理一下。我二话没说，10月1日赶回沈阳，2日、3日把材料搞完。看到别人"十一"往外走，我往回赶，我感受到自己存在的价值，虽然忙，但心里很踏实。

## 搞好结合是途径

在企业当通讯员，做兼职记者，不像专职记者那样，有大块时间调查研究、采访写作。但是基层通讯员或兼职记者也有自己的优势，这就是接触实际，接触群众，熟悉情况，熟悉生活，了解信息快，掌握素材多。只要善于结合、勤奋刻苦，就能多出稿，出好稿。我在实践中做到"四个结合"。

一是结合工作搞报道。我要求自己，干什么就写什么。有了这个想法，不论领导分配什么工作，我都想着能写个什么稿子，工作中注意收集材料，琢磨角度，提炼主题，研究写法，工作任务完成了，稿子也基本成型了。2001年6月，为庆祝建党81周年，省公司党委决定表彰一批先进党委、先进党支部、优秀共产党员和优秀党务工作者。我作为党政合一的综合办公室副主任，承担了总结典型材料、组织巡回报告的任务，我带领两名同志，连续利用4个双休日，冒雨到油库、加油站和职工家中调查情况，了解事迹，4个典型材料，有3个改成人物通讯在《中国石油报》发表，其中1个配短评上头版头条，2个上头版倒头条。我体会到，结合工作搞报道，最重要的是要有"报道意识"，注意分辨工作中哪些内容符合新闻要求，具有报道价值，把注意力放在"新闻眼"上，这样抓工作才能突出先进性，写稿子才有新闻性。

二是结合写材料出报道。不论是写工作总结，还是写经验材料，我都注意从中寻找报道线索，按新闻要求改写成稿子，有些甚至成为重头稿子。比如，1999年省公司重组改制经验材料，经过加工提炼，在《中国石油报》头版头条发表；2000年，省公司深化"五项改革"推进管理创新的经验材料，经过加工整理，改成3篇系列报道，一篇加编者按语，上《中国石油报》头版头条，其余2篇上头版倒头条；2003年3月，炼油销售板块借我帮助工作，和处长一起，总结新形势下坚持党建创新的经验材料，在股份公司会议上介绍。尔后将这个材料改成经验性消息，在《中国石油报》头版头条发表；7月，根据板块的安排，我和几个同志搞"六查六整顿"工作总结，在总结材料基础上，我以"为了履行发展的使命"为题，改写成工作通讯，在《中国石油报》头版重要位置发表。我体会，写材料是为写稿子攒材料，稿子是材料的升华，有些语言很精彩、很形象、很生动，放在材料里显得"不朴实"，而放在稿子里却很动人。

当然，写材料出报道，不是说任何材料都能改写出一篇好的报道来，而是应按照新闻报道的要求安排结构，运用材料，组织语言，精心写作，这样才能保证稿件质量。

三是结合抓典型出报道。实践证明，先进典型是工作深度的标志，是时代精神的代表。在企业，先进典型则是企业文化的人格化，当然也是宣传报道的重点。结合抓典型出报道，最能写出有分量、有影响、有轰动效应的稿子。通讯员或兼职记者要想写出好稿，提高报道质量，也必须走这条路。

四是结合问题抓报道。我们常说写稿子要抓问题，要抓问题报道，就是这个道理。从我的实践看，凡是质量比较好、命中率比较高的稿子，都是因为问题抓得比较准，针对性比较强，这样才能抓住读者，使人想看爱看。可以说，抓问题是通讯报道的第一基本功，不会抓问题就不能搞报道，即使写了稿子也是一般化，不生动，干巴巴。结合问题抓报道，最重要的是能够在纷繁复杂的社会现象和现实生活中，敏锐地发现问题，准确地抓住问题，正确地回答问题。尤其是当前，人民群众关注的热点、

焦点问题很多,去走一圈,听一听、看一看,就能抓一把问题。而往往一个问题就是一篇好文章、一篇好报道。这里的关键是要用心,用心就能具备较强的抓问题能力。

(原载于《新闻之友》2004年第3期)

加油岛上逐梦人

# 坚持"三贴近"小中见大求质量

吴 杰

坚持贴近实际、贴近生活、贴近群众,不仅是通讯报道的源泉,也是提高报道质量的根本出路。离开实际、离开群众、离开火热的现实生活,通讯报道就成了无源之水、无本之木,即使你有天大的本事,也抓不到好线索,写不出好稿子。

虽然基层通讯员或兼职记者在"三贴近"上有得天独厚的优势,但这并不能保证写出好稿子,必须充分发挥主观能动性,做到心入现实、心入群众、心入生活,捕捉素材从小处入手、提炼主题从大处着眼,构思文章从一点进入,说事论理从全局开掘,层层切入,小中见大。概括起来就是钻心抓"小",精心求"大"。

## 破出小题目,做成大文章

实践中常遇到这种情况:同时到一个单位采访,掌握同样的素材,有的感到哪方面都不错,就是找不准角度,提炼不出主题,大有"老虎吃天——无从下口"之感,而有的却轻松自如,很快拿出稿子。两者差距的根本症结就在于会不会破题。大到一个行业、一个单位,小到一项工作、一项活动,一般来说,成功了,发展了,要报道成绩,反映面貌;失败了,出问题了,要揭示原因,总结教训。不论是成功还是失误,都是由多种因素所致,都有其内在规律起作用。隐含在事物内部的"因素""规律",就是通讯报道要破的题目,要立的主题,要分的层次。问题越尖、越窄,破题就越深,立题就越新,文章就越有个性,越能突破报道一般化,"一篇文章几下做",就是这个道理。

有人说:"破题是写稿的高难动作",这话不无道理。围绕一个主题,破开几个小题,层层深入,环环紧扣,最终形成一篇内在有机联系的生动报道,这要求作者具备较强的观察力、分析力和综合力。具体说,要能够围绕主题把整体事物分解——破小题;能够把小题深入展开——做文章。仅举一例:2003年8月,我在葫芦岛分公司连山加油站采访这个单位创新服务,吸引顾客,扩大销售的事迹。这是一个大题目,大家都在抓。经过深入采访,我发现加油站经理孟晓亚挺有意思,别的加油站经理都琢磨怎样多卖油,多创利,而他却专门算计怎样让顾客少买油,多省钱,还振振有词:"互利双赢,要让顾客先赢。"我心头一亮,行,让顾客先赢——观念新;不是"算计顾客"而是"为顾客算计"——方式新,有创新服务的味道。便确定把"为顾客算计,让顾客省钱"作为报道的主题,这样提炼主题,明显具有窄、尖、深、小的特点。接下去,以帮顾客算计为表达方式,安排三个层次,第一层,帮出租车算计——到石油公司加油,保你百公里省3升油;第二层,帮小客车算计——到石油公司加油,让你一个月省1000元;第三层,帮大客车算计——到石油公司加油,车行万里无忧。立起这三个层次,通讯题目便瓜熟蒂落,水到渠成,一个真心为顾客谋好处的"傻"经理跃然纸上。在通讯的结尾处,我耐人寻味地写道:孟晓亚处处为顾客算计,真心让顾客得好处,似乎有点傻。可到头来,加油站日销量由不足4吨上升到10吨,最高达14吨。2002年,在葫芦岛分公司53座加油站中,连山站夺得销量、效益两个第一名。你说,孟晓亚是"傻"还是"精"?通讯在《中国石油报》发表后,受到评报专家的好评。加油站管理部门说我把创新服务写实了,写活了。

## 抓住小事情，展现大趋势

改革石油工业管理体制以来，实行资源统一配置、运输统一组织、价格统一制定、货款统一结算，在同等质量、同等价格的情况下，顾客选择哪个站加油，特别看重的便是服务。谁的服务好，谁就拥有顾客，拥有市场，拥有销量，拥有效益。"向服务要效益"，就成为推动终端销售加快发展的大趋势。在"服务创新"理念的作用下，许多加油站提出"与用户零距离接触，心与心沟通"。还有一些加油站推出"特色服务""亲情服务"各种举措。如何使服务充满"人情味""个性化"，既是加油站员工努力探索的生动实践，也是我在报道中着力反映的重点内容。

在加油站采访，员工们说得最多的一句话是"服务无小事"。而我却发现，他们每天为顾客所做的都是一些不起眼的小事。哪怕是做得很细致、很周到，顾客很满意，大家也觉得很平常、很平淡。正是这些小事，构成了"亲情服务""特色服务""一流服务"的美丽画卷。因此，我时时提醒自己，要像蜜蜂采蜜那样，把员工们为改善服务而采取的好措施、好做法报道出去，推动服务创效向纵深发展。2003年10月，听盘锦分公司经理杨晓春介绍，2002年8月开业的盘（锦）海（城）营（口）高速公路辽河加油站，日销量从10吨增加到35吨，最多卖到45吨。我怀着探秘的心情前去采访。调查过程中，既没听到"豪言壮语"，也没看到"重大举措"，倒是挂在加油站显眼处的交通图、气象板和堆放整齐的一捆塑料布引起了我的兴趣。细打听，交通图是给外地顾客指路用的，加油站前后100千米范围内服务区、下路口标得清清楚楚；气象板是给外省顾客通报两日内本地区气候用的，雨雪阴晴、气温变化写得明明白白；塑料布是给没带苫布的货车雨天防护用的，连绳子都准备得停停当当。事情虽小，却把"亲情服务"做得实实在在。于是，《亲情服务铺就销售"高速路"》的通讯便一气呵成。

辩证法告诉我们，小事情蕴含大道理，反映大趋势。善于抓住那些人人见、天天见而往往被人忽略的小事，更能给新闻报道"添彩"。2003年8月，我到中国石油山东销售公司采访，青岛分公司第26加油站以"青岛啤酒节"为契机，到啤酒城和海边浴场挂条幅，发宣传品，送名片，宣传中国石油品牌，扩大油品销售，效果非常明显。只用两个小时我就写出《借酒销油》的新闻特写，被《中国石油报》评为当月好新闻。11月，我到中国石油唐山分公司采访，10座社会加油站违规进货，被取消特许经营资格的事儿引起我的注意。事情虽然不大，但在加油站专项整治的形势下，此举反映了加强行业管理、规范市场秩序的大趋势。稿子发表后，也被《中国石油报》评为当月好新闻。

## 关注小人物，弘扬大主题

扩大改革开放，发展市场经济，涌现出一大批能人、名人，新闻媒体给予宣传报道。但是，我觉得，不论"精英"怎样"抢眼"，都改变不了"群众是真正英雄"这一唯物史观的基本观点，而且那些发明科技、创造财富的能人或名人，本身也是群众的一部分。

面对"精英热""追星热"，作为企业里生、企业里长的兼职记者，应以新闻工作者的素养，把关注的目光投向一线员工，把采访的触角伸向普通群众，用小人物的先进思想和先进事迹，讴歌时代主旋律，弘扬历史主题。几年来，在我采访报道的对象里，有加油站站长、有销售代表，有加油员、炊事员、驾驶员，还有安全员、核算员、档案员。发生在他们身上那些鲜活、闪光的事迹，延续着铁人精神，展现了新一代石油人的风采。丹东分公司加油员王萍，立足售油亭，精彩写人生。当加油员7年，接待顾客上百万人次，没有发生一次矛盾；经手油票、货款数百万元，没有一笔差错；无数次为同事替班，自己没有一次因私事请假，连续7年被评为优秀共产党员和先进工作者。我和两个同志含着眼泪采访，带着感动写稿，长篇通讯《加油状元女儿妆》很快出炉。稿子发表后产生广泛影响,许多单位以王萍为榜样培养加油员。当年12月,王萍参加"销售风采"演讲比赛,获得奖励;2002年,王萍被集团公司授予十大杰出青年称号,并参加销售系统先进事迹巡回报告;2003年,王萍被中国石油股份公司授予"加油状元"称号。

  采访关注小人物,写稿感受小人物,用小人物的事迹展现时代风采,感动广大群众,这是我做新闻记者坚守的一条基本准则。2003年7月,辽宁销售分公司组织干部员工为贫困地区捐款,我了解到机关食堂8名炊事员自发资助一名贫困大学生,已经坚持4年。炊事班是机关的最基层,他们中有的妻子下岗,有的家庭困难,但为了不让贫困生褚晓燕失学,每月从个人工资中拿出一些钱资助她完成学业,到了换季时节,给晓燕买衣服;年节把晓燕接到家里,做好菜好饭,像自己的亲生孩子一样呵护、关爱。身居基层想他人,品德实为高尚。于是,我便和一名特约记者写成《8个炊事员和一个贫困大学生的故事》,在《中国石油报》头版头条发表,《工人日报》也以较大篇幅予以报道。

(原载于《新闻之友》2005年第2期)

# 在典型报道中有所作为

——报道中国石油特等劳动模范王萍的体会

吴 杰

中国石油作为国家的支柱产业,为共和国的经济建设和社会发展做出了巨大贡献,经过半个多世纪的辉煌发展,涌现出王进喜、王启民、秦文贵、苏永地、侯祥麟等许多重大先进典型,在行业内外产生了深刻影响。

销售企业作为中国石油集团的新成员,努力继承和发扬石油工业的优良传统,积极履行企业的政治责任、经济责任和社会责任,在建设具有国际竞争力的跨国企业集团和率先建成一流的社会主义现代化企业的新征程中做出了积极贡献,在优秀企业文化的熏陶下,不断涌现出具有时代意义的先进典型,王萍就是其中的杰出代表。

丹东分公司加油员王萍,1990年入伍,1993年加入中国共产党,1994年复员到丹东市石油公司当加油员。她从一点一滴做起,努力把共产党员的先进性体现在本职岗位上,把全心全意为人民服务的宗旨落实到为顾客"把枪"加油的每一个环节中。10年来,接待顾客上百万人次,没有发生一次争吵;经手的现金、油票价值数千万元,没有一笔差账错款。当加油员8年,无数次为同事替班,却没让别人为她替过一个班,连续8年在付油亭里度除夕。顾客把她当成好朋友、贴心人,进站加油都愿意找她,使她的付油量不断提升。2000年和2001年,连续两年付油超千吨。她连续8年被省市公司评为优秀共产党员,先后荣获全国服务满意明星、第二届中国石油十大杰出青年、中国石油股份公司十大加油状元,辽宁省中直企业劳动模范,2005年被中国石油集团评为特等劳动模范，荣获首届铁人奖章，同时还被评为中央企业劳动模范。

王萍从一名普通加油员成长为中国石油十大杰出青年、中国石油集团特等劳动模范、首届铁人奖章获得者，有她本人的长期艰苦努力，有各级组织和领导的精心培育，也有石油媒体的大力支持。据不完全统计，从2001年7月到2005年7月，4年间各级媒体共发表有关王萍的报道67篇，其中《中国石油报》25篇，其他中国石油媒体共20篇。这些报道由《中国石油报》辽宁销售记者站独立完成48篇，参加完成19篇。

## 王萍这个先进典型是怎样发现的？

**典型产生于实践，要用新闻敏感结合工作抓典型。**

1999年企业重组改制，我在辽宁销售公司党政合一的办公室任文秘副主任，负责党建、思想政治工作、精神文明建设等工作。2001年6月，为了庆祝建党80周年，辽宁销售公司党委决定表彰一批优秀党员、先进党组织和优秀党务工作者，并决定"七一"以后组织3—5个先进典型到全系统14个市级公司做巡回报告。

要在100多个受表彰者中选出几个典型，参加全省先进事迹巡回报告，就得下一番"挑选"的功夫。作为具体工作负责人，我心里很明确，这项工作可不能"白干"，一定要结合抓典型，抓出一篇好稿子。经过平时了解和各市推荐，拟参加巡回报告的领导干部典型、基层干部典型、先进党支部典型的具体人选很快有了统一意见，只有一线工人中的优秀共产党员典型人选还拿不准。经过认真研究，最终决定，选一名在加油岗位上工作的优秀党员参加巡回报告。于是，王萍作为加油员中的优秀党员，首次进入省公司的视线。

**选择典型要采用比较的方法，胸怀全局识别典型。**

挑选加油员参加全省先进事迹巡回报告，有两点必须过硬，一是年付油量要大，我们把目标锁定为超千吨；二是服务要有事迹，能打动人。为此，我们从多方面进行反复对比：从销量看，丹东石油公司王萍年付油量1100多吨，沈阳石油公司推荐的加油员有的年付油量1800多吨，有的接近2000吨；从服务上看，王萍提出了"三个一点儿"服务理念，即"加油服务要热情一点儿、耐心一点儿、周到一点儿"。再稍加了解，王萍自从当加油员以来，没和顾客"红过一次脸"。我决心抓住这个传神之"眼"，深入地了解她的事迹。

要选准一个先进典型，往往受多种因素制约。多几种选择，多几次比较，总比"独此一家""一棵独苗"具有科学性。

当时，我还有另外几点想法。一是沈阳石油公司是成品油销售大市，销量和利润都占全省的1/4，辽宁省13座万吨站，有11座在沈阳。沈阳公司地位举足轻重，全省先进事迹巡回报告，沈阳公司应该有一个先进典型；二是沈阳有的加油员年付油量将近2000吨，实为全省之最。

经过反复比较，王萍脱颖而出，入选省公司先进事迹巡回报告团。

通过"王萍入选报告团"这件事，我有四点体会。一是企业记者站整天生活工作在火热的生产经营实践中，随时随地耳闻目睹大量现实情况，具有"三贴近"的天然优势。处在第一线的企业记者站，应该、可以、能够在第一时间发现新闻，抓住典型。二是要有强烈的新闻敏感，具有结合工作抓典型，结合典型出报道的明确意识。三是要掌握在多方比较中选择典型的科学方法。没有比较就没有鉴别，货比三家识别优劣，人比三个见高低，只要不戴"有色眼镜"，先进典型就会站在面前。四是要有胸怀全局、识别典型的能力。记者胸中有全局，掌握情况和线索多了，就有条件进行比较，不掌握全局，就没法比较。在比较的基础上，对典型有了认识，就好下决心。"比较方法"和"全局意识"是抓典型的基本功，典型报道应该是企业记者的强项。

## 我们是怎样宣传王萍的

王萍作为一名普通加油员，能够成为中国石油十大杰出青年，中国石油集团特等劳动模范，走上集团公司高层会议讲坛，这是完全出乎我们意料的。4年来，在省公司党委统一领导下，记者站对王萍的宣传，完全是跟着王萍的工作走的，遵循"由内到外，由低到高"的原则，实事求是地对王萍进行宣传报道。不论对内宣传还是对外报道，有一点我们是始终把握的，就是注意挖掘王萍事迹的时代意义，使宣传典型有明确的针对性，回答现实问题，满足群众需求，强化宣传效果。

**把对内宣传和对外报道结合起来，形成五个层次。**

第一个层次：2001年7月参加辽宁销售系统巡回报告，历时27天，作报告15场。通过面对面交流，使王萍的事迹在全系统叫响，广大职工认识王萍、了解王萍、信服王萍、学习王萍，形成"墙内开花墙内红"的典型宣传氛围。许多职工说"加油员干好了也有出息""加油员能干到这个程度，不简单"，出现了"争相学王萍，真心爱岗位，当好加油员，努力求作为"的生动局面。

企业记者站就有这个优势，身在基层，贴近实际，干啥写啥。巡回报告一结束，我以"典型来自基层，经验回到实践，推动党建发展"为主要内容写成消息，在《中国石油报》头版头条发表。包括王萍在内，参加先进事迹巡回报告的3个先进典型，《中国石油报》都在显著位置做了报道，其中一个头版头条加短评，两个头版倒头题，成为典型报道第一次会战和丰收。

第二个层次：2001年1月，中国石油销售系统组织"销售风采"演讲比赛，王萍的事迹首次推向中国石油领导机关，集团公司、股份公司领导和机关部门领导到场听演讲。王萍的事迹以第三人称演讲，获得优秀奖。辽宁销售公司共推荐三个演讲材料，一个获特等奖，一个获二等奖，三个演讲材料都是在省公司巡回报告基础上推荐的。

第三个层次：2002年5月，王萍被评为第二届中国石油十大杰出青年，11月参加"中国石油销售系统先进事迹巡回报告"，历时59天，在17个省区公司作报告21场，直接听众7000多人。如果说，经过广泛投票推荐产生的十大杰出青年，使王萍在英模辈出、典型众多的中国石油百万员工中脱颖而出的话，那么，中国石油销售系统组织的先进事迹巡回报告，就使王萍的事迹在销售系统深深地扎下了根。作为工作人员，我有幸全程参加巡回报告，努力履行"随团记者"的职责，巡回报告期间给《中国石油报》发回4篇稿子，其中2篇发在头版头条。

第四个层次：2004年5月，中国石油举行第三届"十大杰出青年"颁奖大会，王萍作为应邀代表在会上发言。此前，《中国石油报》在头版头条发表《加油状元带"火"三座加油站》的消息，就是这篇报道引起了集团公司领导和机关的重视，为王萍这一典型更广泛深入宣传做了重要的舆论准备。

第五个层次：2005年1月，集团公司工作会议，王萍在大会上作了《当磁铁经理，创最佳业绩》的发言，引起强烈反响，受到集团公司、股份公司领导好评，之后应邀到国家机关介绍经验，成为集团公司在新的历史时期选树的典型之一，各中国石油媒体陆续在重要版面或位置报道王萍事迹，形成"宣传王萍热"。之后，《中国青年》杂志等国家级媒体也到丹东采访王萍。

**从客观实际出发，以基本事实为依据，精心安排报道内容。**

第一阶段：从2001年7月至2003年2月，主要宣传王萍爱岗敬业、亲情服务，以优异业绩当好加油员的事迹和经验。

第二阶段：从2003年2月至2005年2月，主要宣传王萍创新理念，创新服务，精细管理，提高销量，增加效益，当好加油站经理的事迹。

第三阶段：从2005年2月至9月，主要宣传王萍成为中国石油集团新时期先进典型以后，发扬"谷穗"精神，不务虚名埋头实干，发扬成绩，不负众望的事迹。

不论哪一阶段的宣传,我们始终着眼用王萍的事迹和经验回答和解决面上存在的问题,发挥典型报道对实际工作的指导作用、引领作用。

第一阶段,针对"加油员工作艰苦,简单枯燥、没有出息"的现实反映,着重宣传王萍"热情一点儿、耐心一点儿、周到一点儿"的服务理念;宣传"加油是为经济输血,岗位光荣,责任重大"的道理;宣传王萍"当加油员8年,没让别人替过一个班,连续8年在付油亭里度除夕"的创业精神;宣传顾客把王萍当亲人,当朋友,她调到哪就有一批顾客跟到哪加油,使付油量不断提高的"王萍效应"。通过这些宣传,使大家坚信,只要爱岗敬业,真情投入,平凡岗位也有出息,激发广大员工从本职做起,当好加油员的信心和决心。同时,也使各级领导感悟到搞好加油员队伍建设有多么重要。许多销售企业的领导明确表示,"用3年时间,培养1000名王萍式加油员。"

第二阶段,针对"任务重,人员新,素质差,管理难,考核严""权力不大,责任不小,加油站经理不好当"的思想反映,着重宣传王萍像磁铁一样吸引顾客,像挚友一样对待顾客,像绣花一样抓好管理,像亲人一样关爱员工的现代经营管理理念;通过"四个一样"的系统宣传,力求把集团公司的企业精神、核心经营理念人格化、具体化、形象化。同时,用王萍带"火"三座加油站的生动事实,诠释"四个一样"的管理理念;用王萍总结的"加油员跑动服务法""加油站经理走动管理法"的工作经验,升华"四个一样"的管理理念;用"两年输送7名经营管理骨干,其中4人当上加油站经理,3人当上核算员"的人才成果,延伸"四个一样"的管理理念。这样,一环紧扣一环的宣传报道,就使一个有思想、有能力、有作为的现代化加油站经理活灵活现地站在人们面前。

第三阶段,针对"典型说不准,站不稳,树不牢"的疑虑,着重介绍当了典型的王萍,把荣誉当作起点,一切从头做起,争创新的业绩。她还跟过去一样朴实、一样忠诚、一样实干,给那些热爱王萍、关心王萍的领导和群众送去新的信息。

可以这样说,从"三个一点儿"到"四个一样",既是王萍从加油员到加油站经理走过的扎实脚步,也是王萍从一名普通员工成长为中国石油集团先进典型的成功之路。综上所述,在众多典型的报道中,报道王萍既是记者站跟踪报道的点睛之笔,也是探索增强典型报道针对性实践中的成功经验。

(原载于《新闻之友》2006年第2期)

# "三个意识"激励我搞好典型报道

——谈谈我怀着责任意识、调研意识、新闻意识,努力搞好王萍、陈鸣红典型报道的体会

吴 杰

改革开放以来,中国石油集团各企业和广大员工结合新的形势、新的实际,涌现出一大批唱响发展旋律、具有时代特色、体现创新精神的先进典型。认真搞好典型报道,是石油系统新闻工作者的职责和使命。作为《中国石油报》设在辽宁销售的记者,从2001年7月至2006年4月,我一直持续关注王萍,连续开展典型报道。王萍先后被中国石油股份公司评为加油状元,被集团公司评为第二届十大杰出青年、特等劳动模范,荣获首届铁人奖章,被选为全国青联委员,最近光荣当选党的十七大代表。可以说,王萍影响了中国石油一代加油员和加油站经理。

2006年11月,受上级指派,我承担重庆销售人和加油站经理陈鸣红先进事迹采访报道任务,取得圆满成功。陈鸣红作为中国石油榜样,《中国石油报》对其进行了连续报道,其他多家石油媒体也刊发了稿件。陈鸣红被集团公司评为第四届十大杰出青年,人和加油站被集团公司评为先进班组,各方反响良好。

回过头来捋一捋,静下心来想一想,是"三个意识"激励我胸怀全局,擦亮眼睛,紧跟时代,抓住特色,在典型报道中有所作为。

## 责任意识是搞好典型报道的精神动力

2001年6月,我在辽宁销售公司党政合一的办公室任副主任,负责党务、宣传、思想政治工作和精神文明建设。为了庆祝建党70周年,公司党委决定表彰一批先进党组织,优秀共产党员和优秀党务工作者,并于"七一"之后挑选几个先进典型到各市公司巡回报告。按照责任分工,由我具体组织实施表彰奖励和巡回报告工作。王萍作为丹东分公司推荐的优秀党员,顺理成章受到表彰奖励。

我带领办公室两名年轻同志,冒雨到丹东分公司调查采访,整理材料,发掘王萍"热情一点儿、耐心一点儿、周到一点儿"即"三个一点儿"服务法,总结了王萍在平凡岗位上创造出的不平凡业绩:7年接待顾客上百万人次,没有发生一次争吵;7年来她走到哪个加油站,就有一批顾客跟到哪个站加油;7年来经手油票、货款数百万元,没有一笔差账错款;7年来无数次为同事替班,自己没有一次因私事请假;连续4年在付油亭里度除夕等。随着巡回报告的进行,王萍的先进事迹传遍了辽宁销售系统,广大干部员工都知道了王萍的名字。

巡回报告一结束,我就将王萍的事迹改写成新闻报道。2001年9月25日,《中国石油报》在一版显著位置发表了《加油状元女儿妆》人物通讯,这是对王萍的首篇报道。

如果说,此时对王萍的宣传仅仅是一名企业宣传干部在完成工作任务的话,那么,伴随王萍成长的脚步而不断加大力度的系列跟踪报道,则是一名工作生活在企业里的兼职新闻记者努力履行岗位责任的必然行动。

2002年12月2日,在参加中国石油第一届"销售风采"演讲比赛中,我看到了王萍等销售企业先进典型的时代价值,看到了搞好典型报道的重要意义，逐步认清了三点。一是销售企业作为石油大家庭的新成员，总部机关和上游企业对销售企业了解不多。大力宣传王萍等先进典型，可以增加集团公司领导层对销售企业的了解，在中国石油集团内部展示销售企业的经营业绩和员工队伍的良好风貌。二是销售企业处在市场前沿，与广大顾客接触最多、联系最紧密。加油站既是社会了解石油的窗口，也是集团公司展示企业形象的窗口。大力宣传王萍等先进典型，有利于塑造中国石油的品牌形象，提高中国石油的知名度、美誉度。三是销售业务作为股份公司主营业务之一，是提升产业价值链的关键环节。大力宣传王萍等先进典型，有助于激发销售员工的积极性和创造性，促进企业转变发展方式，提高发展质量，提高终端销售核心竞争力。

这样想问题、看问题，让我胸中有全局，工作有方向，责任记心头，写稿有劲头。

如果说，王萍为中国石油一代加油员和加油站经理树立了学习的榜样，促进了销售企业又好又快发展，那么，陈鸣红就是这种榜样的延续，典型的再生，采访报道陈鸣红更是责任使然。

责任记在心，工作有激情。在重庆采访的7天里，我上午干到一两点，午间不休息，下午干到七八点，回到房间接着想问题、看记录。这期间召开9次座谈会，陈鸣红当过经理的两座加油站，在岗的30多名员工全部访谈一遍，还请机关科室和十几名加油站经理进行座谈，其中有两名给陈鸣红当过经理，和陈鸣红本人交谈更是多次。经过这样上下左右，纵横交叉，追根溯源，前后对比，由表及里，反复推敲，终于把一个有时代特色、有管理内涵、有文化底蕴的先进典型呈现在集团公司领导和广大员工的面前。

## 调研意识是搞好典型报道的根本保证

关于调查研究的重要性,毛泽东有一句著名论断:没有调查就没有发言权。新闻报道同为此理,没有调查研究就没有报道权。

从事宣传报道工作以来,我养成一个习惯:凡是写稿,必须到工作中、到群众中、到生活中实地进行调查采访,与新闻当事人零距离、面对面,切实掌握第一手材料。我觉得,只有抓到第一手材料,才能准确地反映客观事物,深刻地揭示人物特点,清晰地展现内心世界,正确地把握新闻主题,提高报道质量,保证真实可信。

基于这样的思想基础,不论是报道王萍还是采访陈鸣红,在调查研究环节上我不敢有丝毫懈怠。为了采访王萍,我每年数次跑丹东,经常在加油现场一转就是半天,眼看、心想、口问、手记。比如,有30多台出租车跟着王萍到3个站加油,我想尽办法,几经辗转,与10多名出租车司机进行面谈,了解详情,弄清原委。比如,为了体会残疾人进站加油享受一条龙服务的切身感受,我选择下雪天,在付油场地与残疾顾客交谈,并帮助他们拿油桶、递拐杖。再比如,为了了解王萍的家庭状况,领悟王萍以站为家的思想境界,我多次上门,在只有24平方米的小屋里,听王萍的公婆唠家常、夸儿媳;听王萍的丈夫说苦衷、赞妻子;听王萍的儿子透秘密、怪妈妈。

几年来,由于我在调研采访中不搞走马观花,不听一家之言,不信片面之词,不靠概略之说,不用捕风之"实",报道王萍的几十篇稿子无一失实。

采访陈鸣红的事迹,是对我的调研意识、调研功夫的一次检验。2006年11月5日11点多赶到重庆,进入宾馆房间,第一眼就看见桌子上摆着厚厚的一摞材料,我数了数共9份,有加油站集体的,也有陈鸣红个人的；有简要事迹，也有经验介绍；有报给当地商业部门的，也有呈送中国石油炼销板块的。然而，我的第一反应是，决不能让现成材料先入为主，遮挡视线，捆住手脚，要按照典型报道的要求，亲自调查研究，抓"活鱼"，得真情，掌握第一手资料。所以，在采访基本结束、拟定写作提纲之前，这些材料我愣是一页不看。在重庆的最后一个上午，为了与公司领导沟通情况、交流看法，我才把现成材料与采访资料进行对比分析，弄准事实，打深烙印，发现长处，取其精华，亮点在对比中闪烁，线索在差异中显现。

说句心里话，我对销售企业比较熟悉，但对陈鸣红及其领导的加油站却是陌生的。因此，在采访中我注意研究每一个事实和情节，确认这些事实自身所具有的价值，然后选择能够真正体现主题思想和人物特点的事例，根据稿子需要择优录用。我体会到，愈是陌生的环境、陌生的人物，记者愈要深入实际、深入群众、深入生活。只有熟悉了、领悟了，才能掂量出每一个事实的分量，在此基础上，对事实做高屋建瓴的剖析，把自己受感动的情节抓住写好，再通过报道去感动读者。陈鸣红的典型报道之所以能够有些新意，有所突破，从根本上说，是深入实际调查研究、掌握第一手资料的结果。

## 新闻意识是搞好典型报道的火眼金睛

我体会到，要搞好典型报道，写出令人赞叹的典型经验或事迹通讯，仅仅注意深入实际、掌握第一手材料是不够的，还必须具备"一眼看透、一把抓住"的本领。如果"沙里埋金看不出，好铜当成废铁卖"，那样就不可能搞好典型报道。

法国杰出的雕刻家奥古斯特·罗丹有句名言："所谓大师，就是这样的人：他们用自己的眼睛去看别人见过的东西，在别人司空见惯的东西上能发现出美来。"新闻的价值在于发现，见人所未见，思人所未思，说人所未说，写人所未写，而要做到这一点，就必须细心观察，深入思考，由此及彼，由表及里，由小看出大，静中能识动，形中看出神，抓住特点，揭示本质。正如鲁迅所说："静观默察，烂熟于心，然后凝神结想，一挥而就。"

有了这个认识，我在采访典型的过程中，注意从不同角度、不同侧面、不同场合、不同时间，观察、发现、捕捉典型身上最有特点、最有价值、最能揭示本质、最富于先进理念的东西，努力写出群众想看爱看的通讯报道。

以报道王萍为例。王萍以微笑服务、亲情服务征服人心，赢得顾客，她调到哪个加油站，都有一批"铁杆客户"跟着她到哪个站加油。仔细观察，深入分析，广泛联想，这是一种磁铁效应，只有磁铁才能有如此强大的吸引力。我将其总结为"像磁铁一样吸引顾客，像挚友一样忠诚顾客，像绣花一样抓好管理，像亲人一样关爱员工"即"四个一样管理法"。有了细心观察，这些具有新闻价值的经验做法便水到渠成，跃然纸上。同样，"注重长远发展，不以量小而不为；不让顾客服从我，你有需求我就办；看似无关却有关，平凡小事见忠诚；弱势群体多关照，细微之处有真情"等"四个服务环节"，也完全来自我平时的观察和积累，成为报道加油站搞好服务的经典，足见新闻观察、新闻分析之珍贵。

再以采访报道陈鸣红为例。陈鸣红与王萍一样，她们都是加油站经理，又都是女性，工作任务、经营理念、管理机制、服务方法等各环节完全相同，要写出特点确实有些困难。因此，在采访过程中，我凝神聚智，以新闻的敏感认真听取，细心观察，深入分析每一个事实和细节，努力寻找她与王萍的不同点，写出不一样的人物通讯。比如，从6块抹布的摆放、5把拖布的悬挂，总结出"物品定置管理法"。通过座谈观察，我发现陈鸣红落实《加油站管理规范》很有创意，现场管理科学规范、富于美感。"加油十三步曲"被分解为69个动作，节奏明快流畅，俨然就是一部"加油表演操"；加油岛基座用细沙填充、防滑砖罩面，易于更换，便于行走；加油站排水沟用U形铸铁槽取代铁箅子，达到20年不损坏；储油罐量油井盖由混凝土盖板改成铝板压模,过去4个人抬,现在一个人用手指一提就能自如掀开;为了防止卸错油,卸油管口实行一把钥匙开一把锁,并增加一道手闸阀;为了防止储油罐通气管连接法兰盘淋雨锈蚀,在法兰盘上方焊个伞形防雨帽,与通气管浑然一体,既美观又适用。

我把这些富有新意的改变和做法提炼为"五项管理创新",还总结了"加油机蛇形盘管法""思想点评激励法""员工即时培训法""初期新闻危机化解法""岗前状态调整法""经理走动管理法""加油员跑动服务法""加油枪颜色分辨法""行为对比纠偏法"等"九项管理法",从而增加了优秀加油站经理的知识含量、管理含量、文化含量,形成与王萍明显不同的典型特点和时代风格。

实践证明,从管理创新角度切入,进行深入总结和典型报道,既突出了陈鸣红的事迹特点,又具有普遍指导意义,对提高加油站经理的管理能力,提高加油站管理水平,非常有价值、有意义。这说明,找准了人物特点,就找到了典型报道的"新闻眼"。

陈鸣红是重庆销售树立多年的老典型,具有很好的实践基础和群众基础,我的作用仅仅在于通过全面细致的观察,深入细致的分析,认真细致的提炼,筛出沙石选出金子,挑出废铁露出真铜,从鱼目中发现相似而又不同的珍珠。

当然,要练就"一眼看出、一把抓住"的本领,也不是一件容易的事。记者要不断提高感受能力、思考能力、判断能力和综合反应能力。只有具备这"4种能力",在调查采访中才能像雷达一样,迅速搜寻各种信息;像晴雨表一样,准确反映风云的变化;像分析师一样,透过现象看清本质。从而准确判断典型的主要特点,准确认识典型的时代价值,准确选定报道突破口,写出人们想知、欲知而未知的事;说出人们想说、欲说而未说出的话。把体现创新精神,符合时代要求,适应发展潮流,推动事业前进的先进典型及时报道出去。

(此文系作者2007年9月15日在中国石油记协"典型人物采访与写作"研讨会的发言)

# 反光篇

加油岛上逐梦人

# 爱在心头笔难收

张凤春

（辽宁葫芦岛销售分公司）

从事新闻宣传40余年，发表作品千余篇，荣获石油记协百优新闻工作者、十佳新闻工作者。已过退休之年，仍活跃在新闻战线，为成品油销售业务转型升级，稳健发展笔耕不停。

朋友跟他开玩笑："写了几十年，还没写够啊？在家好好陪老伴、带孙女得了。"

"我这辈子就喜欢摆弄文字，从学校到军营，从战士到干部，从部队到地方，就这点爱好，几天不写东西心里就发慌，再动笔就不会开头了，就想用写作让有生之年过得更有意义。"

这话听了让人感觉有些悲壮。

他，就是《汽车生活报·油商周刊》首席记者吴杰，一位石油新闻老兵。

## 名气抬人

说来有些不可思议，24年前，吴杰从阜新市石油公司调入辽宁省石油总公司时，省公司总经理还不认识他。

报到那天，组织部部长领吴杰去见时任省公司总经理刘金浩，刘总竟有些诧异："你是吴杰？怎么和认识那个不太像呢。"组织部部长肯定说："没错，站你面前的就是吴杰。"和蔼可亲的刘总拍了一下吴杰的肩膀，微笑说："像不像不重要，反正我们调的是笔杆子吴杰。"

1965年冬，正在读初三的吴杰怀揣梦想踏进军营。那个年代，当兵是农村娃"鲤鱼跃龙门"的重要出路。在部队期间，他补习了高中课程，职务升至副团，又通过成人高考被录取，脱产学习两年获得专科学历。当兵23年大部分时间"爬格子"。萌生写稿的愿望，是他含泪从新闻广播里收听县委书记的榜样焦裕禄、人民的好医生李月华等先进事迹报道，他感慨万分，热血沸腾，感受到新闻报道的巨大力量，尽一个战士所能，千方百计挤时间写稿。最初的作品通过连队黑板报、饭堂广播、团广播室"发表"。后来，名字陆续出现在《阜新日报》《前进报》《辽宁人民广播电台》《辽宁日报》《解放军报》等媒体上。

1989年吴杰转业，军转办推荐他去检察院，劳动局要他去抓机关党务，跟他一个团、早于他转业到阜新石油公司的战友找上门来，吴杰盛情难却，没有流入"外人田"。石油公司亟待上报一份依法经营保护企业积极性的调研报告，吴杰提前到岗，靠着多年的老底子，调查采访一气呵成，报告被中华全国总工会评为优秀调研成果一等奖，吴杰在辽宁省石油总公司系统一炮走红。

与此同时，《工人日报》《中国石化报》《辽宁日报》《辽宁经济报》等省部级以上纸质媒体，频频刊发署名吴杰的新闻报道。辽宁电视台、辽宁人民广播电台等有声媒体，也经常听到吴杰提供的相关报道。1989年5月至1993年10月，吴杰有30多篇新闻作品在辽宁省级媒体上发表。1993年，以吴杰的新闻报道为主，阜新石油公司编辑出版了《在探索中前进》一书，在省公司系统内引起良好反响。

1993年，吴杰调任辽宁省石油总公司办公室副主任，分管文秘宣传，1996年调整为正处级。

## 勤能补拙

吴杰常说:"我这个人不聪明,甚至有些笨拙,但不偷懒,能写个材料,写点报道,全靠热爱。"这话一点不过分,他可以一天不吃饭,不睡觉,但不能一天不动笔,一天不看报。初到汽车生活报,他每天买一份《人民日报》,后来自费订阅,报社领导得知后,破例专门为他订了一份。

原工作单位有专职打字员,而报社早已取消稿件录入人员,为了不求人、少求人,吴杰60岁学会电脑打字,报社为此给他颁发"新人进步奖"。

吴杰是典型的"工作狂",在省公司机关工作12年,他没有完整休过一个双休日,没有完整享受一个"小长假",没有完整休过一个"黄金周",不是加班加点写材料,就是到基层采访,要不就是学习"充电"。老伴时常抱怨:"你不需要家,就和材料稿子过一辈子吧。"

在北京"漂"了8年,他没去过鸟巢、水立方、世纪坛等景点,平时没时间,双休日又舍不得,只要他在北京,双休日不用打手机,办公室座机一定能找到他。

## 记录销售

从石油报到油商周刊,吴杰报道销售业务20年,千余篇新闻稿件,其中不乏销售业务重要改革、重大事件、重要变化、重大成就,成为中国石油销售业务改革发展的珍贵记录。

改革重组,久旱逢甘露的销售企业登上中油大船,新政策、新机制、新事物层出不穷,各项工作走在前列的辽宁销售成为一座"新闻富矿",吴杰满脑子都是新闻,"吃透上头,了解下头,找好由头,快动笔头",很快成为高产记者,仅2001年,吴杰就在《中国石油报》上发表11个头版头条,让同行"羡慕、嫉妒、恨"。

"报道销售必须懂得销售跟踪销售",这是吴杰给自己定的铁律。中国石油推行"四统一、三集中、收支两条线"改革,他写出《谁阻挠资金封闭运行就"拿下"谁》的报道,为深化改革发挥导向作用。

国家清理整顿地方小炼厂,他写出《盘锦地方炼厂百川归海》的新闻,为规范小炼厂管理提供模板。

中国石油抢抓入市机遇,大力推进网络建设,吴杰写出《辽宁销售20天收购80座加油站》,成为销售扩容的标志性报道;转变增长方式,提升销售质量,中国石油全面实施零售战略,吴杰写出《辽宁销售50座万吨站挑零售大梁》《沈阳万吨站咋就那么多》《沈阳万吨站"长高"了》《把加油枪伸向大海》等新闻,记录销售企业转型发展的坚实步伐。

"三夏"保供、抢险救灾、服务世博、加油券退市、加油卡发行、非油业务、精细化管理、安全环保、技能大赛、队伍建设、一体化营销、低油价来袭、站经理论坛等重要事件或节点,都留下吴杰的报道笔迹,许多被评为《中国石油报》年度好新闻。例如,反映唐山公司合资合作加快发展的纪实《混血经营彰显杂交优势》,报道山东销售股份立足、独资发展的侧记《区外销售企业发展的成功之路》,展示河北销售和谐企业建设的通讯《抓阄风波》,描写吉林销售真情送温暖建设"家"文化的故事《融入生命的"司念"》,报道上海销售主动克服困难服务百年世博的综述《橇装也争春》,宣扬云南销售提升质量效益,深化"走转改"的消息《优化百座站增收逾千万》等稿件,成为吴杰新闻报道的经典之作,有的成为指导企业建设新的"蓝本"。

近两年,吴杰主持《汽车生活报·油商周刊》"油站梦工场"专栏,每月三期话题,从策划选题、确定题目、审核内容到文字把关,牵扯精力,倾注心血,无论外出采访,还是忙于其他事务,从未延误,有时加班到凌晨一两点钟,90%以上话题稿件被外聘专家评为好稿,成为报纸名栏目,受到销售公司关注,连续两年印成"口袋书",发到加油站学习。这期间,吴杰还主持编辑了《中国石油销售系统英模事迹选编》《加油站经理论坛纪实》,参与编辑了《我们都是护花人》《精细化管理案例选编》《"双低站"征文选编》等销售业务学习读物。

## 典型"伯乐"

　　吴杰是一个为先进典型画像的高手。党的十七大、党的十八大代表,全国劳动模范,现任辽宁丹东销售分公司党委书记王萍,就是吴杰坚持搞好先进典型报道的经典案例。

　　1994年,王萍从部队复员到丹东石油公司当了一名加油员。这个新入职的小姑娘,把爱岗敬业演绎得淋漓尽致,别人有事她主动替班,别人不愿意干的活儿她抢着干,别人回家过年她在站里顶班。当加油员8年,接待客户10多万人次,没有发生过一次口角,经手油款数百万元,未发生一笔差错,被评为加油状元和优秀共产党员。

　　时任《中国石油报》辽宁销售记者站站长的吴杰,目光敏锐,主动尽责,6次往返丹东,蹲现场、访员工、问客户、查记录,了解情况,实际体验,深入挖掘王萍身上的闪光点。《加油状元女儿装》《加油状元带"火"三座加油站》《王萍的营销理念》《"磁铁经理"》等多篇报道,接连见诸《中国石油报》《中国石油企业管理》等主流媒体重要版面、显著位置,引发集团公司广泛关注。王萍"对待客户耐心一点儿、细致一点儿、周到一点儿"即"三个一点儿"服务法,成为中国石油销售系统服务理念;"像磁铁一样吸引客户,像挚友一样忠诚客户,像绣花一样抓好管理,像亲人一样关爱员工"即"四个一样"管理理念,在中国石油销售系统全面推广。王萍从一名普通加油女工,成长为集团公司、中央企业重大典型,期间吴杰跟踪报道王萍的稿件有30多篇。

　　作为汽车生活报首席记者,吴杰把报道销售企业先进典型当作崇高使命,表现极高热情。十几年来,他跑遍了除西藏之外的30个省区公司,深情报道了重庆销售陈鸣红、青海销售尚丽群、江苏销售邵从海、上海销售刘国超、山东销售刘学霞、浙江销售周爱娣、云南销售秦怀波、山西销售李霞等一大批闪烁时代光芒的先进典型,成为引领销售业务快速发展的"领头雁""排头兵",有的已走上领导岗位。

吴杰不仅文笔好,文风好,人品更好。在先进典型报道上,他给自己"约法三章":说得动听,没有事实的不做报道;走上层路线,基层不看好的不做报道;顺杆往上爬,经不起核实推敲的不做报道。他报道过的30多个典型人物,个个事迹过硬,当时堪称先进,至今口碑良好。

这就是新闻战线的不老兵,爱在心头笔难收。

(原载于《新闻之友》2017年第4期,《中国石油石化》2017年第13期以《吴杰报道销售笔难停》为题刊发此文)

# 作 者 的 话

经过两年多筹备，到 2022 年 7 月这本《加油岛上逐梦人》书稿基本就绪，指导老师建议我写一段《作者的话》，以表达有生以来第一次出书的心情。为了写好这段话，我想了好几天，反复翻看《新闻之友》前几年发表的我的几篇体会文章，认真品味我在石油记协典型人物采访报道研讨会上的发言，感觉写稿的粗浅体会该说的都说了，没啥新东西可讲，便想借此机会向多年来一直关心支持帮助我的领导、同事、朋友汇报此次出书的心路历程，交流信息，唠点实嗑。

首先，这是一本迟到的书。1998 年辽宁销售划转中国石油并在企业设立记者站，建立十几人的特约记者队伍。兼职搞报道，心潮逐浪高，抓新闻可劲写，每年在《中国石油报》发稿 200 多篇，最多一年超过 360 篇，其中 11 个头版头条。2001 年我被石油记协评为"百优新闻工作者"，2003 年又评为"十佳新闻工作者"，2008 年，被汽车生活报社聘为"首席记者"。2016 年，在挑选书稿的基础上，《中国石油报》副总编辑庞志学写了 11 篇 3 万多字专题点评。

我满怀喜悦悄悄准备，然而，"这本书要成为中国石油销售业务 20 年改革发展的记录"的功能定位，把我彻底难住了，审视全部书稿，不论是内容覆盖的广度，还是新闻挖掘的深度，时代站位的高度，都撑不起"20 年改革发展记录"这个崇高使命，特别是"每篇稿子都要附一篇历史背景"的结构设计要求,更是让我走到资料枯竭、信息断流、表达无语的境地,再加上当时写稿任务重,思想停不下来,身子坐不下来,出书的事儿就耽搁了。2019 年,我结束了"退而不休"的状态,有时间写作这本书,经过两年多努力,有了今天这个样子。

其次,这是一本令我感动的书。采访报道先进典型,我时时被感动着,有道是"先进典型就得吃苦受累,流血流汗牺牲个人,只有事迹过硬稿子才能生动"。在这点上,我思想认识"铁石心肠",采访写作却"软心柔肠",采访听到感人事,提笔写到动情处,常常禁不住激动落泪。比如,"磁铁经理"王萍到幼儿园接孩子,老师不认识她,不让孩子跟她走;"销售先锋"尚立群夜间引导车辆掉进路边水沟摔伤腰椎,拄双拐到现场护送员工奔赴抗震救灾第一线;"油站智多星"邵从海忙工作身体严重透支,洗澡晕倒在淋浴间;"晋商传人"李霞原单位破产失业,用"放假休息"的美丽谎言哄骗父母,伴着泪水补习"充电";"忠诚经理"贾会青用服务战胜对手,不法业主雇凶开车将她撞伤,为了开发客户,第一次献血就冒险顶格达到极限;"模范站经理"张玲玲母亲患癌症卧床半年没请一天护理假;"功勋站经理"叶时进 31 岁告别双亲远离妻儿,演绎新时代"牛郎织女"……每每写到这些,我仿佛身临其境,如见其人,如闻其声,鼻子发酸,泪眼模糊。这些感人情景过去十几年、二十几年,至今仍印象深刻,记忆犹新,不看稿子我还能讲出来、背下来,成为留在心底的"典型情结",使我的思想受到洗礼,心灵受到震撼,鞭策自己写典型学典型,满怀激情走到今天。

再次,这是一本安全保险的书。我写的每篇稿子都认真执行"三见面"审核规定,时间再紧张、情况再特殊,也要把稿子交给本人、群众、单位领导核实把关,听取意见,弄清事实,核准数据,20 多年媒体发稿千余篇,没有一篇失实。这次出书,最初准备收入 50 多篇,我逐篇逐人了解情况，征求意见，尤其注重先进事迹报道以来到现在的政治表现和工作业绩。

2022年8月，《汽车生活报》又交给我新的任务：采访报道党的二十大代表、上海销售嘉定四站经理袁婷婷和湖北武汉销售分公司宏图大道加油站弘扬伟大抗疫精神，促进业务高质量发展的先进事迹。我理所当然愉快接受任务并顺利完成，《踔厉奋斗展宏图》已由《汽车生活报·销售导刊》发表并收入本书，这样《加油岛上逐梦人》共收入新闻通讯47篇。

事成不忘相助者。这本新闻通讯作品集能够顺利出版，我要衷心感谢原《中国石油报》总编辑王毅锴，王总编为本书作序正赶上他的外孙子升学，家事繁多，身体欠安，仍伏案疾书三易其稿，炽热情怀令人感动。在汽车生活报社，我有幸结识了报社聘请的评报专家、原《中国青年报》检查组组长宋栋国同志，他平易近人、热心助人、相处甚好，成为通讯作品集的指导老师，精心审核全部书稿，多方协调行家点评，做了大量组织性基础性工作，令我感动不已。

我工作的最后10年是在《汽车生活报》度过的，许多新闻通讯作品是在此期间完成的，领导和同事给了我多方面体贴和关照，在大家的帮助下，我学会了电脑打字、文件下载、网上传稿，同事的支持帮助、宽厚包容我没齿难忘，夏鹏举社长的关怀与信任永驻心中。

借此机会，还要衷心感谢赵剑春、关玉明、张沈安、石绍权、宋秀文、张丽丽、张伏侃、杨鹏飞、陈上元、徐明亮、欧阳其、魏敬亮、王晓民、赵晓乐、吴仲婷、张云燕、张梅、王虎、张渊、潘雁、于萍、藏李广、洪安、曹军、王识博、王剑英等支持帮助我顺利完成典型采访报道任务的老朋友，掏心窝地说：我出版这本书，只想为新时代销售企业选树先进典型贡献一份力量，提供一点资料，为通讯员写好先进典型通讯尽到一份责任，分享一点体会，盼望销售企业通讯员队伍涌现出更多新闻通讯写作新秀，愿销售企业新闻报道之树常青！这就是一个石油新闻战线老兵的初心，也是我的人生价值追求。

吴杰

2022 年 10 月 13 日

图书在版编目（CIP）数据

加油岛上逐梦人 / 吴杰著. -- 北京：石油工业出版社，2023.7

ISBN 978-7-5183-6051-2

Ⅰ.①加… Ⅱ.①吴… Ⅲ.①新闻通讯—作品集—中国—当代 Ⅳ.①I253

中国国家版本馆CIP数据核字（2023）第106805号

# 加油岛上逐梦人

吴杰 著

| 顾　　问：沈　中　　夏鹏举　　王利军
| 编　　委：宋栋国　　董云龙　　王　京
| 书名题字：申书庆
| 策划编辑：王　昕　　谭　慧
| 责任编辑：马金华　　李雁佳
| 责任校对：刘晓雪
| 出版发行：石油工业出版社
| 　　　　　（北京安定门外安华里2区1号100011）
| 网　址：www.petropub.com
| 编辑部：（010）64523689
| 图书营销中心：（010）64523633
| 经　　销：全国新华书店
| 印　　刷：北京中石油彩色印刷有限责任公司

2023年7月第1版　2023年10月第4次印刷
710毫米×1000毫米　开本：1/16　印张：24.5　插页：4
字数：350千字

定价：88.00元
（如出现印装质量问题，我社图书营销中心负责调换）
版权所有，翻印必究